KB053607

사실
그들은
오직
그녀만을
기억하고
있었
습니다

/ 류희온
장편소설

사실
그들은
오직
그녀만을
기억하고
있었
습니다

3

류희온
장편소설

D&C
BOOKS

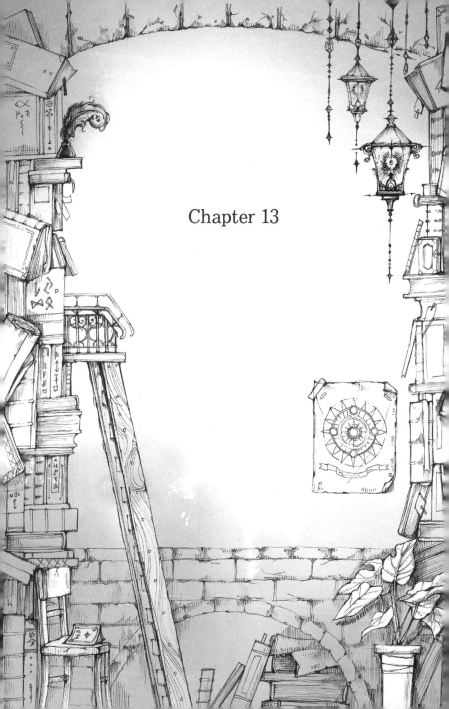

Chapter 13

Chapter 13

　데일과 오스윈이 이마의 축복으로 클라렌스를 추적하려고 할 때, 케니스는 자신도 모르게 중얼거렸다.

「있다.」

　깜짝 놀란 데일이 무엇이 있느냐고 물었지만, 케니스는 대답도 미룬 채 복도로 달려 나갔다.

　그제야 데일은 케니스가 무심코 흘린 말을 감각적으로 이해했다. 케니스를 저렇게 달리게 할 사람은 어차피 단 한 명뿐이니까.

　난간을 따라 달리던 케니스는 문득 의문이 들었다. 그녀가 과연 그가 축복한 검과 함께 있을까.

　쉬이 확신할 수는 없었다. 하지만 성급한 다리는 이미 마법이 가리키는 곳으로 달리고 있었다.

　몇 개나 되는 계단을 내려가야 하는 곳에서, 그는 난간 너

버로 훌쩍 뛰어내렸다. 바람이 그의 몸을 붙잡아 안전하게 착지시켜 주었다.

경기장의 가장 아래층에는 낙후되어 보수를 기다리는 철창살이 있었다.

어쩌면 10년 전의 무투 대회 이후로 그 누구도 발을 들이지 않았을지도 모른다.

딛는 걸음마다 먼지가 피어올랐다.

케니스는 제 마법을 잠시나마 의심했다. 이런 곳에 클라렌스의 검이 있다고? 이렇게 더럽고 구석진 곳에? 여긴 그냥 감옥 같은데?

곧이어 따라온 오스윈이 설명을 덧붙였다.

「오랫동안 사용되지 않았던 곳입니다. 예전에는 맹수 따위를 가두는 데 사용한 곳이죠. 지금은 그런 야만적인 일은 하지 않도록 법률을 제정해 두었지만……」

그래서였나. 케니스는 창살이 존재하는 이유를 비로소 깨달았다.

「그 녀석도 맹수라면 맹수긴 한데.」

케니스는 클라렌스의 강함을 떠올리며 인상을 찌푸렸다. 그리고 한 번 더 탐색의 마법을 펼쳤다. 이번에는 공간을 제한하여.

복도를 채운 마법은 어느 한 지점에서 맹렬하게 빛을 냈다.

데일이 작은 목소리로 "대체 검에다가 마력을 얼마나 많이 쏟아부었길래 저런 대단한 빛이 나는 건가요."라고 물었지만 케니스는 대답하지 않았다.

셋은 빛이 새어 나오는 곳까지 달렸다.

자물쇠가 걸려 있다는 점은 그다지 문제가 되지 않았다. 케니스는 재구성 마법으로 간단하게 잠금을 해제했다.

케니스는 탐색 마법을 거두었다. 그의 검에서 새어 나오는 빛이 눈앞을 제대로 볼 수 없을 만큼 강렬했기 때문이다.

빛이 남긴 얼룩 같은 잔상 사이로 바닥에 쓰러진 한 사람이 보였다. 의식은 없어 보였다.

셋은 그 이름을 소리쳐 부를 생각조차 하지 못했다. 누가 먼저라고 할 것도 없이 다가갔다.

세 사람은 몇 번이나 팀을 이룬 것처럼 완벽하게 대응했다.

오스윈이 그녀의 몸을 일으키며 머리와 어깨를 지탱해 주었다. 서둘러 안대와 끈을 풀어내는 것도 잊지 않았다.

데일은 그녀의 목덜미를 짚어 가능한 한 모든 신성력을 주입했다.

그리고 케니스는 언제나 그렇듯 그녀의 신체 상태를 가장 먼저 확인했다.

「어느 미친 새끼가…….」

케니스는 유리에 베여 너덜너덜해진 손끝을 조심스럽게 쥐며 그렇게 중얼거렸다.

엉망으로 망가진 것은 살갗뿐이 아니었다. 그녀의 내부는 더욱 심각했다. 짧은 시간 안에 독과 약이 수도 없이 주입되었다.

이 정도라면 뇌에 상해가 생길지도 모른다. 굉장한 정서적 스트레스를 동반했을 것이 분명하니까.

케니스는 그제야 그녀가 죽기 살기로 검을 들었던 이유를 이해했다.

정말로 죽어 가고 있었던 거다.

「미안.」

그의 손이 클라렌스의 뺨을 덮었다. 뺨의 상처는 곧 사라졌다.

「……또 늦었네.」

클라렌스는 또 다쳤고.

그가 그녀의 검을 축복하며 바친 기도는 이런 것이 아니었다.

그저 다치지 않고, 행복하게 많이 웃기를 바랐는데. 이런 케니스의 힘 같은 건 필요 없을 정도로.

역시 그가 검을 축복하는 것이 아니었다. 생각해 보면 마탑의 심부름꾼 따위가 전한 축복이 제대로 된 결과를 가져올 리 없었다.

이런 상황에서도 클라렌스가 죽지 않은 것은 어쩌면 오스윈의 축복 덕분이리라.

……욕심내는 것이 아니었는데. 자신에게는 그 어떤 자격조차 없다는 것을 떠올렸어야 했는데.

그는 새삼 마력을 밀어 넣으며 생각했다.

마지막이길. 또다시 그녀를 치료해야 할 상황이 제발 오지 않기를. 다시는 마주하지 못한다고 해도 상관없으니까.

외상과 내상을 모두 돌본 후에도 클라렌스는 눈을 뜨지 못했다.

케니스는 바람의 마법으로 그녀를 안락하게 들어 대기실까지 이동시켰다.

「오스윈.」

케니스는 차분하게 오스윈을 돌아보았다.

「너는 가서 클라렌스가 대회에 출전할 수 있도록 준비해. 그 정도 권력은 있지?」

「네?!」

오스윈이 정신을 잃은 클라렌스와 케니스를 번갈아 가며 바라보았다.

「마, 말도 안 되는 소리 하지 말아요! 클라렌스는 지금 다쳤고, 아직 의식도 돌아오지 않았어요.」

「내가 치료했어. 데일이 신성력을 들이부었고. 시체도 일어나서 걸어 다닐 만큼.」

「아무리 그래도 안 돼요! 안정이 필요할 거라고요.」

「안정? 아안정?」

케니스는 오스윈에게 얼굴을 들이밀며 다그쳤다.

「이 녀석에게 안정이란, 마음에 드는 인간이랑 무자비하게 칼부림을 하면서 신나게 날뛰는 거야. 게다가 필립 윌킨스는 기분 나쁠 정도로 클라렌스가 좋아하는 기사고.」

「억지예요! 아무리 그래도 아픈 사람을 무투 대회로 밀어 넣는 사람이 어디에 있어요?」

「완벽하게 치료했어. 안 아플 거야.」

「케니스!」

오스윈이 두 손을 꽉 쥔 채 소리쳤다. 그러나 케니스는 그의 금발 머리를 한 손으로 꾹 누르며 물었다.

「사랑한다며?」

「……예?」

「조금 전에 그렇게 말하지 않았어? 당당하게 말이야.」

그야 그랬지만요. 오스윈이 조금 얼굴을 붉히며 손끝을 꼼지락거렸다.

「그렇다면 바라는 일을 하게 해 줘야지.」

「…….」

케니스는 오스윈의 양쪽 얼굴을 다정하게 감싸 안았다.

「넌 마침 그걸 이루게 해 줄 권력도 있으니까.」

케니스의 얼굴에 부러움이 번졌다. 오스윈은 문득 자신이 부끄러워졌다.

「알겠습니다. 하지만 후회하셔도 몰라요? 윌킨스 경은 그녀와 엄격하게 겨룰 것이라고 했거든요.」

「제대로 된 녀석이라면 그래야지.」

「그리고 케니스.」

「왜?」

오스윈은 가까운 거리에서 케니스의 얼굴을 물끄러미 바라보았다. 그러다가 문득 깨닫게 되었다.

향기가 있었다. 책을 좋아하는 오스윈은 그 향기가 무엇인지 단번에 알아차렸다. 아주 오랜 책의 향기다. 햇살과 종이가 숙성해서 만드는 편안한 냄새.

오스윈은 "그랬구나."라며 작게 중얼거렸다. 그가 작은 비밀의 도서관에 그녀를 데리고 갔을 때, 클라렌스가 호흡을 잊을 만큼 괴로워했던 이유를 조금은 알 것 같았다.

「얄밉네요, 케니스.」

오스윈은 케니스의 어깨 위로 잠시 얼굴을 기댔다.

「당장 그 머리 안 치워? 나 사내새끼 안 좋아하거든?」

「사내새끼는 안 좋아해도 저는 좋아하잖아요.」

「그 자신감은 대체 어디서 파는 거냐?」

「모르셨나요? 아비스의 모든 지식의 서점에 가면 싸게 파는데.」

「내가 거기에서 일까지 해 봤지만 그건 몰랐네! 이 망할 고객아, 당장 가서 네가 할 일이나 해!」

케니스의 호통에 오스윈은 비로소 고개를 들고 배시시 웃었다.

역시 오스윈에게 케니스는 특별했다. 사람의 마음속을 멋대로 파고드는 소탈한 마법사에게 마음을 빼앗기지 않을 수는 없을 테니까.

아마 그녀도 그런 점에 매료되었을 거다. 케니스의 그런 매력은 오스윈도 인정했다.

하지만 얄미운 건 얄미운 거니까, 오스윈은 바쁘게 대기실을 나서며 불쑥 뒤를 돌아보았다.

「케니스, 복수해도 괜찮죠?」

아마 케니스는 오스윈이 무슨 말을 하는 것인지 이해하지 못했을 것이다.

그런데도 그는 히죽 웃으며 대답했다.

「그러시든가.」

저 여유로운 얼굴에 당혹을 그려 주어야지. 사무실로 달려가면서 오스윈은 왠지 새어 나오는 웃음을 멈출 수가 없었다.

클라렌스가 바라는 일을 하게 해 주라고요? 얼마든지요.

하지만, 케니스. 부끄럼쟁이인 당신은 분명히 그 말을 후회할지도 몰라요. 저는 당신이 아는 것보다 훨씬 심술궂은 권력을 많이 가지고 있으니까요.

레이놀드와 안나는 마음이 초조해졌다. 약속한 20분이 다 되어 가도록 경기장과 그 주변을 샅샅이 뒤져 보았지만 클라렌스를 찾지 못했다.

대기실로 들어가게 해 달라고 애원하기도 했으나 허가되지 않았다.

결국, 약속 시각을 2분 정도 남겨 놓고 안나는 헐레벌떡 사무실로 되돌아왔다. 조금만 더 시간을 청할 생각이었다.

"찾았습니까?"

창문으로 경기장을 내려다보던 크리시스 백작 대행이 그녀에게 물었다. 안나는 차마 고개를 젓지 못하고 바닥에 몸을 납작 엎드렸다.

"부탁드려요! 조금만 더 시간을 주세요."

백작 대행은 시선조차 주지 않았다.

조금 웃음이 나기도 했다. 찾을 수 없는 이를 찾겠다고 이리도 애를 쓰다니. 그 정도 찾아 헤매었으면 슬슬 깨달을 때도 되지 않았나.

"그녀는 공작가의 사람들마저 버리고 도망간 모양이군요."

"……그, 그럴 리가 없어요."

"걱정하실 것 없습니다. 성실한 당신과는 달리 그녀는 사기꾼의 핏줄이거든요. 얼마 지나지 않아 다시 뻔뻔한 얼굴로 공작가에 돌아와 호의호식하려고 하겠죠."

안나는 몸을 부들부들 떨었다. 그녀의 신분으로는 그의 헛소리에 반발할 수 없다는 것이 서글펐다.

창문 너머에서 나팔 소리가 들렸다. 그리고 사람들의 함성이 퍼졌다. 바닥에 이마를 기댄 안나는 좌절하고 말았다. 약속된 시간이 지나고 만 것이다.

클라렌스가 어떤 위험에 처해 있는지 알아내지도 못한 채.

기사님, 미안해요.

그런데, 괴이한 소리가 들렸다. 나팔 소리는 황제께서 경기장에 들어오신다는 신호인데, 사람들의 함성은 환호가 아니라 야유에 가까웠다.

어째서? 그런 짓을 했다가는 이 땅에 피를 흘리게 될 텐데. 그리고 야유 속에 어느 이름이 들려왔다.

"클라렌스 홀턴이다!"

안나는 자리에서 벌떡 일어섰다. 그리고 활짝 열린 창가로 달려가 아슬아슬할 정도로 몸을 바짝 바깥으로 기울였다.

넓은 경기장 한쪽에서 달려 나오는 금발의 기사가 보였다.

"기사님!"

안나는 클라렌스에게 들릴 리 없는 환호를 보냈다.

"보셨죠! 우리 기사님이 약속 시각에 나타난 거죠! 네?!"

안나는 백작 대행의 팔을 붙들었다. 얼굴을 잔뜩 구긴 그는 거칠게 팔을 휘둘러 안나를 내동댕이쳤다.

"웃기지 마! 이미 실격 처리된 인간이 다시 대회에 참가할 수 있을 것 같아?"

안나는 자리에서 벌떡 일어섰다.

"하지만 약속하셨잖아요!"

"너 같은 천한 것과 하늘 같은 귀족이 약속한다고? 상식적으로 그런 일이 일어날 수 있나?"

안나는 머릿속에 끓어오르는 분노를 주체할 수가 없었다. 자연스럽게 마법처럼 떠오르는 말이 있었다.

「안나, 일단 어깨에 힘을 빼야 해. 자세는 곧게. 세게 치려고 하지 말고 상대의 얼굴을 보면서 짧고 정확하게. 자, 그 상태에서.」

떠오르는 말의 마지막은 이러했다.

「끊어치렴.」

푸욱!

클라렌스가 가르친 가장 완벽한 펀치가 드디어 첫 번째 실전을 맞이하게 되었다.

백작 대행의 안면에 주먹이 닿는 순간, 안나는 확신했다. 이거, 제대로 먹혔구나.

크리시스 백작 대행은 꼴사납게도 바닥을 굴렀다. 그의 주머니에 들어 있던 값비싼 시계가 바닥을 데구루루 구르다가 안나의 발치에 멈추었다.

안나는 그제야 제가 무슨 일을 저질렀는지 깨닫게 되었다. 맙소사 아무리 거지 같은 소릴 지껄여도 저 사람은 귀족인데.

"제가 너무 늦었나 봐요."

안나는 뒤에서 들리는 소리에 얼른 돌아보았다.

오스윈이 방긋 웃으며 들어오고 있었다. 크리시스 백작 대행은 뻐근한 얼굴을 부여잡고 겨우 자리에서 일어나 소리쳤다.

"전하! 이 천한 것이 감히 귀족의 존엄에……!"

"그럴 리가요."

오스윈은 딱 잘라 말했다.

"공작가의 하녀가 백작 대행을 때리는 일이 상식적으로 일어날 리 없잖아요."

익숙한 말이었다.

「너 같은 천한 것과 하늘 같은 귀족이 약속한다고? 상식적으로 그런 일이 일어날 수 있나?」

백작 대행은 입술을 깨물었다. 이 여우 같은 황태자는 바깥에서 그들의 대화를 전부 듣고 있었던 거다.

오스윈은 가까운 창가에 몸을 기대었다. 창밖에는 클라렌스의 모습이 보였다. 그 당당한 모습을 보니 케니스의 말이 옳았음을 실감했다.

사실은 오스윈도 저런 클라렌스가 좋았다. 꼭 어느 이야기의 주인공 같지 않은가.

"있잖아요, 크리시스 백작 대행."

그는 나른하게 이야기를 꺼냈다.

"어떤 루트를 사용하셨는지 대충 알 것 같네요."

"예?"

"수입이 금지된 약 말이에요."

오스윈은 턱을 괸 채 웃었다. 그런 물품을 규제하고 관리하는 것은 오롯이 오스윈에게 맡겨져 있었다. 언젠가 신전에서 클라렌스에게도 짧게 이야기하기도 했다만.

"루트를 완전히 지워 두면 더 어두운 곳으로 사라질 테니, 몇 군데는 감시만 남겨 두고 그대로 두었거든요."

오스윈은 시선을 돌려 백작 대행을 가만히 바라보았다.

"마지막 경기를 제대로 치르게 하세요."

"전하! 하지만, 저자는 멋대로 경기장을……!"

"백작 대행."

오스윈은 입가에 미소를 지웠다. 백작 대행은 그의 낯선 얼굴에 입을 벌린 채 가만히 서 있었다.

"제가 나서서 당신에게 죄를 입히면 어떻게 될지, 상상이 되나요?"

다른 귀족가에서는 오늘 경기장에 심어 둔 그릇된 처사를 그의 일로 위장할 것이다. 그건 그다지 어려운 일도 아니었다. 한 번 죄인의 낙인이 찍힌 사람을 끝없는 나락으로 떨어뜨리는 것은.

"저, 저는 아무것도……!"

그러나 크리시스 백작 대행은 쉽게 수긍하고 싶지 않았다. 이대로 물러난다면 평생 오스윈에게 약점이 잡힐 거다.

"정말입니다. 전 그저 대회의 규칙을 준수하는 것뿐인데, 하녀에게 이런 수모를……!"

"그나저나, 장갑을 끼지 않으셨군요. 긍지 높은 분께서 이런 중요한 자리에 장갑을 빼먹으셨을 리는 없을 테고."

오스윈은 방을 천천히 둘러보았다. 비싼 장갑이라도 저들에게는 쉬운 것이다.

아마 습관적으로 버렸을 거다. 어떤 좋지 못한 이유로 말이다. 물건을 아껴 쓰지 않는 나쁜 사람은 모두 엘리에게 혼이나 봐야 한다니까.

오스윈의 이야기를 듣고 있던 안나가 부지런히 방을 수색했다. 오래 지나지 않아 그녀는 쓰레기통에서 약물을 머금어 축축해진 장갑을 발견했다.

오스윈은 그녀의 총명한 대처에 기꺼이 고개를 숙였다.

"성분 분석은 그다지 오래 걸리는 일도 아니니까요. 약물을 특정할 수 있다면, 루트를 확인하는 제 일 처리가 더 빨라지겠네요."

"어떤가요?"라며 오스윈이 백작 대행을 바라보았다. 입술만을 깨물며 서 있던 그는 잔뜩 구겨진 얼굴로 겨우 입을 열었다.

"알겠…… 습니다."

크리시스 백작 대행이 높은 평가를 받는 이유 중 하나는 빠른 일 처리에 있었다. 그는 이번에도 그 실력을 유감없이 발휘했다.

일단 황제께 몹쓸 이야기가 전해지지 않도록 재빨리 심판진과 운영진을 입막음했다.

그리고 관객석의 분위기를 제대로 조성하기 위해 몇 명의 목소리 큰 부하들을 관람석으로 들여보냈다.

마지막 경기를 관람하고 싶다는 것으로 경기장 전체의 여론이 바뀌는 데에는 몇 분 걸리지도 않았다.

"윌킨스 경."

클라렌스는 가뿐해진 몸으로 그에게 다가갔다.

필립은 한결 나아진 그녀의 안색을 보고 깊이 안도했다. 사정없이 깨부수겠다는 오스윈과의 약속을 지킬 수 있게 된 것이 기뻤다.

"완전히 부활해서 다행이군."

"경께서 좋은 파트너를 만나게 해 주신 덕분이죠."

클라렌스는 그 앞에 새로운 검을 내밀어 보였다.

"반했나?"

"그러지 않을 수 없었죠."

"다행이군."

멀리 황제가 다가오는 것이 보였다. 오랜 전통에 따라 마지막 경기의 시작을 알리기 위해 오는 것이리라.

"경."

가까운 거리에서 클라렌스는 필립을 바라보았다.

"이런 때에 대답해 드려서 죄송합니다."

"우리 같은 사람들에겐 이런 때에 대답해 주는 것이 영광이지. 잊지 못할 테니."

필립은 여전히 치열한 시선을 가진 클라렌스를 물끄러미 내려다보았다.

"저는 경과 동화책을 쓰고 싶은 마음이 없습니다."

그녀는 다시 검을 바로 쥐며 그와 시선을 바로 맞추었다.

"대신, 경과는 모험담을 즐기고 싶습니다."

"그거 아주 매력적인 장르로군."

애초에 필립 윌킨스가 그녀에게 바라던 것이었다. 그러니까, 그녀에게 푹 빠져 버리기 전에 말이다.

"경과 겨루는 일은 아주 즐거우니까요."

"그야 당연히 그렇겠지."

두 사람은 서로의 간격을 넓히며 자세를 바로 했다.

마침내 승리자의 깃발을 든 황제가 경기장 중앙에 도착했다.

그는 형식적인 격려의 말을 몇 마디 남긴 후, 두 사람 사이에서 커다란 깃발을 휘둘렀다.

그 깃대의 끝이 정확히 태양을 가리켰다. 그리고 무척 드물게도 필립 윌킨스의 선공으로 경기가 시작되었다.

챙! 검이 맞닿는 순간에 그는 호전적으로 웃으며 남은 말을 고백했다.

"나도 자네와 싸울 때가 가장 즐겁거든."

대체 내 몸에다가 무슨 짓을 한 거람.

클라렌스는 유난히도 몸이 가벼웠다. 생각이 행동으로 이어지는 간격이 평소보다 훨씬 짧아졌다.

필립의 공격도 쉬이 읽혔다. 어쩌면 그동안 그와 너무 많은 결투를 해 온 덕일지도 몰랐다. 어쩌면 정말로, 승산이 있을지도.

자만하는 것은 아니지만 그런 기분이 든 찰나.

훅! 틈을 노리고 들어온 검이 그녀의 목덜미를 노려 왔다. 클라렌스는 유연하게 몸을 돌려 피했다.

이후로는 필립의 맹렬한 공격이 이어졌다. 모처럼 붙잡은 순간을 절대로 놓치지 않겠다는 듯.

공간이 제한된 경기장 내부에서 이런 식의 전개가 펼쳐지는 건 달갑지 않은 일이다. 언젠가는 구석에 몰리게 되니까.

그녀는 제게 뻗어 오는 검에 정면으로 응했다. 마찰음이 하늘 높이 울렸다. 필립은 살짝 눈을 찌푸렸다.

"쫓는 것이 재미있으셨던 모양이네요."

"취향이라."

"여전히 취향이 좋지 못하시군요."

"쉬이 변할까."

그가 조금 더 몰아붙여 온다. 클라렌스는 이제 농담을 건넬 여유조차 부릴 수 없게 되었다. 넓게 벌린 발로 단단히 땅을 딛고 버티는 것이 고작이었다.

"윽……!"

"정리하지."

챙!

밀려들어 오는 힘에 클라렌스의 몸이 뒤로 튕겨 나갔다.

경기장의 구석에 처박힌 몸이 두 번 정도 바닥에 추레하게 굴렀다. 그녀는 얼른 검을 집어 들었다.

필립 윌킨스가 달려들었다. 같은 속도로 그녀도 제 팔을 길게 뻗었다. 거의 무의식에 가까운 행동이었다. 검신의 길이도 팔의 길이도 단연코 필립의 것이 더 길었다.

아마 평소라면 이런 모험을 하지 않았으리라.

하지만 그녀의 몸은 무슨 이유에서인지 자신 있게 팔을 뻗었다. 질 것 같다는 기분이 들지 않았다.

그리고 하얀색 빛이 일었다. 클라렌스는 제 검에서 새어 나오는 빛을 강렬한 햇살이 선물하는 착각인 줄 알았다.

그러나 아니었다.

필립 윌킨스를 보면 그것은 확실했다. 그녀를 향해 달려드는 반응이 느려졌다. 시선은 그 빛에 빼앗긴 채.

훌쩍 뛰어오른 클라렌스는 단번에 그의 목덜미로 달려들었다. 여전히 하얀빛이 흐르는 검날이 그의 살갗에 닿기 직전, 심판이 경기 종료를 외쳤다.

함성이 들렸다. 클라렌스는 시선을 내려 검을 내려나보았다. 빛은 전부 다 사라지고 없었다.

그건 대체 뭐였지?

"클라렌스 홀턴!"

왕의 보좌관이 그녀를 호명했다. 클라렌스가 듣지 못한 것 같기에, 필립은 그녀의 양쪽 어깨를 살짝 밀어냈다.

그녀는 다소 망설이는 태도였다.

그녀의 승리가 정정당당한 결과라고 자신할 수 없었기 때문이다. 갑자기 이상한 빛이 나와서 상대를 현혹하다니.

"재미있군."

황제가 웃으며 필립을 돌아보았다.

"렌 클립톤 경이 땅에 묻힌 이후로 처음인가?"

필립이 고개를 끄덕이며, 바로 대답했다.

"예, 검에 깃든 마력을 이용할 수 있는 재능은 쉬이 드러나지 않는 법이니."

"흥미롭군."

재능이라니, 클라렌스는 당치 않은 이야기에 얼른 변명을 꺼냈다.

"그, 그렇지 않습니다. 이건 그저 어쩌다 보니⋯⋯."

아마 그녀의 몸이 케니스에 의해 재구성된 것과 관련이 있을 것이다. 게다가 이 검에는 마침 그의 마력이 담겨 있었고.

클라렌스의 그릇에 담긴 재능은 아닌 것이 분명했다. 그러나 황제는 그녀의 대답이 무척 우습다는 듯 대답했다.

"어쩌다 보니 혹은 얼떨결에 된다는 말이 결국 재능이라는 뜻이 아니더냐."

그야 그렇게 주장하신다면 그렇게도 들리지만⋯⋯.

클라렌스는 대체 이 사태를 무어라고 설명해야 좋을지 몰랐다.

"스펜서 공작가의 클라렌스 홀턴, 그대에게 승리자의 깃발을 하사하겠다. 마땅한 예를 갖추도록."

정말로 받아도 되는 걸까. 클라렌스는 필립을 곁눈질했

다. 그는 그녀에게 고개를 끄덕여 주었다. 클라렌스는 황제의 앞에 무릎을 꿇었다.

한차례 부드러운 바람이 불어 그녀의 금빛 머리카락을 헤집었다. 오랫동안 황가의 영광에 속해 있던 깃발이 그녀의 머리 위에서 흔들렸다.

펄럭. 저것 하나를 위해 얼마나 많은 사람에게 폐를 끼치고 도움을 받았는지 모른다.

클라렌스는 제 두 손 위로 전해지는 깃발을 가만히 내려다보았다.

가볍다.

가볍디가벼워서 제가 한 고생이 서글플 지경이었다.

이걸로 얼마나 무거운 일을 할 수 있을까? 제게 은혜를 베풀어 준 사람들을 모두 행복하게 만들어 줄 수 있을까?

그녀는 깃발을 꾹 쥐었다.

모르겠다. 그녀가 얼어붙은 듯 깃발만을 내려다보자, 필립 윌킨스가 그녀를 번쩍 들어 올렸다.

클라렌스가 아주 높은 곳까지 전부 내다볼 수 있도록.

그녀는 얼떨결에 고개를 들고 제게 손을 흔들어 오는 관객석을 바라보게 되었다.

축하한다는 말이나, 박수나 환호 같은 것이 가득했다.

그렇게 많은 사람이 그녀 한 사람을 주목하며 열렬한 성원을 보내 주는 것은 처음 있는 일이었다. 그러나 그녀는 수많은 복잡함 속에서 단 한 사람을 찾았다.

어째서인지 그렇게 되었다.

아무리 많은 사람이 있다고 해도 그를 찾는 것은 간단한 일이다. 그가 보내는 시선을 따라가기만 하면 되는 거니까.

시선이 마주쳤다. 정확히 세 번, 서로 바라보며 눈을 깜빡였다. 그리고 약속이나 한 듯 동시에 시선을 돌리고 말았다.

그게 전부였다.

아니, 전부는 아니었다.

두 사람 모두 볼이 조금 붉어졌다.

누가 먼저라고 할 것도 없었다.

"역시 인생은 한 방이네요."

클라렌스와 안나가 쇼핑을 마치고 공작저로 돌아오는 길. 안나는 만족스러운 얼굴로 그리 말했다.

그녀가 말하는 한 방이란, 무투 대회에서 압도적으로 많은 돈을 벌게 된 것을 뜻했다.

온 수도 사람들이 필립 윌킨스에 돈을 걸 때, 오직 그녀와 레이놀드만이 클라렌스에게 돈을 걸었다.

그리고 그 결과. 수수료와 세금을 떼고도 안나는 꽤 큰돈을 손에 거머쥐게 되었다. 그녀가 평생을 일해도 가질 수 없을 만큼의 거대한 자본을. 그야말로 커다란 한 방이었다.

다만 클라렌스는 안나가 염려스러웠다. 물론 사랑하는 친구가 많은 돈을 벌게 되었다는 것은 기뻤다. 하지만.

"내기나 도박에 빠지면 안 돼, 안나."

"물론이죠! 이번처럼 결과가 뻔한 도박이 다시는 있을 리가 없잖아요."

"뻔하다니."

"그야 기사님은 우승을 위해 출전하셨잖아요. 그러니 당연히 우승하는 것 아니었어요?"

동그란 눈동자를 깜빡거리는 얼굴이 귀엽다. 클라렌스는 한 점의 의심도 없는 그 신뢰가 고마웠고, 또 기뻤다.

"다행이네. 내가 안나의 월급을 지켜 줄 수 있어서."

"무슨 말씀을!"

안나는 클라렌스에게 바짝 달라붙으며 열렬한 얼굴로 말했다.

"기사님께서 지켜 주신 건 제 자부심이에요. 그깟 돈 같은 건 어찌 되어도 상관없다고요."

"……안나."

"정말이에요! 클라렌스 홀턴은 내가 모시는 기사님이고, 또 내게는 최고의 친구죠. 언제나 제 자랑이란 말이에요."

"나도 안나가 아주 자랑스러워."

"제가요?"

안나는 제 평범한 갈색 머리나 수수한 옷자락 따위를 내려다보았다. 그다지 자랑스러울 구석은 없어 보였다. 그녀는 아주 평범한 하녀에 불과했으니까.

"굉장한 주먹을 선보였다지?"

"어머나……."

안나는 부끄러운 듯 얼굴을 붉혔다.

"기사님께서 알려 주신 걸 천천히 따라 했을 뿐이에요."

"이론이 실전으로 이어지는 것은 몹시 어려운 일이니까."

클라렌스는 오스윈으로부터 그녀가 훌륭한 주먹을 선보였다는 소식을 듣고 얼마나 놀랐는지 모른다.

"가르쳐 주시면 앞으로 더 잘할 수 있어요."

"음, 오늘 오후에 잠시 자세를 봐줄게. 그리고 그때 그 일은 전하께서 잘 처리해 주실 테니 걱정하지 않아도 괜찮아."

"네, 저도 함부로 주먹을 선보이면 안 되겠다는 생각을 했어요."

"벌써 훌륭한 무인이 다 되었구나."

클라렌스는 즐겁게 웃으며 안나의 머리를 쓰다듬어 주었다.

"기사님이 웃으시니까 좋네요."

"안나는 늘 나를 웃게 했어."

"제가요?"

안나가 고개를 살짝 기울여 의문을 표했다.

"언젠가 안나가 내게 축복의 키스를 해 주었잖아?"

클라렌스는 울 것 같았던 안나의 얼굴과 아련했던 축복의 키스를 떠올렸다.

아주 따스했던.

"그날 이후로 내게는 좋은 일이 많이 생겼거든."

"하지만……."

나쁜 일도 많이 생겼잖아요.

"좋지 못한 일이 생겼던 건, 어떻게 보면 당연한 일이야."

암흑 같은 괴로움 사이사이에 만났던 달콤한 꿈 같은 시간은 분명히.

"안나의 축복이 준 선물이었겠지."

"기사님……."

"물론, 앞으로도 내게 좋은 일이 생길 때마다 나는 안나에게 감사할 거고."

클라렌스는 잠시 제 이마를 문질렀다.

"지금도 곁에서 돌봐 주어서 고마워하고 있고. 난 달리 네게 해 준 것도 없는데 말이야."

"해 준 게 없으시다뇨! 어쩜 그런 말씀을!"

안나는 부스럭거리며 오늘 쇼핑의 결과물을 그녀 앞에 내밀었다.

"제가 이걸 살 수 있게 된 건 전부 기사님의 덕분인 걸요!"

부동산 서류였다. 신시가지 금싸라기 땅에 지어진 그럴듯한 2층 건물. 오늘 외출의 유일한 쇼핑 목록으로, 안나는 드디어 새로운 신분을 손에 넣었다.

어지간히 가난한 지방 귀족보다도 더 힘이 있다는 그 이름, 수도의 건물주.

"거래나 세금, 법 같은 걸 하나도 몰라서 걱정했는데, 기사님이 전부 알아봐 주시고요."

"어, 음. 정확히는 레이놀드 님이 알아보신 거지만."

"부동산 사무실까지 함께 가 주시고요."

"그야 레이놀드 님이 황태자 전하를 알현하러 가시는 바람에."

"어쨌든 레이놀드 님은 관계없잖아요."

"……."

레이놀드, 미안해요. 부동산 관련 법률과 도시 개발 계획 서류 등을 읽느라 이틀간 밤새웠는데, 그 공을 모조리 제가 가로채고 말았네요.

"어쨌든 정말로 기뻐요."

안나는 서류를 꼭 끌어안았다. 클라렌스는 사랑스러운 안나의 이마에 가볍게 키스를 남겼다.

오늘 그녀에게 꼭 전하고 싶은 축복이 있었다.

"좋은 세입자를 만나길."

간절한 축복을 안은 마차가 어느새 공작저로 들어서고 있었다. 마차에서 내리자, 따뜻한 바람이 훅 불어왔다. 바람에 풀잎의 향기가 섞여 있었다.

정말로 봄이네. 클라렌스는 묘하게 기분이 좋아졌다. 하긴, 나쁠 이유가 뭐 있겠는가.

모든 것이 순조로웠다. 안나는 건물주가 되었고, 우승의 영광은 곧 적법한 자리를 마련해서 레이놀드에게 양도할 예정이다.

그러고 나면. 드디어 고향으로 돌아갈 일만 남은 거다. 그녀는 얼마 남지 않은 수도 생활을 이렇게 조용히 보낼 생각이었다.

완벽한 생활.

"홀턴 님."

곧 하녀가 클라렌스에게 다가왔다.

"레이놀드 님께서 응접실에서 기다리고 계십니다."

"응접실에서?"

"예."

응접실이라니, 이상한 일이다. 레이놀드와 클라렌스는 보통 집무실에서 간단히 대화하곤 했는데.

오스윈이 무언가 복잡한 명령을 내린 걸까?

어쨌든 그를 오래 기다리게 할 수는 없어서 클라렌스는 조금 걸음을 서둘렀다.

그녀가 응접실에 다가가자 하인이 기다리고 있었다는 듯 문을 열어 주었다.

"고마워."

그녀는 짧게 인사하며 응접실에 들어섰다. 그리고 내부를 가만히 둘러본 클라렌스는 그 자리에 가만히 멈추어 섰다.

응접실에는 레이놀드가 없었다. 대신 그녀를 발견하고 깜짝 놀라며 자리에서 벌떡 일어나는 한 사람이 있었다.

하얀 얼굴에 당혹이 가득했다. 푸른 눈동자는 제대로 눈을 맞추지도 못했다. 오늘도 불성실하게 걸친 로브는 한쪽 어깨에서 삐딱하게 흘러내리고 있었다.

"케니……."

입술이 그의 이름을 담으려 할 때, 그가 문득 허리를 깊이 숙였다.

클라렌스는 마탑의 케니스가 몸을 숙이는 기이한 광경에 그만 말문이 막히고 말았다.

별것 아닌 행동이 주는 여파는 굉장했다. 똑똑한 케니스 어윈께서는 아주 간단하게 두 사람 사이의 거리를 상기시켜 주었다.

"아, 홀턴 님. 돌아오셨군요."

곧이어 레이놀드가 들어오지 않았다면, 아마 그대로 돌아섰을지도 몰랐다.

"레이놀드, 이게."

"아, 놀라셨죠? 제가 응접실에 없어서. 서류를 가지러 갔었거든요."

"아뇨. 딱히 그 부분에 놀란 것은 아닙니다만."

"일단 앉으세요. 설명할 것이 많이 있습니다."

클라렌스는 엉겁결에 케니스의 옆에 앉게 되었다. 조금 거북하지 않을까 싶었는데, 생각해 보니 맞은편에 앉아 그 어색한 시선을 받는 것보다는 나았다.

"일단 깃발에 관한 것입니다만."

레이놀드는 잠시 울상을 지었다.

"잘 생각해 보세요. 정말 저한테 주실 겁니까?"

"네."

클라렌스는 한 치의 망설임도 없이 대답했다.

"그게 있으면, 홀턴 님이 황가와 혼인의 연을 맺는 것은 일도 아닙니다."

"그야……."

"계산되지 않은 순수한 청혼은 무척 드뭅니다. 특히나 귀족 사회에서는요. 아깝지도 않으십니까."

"진짜로 청혼을 받은 것도 아니잖아요."

클라렌스는 어깨를 으쓱이며 어색하게 웃었다. 가능하면

이 주제를 빨리 넘겨 버리고 싶다는 뜻이기도 했다.

"공작위와 황비의 자리는 양립도 가능합니다. 바쁘시겠지만, 제가 도와드리면!"

"레이놀드 님."

클라렌스가 단호하게 그의 말을 끊어 냈다.

"……알겠습니다. 그만하겠습니다. 그냥 제가 아쉬워서 그렇습니다."

레이놀드는 오스윈이 아주 마음에 들었다. 높은 신분임에도 싹싹하고 붙임성이 좋으며 성실하기까지 하다. 그런 사람은 제가 반한 사람에게 무척 달콤한 짝이 되어 줄 테니까.

그런 자리를 걷어차다니. 그저 아깝고…… 너무 아까웠다.

"어쨌든 전하께서는 깃발을 양도할 생각이라면, 성대한 파티를 열어서 제대로 이행할 것을 부탁하셨습니다."

잡음이 나오지 않게 하라는 거다.

"그리고 가능한 한 빨리."

무투 대회의 여흥이 가라앉아서야 파티의 주목도가 떨어지게 되니까. 클라렌스는 고개를 끄덕였다.

"알겠습니다, 레이놀드. 날짜가 정해지면 제게도 알려 주세요."

"날짜야 이미 정해졌습니다."

"벌써요?"

"지금으로부터 정확히 7일 후입니다."

"굉장히 빠르네요……."

"황태자 전하의 일정에 맞추다 보니 그랬습니다. 기꺼이 증인이 되어 주시기로 하셨거든요."

그건 아주 믿음직스러운 일이다.

"그런고로 당장 오늘부터 준비에 들어가야 합니다. 일단 공작령의 어른들을 모셔 오는 것부터 시작해야겠군요."

레이놀드는 '어른'이라는 단어를 말하며 제 배를 살살 문질렀다. 아무래도 그는 가문 어른들에게 좋은 취급을 받지 못하는 모양이다.

"그리고 저택에 미물 손님들이 도착하기 전에 해야 하는 것도 있습니다."

"뭐죠?"

"승리자의 깃발을 완벽하게 봉인하는 거죠."

그렇구나. 저택에 손님들이 많아지면 자연스럽게 좋지 못한 이들도 함께 들끓게 된다.

"그럼 공작가의 보물들과 함께 두면 되겠네요."

클라렌스가 간단히 대답했다. 그러나 레이놀드는 고개를 저었다.

"전하께서는 새로운 장소를 정해서 단단히 봉인해 두라고 하셨습니다."

굳이? 클라렌스는 드물게 비효율적인 처사를 명령하는 오스윈의 속내가 궁금해졌다.

"그래서 마탑의 케니스께서 저택에 오신 거고요. 아, 비용은 걱정하지 마세요. 황가의 일방적인 요구인 터라 전하께서 대신 완납해 주셨습니다."

레이놀드는 감격한 얼굴로 기쁜 소식을 외쳤지만, 클라렌스는 점점 더 영문을 모르게 되었다.

전하, 대체 무슨 계략을 꾸미시는 건가요.

어쨌든 케니스만 가엾게 되었다. 또 마탑의 돈벌이에 이용당하다니. 클라렌스는 작게 한숨 쉬었다. 생각해 보면 케니스도 이 저택에 발을 들이고 싶지 않을 텐데 말이다.

"그러니 앞으로 며칠간은 저택에 머물면서 봉인을 구축해 주실 겁니다."

"네?! 며칠?!"

클라렌스는 자신도 모르게 큰 소리로 되물었다. 옆에 앉은 케니스가 움찔하는 것이 느껴졌다.

아냐, 케니스, 나 화내는 거 아니야. 화내는 거 아니란 말이야.

"완전한 봉인이 아니라 열 수 있는 사람을 한정하는 봉인을 구축할 때는 시간이 제법 소요된다고 하더군요."

그래서 비용도 비싸고, 출장 비용도 따로 든다고요. 비용이야 전하께서 내주셔서 관계없지만.

"……며칠이나 걸릴까요."

클라렌스는 케니스를 곁눈질하며 어색하게 물었다. 잠시 고민하던 케니스는 차분한 목소리로 답했다.

"이틀이면 가능합니다."

클라렌스는 얼른 고개를 저었다. 그가 말하는 이틀이란, 식사와 잠 그리고 휴식을 모두 제외하고 꼬박 매달려 이틀이라는 뜻이리라.

레이놀드는 두 사람의 어색하기 짝이 없는 대화를 이상하다는 듯 바라보았다.

"두 분, 아는 사이 아니십니까? 전쟁은 물론 토벌대도 함께 다녀오신 거로……."

말꼬리를 흘리던 레이놀드는 알았다는 듯 손뼉을 쳤다.

"아아, 그다지 이야기를 나눌 기회가 없으셨던 거군요. 그렇죠?"

아닙니다. 그런 거 아니란 말입니다. 클라렌스는 내면의 비명을 가까스로 삼켰다.

"하지만 걱정하지 마세요. 같은 저택 안에 있으면 가까워질 기회도 많을 겁니다."

레이놀드는 마침 잘되었다는 듯 손뼉을 쳤다.

"그렇군요. 저는 내일부터 매일매일 황태자 전하를 뵈러 가야 하니, 저택에서 마탑의 케니스를 대접하는 일은 홀턴 님께 맡기겠습니다."

……레이놀드.

무투 대회가 끝나고, 케니스는 마탑으로 불려 들어가게 되었다.

대회장 하늘을 뒤덮을 정도로 강한 마법을 사용했으니 각오했던 바였다. 그러나 막상 마탑으로 돌아온 케니스는 착잡한 마음을 감출 수가 없었다.

마탑 노인들은 뒤늦게 돌아온 그에게 잔소리를 퍼붓지 않았다. 아마 그가 무사히 돌아온 것에 대해 감사하게 생각하는 모양이다.

"뭐야, 꼭 진심으로 걱정한 척하고 있어."

케니스는 오랜만에 제 방에 처박혀 툴툴거렸다.

이제 어쩐다. 서쪽으로 몰래 도망가려는 계획은 실패했고, 그리고…….

케니스는 무투 대회의 한 장면을 떠올렸다. 필립 윌킨스에게 번쩍 들어 올려진 그녀와 잠시 시선이 마주쳤었다.

그녀는 그를 알아보았다. 왠지 그녀의 초록빛 눈동자가 어떤 말을 건네는 것 같았으니까.

'……설마 안경 쓴 사람이 취향이라서 나인 것도 모르고 쳐다본 건 아니겠지.'

그럴지도 모른다는 생각이 들고 나니, 계속 그쪽으로 마음이 기울어진다. 애초에 친한 친구인 오스윈도 그를 알아보지 못했으니까.

게다가 클라렌스가 그에게 무슨 할 말이 있다고 물끄러미 바라보겠는가.

그렇게 좌절하고 있을 때, 노크 소리가 들렸다. 하급 마법사가 의뢰서를 가지고 온 것이다.

"빌어먹을, 어쩐지 얌전히 환영한다 했더니. 일이 있어서 그런 거였냐?"

"그럴 리가요. 모두 진심으로 걱정했단 말입니다."

케니스는 툴툴거렸지만 어쨌든 일이 있다는 것은 좋았다. 이왕이면 조금 어려운 의뢰였으면 좋겠는데. 머리가 뻐근해질 정도로 생각에 잠길 수 있도록 말이다.

그는 부스럭거리며 의뢰서를 펼쳤다. 그리고 드물게도 다섯 번 정도 의뢰서를 반복해서 정독했다.

맙소사. 케니스는 '어려운 의뢰였으면 좋겠다'고 소망한 조금 전의 자신을 후려갈기고 싶었다.

이런 시기에 공작가로 출장을 가라니! 진짜 어려운 의뢰잖아! 어떻게 하지? 어?

그는 쉴 새 없이 고개를 이리저리 돌리며 어떻게든 생각의 가닥을 잡으려고 애썼다.

클라렌스를 만나는 거? 완전 좋지! 근데 무서워! 완전 무섭다고!

극렬하게 양분된 머릿속의 혼란은 쉬이 가라앉지 않았다. 케니스는 제게 시간이 필요함을 깨달았다.

좋아, 일단 공작가에는 천천히, 천천히 간다고 대답하자. 그는 드디어 심신의 안정을 찾았다.

"마탑의 케니스, 출장에 필요한 짐을 모두 준비했습니다. 바로 출발하실 수 있도록 마차도 불렀고요."

하급 마법사가 완벽하게 준비된 가방을 그 앞에 건네기 전까지는 말이다.

"행동이 너무 빨라진 거 아니냐?"

"보통인데요. 그리고 가시기 전에 마탑 회의에 참석하시라고 했습니다. 비공식 회의라 짧을 거라고 하셨어요."

"오냐."

케니스는 제 도구가 든 가방을 어깨에 걸쳐 메고 비틀비

틀 방을 빠져나갔다.

어쨌든 클라렌스를 보러 간다고 생각하니까 기분은 조금 좋네.

묘하게 흥얼거리는 소리를 내며 그는 회의실로 들어갔다. 몇 명의 노인들이 케니스를 정중하게 맞이했고, 그는 문가에 삐딱하게 선 채 고개를 끄덕였다.

"왜 불렀어?"

그리 물은 케니스는 곧 후회했다. 늙은이들의 얼굴에 모두 음흉함이 걸려 있었다.

"빌어먹을, 또 결혼 소리할 거면 때려치워! 안 해! 안 한다고!"

"무슨 아까운 말씀을 하시는 겁니까. 강한 마력은 유전될 확률이 얼마나 높은데."

"내 부모는 마법사의 심장도 없었다며!"

"그건 아주 낮은 확률의 기적이었죠."

"어쨌든 안 해! 아니, 안 낳아! 나 같은 괴물이 늘어나서 좋을 것이 뭐가 있어!"

"괴물이라뇨, 마탑의 케니스. 당신은 모두의 존경을 받는 이 사회의 지도층입니다."

돌아 버리겠네.

케니스는 회의실의 문을 열었다. 차라리 그냥 공작가로 가는 편이 나을 것 같았다.

그러니까, 이런 쓸데없는 소리가 듣기 싫어서 마탑에 돌아오는 것이 싫은 거였는데.

"마력이 깃든 검을 활용하는 여성이 나타났더군요. 현장에 계셨으니 이미 아시겠지만."

문고리를 쥔 케니스의 발걸음이 멈추었다. 노마법사는 그럴 줄 알았다는 듯 빙긋 웃었다.

"클라렌스 홀턴이라고 했던가요. 그 아이, 건강하고 아름다우니 좋은 마력 보유자를 낳을 수 있겠…….

케니스는 단숨에 달려가 늙은 마법사의 멱살을 쥐어 올렸다.

"닥쳐! 이 미친 노인네가 무슨 헛소릴 하는 거야!"

케니스가 그의 몸을 마구 흔들기에 주변에 있던 다른 마법사들이 가까스로 두 사람을 떼어 냈다. 케니스는 회의실 의자를 집어 던지며 발악했다.

"종마 취급은 나한테나 하라고! 다른 사람을 끌어들이지 마!"

젠장, 빌어먹을.

케니스는 돌아 버릴 것 같았다. 감히 더러운 교배 실험에 그녀의 몸을 끼워 넣을 생각을 하다니.

공작께서 살아 계셨다면 마탑을 전부 무너뜨렸을 일이다.

회의실에서 달려 나오는 길에 그는 입술을 깨물었다. 다른 사람은 몰라도 클라렌스를 이런 진창 같은 곳으로 끌어내릴 수는 없었다.

오스윈은 드물게 늦잠을 잤다. 실은 중간에 몇 번 잠에서 깨어나기는 했지만, 굳이 애써서 다시 잠이 들었다.

하얀 침구에서는 시나몬 향이 났다. 그는 포근한 베개에 얼굴을 묻으며 그 향을 깊숙하게 받아들였다.

겨울 냄새.

하지만 두툼한 침구를 뒤집어쓴 몸에서는 이제 땀이 흐르기 시작했다.

또 침구를 바꾸어야 할 때가 온 걸까? 오스윈은 둥글게 말린 이불을 끌어안으며 봄에 필요한 것에 무엇이 있었는지 생각했다.

커튼을 바꾸고, 이불을 바꾸어야지. 그리고 겨울 카펫도 거두고. 또⋯⋯.

하나씩 꼽아 보니 바뀌는 것투성이라, 오스윈은 조금 속상해졌다. 겨울이 좋은데, 겨울을 이루는 모든 것이 그의 주변에서 하나씩 떨어져 나가는 것 같았다.

겨울날 시작되었던 단 하나뿐인 마음도.

"전하."

문득 곁에 있던 엘리가 차가운 물을 건네주었다. 두꺼운 이불 속에서 땀에 절어 있던 터라 그는 시원한 물을 기쁘게 마셨다.

"더우셨군요."

엘리가 땀에 전 그의 머리를 보며 그리 말했다. 오스윈은 조금 부끄러운 마음이 들었다.

"제게 필요한 것이 있을 때는 먼저 챙겨 주셔도⋯⋯."

괜스레 엘리의 탓으로 돌려 보기도 했다. 그러나 그녀는 고개를 저었다.

"필요하지 않아 보였습니다, 전하."

그녀는 비어 버린 컵을 두 손으로 공손하게 받아 들었다.

"아직, 겨울을 좋아하시지요?"

엘리의 물음에 오스윈은 멍하니 그녀의 얼굴을 바라보았다. 겨울, 그녀가 말하는 겨울은 너무나도 많은 것을 포함했다.

그것은 어느 순간이기도 했고, 어떤 마음이기도 했으며, 특정 인물을 지칭하기도 했다.

오스윈은 떨리는 목소리로 대답했다.

"좋아…… 해요."

엘리가 그의 머리를 쓰다듬어 주었다.

"저도 겨울을 좋아하시는 전하가 보기 좋았습니다. 그래서 권해 드리지 않았지요."

자애롭게 웃어 준 엘리는 곧 물컵을 내려놓고 두꺼운 커튼을 걷어 주었다. 온기를 가득 머금은 상냥한 봄날의 햇살이 내렸다.

오스윈은 침대로 밀려오는 햇살을 손으로 쓸었다. 빛은 잡히지 않으나, 그의 손등을 하얗게 비추어 주었다.

"그래도 겨울은…… 가 버렸네요."

오스윈이 허탈하게 중얼거리기에 엘리도 씁쓸하게 웃었다.

"예. 가 버렸군요."

그녀는 함부로 다음 겨울을 입에 담지 않았다. 누구에게나 단 하나뿐인 계절이 있으니.

한참이나 햇살을 만지작거리던 오스윈은 문득 자리에서 벌떡 일어났다.

"엘리, 있잖아요!"

그는 꾸며 낸 듯한 즐거운 미소를 짓고 있었다.

"마탑의 케니스가 그러는데, 사랑이라는 건 그 사람이 바라는 일을 해 주는 거라고 했어요."

"그 제대로 된 말씀의 출처가 마탑의 케니스란 말입니까?"

엘리가 의심스럽다는 듯 되물었다. 신전의 데일께서 그리 말씀하셨다면 믿었을 것이다.

"그럼요. 케니스는 얼마나 어른스럽고 좋은 남자인데요."

"아뇨."

엘리는 기겁하며 고개를 저었다.

"예?"

"……아닙니다. 전하께서 그렇게 생각하신다면 그런 자이겠죠."

오스윈은 키득거렸다.

"엘리도 케니스와 조금 더 가까이 지내면 분명히 좋아하게 될 거에요."

"마탑의 케니스께서 마땅한 예를 갖추게 되신다면 생각해 보죠."

"그래서 오늘부터는 저도 케니스에게 제가 대단한 남자인지 알려 주려고요."

오스윈은 다시 침대 위로 몸을 푹 쓰러뜨리며 배시시 웃었다.

"권력은 참 좋아요."

공작가로 강제 출장을 가게 된 케니스가 대체 어떤 얼굴을 하고 있을지 무척 궁금해졌다.

"엘리…… . 잘될까요?"

오스윈은 반짝 눈을 떴다.

"아뇨, 대답하지 말아요! 엘리가 잘된다고 말해 버리면, 진짜 잘될 것 같아. 그럼 또 저는 질투할 거고…… ."

한참 혼란스럽게 중얼거리던 그는 다시 기운 빠진 목소리가 되었다.

"그래도 조금은 잘되었으면 좋겠다고 생각해요."

그는 팔을 뻗어 시니몬 향이 쏟아지는 이불을 끌어안았다.

"내 겨울이 바라는 대로."

클라렌스는 서재로 달려들어 갔다.

서점 어르신이 말씀하시길 책이야말로 인류의 앞길을 밝혀 주는 등불이라고 하셨다. 그녀는 제 앞날을 비춰 줄 마땅한 책을 찾았다.

'손님을 맞이하는 주인의 마음가짐과 예절.'

이거다. 클라렌스는 책등이 갈라진 낡은 책을 꺼내 들었다.

손때가 가득 묻은 것으로 보아, 손님맞이에 곤란함을 겪은 이들이 모두 이 책의 지혜를 빌린 것이 틀림없었다.

일단 손님맞이의 마음가짐이 적혀 있었는데, 이런 부분은 읽지 않기로 했다. 그녀의 마음가짐이 끝없는 혼돈 속에 있다는 것은 분명하니까.

자, 그럼 다음. 손님의 접대 부분에 이르렀다. 여러 가지

참고할 만한 내용이 적혀 있었다.

손님의 취향과 방문 목적을 고려하여 방을 골라 준다. 생활에 불편함이 없도록 저택을 안내하며, 혹여 제한된 구역이나 특별한 규칙이 있다면 정중하게 말씀드린다.

방과 생활에 대해 불편한 점은 없는지 틈틈이 물어본다. 보통 손님들은 아니라고 대답하기 때문에, 주인 쪽에서 몇 번 정도 반복하여 묻는 것이 좋다고도 적혀 있었다.

그리고 환영 파티 부분은 넘어가고, 하루 생활 부분을 읽었다.

클라렌스는 눈이 돌아갈 지경이었다. 하루 세 번 식사를 함께한다는 것까지는 백번 양보해서 그렇다고 칠 수 있다.

하지만 차를 함께 마시라고?

정원도 산책해 줘야 하고?

심지어 하루에 한 번씩 그런 것을 권하는 것이 예의라니.

클라렌스는 소파에 길게 몸을 기대어 한숨을 쉬었다.

차라리 포크 하나를 들고 북쪽의 용을 잡으러 간다고 할까. 그쪽이 훨씬 더 나아 보이는데.

짧은 현실 도피 끝에 클라렌스는 문득 무투 대회에서의 결심을 떠올렸다.

기회만 주어진다면 케니스에게 사과하기로 했었다.

그리고 어쩌면 이번 일은 좋은 기회일지도 모른다. 케니스는 바쁜 마법사라서 보통이라면 만나기 어려울 테니까.

그렇구나! 클라렌스는 자리에서 벌떡 일어났다.

정신 차려, 클라렌스. 기회라는 건 자주 오는 게 아니니까, 소중히 여길 줄 알아야지.

그때 문득 서가 너머에서 문이 열리는 소리가 들렸다. 안나일 것이다. 오늘 오후에도 간단한 호신술을 알려 주기로 약속했으니까.

클라렌스는 책을 끌어안고 허둥지둥 자리에서 일어섰다.

"안나? 금방 나갈게. 귀족가에서 어떻게 손님을 맞이하는지 몰라서 잠시 책을 찾……."

하지만 들려오는 발길음 소리는 안나의 것이 아니었다.

'케니스…….'

클라렌스는 얼어붙은 듯 그 자리에 서 있었다.

뚜벅뚜벅. 느린 걸음 소리.

그건 마치 무언가를 주저하는 것처럼 들렸다. 게다가 그녀와의 간격이 좁아질수록 점점 더 느려지기만 해서…….

그녀와 가까워지는 것을 꺼리는 것처럼 느껴졌다.

클라렌스는 그 자리에 선 채 기다렸다.

느린 걸음이 점점 가까워졌다. 그러나 그녀가 서 있는 곳에 미치지 못한 채 멈췄다.

책을 꺼내 드는 소리가 들렸다. 건조한 손가락에 몇 장의 종이가 팔랑팔랑 넘어갔다. 뭔가 필요한 책이 있어서 온 모양이다.

바보 같네. 클라렌스는 이대로 멍청히 서 있으면 그가 제게로 다가오리라고 생각한 것이 조금 부끄러웠다.

어쨌든 일하는 사람을 붙잡고 미안하다는 말을 하는 것도 우스워서, 일단은 비켜 주기로 했다.

케니스와는 앞으로도 몇 번이나 얼굴을 마주할 기회가 있을 거다.

식사든 티타임이든 언제든. 클라렌스는 최대한 기척을 죽이고 천천히 서가 사이를 빠져나갔다.

그리고 마침내 서재의 문고리를 붙잡았을 때.

"……저."

안쪽에서 작은 목소리가 들려왔다. 뭔가 많은 고민이 담긴 듯한 어조로.

"신경 쓰지 않으셔도 됩니다."

걸음을 멈춘 클라렌스는 소리가 나는 쪽을 돌아보았다. 좁은 책장의 틈으로 그의 은빛 머리카락이 보였다.

"손님이라든가…… 예절, 뭐 그런 것들……. 저는 조용히 신속하게 일을 마치고 돌아갈 겁니다."

그렇게 말한 그는 다시 책에 집중하는 모양이다. 종이가 넘어가는 소리가 몇 번 더 들려왔다.

클라렌스는 차마 알겠다고 대답할 수가 없었다. 하지만 손님으로 대접하겠노라 우길 수도 없었다.

결국, 나오는 말이라고는.

"케니스."

그의 이름뿐이었다. 그러자 그는 탁, 소리가 크게 나도록 책을 덮었다. 짧은 한숨 소리도 함께였다.

클라렌스의 어깨가 움찔했다. 그가 보여 준 행동은 그녀의 존재가 귀찮다는 것을 노골적으로 드러낸 것이리라.

"……죄송합니다."

클라렌스는 작게 사과한 뒤에 얼른 서재의 문을 열었다.

걸음이 빠른 편이라 다행이다. 그녀는 필사적으로 서재와 멀어져서, 도망치듯 제 방까지 달려왔다.

당황하여 떨리는 손으로 다급하게 붙잡은 것은 검이었다. 그녀가 오랫동안 사용해 온 것 말이다.

클라렌스는 활짝 열린 창문 바깥으로 훌쩍 뛰어내렸다.

일단 지금은 몸을 움직이자. 창피해서 죽을 것 같으니까.

그녀는 허리 뒤로 검을 고정한 채 미친 듯이 저택 주변을 달리기 시작했다. 그녀의 그런 훈련이야 이미 하녀들 사이에서는 유명한 것이니 달리 쳐다보는 이도 없었다.

봄 햇살이 내리는 터라 금방 땀이 흘러내렸다.

다급하여 묶지 못한 머리카락이 얼굴에 달라붙었다. 클라렌스는 제 붉은 뺨을 가려 주는 머리카락이 고마웠다.

아주 대단한 착각을 하고 있었다.

이제야 그걸 알았다.

그가 건네는 다정함이 변하지 않을 거라고 믿은 것은 그녀의 자만이었다.

그도 사람이고, 당연히 상황에 따라 마음은 변한다. 지난 겨울의 그가 그녀에게 마음을 고백했다고 하여, 이번 봄의 그가 그녀에게 마음을 두었을 리 없었다.

게다가 당시의 그녀는 '그만두라'는 말까지 건네지 않았던가. 대체 뭘 기대한 걸까. 그렇게 잔인하게 밀어낸 것은 클라렌스였는데. 참 뻔뻔하다.

지금의 케니스에게 사과를 건네 봤지, 클라렌스의 마음이 조금 편해지는 것뿐이다.

그런데도 사과 하나로 모든 것이 제대로 돌아갈 줄 알았다니. 얼마나 이기적이었던 걸까.

클라렌스는 문득 걸음을 멈추었다.

땀으로 엉망이 된 머리카락 사이로 바람이 불어왔다. 가볍게 머리를 털어 내자 조금은 상쾌한 기분이 들었다.

그럼, 그냥 이렇게 하자. 허탈한 머릿속은 금방 타협안을 만들어 내었다.

레이놀드 님이 말씀하신 이상, 케니스를 제대로 손님으로 대접할 것이다. 하지만 사과를 건네려고 노력하지는 않을 거다. 관계를 개선하려고도 하지 않을 거다.

그냥, 이대로. 케니스가 바라는 두 사람의 거리를 소중히 지켜 주기로 했다.

아마 그것이 그녀가 할 수 있는 마지막 배려겠지.

"기사님!"

멀리서 하녀가 클라렌스를 불렀다. 레이놀드가 그녀를 찾는다고, 서둘러 공작님의 집무실로 와 달라는 부탁이었다.

대체 또 무슨 일을 시키려는 걸까.

클라렌스는 부디 케니스에 관한 부탁이 아니길 빌며, 서둘러서 저택 안으로 들어갔다.

응접실에서 레이놀드와 이야기를 마친 케니스는 제게 주

어진 방을 안내받았다.

케니스는 바로 작업에 착수할 테니, 공작의 집무실을 개방해 달라고 요청했다.

그러나 레이놀드는 고개를 저었다. 곧 저녁 식사 시간이니 내일부터 일하는 편이 좋겠다는 것이었다.

하루가 급한 일에 어찌 그리 여유를 부리냐는 케니스의 말에도 그는 단호하게 고개를 저었다.

"황태자 전하께서 마탑의 케니스의 건강을 위해서라도 9시 출근과 6시 퇴근, 그리고 그 안에 세 시간의 휴식 시간을 챙겨 주라고 하셨습니다."

케니스는 입이 떡 벌어졌다. 뭔가 좋은 근무 조건이라는 건 알겠는데, 왜 그런 걸 하필이면 여기에서 하라는 건가.

"오스윈 자식은 그걸 명령이라고 내린 거야?"

"네, 명령이었죠."

레이놀드는 자신 있게 대답했다.

"돌겠네, 진짜……. 어쨌든 알았어. 내일부터 하면 되는 거지?"

"네, 필요한 게 있으시면 홀틴 님이 도와주실 겁니다."

"뭐, 그건 대충 내가 알아서 할 수 있어. 집무실 문만 열어 주면."

"알겠습니다."

레이놀드가 떠나자, 케니스는 커다란 침대에 풀썩 몸을 던졌다.

공작가에 출장을 오는 일은 꽤 여러 번 있었다. 물론, 선대 공작께서 살아 계시던 시절의 일이지만.

그때마다 공작의 구박을 받아 가며 철저하게 노동력 착취를 당하고 피곤해서 쓰러지곤 했다.

하지만 이번에는 반대의 상황이다.

과로로 쓰러져도 좋으니 빨리 일을 해치우고 싶은데, 오스윈이 훌륭한 노동 규제를 적용하여 아주 안락한 공작저 생활을 즐기게 생겼다.

눈을 감으니까, 조금 전에 응접실에서 있었던 일이 자연스레 떠올랐다.

레이놀드가 잠시 자리를 비운 사이에 갑자기 클라렌스가 들어와서 정말로 깜짝 놀랐었다.

'멍청하게 진짜.'

여기에 그녀가 있다는 사실을 몰랐던 것도 아닌데. 엉거주춤 일어선 모습이 그녀의 눈에 얼마나 한심해 보였을까.

뭐, 상관없나.

케니스는 천천히 몸을 일으켰다. 어쨌든 마탑의 할아범들이 클라렌스에게 관심을 두는 것은 좋지 못한 일이다.

거기에 케니스가 그녀에게 마음이 있다는 사실을 그들이 알게 되면 클라렌스에게 대단한 민폐를 끼치게 되리라.

클라렌스는 그냥 이대로 그녀의 삶을 사는 편이 좋다.

가족과 함께하는 평범한 삶을 살고 싶어서 대단한 기사 자리도 마다했던 것이 아닌가.

그가 그녀에게 구애하는 것은 마탑 교배 실험의 대상자가 되어 달라는 뜻밖에 되지 못하리라.

그런 더러운 일을, 다른 사람도 아니고 클라렌스에게 부탁할 수는 없었다.

간단한 결론이 나고 나니 조금 웃음이 나왔다.

"일이나 하자, 일."

지금 당장 봉인을 구축하는 것은 무리지만 할 일은 있었다.

그는 서재로 걸음을 옮겼다. 그곳에는 지금까지 공작가로 출장을 왔던 마법사들의 업무 일지 같은 것이 남아 있었다.

물론, 케니스도 그 일지에 많은 기록을 남겨 둔 바 있었다.

오늘부터 그 일지에 어떤 일을 부탁받아서 왔고, 어떤 마법을 사용했는지 꼼꼼하게 기록해 두어야 한다.

먼 훗날의 어느 마법사 후손을 위해서 말이다.

그는 익숙하게 서재의 문을 열었다.

"안나? 금방 나갈게. 귀족가에서 어떻게 손님을 맞이하는지 몰라서 잠시 책을 찾……."

당황한 클라렌스의 목소리와 부스럭거리는 소리가 들렸다.

케니스는 잠시 멈칫했다. 이대로 다시 돌아갈까 생각했지만, 그리 피하는 것도 우스웠다. 앞으로 며칠이나 여기서 더 그녀를 마주해야 할 테니까.

그는 용기를 내어 서재 안으로 들어갔다.

삐걱삐걱. 이따금 이음새가 늘어진 마룻바닥에서 낡은 소리가 울렸다.

그의 걸음은 점점 느려졌다. 본능은 그녀에게 다가가길 바랐지만, 이성이 필사적으로 저항했다.

고집을 부리는 몹쓸 본능에게 이성이 한마디를 던졌다.

'폐를 끼치는 건 서쪽에서 충분히 하지 않았어?'

본능은 침묵했다. 그는 비로소 제가 찾던 일지가 정리된 서가에 도달했다.

일지를 꺼내고 페이지를 넘겼다. 하지만 그의 눈은 그 어떤 글자도 읽지 못했다.

그저 그의 등 뒤에서 들려오는 작은 발걸음 소리에 귀를 기울이게 되었다.

아무래도 그의 방해가 되지 않도록 조용히 나가려는 모양이다.

그러다가 문득 한 가지가 떠올랐다. 그녀는 '손님맞이'에 대한 책을 찾아 읽고 있었다고 했다. 아무래도 케니스가 그녀를 곤란하게 한 모양이다.

그는 용기를 내어 입을 열었다.

"······저."

그녀의 발걸음이 멈추었다. 고맙게도.

"신경 쓰지 않으셔도 됩니다."

그는 애써 담담한 척 책장을 넘겼다. 사실은 그저 가만히 있기 어려울 정도로 긴장한 것뿐인데도.

"손님이라든가······ 예절, 뭐 그런 것들······. 저는 조용히 신속하게 일을 마치고 돌아갈 겁니다."

클라렌스는 똑똑하니까, 아마 전부 알아들었을 거다. 그를 내버려 두어도 된다는 속뜻을.

이렇게 말해 두면 조금은 편하게 생각해 줄까. 억지로 손님 대접을 하지 않아도 될 테니까. 귀찮은 일이 줄었다며 좋아할지도…….

케니스는 멋대로 클라렌스의 생각을 넘겨짚었다.

하지만.

"케니스."

다정함이 깃든 목소리로 불리는 그의 이름에.

케니스는 그만 얼어붙고 말았다.

클라렌스가 얼마나 무르고 착한 이였는지 잠시 잊고 말았다. 그리 악독했던 숙모도 한순간의 다정함을 그리며 용서하려 들었다.

클라렌스, 날 용서하면 안 돼.

케니스에게 클라렌스란 아주 절대적인 사람이라서, 그녀의 미소 한 번에 분명히 모든 방어 기제가 무너질 것이다.

마탑이 그녀를 어찌 바라보는지조차 잊은 채 그 미소와 다정함을 탐닉하리라.

그는 일부로 탁, 소리가 나도록 책을 덮었다. 크게 숨을 뱉자, 비로소 제정신이 들었다.

달칵.

그리고 서재의 문이 닫혔다. 케니스는 잠시 책장에 이마를 기대었다.

뭐랄까, 그냥. 다 때려치우고 싶었다. 뭐든지 말이다.

하지만 케니스는 일을 때려치울 수 없었다.

빌어먹을 황자님께서 케니스에게 영광스러운 친서를 보내시며 전하시길.

'케니스. 마탑에서 너무 혹독하게 일을 시키는 것 같아서 업무 시간을 조금 조정해 두었어요. 마음에 드시나요?

출장 비용은 한 달 정도 선납해 두었는데, 혹시 더 머물고 싶어지면 얼마든지 말씀하세요.

하지만, 두 달은 넘으시면 안 돼요?

일곱 살 때부터 귀족가의 어른들께 애교를 부려 모아 온 사탕 같은 용돈을 전부 쏟아부었거든요.'

있는 것은 세금뿐인 오스윈이 어디에서 돈이 생겼나 했더니, 그 깜찍한 용돈을 탈탈 털어 낸 모양이다.

애초에 닷새 안에 끝내야 하는 일에 한 달 치 출장비를 내는 멍청이가 어디 있단 말인가.

그걸 신나서 영수한 마탑은 다 사기꾼 새끼들이고.

어쨌든 서재에서 잠시 클라렌스를 마주친 것 외에는 전부 다 괜찮았다.

방은 조용해서 독서하기 좋았고, 이곳에는 읽을 만한 책도 많이 있었다.

사용인들은 친절했고, 식사는 맛있었다. 식사 때에 클라렌스를 마주치기는 했지만, 레이놀드도 있었으니 특별히 불편하지는 않았다.

게다가 클라렌스는 후식 케이크 위에 봄 딸기가 올라간 것을 보고 기뻐했다. 케니스도 그 얼굴을 바라보다가 몰래 웃어 버리고 말았다.

정말 변하지 않는구나.

사소한 것에 기뻐하는 점은.

케니스는 문득 공작저 생활도 이런 느낌이라면 크게 나쁘지 않을 것 같다는 생각을 했다.

혼자 틀어박혀 일하다가, 식사 시간에는 소탈하게 웃는 클라렌스를 보고 다시 또 혼자 일에 집중하는 것 말이다.

그러나 그 생각은 그다지 오래가지 못했다.

바로 다음 날.

아침 식사를 마친 케니스는 본격적으로 일에 착수하기 위해 공작 집무실의 문을 활짝 열어젖혔다. 오늘도 훌륭한 봄날씨의 햇살이 집무실 창가로 쏟아져 내렸다.

그리고 소파에 앉아 책을 읽는 한 사람이 있었다.

클라렌스였다.

시선이 마주치자, 그녀가 웃었다. 어쩐지 '어서 오세요. 기다리고 있었습니다.'라고 말하는 서점의 점원 같은 얼굴로.

클라렌스가 케니스가 일하는 공작의 집무실에서 시간을 보내게 된 이유는 간단했다. 레이놀드가 그녀에게 열쇠를 맡겼기 때문이다.

「이걸, 왜 제게?」

클라렌스는 귀한 열쇠를 감히 쥐지도 못한 채 얼떨떨하게 내려다보았다.

「그야 저는 오늘부터 매일 황궁에 가야 하거든요.」

「무슨 일이 있나요?」

「별다른 일은 없습니다. 하지만 전하께서 매일 나오라고 하시더군요.」

대체 전하는 무슨 생각을 하시는 걸까. 클라렌스가 짧은 의심을 한 찰나, 레이놀드가 조심스레 제 생각을 밝혔다.

「아마 제게 마땅한 지지 기반이 없다는 점이 신경 쓰이셨던 것이겠죠.」

「아.」

「전하의 곁에 있다 보면, 많은 사람과 인사를 나눌 수도 있으니까요.」

그건 레이놀드에게 큰 재산이 될 일이다. 클라렌스는 잠시나마 오스윈을 의심했던 자신이 부끄러웠다.

「홀턴 님께서 해야 할 일은 간단합니다. 그냥 지켜보시기만 하면 되니까요.」

「예? 지켜보라고요?」

「당연합니다. 마탑의 케니스라고는 하나 외부인입니다. 그리고 공작님의 집무실은 공작가의 보물과 역사가 잠들어 있는 곳이고요.」

케니스는 그런 세속적인 것에 관심이 있지 않을 텐데.

클라렌스의 마음을 알아차린 레이놀드가 안심하라는 듯 가볍게 덧붙였다.

「마탑의 케니스를 믿지 못하는 것이 아닙니다. 그저 마땅한 절차를 두는 것으로 생각해 주세요.」

「불쾌하게 생각하시지 않을까요. 저야 감시 업무가 익숙하지만.」

「그럼 감시가 아니라 적당히 시중을 든다고 생각하시면 됩니다. 일에 집중하다 보면 간단하게 마실 것이 필요하실 수도 있고, 식사 시간을 잊으실지도 모르니까요.」

아, 시중이란 말이지.

그런 거라면 클라렌스도 자신이 있었다. 어릴 때부터 몇 년이나 기사님들을 모셔 오기도 했으니까.

「알겠습니다.」

케니스가 그녀를 불편해하는 것이 마음에 걸리기는 했지만, 기척을 죽이고 얌전히 있는 것은 그녀의 특기 중의 특기다.

방해되지 않게 조용히 있겠다고 양해를 구해 두면 케니스도 개의치 않고 자기 일에 집중할 것이다.

다음 날 아침. 식사를 일찍 마친 클라렌스는 준비를 서둘렀다.

온종일 읽을 수 있을 정도의 책을 챙기고 안나에게 부탁하여 딸기와 차, 그리고 차가운 물을 집무실에 두도록 했다.

"그리고 초콜릿도 많이 가져와야 해. 아주 많이."

클라렌스는 머리를 쓰면 단것을 갈망하는 케니스의 성향도 잊지 않았다.

물론, 이건 지난번에 그녀가 그의 초콜릿을 전부 먹어 버린 것에 대한 사과이기도 했다.

집무실 책상을 완벽하게 준비하고, 소파에 앉아 기다리자 케니스가 기지개를 켜며 집무실로 들어섰다.

기분 좋게 일을 시작하려는 모양이다.

클라렌스는 자리에서 일어나는 대신 소파에 앉은 채 빙긋 웃었다. 이 미소는 케니스가 가르쳐 준 미소였다. 아주 오래전의 일이지만.

그 미소가 은퇴 후 클라렌스에게 얼마나 큰 도움이 되었는지 모른다. 서점에서 손님들을 맞이할 때 요긴하게 쓰이곤 했으니까.

어쨌든 그렇게 훈련을 한 덕분인지 케니스를 향해 웃는 것은 그다지 어렵지 않았다.

"……왜, 왜?"

케니스가 더듬거리면서 묻기에, 클라렌스는 무릎 위에 올려 두었던 열쇠를 흔들어 보였다.

케니스는 상황을 이해했는지 비로소 고개를 끄덕였다. 감시 역으로 붙은 것이 클라렌스인 모양이다.

"불편하게 하지 않겠습니다."

"……상관없습니다."

그는 집무실을 휘휘 둘러보았다. 그제야 단것이나 딸기 그리고 커다란 티포트가 놓인 책상을 발견했다.

저 초콜릿 맛있는 거네. 일할 때 먹으라고 가져다 둔 모양이다. 예전에 공작가에 일하러 왔을 때는 이런 취급을 못 받았었는데.

그리고 산처럼 쌓인 저 봄 딸기는 클라렌스가 좋아하는 거다.

케니스는 케이크 위의 딸기를 보며 눈을 반짝이던 클라렌스를 떠올렸다. 그렇게 좋아하는 거면 좀 본인이 먹지, 뭘 이렇게 전부 책상 쪽으로 가져다 뒀담.

하여튼 쓸데없이 착하다니까.

그는 책상 위로 짐을 내려놓은 후, 딸기가 쌓인 접시를 조심스럽게 들어 옮겼다.

클라렌스는 제 앞으로 딸기를 옮겨 놓는 케니스를 물끄러미 바라보았다.

그녀의 얼굴이 '왜?'라고 말하는 듯했다.

바보야, 그거야 당연히 네가 딸기를 좋아하니까 그렇지. 초콜릿도 먹을래? 녹여서 딸기에 올려 먹는 거도 좋아했었지? 마법으로 살짝 녹여 줄까?

그는 멋대로 내뱉으려는 말을 가까스로 삼켰다.

"……채, 책상이 좁아져서 그렇습니다."

"아, 생각도 못했습니다. 그럼 다른 것도 제가 옮기겠습니다."

"아뇨! 아뇨……."

케니스는 머쓱하게 머리를 긁적였다.

"……신경 쓰지 마세요."

"예, 알겠습니다."

대답은 잘하네.

케니스는 털썩 의자에 앉았다. 공작의 의자에 함부로 앉는 것은 용서받지 못할 일이지만, 케니스는 특유의 뻔뻔함으로 언제나 이 자리를 차지하곤 했다.

처음에는 무어라 하는 소리가 좀 있었던 것 같은데, 공작님이 별소리하지 않으니 그런 잡음은 쏙 들어갔다.

그리고 이제는 그가 공작님의 자리에서 일하는 것이 아주 자연스러운 일이 되었다.

공작님께서 돌아가신 지금도 말이다.

그는 하급 마법사가 챙겨 준 가방을 손끝으로 톡톡 두드렸다.

나무 가방은 혼자서 계단 모양으로 변화했다. 그리고 그 위로 잉크나 펜대, 펜촉 따위가 착착 정돈되어 나타났다.

깃발은 작은 금고에 봉인될 거다. 작다고는 해도 장정 세 명은 달라붙어야 할 무게다.

게다가 나중에 자리를 잡고 나면, 케니스가 추가적인 마법을 걸어서 결코 지정된 자리에서 옮겨질 수 없게 할 거다.

케니스는 제 세 뼘 정도 되는 금고를 이리저리 살펴보았다. 통풍도 안 되니 보존 마법도 걸어야겠고, 구김이 가서도 안 된다고 했으니 주기적으로 깃발이 혼자 흔들거리기도 해야 할 거다.

세세하게 귀찮네.

마법이 겹치고 겹칠수록 케니스의 수고는 늘어난다. 잠시 고개를 든 그의 시야에 클라렌스가 앉은 뒷모습이 보였다.

그러고 보니 이 자리.

클라렌스가 무얼 하는지 아주 잘 보인다. 게다가 그녀는 이쪽을 돌아보지 않으니, 아무리 쳐다본들 민망해질 리도 없고.

케니스는 잠시 이 자리의 이점을 누려 보기로 했다.

팔랑.

클라렌스가 책을 넘긴다. 무슨 책이지? 케니스는 고개를 요리조리 움직이며 그녀가 읽는 책을 훔쳐보았다. 이야기책인 것 같다. 뭔가 대사 같은 것이 보였다.

그리고 보니 클라렌스의 어깨에 잔뜩 힘이 들어가 있다. 뭔가 긴장되는 내용인 모양인데, 모험물인가? 아니면 추리소설?

책에 시선을 고정한 그녀가 팔을 뻗어 포크를 집었다. 아, 딸기를 먹으려는 모양이다.

책에 딸기즙이 떨어질까 걱정하는지, 살짝 고개를 돌려 한입에 딸기를 쏙 넣는다. 한쪽 볼이 우물우물하는 모양으로 볼록 올라오고, 그녀는 얼른 새로운 딸기를 집어 들었다.

와, 클라렌스. 너 관찰하는 거 왜 이렇게 재미있냐.

이렇게 재미있는 줄 알았으면 서쪽에서도 심심할 때 책을 읽을 게 아니라 네 뒤통수나 들여다보고 있을걸.

케니스는 아예 턱을 괴고 앉아 그녀가 독서하는 모습을 감상하기 시작했다.

소리도 다양했다. 페이지가 넘어가는 소리, 그러다가 딸기 씨가 오독오독 작게 씹히는 소리. 물기 어린 과육이 짓이겨지는 소리.

잘 먹으니까 귀엽네. 케니스는 저도 모르게 히죽히죽 웃음을 흘렸다. 일하러 온 것도 잊은 채 말이다.

그러디 문득 글라렌스가 획 하고 뒤를 돌아보았다.

혜벌쭉 웃고 있던 케니스는 소스라치듯 자리에서 벌떡 일어나 금고의 뒤편을 살피는 척했다.

클라렌스는 차분히 그에게 사과했다.

"죄송합니다. 제가 너무 분주하여 집중하시는 데 방해되었군요."

클라렌스는 제게 쏟아지는 시선을 그런 의미로 오해한 모양이다.

케니스는 아무런 대답도 하지 않았다. 그저 뭔가 심각한 문제라도 있는 양, 미간을 잔뜩 찌푸리며 금고를 들여다볼 뿐이었다. 물론, 금고는 아무런 문제가 없었다.

클라렌스는 포크를 내려놓고 책을 덮었다. 그리고 마치 인형처럼 그 자리에 가만히 앉아 대기했다.

케니스는 미동조차 없는 뒷모습을 잠시 바라보다가 조심스레 입을 열었다.

"책 읽으셔도 됩니다."

딸기도 먹고, 너 하고 싶은 거 다 해.

클라렌스가 다시 책을 펼치기에 케니스는 다시 일에 집중했다.

아주 가끔 한눈을 팔기도 했지만.

케니스가 잘 모르는 것이 하나 있었는데, 클라렌스는 누군가의 시중을 드는 일에 아주 익숙하다는 것이다.

그녀는 적당히 나른해질 시간에 그에게 차를 권했다.

물론, 함께 차를 마시자는 이야기는 하지 않았다. 조용히 다가와 따뜻한 차를 내려놓고 다시 제자리로 돌아가 얌전히 책을 읽는 것이다.

그녀는 집무실을 적막하게 유지하는 것을 무척 중요하게 생각한 모양이다. 정말 필요한 때가 아니라면 입을 열지도 않았다.

"휴식 시간입니다. 산책하실 거라면 정원을 안내……."

"아닙니다."

"그렇습니까."

클라렌스의 얼굴에 묘하게 섭섭함이 드러났다. 그 얼굴을 바라보던 케니스의 마음이 잠시 흔들렸다.

"가, 가겠습니다."

그는 뻣뻣하게 자리에서 벌떡 일어났다. 생각해 보니까 온종일 소파에 앉아 있던 클라렌스에게 산책이 필요할 것도 같았다.

"안내해 드리죠."

클라렌스가 빙글 몸을 돌린다. 얼핏 웃는 얼굴이 보였기에 케니스는 안심했다.

두 사람의 산책은 조금 기묘한 모양으로 진행되었다.

클라렌스가 다섯 걸음 정도 앞장서면, 케니스가 그 뒤를 졸졸 따라갔다. 그녀는 케니스가 제대로 따라오는지 확인하며 보폭을 맞추어 주었다.

이게 뭐람.

형편없는 모양새에 케니스는 조금 웃음이 나올 것 같았다. 어쨌든 봄꽃 사이를 걸어가는 클라렌스를 바라보는 것은 나쁘지 않았다.

평화로워 보이지 않는가.

"케니스."

문득 그녀가 나무 그늘에서 걸음을 멈추며 그를 돌아보았다.

케니스는 그만 그 자리에서 멈추어 서고 말았다. 그녀와 적당한 간격을 유지하기 위해서가 아니었다. 그저 그의 이름이, 또 다정한 투로 들린 것에 조금 놀란 것뿐이다.

"잠시 쉬어 가겠습니다."

그녀는 그에게 나무 그늘로 들어올 것을 권했다. 아무래도 강한 햇살에서 잠시 피해 있어야 할 것 같다고 판단한 모양이다.

"아직이군요."

"……?"

클라렌스가 나무 위로 시선을 올리며 중얼거렸다. 케니스도 작은 꽃망울이 보이는 나무를 올려다보았지만, 그녀가 무엇을 말하는지 알아차리지 못했다.

"봄이면 이 커다란 나무에서 아주 작고 여린 꽃이 핍니다. 어릴 때…… 근처에서 훈련하면서 몇 번이나 보았죠."

그녀의 눈은 먼 과거를 그리고 있었다. 그 꽃이 얼마나 예뻤길래 그토록 애타게 바라보는 걸까.

"하지만, 아직이군요."

또 아쉬운 얼굴이다. 케니스가 산책하러 가지 않겠다고

했을 때도 저런 얼굴을 했었다.

어쩌면 이 나무에 꽃이 피었는지 보러 오고 싶었던 것일지도 모른다. 어떤 봄꽃은 때때로 허망하도록 짧게 피고 지는 법이니까.

"어쩔 수 없죠. 다음에 다시……."

그녀가 포기하고 걸음을 옮기려는 순간, 그의 손가락이 그녀의 머리카락 사이를 헤집어 왔다.

아주 조심스럽게 말이다.

클라렌스는 몸을 돌려 그를 바라보았다. 그의 손가락은 조금 더 깊이 머리카락 사이를 파고들었다. 눈을 감고 무엇인가를 읊조리면서.

무얼 하는 걸까? 작은 의문이 피어난 순간. 그녀의 시선에 하얀 꽃잎이 떨어져 내렸다.

클라렌스는 놀란 얼굴로 다시 나무를 올려다보았다.

초록색과 여린 꽃망울뿐이었던 나무에는 어느새 새하얀 꽃들이 흐드러지게 피어서, 사방으로 하얀 꽃잎을 흘려보내고 있었다.

그녀는 두 손을 모아서 떨어지는 꽃잎을 붙잡아 보았다.

그러나 그것은 손바닥을 통과하여 그대로 바닥으로 떨어져 내렸다.

"환영일 뿐입니다."

어느새 눈을 뜬 케니스가 차분하게 대답해 주었다.

"당신의 기억이 만들어 낸."

"그렇다면, 이건…… 과거인가요?"

클라렌스의 물음에 케니스는 고개를 저었다. 과거의 재현과는 다르다. 이건 어디까지나 그녀가 가진 이미지를 끌어 구현하는 것에 지나지 않으니.

"가짜입니다."

케니스는 다소 차갑게 대답했다.

그렇게라도 하지 않으면, 손끝에 닿은 작은 머리를 제 품으로 당겨 올 것만 같았다.

"그럼…… 마법이군요."

클라렌스가 빙긋 웃었다. 이번에는 점원의 미소가 아니었다.

가느다란 달이 떠오르는 시간이 되었다. 야근을 금지당한 케니스는 제게 주어진 방에 누워서 이리저리 몸을 뒹굴었다.

「그럼…… 마법이군요.」

당연히 마법이지 바보야. 내가 마법사인걸.

애써 그녀의 말을 가볍게 생각해 보았지만, 그렇게 되지는 않았다. 그녀가 말하는 마법이라는 말은 아마 굉장히 꿈 같은 것이리라.

아이들의 상상에서나 일어날 것 같은 그런 것, 가령 빛이 반짝 떠오른다거나 젤리가 비처럼 내리는 것과 같은.

신비하고, 아름다워서 사람의 마음을 홀리는 것.

클라렌스가 마법이라는 단어에 아직도 그런 달콤한 정의를 세워 두고 있을 줄은 몰랐다.

분명히 싫어할 줄 알았는데.

공작님을 살해했던 것은 그의 마법이었으니까.

죄책감에 마음이 무거워졌다. 그러면서도 꽃잎 사이로 보았던 미소를 그렸다.

과거의 클라렌스는 때때로 그런 얼굴로 웃곤 했다. 그에게 고맙다는 말을 전할 때나, 정말로 좋은 일이 있을 때 말이다.

그 미소야말로 그의 기억이 지어낸 환상이 아니었을까.

사람의 표정은 마법으로 덧씌울 수 없다는 것을 알면서도, 어쩐지 그런 생각이 들었다. 그가 클라렌스를 진심으로 웃게 할 수는 없을 테니까.

그는 다시 몸을 뒤척였다. 어떻게 해도 몸이 불편한 것을 보니, 이대로 잠이 드는 것은 무리인 듯싶었다.

그는 침대에서 일어나 습관적으로 벽에 걸어 둔 로브를 걸쳤다.

조용히 문을 열어 복도로 나왔다. 자정이 넘은 시간이라 아무도 없었다.

그는 간헐적인 불빛에 의지하며 천천히 걸음을 옮겼다. 공작의 집무실까지.

사실 집무실 문이 잠겨 있다는 것은 케니스에게 커다란 문제가 되지 않았다.

그에게는 어떤 잠금도 해제할 방법이 있으니까. 좀도둑 같은 마법이라 어지간히 급하지 않은 다음에야 사용하지 않는 편이지만.

그는 문고리를 쥐었다. 약간 마력이 흐르자, 마치 열쇠가 들어간 것처럼 철컥거리는 소리가 들렸다.

어렵지 않게 문이 열렸다. 케니스는 혹여 누군가와 마주칠까 재빨리 공작의 집무실로 들어섰다.

우선 빛의 마법으로 책상을 밝혔다. 하다가 남겨 둔 일이 얌전하게 그를 기다리고 있었다.

그는 책상 의자에 삐딱하게 몸을 끼워 앉았다.

펜 끝을 잉크에 푹 담그며, 상반된 마력을 어떻게 하면 한 장소에 영구적으로 머물게 할 수 있을지 고민했다.

"완벽한 규칙이 성립되지 않으면, 시간이 흐르면서 깨질 텐데."

사각사각. 펜촉이 종이 위를 스친다. 까다로운 주문은 이래서 좋다. 생각하다 보면 개인적인 것은 전부 잊게 되니까.

톡톡. 문득 딱딱한 것에 유리가 부딪치는 소리가 들렸다.

케니스는 책과 종이에 처박았던 고개를 들었다. 당연하지만 아무도 없었다. 그는 조심스럽게 자리에서 일어나 집무실의 문을 열었다.

하녀라도 만나면 사정을 설명하고, 일을 더 할 거라고 말을 해 둘 생각이었다.

대부분 오랫동안 일한 사람들이니, 케니스의 야행성 체질을 알고 있을 터다.

그러나 복도에는 아무도 없었다. 누군가 지나간 것 같지도 않았다. 긴 복도에 인기척이라고는 하나도 없었으니.

그럼 대체 무슨 소리였지? 잘못 들었나?

문을 닫고 다시 책상으로 돌아오려 몸을 돌렸을 때, 그는 제 눈을 의심했다.

이런 상황이라면 누구라도 의심할 수밖에 없을 것이다. 하얀 잠옷을 입은 사람이 창밖에서 무서운 눈으로 집무실을 들여다보고 있었으니까.

"크, 클라렌스?!"

케니스는 당황하여 저도 모르게 그녀의 이름을 부르고 말았다.

그녀의 손가락이 창문 잠금장치를 가리켰다.

그는 허둥지둥 달려와 창문을 열었다. 바깥을 내다보니 클라렌스가 발을 디딘 곳은 겨우 새끼손가락 정도의 너비로 무척 위험해 보였다.

하지만 그녀는 익숙한 듯 가벼운 동작으로 집무실 안으로 훌쩍 뛰어들어 왔다.

"어, 어, 어떻게?!"

케니스는 당황하여 물었지만, 곧 한 가지 사실을 떠올렸다. 그녀는 본래 공작가의 사병이었다. 아마 이 저택의 외벽은 몇 번이나 타 넘었을 거다.

그렇다고는 해도 저렇게 좁은 곳에 발을 딛고 있다가 강한 바람이라도 불어오면 위험할 텐데. 다치면 어쩌려고.

잠시 잠옷을 툭툭 털어 낸 클라렌스가 덤덤하게 대답했다.

"소리가 들렸습니다."

"……."

"제 방이 바로 밑이라."

걸릴 수밖에 없었다는 건가.

공작가의 건물이 그리 허술하게 지어지지는 않았을 거다. 이건 그냥 클라렌스가 예민하다고밖에는 말할 수 없었다.

"문은 어떻게…… 아. 마법이군요."

마법이라고 말하며 또 웃는다.

너 왜 자꾸 마법이라고 말할 때 웃는 거야. 웃지 마. 그렇게 좋은 거 아니라고.

"마탑의 케니스, 지금은 휴식 시간입니다."

정중한 말에 케니스는 고개를 저었다.

"일이 중간에 끊어지는 것을 그다지…… 좋아하지 않습니다."

뭐, 그건 사실이기도 했다.

클라렌스는 팔짱을 끼우며 무언가 생각에 빠졌다. 케니스는 시선을 돌리는 클라렌스의 얼굴을 슬그머니 바라보았다.

근데 클라렌스, 너 잠옷이 좀 야하지 않냐?

뭔가 얇다. 하긴 봄에 두꺼운 잠옷을 입는 사람은 없겠지만.

그래도 목선이 다 보이는 건 야하지. 아, 목을 덮는 잠옷 같은 건 세상에 없었던가?

발목이랑 종아리도 보이고! 그건 다른 옷을 입어도 비슷했던 것 같기도 하지만, 어쨌든!

게다가 왜 발에는 아무것도 안 신은 거야! 발을 홀딱 벗다니! 너, 대체 무슨 생각인 거야!

"……."

케니스는 드디어 그녀의 잠옷에는 그 어떤 죄도 없다는 것을 깨달았다. 야한 건 그의 머릿속이다. 아무래도 데일에게 안 좋은 게 옳은 모양이다.

그는 시선을 떨구며 마음속으로 사과했다.

미안, 클라렌스. 이제 야한 생각은 그만할게. 진짜로.

"그럼, 계속하는 거로 하죠."

"뭐?!"

케니스는 눈을 동그랗게 뜬 채 깜짝 놀라 되물었다.

그러니까, 계속하라고? 더, 더 해도 된다고?

"어차피 방으로 돌아가셔도 미련을 가지실 테고."

클라렌스는 덤덤하게 설명했지만, 케니스는 눈앞이 캄캄해졌다.

그야 물론 혼자 방에 있으면 좀 그렇고 그런 생각을 할 때도 있다. 더구나 오늘같이 예쁜 모습을 봐 버린 날에는 더욱.

분명히 이 응용력 좋은 머리가 엄청난 망상으로 대단하게 부풀려 내겠지. 좋은 머리가 원망스러워질 정도로.

바보 클라렌스! 그건 네 눈앞에서는 못하는 거라고!

"그럼, 저는 일을 마치실 때까지 소파에 앉아서 기다리겠습니다."

"……어?"

클라렌스가 케니스를 지나쳐 소파에 앉는다. 낮에 읽다 만 책을 자연스럽게 집어 들고 책갈피를 들어 올리며 책을 펼친다.

그 모습을 바라보던 케니스는 그제야 제가 멍청한 착각을 했음을 깨달았다.

내가 드디어 미쳤구나. 클라렌스가 계속하라는 건 일이었는데. 뭘 그렇게 기뻐하면서 망상을 이어 나간 거람.

앞으로 데일에게 음흉하다고 할 수 없을 것 같았다. 케니스야말로 데일을 넘어설 만큼 음흉한 모양이니까.

음흉한 케니스는 타박타박 책상으로 돌아왔다. 뭔가 부끄러운 마음에 클라렌스가 앉은 쪽을 바라볼 수도 없었다.

사실은 '신경 쓰지 말고 방으로 돌아가라'고 말하고 싶었는데. 그 얼굴을 바라보며 어떤 말도 꺼낼 수가 없을 것 같았다. 그리고 생각해 보면 저 고집쟁이가 그의 말을 들어줄 것 같지도 않았고.

분명히 누군가가 함께 있어야 한다는 원칙을 들먹이며 기어코 붙어 있겠지.

그냥 방으로 돌아간다고 할까?

그는 고개를 숙인 채 눈동자만 흘금 들어 그녀의 뒷모습을 바라보았다.

소파 위로 무릎을 모아 앉은 그녀는 천천히 책장을 넘기고 있었다.

케니스가 띄운 마법의 빛에 겨우 의지한 채, 책을 한 줄한 줄 읽어 내려가는 그 모습이.

좋았다.

꼭 같은 집에 사는 것 같아서.

물론 지금은 실제로도 그렇기는 하지만, 무언가 조금 더가까워진 것 같은 그런 느낌.

아마 새벽이라는 시간이 만드는 착각일 것이다. 아주 개인적인 시간이니까.

조금만 더, 이대로 있으면 안 될까. 눈이 마주치지 않아도, 대화하지 않아도 좋으니까. 단 한 번의 새벽이 갖고 싶었다.

그는 다시 일에 몰두했다. 소중한 시간에 가능한 한 많은 일을 해 두고 싶었다.

언젠가 다시 떠올리게 되었을 때, 부끄럽지 않도록 말이다.

고요한 새벽의 시간은 평화롭게 흘러갔다.

종이 끝을 부스럭거리며 만지작거리던 케니스는 문득 길게 기지개를 켰다. 클라렌스를 신경 쓰지 않기 위해 허리를 깊이 숙인 채 일했더니 어딘가 몸이 뻐근했다.

허리를 펴자, 자연스럽게 소파에 앉은 클라렌스가 보였다.

그녀는 처음 앉았던 자세 그대로 머물러 있었다. 같은 자세로 오래 앉으면 불편할 텐데, 그런 것도 없는 모양이다.

'대체 공작가에서 무슨 훈련을 시킨 거람.'

케니스는 툴툴거리며 조금 더 그녀에게 시선을 두었다. 아주 옅은 호흡에 따라 그 어깨가 조금씩 움직이는 것이 보인다. 아마 잠옷이 얇기에 눈에 띄는 것이리라.

'그것 봐, 내가 야하다고 했잖아.'

그는 좀 전의 자신에게 면죄부를 발부하는 것도 잊지 않았다.

'그나저나 정말 안 움직이네. 허리 아플 텐데. 자세도 그대로고, 팔도 그대로고, 손도 그대로……? 가만, 책을 읽는 사람이 손을 그대로 두는 건 조금 이상하지 않나?'

케니스는 책 모서리를 쥔 그녀의 손을 응시하며 페이지가 넘어가기를 기다렸다. 하지만 아무리 기다려도 그런 일은 일어나지 않았다.

'아, 어려운 부분을 읽는 건가?'

그렇다면 오래 걸려도 이상하지 않다. 케니스도 한 페이지에서 한 시간 이상 머문 적이 있으니까.

케니스는 그녀를 5분 정도 더 응시했다. 물론, 클라렌스는 미동도 하지 않았다.

그는 슬슬 한 가지 가정이 떠올랐다.

'자니?'

설마, 설마 그럴 리가.

상대는 클라렌스다. 임무 중에 잠드는 일은 없다. 물론 지금은 임무 중은 아니지만 어쨌든.

케니스는 제 말도 안 되는 가정을 검증해 보기로 했다.

의자에서 천천히 일어난 후, 세상에서 가장 조심스럽게 걸음을 옮겼다. 긴장으로 호흡이 먹먹해졌다.

숨이 가빠 오기 때문일까, 심장이 소리를 키운다. 입도 없는 녀석이 어째서 이렇게 시끄럽담.

케니스는 소파를 빙 둘러 그녀의 앞에 도착했다. 어느새 그의 뒤를 따라온 호기심 많은 빛의 마법이 그녀의 얼굴을 반짝 비추었다.

움찔. 꼭 감겨 있던 클라렌스의 눈이 살짝 움직이기에, 케니스는 얼른 주먹을 쥐어 빛의 마법을 소멸시켰다.

'망할 빛, 하여튼 밤만 되면 호기심만 많아서.'

빛이 사라진 집무실은 어두웠다. 마탑의 어둠에 익숙한

케니스는 얼마 지나지 않아 이 어둠에도 적응했다.

그리고 다시 바라본 클라렌스는 다행히 아직 잠들어 있었다. 피곤했을까.

생각해 보면 무투 대회가 끝난 지 며칠 지나지도 않았다. 그녀는 그곳에서 몹쓸 일을 많이 당했고.

아무리 마법과 신성력으로 치료한다고 한들, 기억은 남는다.

그 기억을 끌어안은 것만으로도 무척 피곤할 것이다. 게다가 케니스까지 들이닥쳤으니 스트레스는 더욱 심해졌을 테고.

그나저나 어떻게 하지.

깊이…… 잠든 것 같은데.

깨워서 방으로 돌아가라고 해야 할까? 그는 그녀의 어깨를 향해 손을 뻗었다.

하얀 어깨 위로 손이 거의 닿으려는 찰나, 저도 모르게 주먹이 쥐어졌다.

닿지 못했다. 아니 그렇게 하지 않았다.

그는 가까워진 거리에서 그 얼굴을, 평화롭게 깊은 잠에 빠져든 표정을 조금 더 보고 싶었다.

참 나쁘네, 나. 그렇지?

그는 들릴 리 없는 물음을 마음속으로 건네며 허탈하게 웃었다.

어째서 계속 이런 생각이 드는 걸까. 서쪽에서 끝냈어야 할 마음이 길어지고, 이어서 봄의 오늘까지 계속 따라왔다.

줄어들지도 않은 채. 아니, 도리어 더욱 자라 버린다.

케니스는 분명하게 부피를 키우는 그 야릇한 마음을 느꼈다. 어쩌면 그의 몸속엔 이제 그 마음밖에 남지 않았을지도 모를 일이다.

언제 사그라지기 시작할까? 다음 여름? 아니면 겨울일까. 그것도 아니라면…… 그의 목숨이 사그라지는 것이 먼저일까.

'그게 언제든 네게 폐는 끼치지 않을게.'

그는 약한 바람을 불러들였다. 바람은 그녀가 소중히 든 책을 조심스럽게 빼냈다. 읽던 곳에 책갈피를 끼워 두는 섬세함도 잊지 않았다.

바람에 클라렌스의 몸이 스르르 떠올랐다. 하얀 잠옷 사이로 바람이 파고들어 조금 펄럭이는 모양이 되었다.

케니스는 양쪽 팔을 앞으로 뻗었다. 그러자 그녀의 몸이 천천히 그의 팔 위로 떨어져 내렸다.

털썩. 바람이 완전히 사그라진 후에는 그의 팔에 온전한 무게감이 느껴졌다.

사실은 바람에게 부탁하려고 했다. 그녀를 운반하는 일 말이다.

하지만 바람은 차갑고 그녀의 옷은 얇았다. 게다가 하얀 발에는 신발 하나 없었고. 잠결에 찬바람이 들었다가 감기라도 걸리면 안 되니까.

툭. 그의 어깨 근처로 그녀의 머리가 기대어졌다. 스르르 머리카락이 흘러내리자, 그 사이에서 가지런한 속눈썹이나 높은 콧날, 그리고 아주 살짝 벌어진 붉은 입술이 보였다.

케니스는 저도 모르게 클라렌스를 안은 팔에 힘을 줬다.

딴생각 금지!

눈치 없는 이성이 얼른 근엄한 행동 방침을 정했다.

케니스가 언제나 '무엇보다도 굳건한 이성'이라고 늘 자랑스럽게 여겼던 녀석 말이다.

이성, 넌 눈치도 없냐, 진짜.

어쨌든 이성은 틀린 말을 하지 않으므로, 케니스는 딴생각을 금지하고 천천히 걸음을 옮겼다.

공작의 집무실에서 나와 어두운 복도를 걸었다.

이따금 그에게 무게를 기댄 클라렌스가 작게 움찔거렸다. 그때마다 그는 걸음을 멈추고 그녀의 얼굴을 빤히 바라보았다. 혹시 어딘가 불편하게 안은 것은 아닌지 걱정하며.

하지만 그녀는 깨어나지 않았고, 그는 다시 안심하고 복도를 걸었다.

참 따스하다. 사람과 사람이 닿은 곳은 어째서 이렇게나 온기가 도는 걸까.

그는 복도와 계단 그리고 다시 복도를 지나 마침내 그녀의 방 앞에 도착했다. 문은 열려 있었다. 사실 잠겨 있다 해도 큰 문제는 없었다.

그는 소리가 나지 않도록 조심스럽게 문을 여닫으며 그녀의 방에 들어섰다.

그러고 보니 클라렌스의 방에 오는 것은 처음이다. 전쟁터에서 막사에 들르는 것과는 아주 다른 느낌이 들었다.

그는 가볍게 방을 둘러보았다.

그녀가 타 넘어 올라왔을 창문이 열려 있었다. 그 주변으로 작은 가구들이 몇 개 보였고, 침대는 방의 한가운데에 있었다.

케니스는 침대 앞으로 다가갔다. 막상 품에 둔 클라렌스를 내려놓는다고 생각하니 조금 아쉬운 기분이 들었다.

어쩌면 마지막일지도 모르니까.

'멋대로 안아서 미안해.'

허락을 구했어야 하는 일인데. 그는 씁쓸하게 웃으며 그녀를 침대 위로 조심스럽게 내려놓았다.

다행이다.

베개 위에 놓인 그녀의 얼굴이 미동도 하지 않는다. 케니스는 짧게 한숨을 쉬며 그녀의 얼굴 근처에서 작게 속삭였다.

"잘 자, 클라렌스."

그는 클라렌스의 밑에 깔린 얇은 이불을 조심스럽게 빼냈다. 부드러운 것이라 그런지 별 무리 없이 빼낼 수 있었다.

그런데.

철컥하는 금속성의 소리가 들렸다. 이불 사이에서 말이다. 당황한 케니스는 이불을 든 채 그것을 멍하니 바라보았다.

검이었다. 케니스와는 연이 먼 물건이나, 그 검집이 무척이나 눈에 익었다.

그가 축복했던 것이니까.

문득 클라렌스가 그 검으로 팔을 뻗는 것이 보였다. 눈을 뜨지 않는데 그리 움직이는 것을 보면, 잠결에 소리를 듣고 저도 모르게 반응하는 모양이다.

검을 쥔 그녀는 그것을 소중하게 끌어안았다.

케니스는 저도 모르게 그 모습을 물끄러미 바라보게 되었다. 시선을 뗄 수가 없었다.

그녀의 얼굴과 가슴 그리고 다리가 전부 그 검을 옭아매듯 끌어안고 있었다. 소중하게, 무척 다정하게.

착각이, 든다. 아주 달콤한 착각이.

그러나 그는 애써 고개를 저었다. 그녀는 기사다. 더구나 참전 기사. 그런 사람들이 잠자리에 검을 동반한다는 것은 많은 사람이 아는 상식 중 하나다.

습관일 뿐이야. 아무것도 아니야.

그리 생각하니 멋대로 흥분한 심장이 가라앉았다.

그는 여전히 들고 있던 이불을 그녀의 위로 가지런히 덮어 주었다. 그리고 잠시 침대 곁에 기대어 앉아 잠든 얼굴을 바라보았다.

잠깐만, 아주 잠깐만 있을게. 너 지금, 아까울 정도로 예쁘게 웃고 있거든.

잠에 물든 숨결이 점점 더 깊어져 간다. 케니스는 아쉽지만, 이제 제가 떠나야 할 시간이 되었음을 깨달았다. 이대로 아침을 맞이할 생각이 아니라면 말이다.

케니스는 천천히 자리에서 일어섰다. 떨어지지 않는 시선을 억지로 당기며 몸을 돌리는 순간에.

"……케니스?"

잠에 물든 목소리가 들렸다. 이런 순간에도 다정함이 담긴 채.

그는 떨리는 시선을 내렸다. 클라렌스는 눈을 반도 뜨지 못했다. 아마 아직 잠결일 것이다.

"다시 자……."

"응."

착하게도 다시 두 눈이 꼭 감긴다. 케니스는 조금 안도했다.

하지만 여전히 깊이 잠들지는 않은 모양이다. 그녀의 입술이 다시 천천히 움직이기 시작했다.

"……불편하지?"

그러곤 다시 조용해졌다. 그녀는 몇 번인가 옅은 숨을 뱉더니, 느린 말의 끝을 조심스럽게 꺼냈다.

"나."

케니스는 제 주먹을 쥐었다.

그러니까, 지금 클라렌스는 그가 그녀와 지내는 것이 불편하지 않은지 걱정을 해 주는 것이다.

대체 왜.

바보야, 용서하지 말라니까.

나는 네가 사랑하는 공작님을 죽였단 말이야.

"안 불편해."

그는 복잡한 마음과는 달리 간결한 대답을 건넸다.

사실은 아주 좋아.

네게 피해를 줄까 봐 늘 걱정스럽지만, 이렇게 가까이 있을 수도 있어서. 얼마나 좋은데.

"싫어하는 줄……."

문득 돌아오는 대답은 조금 전보다 더 흐렸다. 케니스는 그녀의 입 모양으로 사그라든 남은 말을 이해했다.

'싫어하는 줄 알았어.'

"……."

싫어하는 줄 알았다니. 무엇을?

공작저의 생활을? 아니면, 클라렌스 홀턴을?

……어떻게 그런 가정이 가능할 수가 있어?

케니스는 잠시 바닥에 주저앉았다. 무너지는 몸을 침대에 가까스로 기대었다.

그리고 정면에서 바라본 클라렌스는 다시 잠이 들어 있었다. 그녀의 작은 말 한마디가 그의 심장을 얼마나 죄었는지 조금도 알지 못한 채.

"……좋아해. 이 바보야."

늦은 대답에는 심술이 섞이고 말았다.

대답이 들려올 리 없는 고백의 끝에서 케니스는 묘하게 미소 지었다. 이런 말을 다시는 입 밖으로 낼 수 없을 줄 알 았기 때문일 거다.

덧없는 말이어도 좋았다. 이렇게 얼굴을 보고 말할 수 있다는 것만으로도 충분하지 않은가.

"정말로."

케니스는 몸을 일으켰다. 잠시 클라렌스의 하얀 이마가 눈에 들어왔지만, 애써 한 걸음 멀어지며 욕망을 덜어 냈다.

닿으면 닿을수록 욕심만 더 생길 뿐일 테지.

그는 지체하지 않고 돌아섰다. 그가 갖고 싶었던 새벽이 어느새 끝나 가고 있었다.

다음 날 아침.

　침대에서 눈을 뜬 클라렌스는 오늘따라 묘할 정도로 몸이 개운했다.

　'굉장히 깊이 잔 것 같은데.'

　그러다가 문득 고개를 돌려 활짝 열린 창문을 바라보았다.

　'어?'

　그제야 어제 새벽에 있었던 일을 떠올렸다. 분명히 공작님의 집무실에서 책을 읽고 있었다. 그런데 지금은 어째서 방으로 돌아와 있는 거지?

　방으로 걸어온 기억이 없다. 그럴 리가 있나. 술을 마신 것도 아닌데 기억이 끊기다니.

　클라렌스는 옷을 갈아입을 생각조차 하지 못한 채 창문 밖으로 달려가 저택 벽면을 재주 좋게 타고 올라갔다.

　공작님의 집무실은 텅 비어 있었다.

　케니스는 일을 마치고 돌아간 건가? 그녀는 다시 아래로 훌쩍 뛰어내리며 제 방 창틀에 안착했다.

　어느새 방에 들어온 안나가 깜짝 놀라며 작게 비명을 질렀다.

　"까, 깜짝 놀랐잖아요! 기사님, 가끔은 계단과 복도를 이용해 주세요."

　"미안, 급히 확인할 것이 있어서."

"일하실 때는 옷도 갈아입으시고요. 아침 식사하러 가실 거죠?"

클라렌스는 얼른 고개를 끄덕였다. 대체 어제 무슨 일이 있었는지 케니스에게 물어보아야 했으니까.

그녀는 재빠르게 씻고 옷을 갈아입었다.

문을 열자마자 복도를 내달려 케니스의 방 앞까지 달려갔다. 생각해 보니 레이놀드의 앞에서 새벽의 일을 이야기할 수는 없을 것 같았다.

"케니스!"

그녀는 마침 문을 열고 나오는 그를 다급하게 불러 세웠다.

그녀를 발견한 케니스의 표정이 시시각각으로 변했다. 처음에는 당황하는 것 같더니 곧 조금 웃다가도 금세 근엄한 것으로 바뀌었다.

"저, 혹시 새벽에⋯⋯."

그녀가 거기까지 이야기했을 때, 케니스는 얼른 무언가를 알아차렸다.

전혀 기억하지 못하는구나. 그는 안도했고, 동시에 묘한 섭섭함을 느꼈다.

"⋯⋯먼저 들어간다고 하셨습니다."

그는 기꺼이 거짓을 말했다. 사실이 그녀에게는 더 해로우리라고 생각했다.

"제가요?"

"예."

그러나 그녀는 그의 말에 쉽게 수긍하는 눈치가 아니었다.

잠결에 비척비척 방으로 돌아오고, 그것을 기억조차 못하다니. 그녀다운 행동 양식이 아니었다.

어쨌든 케니스는 딱 잘라서 대답했다.

"잘 들어가셨다니, 다행이군요."

"그야……."

저택 구조야 어렸을 때부터 익혀 두어서 눈을 감고도 찾아갈 수 있지만.

"그래도 이상한데……."

클라렌스가 제 입술을 만지작거리면서 고민에 빠지는 동안, 케니스는 그녀의 머리카락을 물끄러미 바라보았다.

물이 뚝뚝 떨어질 정도는 아니지만 제대로 말리지도 않고 이렇게 달려 나오다니. 아침에 일어나서 얼마나 당황했던 걸까.

으이구, 이 바보야. 그러게 누가 기억 못 하래.

"어쨌든, 앞으로는 새벽에 몰래 일어나서 일하지 않겠습니다."

"괜찮…… 습니다."

클라렌스는 잠시 무언가를 고민하더니, 재차 고개를 끄덕이며 같은 말을 반복했다.

새벽에 일해도 괜찮다고.

"원래부터 새벽에 일하는 걸 좋아하셨으니."

"그야……."

그렇지만 말이다.

하지만 어제 같은 일이 두 번 있다가는 그의 심장이 남아 날지 자신할 수 없을 것 같은데.

그의 마음도 모르는 클라렌스가 확인하듯 재차 물었다.

"좋아하죠?"

그는 슬쩍 시선을 돌리며 우물거리는 목소리로 대답했다.

"······좋아합니다."

많이요.

'모든 것에는 가치가 붙는다.'

케니스는 책에서 이러한 문장을 읽었던 일곱 살의 여름을 잊지 않았다.

그 문장을 읽고 몇 초가 지난 후, 어렸던 케니스는 자신과 부모를 완벽하게 분리해야 한다는 것을 깨달았기 때문이다. 육체부터 정신까지 완벽하게 말이다.

부모는 그에게 가치를 매겨 팔았다. 그 순간 그들에게 케니스의 가치는 소비되어 소멸했다.

그 가치 안에는 아마, 열 달 배 속에 품은 시간과 함께 저녁 식사를 먹는 시간도 포함되어 있었을 것이다.

일곱 살 소년은 이제 제게 붙어 있는 가치를 깨달았다. 현금의 액수를 떠올리면 그만이니 어렵지 않았다.

'우아, 나 대단하잖아!'

소년은 그렇게 생각했다.

왜냐하면, 그가 지금 읽는 책의 마지막에는 '제 가치를 깨닫는 일은 무척 어렵다.'라고 적혀 있었으니까.

물론, 제 가치를 바로 안다는 자부심은 오래가지 않았다. 특히 그가 18살이 지난 후에는 더욱 그랬다.

문제는 액수였다.

제법 크다고 여긴 그 돈은 사실 그가 출장 한두 번으로 벌 수 있을 만한 액수였다. 물론 그가 워낙에 대단하여 몸값이 비싼 탓도 있었다.

그는 제가 버는 돈을 '내게 붙은 새로운 가치'라고 생각하기로 했다. 그리고 그 말은 옳았다.

하지만 가끔. 하얀 침대 위에 누워서 갈라진 천장을 바라보는 순간에는 그런 생각이 들었다.

그에게서 마법을, 지식을, 업적을 제외하면 무엇이 남을까.

그것의 가치는 얼마일까.

부모가 매긴 그의 가격은 사실 케니스라는 인간의 원가인 것이 아니었을까. 아무리 부가적인 금액이 덕지덕지 붙는다고 하더라도 그 원가는 변하지 않는다.

참, 싸다. 나.

싸구려 케니스는 아무도 원하지 않았다. 모두가 그에게 바라는 건 마탑의 케니스다. 빛과 어둠마저 손에 넣은 마법사 말이다.

그러니 그에게 클라렌스의 특별함을 말하는 데는 한 문장으로 충분했다.

「피곤하잖아, 케니스.」

그녀는 피곤하니까 마법을 쓰지 않아도 된다고 말해 준

다. 그것도 걱정을 담은 얼굴로. 누군가의 걱정을 받는 일은 너무나도 달콤하다.

그녀(물론 그때는 '그'였다)와 일반적인 친구에서, 가까운 친구가 되는 데에는 오래 걸리지도 않았다.

많이 놀았고 또 싸웠다.

'그랬었는데.'

다음 날 아침. 침대에서 눈을 뜬 케니스는 작게 한숨 쉬었다.

이제는 클라렌스와 시간을 보내는 것이 예전처럼 좋기만 하지 않았다. 물론, 문제는 또 그에게 있었다.

그는 그녀가 사랑하는 공작님을 해했다. 게다가 그녀의 검을 멋대로 축복하는 바람에 마탑의 노인들이 그녀에게 눈독을 들이게 했다.

그야 당연히 눈독 들이고 싶겠지!

케니스는 자신도 모르게 클라렌스의 훌륭함을 손꼽기 시작했다. 사실 요즘 들어서는 이런 생각을 하는 시간이 세상에서 가장 즐거웠다.

클라렌스는 훌륭한 기사이며, 똑똑한 서점의 직원이고, 아름다운 여성이다. 또…….

그녀의 칭찬을 늘어놓던 케니스의 머릿속에 그녀의 하얀 발이 스쳤다. 그날 새벽의 표현을 빌리자면, '홀딱 벗은 발' 말이다.

이 야한 녀석 같으니, 클라렌스! 너 대체 누구를 잠 못 자게 하려고!

쿵. 케니스는 침대 헤드에 잠시 제 몹쓸 머리를 처박았다.

잊지 말자. 야한 건 그의 머리다. 그녀가 아니라.

똑똑. 그때, 들려온 노크 소리에 그는 벌떡 몸을 일으켰다. 적당히 대답하자 문이 열렸다.

레이놀드가 아침 일찍 미안하다며 머리를 긁적이며 들어왔다.

"그건 괜찮아. 왜?"

케니스는 곧바로 용건부터 물었다. 레이놀드는 대답 대신에 그의 얼굴을 물끄러미 바라보았다. 어딘가 피곤해 보였다.

참 이상한 일이다. 황태자 전하께서 일러 주신 대로 일과 휴식의 균형을 잘 잡고 있는데도 말이다.

"혹시 일이 많이 힘드신가요."

레이놀드는 걱정스레 물었다.

"그건 왜 묻는데?"

"피곤해 보이셔서요."

"뭐."

케니스는 어깨를 으쓱였다.

"그다지. 밤에 일도 하지 않는걸."

어제, 클라렌스는 "새벽에 일해도 좋다."라고 말해 주었다. 케니스는 그녀의 배려가 고맙기는 해도 차마 새벽 시간에 일할 수 없었다.

그녀가 그와 함께 깨어 있어야 하는 수고가 미안했다.

그리고 또, 그날 같은 행운이 올까 두려웠다. 분명히 사고를 치겠지. 어떤 사고든지 먼 훗날 이불을 세차게 걷어찰 녀석으로 말이다.

"어쨌든 약속된 날 전에는 틀림없이 끝날 거야. 오스윈이 이상한 규칙을 붙여서 조금 성가시기는 해도."

깃발이 완벽하게 봉인되어야 레이놀드와 클라렌스도 안심하고 파티 손님을 맞이할 수 있을 테니, 케니스는 최선을 다하고 있었다.

"혹시 불편한 것이 있다면 언제든지 홀턴 님에게 말씀해 주세요. 공작가에 대해서 잘 아는 분이시니 여러모로 편의를 봐주실 겁니다."

"⋯⋯."

그 '홀턴 님'이 내 편의를 봐주시는 순간, 나는 끝장이 날걸.

그렇게는 말할 수는 없으니 케니스는 적당히 고개를 끄덕였다.

"그리고 본론입니다만, 한 가지 여쭈어보고 싶은 것이 있습니다."

레이놀드는 잠시 주변을 살핀 뒤 작은 목소리로 물었다.

"혹시 홀턴 님께서 제게 반지를 양도하신 뒤에도 봉인된 깃발을 꺼내실 수 있습니까?"

케니스는 잠시 뻑뻑한 눈가를 비비며 생각했다.

봉인의 기본 전제는 '공작가의 반지를 가진 사람에게는 열린다.'였다. 그러니 클라렌스가 레이놀드에게 반지를 넘긴다면, 그녀는 봉인을 풀 권한을 상실하게 된다.

"당연히 안 되지. 왜?"

"그건 조금 이상하지 않을까 해서요."

레이놀드는 '그녀가 쟁취한 것이니까요.'라고 덧붙였다.

케니스는 잠시 제 미간을 만지작거렸다.

지금까지는 신경 쓰지 않았던 문제인데 레이놀드가 지적하고 보니 뭔가 이상하긴 하다. 대회의 우승자가 그 상징이라 할 수 있는 깃발이 든 금고의 봉인을 풀지 못한다니.

물론 그녀라면 일부로 그런 것을 꺼내 보지는 않겠지만, 하지 않는 것과 못하는 것은 하늘과 땅만큼의 차이가 있다.

"그러네."

케니스는 레이놀드에게 동의했다.

"그렇죠? 이상하죠?"

레이놀드는 안심했다는 듯 재차 물었고, 케니스는 고개를 끄덕였다.

"그래서 말인데요, 마탑의 케니스."

"알았어, 추가해 둘게."

케니스는 기꺼이 그의 의뢰를 수락하며 손을 휘휘 저었다. 어서 가 보라는 것이었다. 문밖에서 마부가 빨리 출발해야 한다며 발을 동동 구르고 있었으니까.

하지만 레이놀드는 아직 남은 용건이 있는지, 우물거리며 그 자리에서 떠나지 못했다.

케니스는 피식 웃었다. 그가 무엇을 말하려는지 쉬이 알아차린 덕이다.

"추가 금액은 안 받을 테니까, 안심해."

"예?! 실은……. 대회에서 번 돈을 전부 드리려고 했는데."

"필요 없어."

"아니, 그래도 노동에는 마땅한 대가가 따라야……."

"노동 아니야."

"예?"

"그거 하나 추가하는 건 노동이 아니라고."

"……그렇습니까."

레이놀드는 아쉬워하는 모습으로 작게 한숨 쉬었다.

그는 안나를 따라서 클라렌스의 우승에 돈을 걸었다.

도박을 그릇된 것으로 여기는 그는, 큰돈을 벌고도 여태껏 한 푼도 사용하지 못하고 있었다. 혹여 좋지 못한 습관이 몸에 붙을까 두려웠다.

이런 일에 쓸 수 있다면 좋았을 텐데. 안타깝게도 케니스가 비용을 받지 않는다니.

"어려운 거 아니니까, 상관없어."

"그, 그렇군요."

이렇게 된 이상 도박 수익의 사용처는 다시 생각해 볼 수밖에. 레이놀드가 허둥지둥 사라졌고, 케니스도 자리에서 일어났다.

커튼을 걷자, 아무것도 걸치지 않은 상체로 빛이 들었다.

케니스는 오스윈만큼이나 심각한 책상물림이지만, 기본적으로 제 몸을 단련하는 일은 게을리하지 않았다.

딱히 운동이 좋은 건 아니었다. 다만 '강한 마력의 보유자는 건강하게 오래 살아야 할 의무'가 있다는 노인들의 헛소리를 순진하게 믿은 어린 시절의 습관이다.

어쨌든 덕분에 적당히 잔근육이 붙은 것은 고마운 일이지만, 클라렌스가 보면 형편없다고 하려나. 으음, 그럴 가능성이 크다.

운동을 더 할까. 사심 어린 마음이 들었지만, 곧 고개를 저었다. 클라렌스에게 예쁘게 보여서 좋을 것이 뭐가 있다고.

일이나 잘하자.

일을 마쳐야 클라렌스가 그를 감시할 의무에서 벗어나게 된다.

물론 일이 끝나면 그녀의 예쁘고 재미있는 뒤통수를 바라보지 못하게 되니 아쉽겠지만.

어쩌겠는가. 그에게 중요한 건 클라렌스가 평화롭고 행복하게 사는 거다.

그는 잘 마른 수건으로 물기를 제거한 후, 신중하게 오늘 입을 옷을 골랐다.

하얀색 셔츠, 조금 덜 하얀 셔츠, 조금 구김 있는 하얀색 셔츠.

3분 정도 고민 끝에 조금 덜 하얀 색을 골랐다. 다른 것도 비슷한 정도의 시간을 들여 고른 뒤에는 적당히 머리를 툭툭 털고 작은 가방을 챙겨 나섰다.

오늘 아침 식사는 케니스와 클라렌스뿐이었다. 두 사람은 형식적인 인사를 나누고 조용히 식사를 마쳤다.

그 후에는 약속이라도 한 것처럼 공작의 집무실로 들어갔다.

케니스는 어제 마무리하지 못한 일을 들여다보았고, 클라렌스는 케니스의 곁에서 텅 비어 버린 초콜릿 접시를 채워 주었다.

와르르. 단것이 쏟아지자, 잠시 책상 주변에 달콤한 향이 퍼졌다.

아. 맛있더라, 그 초콜릿.

케니스는 예전이라면 그녀에게 한마디 건넸을 법한 말을 마음속으로 중얼거렸다.

초콜릿 봉지를 탈탈 털어 낸 그녀는 봉지 안으로 손가락을 쏙 집어넣었다.

무엇을 하는가 싶어서 가만히 바라보니, 봉지 안에 남은 작은 초콜릿 가루 같은 것을 집어서 입에 쏙 집어넣는 것이 아닌가.

헐.

케니스는 잠시 제 옆에 놓인 온전한 초콜릿과 봉지에 남은 가루를 찍어 먹는 그녀를 번갈아 가며 바라보았다.

멀쩡한 걸 두고 왜 그런 걸 먹어! 빌어먹을 공작가에서 네게 초콜릿도 안 사 주니? 마탑도 사람한테 그런 취급은 안 해!

클라렌스는 알뜰하게도 봉지 안에 남은 가루를 전부 탈탈 털어 먹었다.

어이구, 이 답답아.

케니스는 멀쩡한 초콜릿을 집어서 그녀 앞에 불쑥 내밀었다.

예쁜 거 먹어, 예쁜 거. 못생긴 건 나한테 주고, 넌 좋은 거만 먹으라고.

먹는 것을 거절하지 않는 클라렌스는 그가 건네는 초콜릿을 잘도 받아먹었다.

"고맙습니다."

고맙긴 뭐가 고마워. 이건 원래 네 건데.

케니스는 툴툴거리는 말을 삼켰다. 어쨌든 오늘은 클라렌스에게 해야 할 말이 있었다.

"저기, 오늘 레이놀드가."

잠시 용건을 이야기하던 케니스는 문득 그녀를 제 곁에 멀뚱히 세워 두었음을 깨달았다.

그는 자리에서 일어나 클라렌스에게 자리를 양보했다.

클라렌스는 의아해하면서도 자리에 앉았다. 조금 전에 들었던 '레이놀드'라는 말로 미루어 보아 무언가 공식적인 할 말이 있으리라 짐작했다.

클라렌스가 공작의 의자에 앉아 케니스를 올려다보고, 케니스는 팔짱을 끼운 채 그 앞에 섰다.

그는 비로소 이야기를 이어 갔다.

"의뢰를 추가했습니다."

"의뢰?"

케니스는 잠시 고민했다. 레이놀드의 의뢰를 말하려면, 클라렌스를 지칭해야 하는데 무어라고 해야 할지 몰랐다.

그녀가 그리하듯, 이름을 부르고 싶었지만. 그렇지만.

"당신이."

결국, 오늘도 모호한 말로 그녀를 부르고 말았다.

"봉인을 열 수 있도록 할 겁니다. 반지를 양도한 후에도."

"전, 그다지……."

"이미 약속해 버렸습니다. 그렇게 하겠노라고."

케니스는 일부러 약속이라 했다. 클라렌스는 그 말에 약했으니까.

"그래서 몇 가지 방법을 생각해 봤는데……. 제 마법이 당신을 식별할 수 있는 정보로서, 당신의 피를 사용하기로 했습니다."

"피?"

"예, 가능하면 심장 근처의 것으로……. 그래서 조금 이상하다고 생각하실 수도 있겠지만……."

케니스는 목 끝까지 빈틈없이 채워 올린 그녀의 셔츠를 바라보았다.

클라렌스. 네 옷차림에 참견하고 싶은 마음은 없지만, 대체 왜 오늘은 셔츠를 입은 거니.

평소대로 적당히 목덜미가 드러나는 드레스라면 이런 부끄러운 부탁을 하지 않았을 텐데.

"다, 단추를 한 개만 풀어 주시겠습니까."

그러나 첫 번째 단추의 위치를 바라본 케니스는 얼른 제 말을 정정했다.

"아니, 두 개…… 음, 세 개?"

……뭔가 몹쓸 말을 하는 것 같아서 기분이 좋지 않았다. 어쨌든 그는 최대한 근엄한 얼굴을 유지하려고 애를 썼다.

"예, 알겠습니다."

클라렌스는 그리 대답하며 덤덤한 얼굴로 그를 올려다보았다. 무뚝뚝하게 굳힌 표정이 소용없을 정도로 그의 얼굴이 붉었다.

그게 그렇게 부끄러워할 말인가? 이건 아무것도 아닌데.

마치 의사가 환자를 치료하기 위해 약간의 탈의가 필요하듯, 마법을 완성하기 위한 재료를 얻으려는 것뿐이니까.

하지만 상대가 저렇게 동요하는 모습을 보이니, 클라렌스도 함께 긴장하게 되었다.

그녀의 얼굴이 조금 굳는 것 같기에 케니스는 간단히 설명을 곁들였다.

"아프지는 않습니다."

물론 그녀에게는 그다지 필요 없는 말이었을지도 모르겠지만.

"소독된 칼로 아주 약간의 상처만 낼 겁니다. 그다음에는 마법으로 채혈 후, 상처는 사라지게 됩니다."

신선한 피는 마법이 개인을 구별할 수 있는 가장 좋은 개체다. 귀족부터 상인, 그리고 어린아이에 이르기까지 그는 봉인에 필요한 피를 몇 번이나 뽑아 왔다.

"오래 걸리지는…… 않습니다."

그의 말에 비로소 클라렌스가 첫 번째 단추로 손을 가져갔다.

긴 손가락이 작은 단추를 좁은 구멍 사이로 밀어낸다.

작게 툭, 하는 소리가 들리는 순간에 케니스는 잠시 고개를 돌렸다. 그냥 서 있는 것이 부끄럽기도 하여 책상에 몸을 기대었다.

작은 칼을 찾아 끝부분의 소독을 시작하자, 또 다른 단추가 풀리는 소리가 들렸다.

"제가 따로 더 해야 할 것이 있을까요."

클라렌스가 묻자, 그는 대답 대신 고개를 저었다.

"그럼, 잘 부탁드립니다."

클라렌스는 가만히 의자에 기대어 앉아 눈을 감았다.

차라리 그편이 나을 것 같았다. 가까운 거리에서 케니스와 눈이 마주치는 것은 아주 어색할 테니까.

조금 기다리자 부스럭거리는 소리가 들렸다. 아마 케니스가 소독을 마치고 움직이는 모양이다.

클라렌스는 의식적으로 몸에서 힘을 뺐다. 그가 든 날카로운 것이 쉽게 그녀를 상처 입힐 수 있도록.

그의 손이 다가오는 게 느껴진다. 작은 것이지만, 칼이니까 아주 차가울 거다.

슥.

하지만 목덜미에 닿은 것은 차가운 것도, 날카로운 것도 아니었다.

놀라울 정도로 기대와는 정반대였다. 따듯하고 부드러운, 그의 손이었다.

클라렌스는 가늘게 눈을 떴다. 케니스는 허리를 깊이 숙여 그녀의 목선을 유심히 바라보고 있었다.

아주 이성적인, 침착한 얼굴을 하고서. 조금 전까지 얼굴을 붉혔던 것이 마치 거짓말이었던 듯이.

그는 채혈하기에 마땅한 지점을 찾고 있는 모양이다. 미끄러지듯 그의 손이 그녀의 피부 위를 스친다.

신중하게, 하지만 부드러이. 그 묘한 스침이 간지럽다. 하지만 소리 하나 낼 수 없었다. 그녀의 몸에 가만히 집중하는 그에게 방해될 테니까.

클라렌스는 크게 숨을 들이켰다.

그 긴장된 숨 사이로, 친근한 향기가 소록소록 밀려들었다.

아마 케니스가 가까이 있기 때문이다. 그녀가 그를 끌어안고 그 목덜미에 얼굴을 기대었을 때도 이런 향기가 몰려들었다.

책과 잉크 냄새. 이제는 서점의 향기가 아니라 케니스의 향기로 기억하는 그것 말이다.

언젠가 오스윈과 도서관에 갔을 때도 이런 향기가 있었다. 그때를 떠올리자 입꼬리가 파르르 떨렸다.

미소를 짓고 싶은 건지, 아니면 그냥 울고 싶은 건지 알 수 없었다. 어쨌든 클라렌스는 밀려드는 향기에서 애써 마음을 떨어뜨렸다.

이건, 이제 아무것도 아닌 거다. 이 향기와 맺었던 장난스러운 독점 계약 때문에 이상한 미련이 남은 거다.

그냥 그런 것일 뿐.

아비스의 서점에서 이 향기에 처박힌 채 살게 되면 다시 괜찮아질 거다.

클라렌스는 가까스로 떨리는 숨을 뱉었다. 그녀의 그 미약한 바람이 그의 은빛 머리카락에 닿아 조금 흔들렸다.

그때, 케니스가 고개를 들었다. 새파란 시선이 이유도 없이 그녀를 물끄러미 바라보았다.

"여기."

그의 손끝이 어느 한 지점을 뭉근하게 눌러 온다. 아마 그곳에 상처를 입힐 것이라 말하는 것이리라.

그에게 눌린 그녀의 혈관이 부끄러울 정도로 펄떡펄떡 뛰는 것이 느껴졌다.

"으……."

자연스러운 신체 반응인데도 왠지 창피하다. 너무 열렬하게 뛰는 것 같아서.

클라렌스는 얼른 고개를 끄덕이고는 두 눈을 감았다.

오래 걸리지 않는다고 했으니까, 어서 채혈을 마치고 케니스와 떨어지고 싶었다.

그가 누른 곳 위로 차가운 것이 느껴졌다. 그러나 그는 무언가가 마땅하지 않은지, 그곳에 상처를 남기지 못했다.

"……힘 빼요."

속삭이는 것 같은 목소리가 들렸다. 클라렌스는 그제야 제가 바짝 긴장하고 있음을 알았다.

의식적으로 힘을 뺐다. 피부를 스치는 손이 다시 움직였다.

하지만 케니스의 작은 칼이 그녀의 피부를 가르게 되는 일은 없었다. 그는 어째선지 주저하고 있었다.

하필이면 그가 그녀를 상처 입혀야 할 곳에 깊은 흉터가 있었다.

아문 상처에 칼을 대는 것이 망설여졌다. 비록 그가 마법으로 바로 치료할 것이라고 할지라도.

애써 진정시켰던 마음이 흔들린다.

묻고 싶었다.

여기도…… 다쳤었네. 아프지 않았어?

그는 입술을 깨물었다. 서둘러서 채혈하고 클라렌스를 놓아주어야 하는데, 그의 손이 굳어서 움직이지 않았다.

아마, 전부 원하지 않기 때문이다.

흉터에 상처를 덧입히는 것.

이 거리에서 멀어지는 것.

살결에서 손을 떼어 내는 것.

미안, 미련 참 지독하네.

그리 생각하는 순간에 클라렌스가 다시 눈을 떴다.

아마 길어지는 기다림에 지쳤던 것일지도 모른다. 그를 재촉하려는 걸까. 그러나 그녀는 아무런 말도 하지 않고 그냥 그대로 멍청히 선 그를 바라보았다.

서두르라는 기색 하나 없이.

그때 무언가가 그의 손을 감싸 왔다. 눈으로 보지 않아도 그것이 무엇인지 알았다.

단단한 살결이 느껴졌으니까. 검으로 굳어진, 클라렌스의 손이었다.

케니스는 그대로 굳었다. 그러지 말았어야 했는데.

작은 것이든 큰 것이든 모든 날붙이는 그녀에게 친근했다. 케니스의 칼은 어느새 그녀의 손으로 옮겨 가 있었다. 마치 그곳이 제 자리라는 것처럼.

케니스는 저도 모르게 입을 벌렸다. 그녀가 무얼 하려는지 깨달은 것이다.

말리고 싶었다.

그러나 그의 입은 느리게만 보이는 그녀의 동작을 따라잡을 수 없었다.

푹. 작은 칼이 그녀의 흉터를 기어코 다시 벌리고 침범했다.

오른쪽 목덜미에서 시작된 붉은 핏물이 가늘게 흘러내린다. 살결을 따라 분명한 선이 그어졌고, 곧 하얀 셔츠를 물들여 나갔다.

그 순간, 어째서일까.

"클라렌스!"

케니스는 그녀의 왼쪽 팔을 잡아당겼다. 힘을 뺀 채 앉아 있던 클라렌스의 몸이 달랑 따라 올라와 그의 품에 떨어졌다.

그녀와 그가 닿는 순간. 그의 오른손이 본능을 따라 목덜미의 상처를 지워 냈다.

채혈 절차는 생각할 수도 없었다. 바보 같지만 정말 그랬다.

모르겠다. 그냥. 클라렌스가 스스로에게 상처를 남기는 것을 보는 것이 괴로웠다.

"너 미쳤어?!"

그의 팔이 완벽하게 그녀의 허리를 감아 안았다. 닿고, 아무리 닿아도 부족한 것처럼, 그는 그녀에게 매달렸다.

"어떻게 그렇게……."

케니스는 눈을 감았다. 그리고 조금 전까지 아프게 벌어졌던 오른쪽 목덜미에 입술을 묻었다.

상처는 사라졌지만, 핏물은 그대로였다.

"……아프게 하지 마. 바보야."

그는 남은 피를 제 입술에 머금었다. 단 한 번도 피가 달다는 생각을 해 본 적이 없었는데, 지금은 이상하리만치 달다. 아마 그의 감각 어딘가가 망가져 버린 것이 분명했다.

툭. 작은 칼이 바닥에 떨어지는 소리가 들렸다.

"미안."

그리고 품에서 짧은 사과가 새어 나왔다.

케니스는 그녀의 대답을 듣고 나서야, 제가 멋대로 예전 말투를 사용했음을 깨달았다.

말투를 깨닫고 나니, 제 입술이 멋대로 그녀의 목덜미에 처박혔다는 말도 안 되는 사실도 깨닫게 되었다.

깨달음의 연속이었다.

그리고 그가 그녀를 안고 있다는 사실에 이를 때가 되어서야, 그의 머리가 차갑게 식어 버렸다.

그러니까, 이건. 이건…… 뭐라고 말해야 하지.

미안하다고? 아니면 실수였다고? 아니 실수는 아닌데. 그럼 욕망이라고 말해야 하나? 실례다. 욕망이라는 말은.

그 이전에 클라렌스를 놓아야 하나? 어, 그건…… 묘하게 싫다.

……하지만 클라렌스는 지금이 싫겠지. 케니스는 일단 그녀에게 기대 둔 제 고개부터 바로 들었다.

"미안……."

그가 사과하며 팔에 힘을 조금 푼 순간. 이번에는 그녀의 얼굴이 그의 어깨 위로 툭 떨어졌다.

긴장한 케니스는 자신도 모르게 차렷 자세로 바르게 서고 말았다.

그의 귓가로 작은 웃음이 들렸다. 쿡쿡, 하며 낮은 소리가. 잠시 그대로 기대 있던 그녀가 속삭였다.

"……서점 냄새난다."

무언가가 그리운 듯한 사랑스러운 목소리다.

케니스는 그녀가 그리는 것이 무엇일지 생각했다. 이번에도 아비스의 작은 서점을 그리는 걸까.

그것도 아니면.

"나한테서…… 그런 냄새가 나는 건 당연하잖아."

그는 내려 두었던 팔을 들어 제게 기대 온 금발을 쓰다듬었다.

"케니스."

또 그의 이름에 다정함이 담겼다. 그는 심장이 아파 눈을 감았다.

그녀의 머리카락 사이로 파고든 손이 조금 떨렸다. 이어질 그녀의 말이 상상조차 되지 않았다.

"미안해."

"……."

케니스가 대답이 없자, 그녀는 다시 속삭였다.

"케니스."

클라렌스는 언젠가 서쪽에서 그랬던 것처럼 그의 목덜미로 제 팔을 둘렀다. 그리고 그의 어깨 위로 이마를 기대었다.

"그건 네 탓이 아니었어. 이젠 진심으로 그렇게 생각해."

굳이 그 일의 원인을 따지자면, 원흉은 클라렌스였다. 그녀는 그 순간을 이겨 낼 수 있을 만큼 강하지 못했다. 공작님은 그것을 알고 계셨던 거다.

그리고 그녀에 대한 사랑의 증표로 기꺼이 희생을 택하셨다.

그것이 모든 전후 관계고, 케니스는 그서 끌려 들어온 거다.

잠시 케니스를 꽉 끌어안은 클라렌스는 팔을 풀며 두어 걸음 뒤로 물러섰다.

그녀는 다시 마주하게 된 케니스의 푸른 눈동자에 제 말을 전했다. 조금은 느릿하게, 단 하나의 소리에도 깊은 진심을 담아서.

"미안해, 케니스."

그는 그저 멍한 듯 클라렌스를 바라보았다. 살짝 벌어진 입술에는 여전히 그녀의 피를 묻힌 채.

그 모습이 어딘가 그녀가 늘 알고 지내던 케니스다웠다.

웬까, 안심되었다. 괜한 반가움에 미소가 지어졌다. 그리고 눈물이 흘러내렸다.

다가온 케니스의 손이 그녀의 얼굴을 쓸어내렸다.

"……울지 마."

그는 손가락에 닿은 물기를 몇 번이나 쓸어 냈다.

"어휴."

케니스는 곤란함에 한숨이 나왔다. 양쪽 팔이 어쩔 줄 모르는 것처럼 이리저리 어색하게 뻗어 가다가, 결국에는 다시 클라렌스를 끌어안아 버렸다.

토닥토닥. 다정한 손길과는 달리 그의 머릿속은 엉망진창이다.

클라렌스. 너 정말, 왜 이렇게 잘 울어. 사람 마음 약해지게.

널 낯설게 대해야 하는데. 내가 너한테 이러면 안 되는데.

이러다가 마탑 할아범한테 너를 좋아하는 거 걸리면, 진짜 큰일 난단 말이야.

"……케니스."

"왜."

그의 무뚝뚝한 대답에 클라렌스가 고개를 들었다.

"근데 채혈은?"

"……넌 지금 그런 게 중요하냐."

우느라고 토끼처럼 눈이 새빨개져서는.

그 얼굴을 가만히 내려다보던 케니스는 결국 한 손으로 제 이마를 짚었다.

클라렌스를 안 좋아하는 척해야 하는데…….

그래야 하는데. 아, 진짜 어떻게 해!

이제는 그가 울고 싶었다.

채혈했다.

케니스는 클라렌스의 흉터 위로 작은 상처를 만들었고, 정확하게 필요한 만큼 피를 추출했다.

"미안."

케니스는 상처를 치유하며 짧게 사과했다.

"음?"

"두 번이나 상처 입게 해서."

그는 치료가 끝난 피부를 잠시 손가락으로 문질렀다. 상처는 사라졌지만, 기존 흉터는 그대로다.

"다쳤던 곳인데."

"흉터는 어디에나 있는 걸."

그야 그렇지만. 케니스는 그녀의 발 위로도 그어졌던 붉은 선을 떠올렸다.

"별것 아니야."

클라렌스가 어깨를 으쓱이며 대답하기에, 케니스는 씁쓸하게 웃으며 제 손을 떨어뜨렸다.

그리고 조심스럽게 그녀의 셔츠로 시선을 옮겼다. 새하얀 옷에 번진 붉음이 선명하다. 절대로 벌어진 단추 사이를 엿보지는 않았다. 절대…… 라는 말은 빼야 하나. 어쨌든.

"옷 갈아입어야겠네."

그의 말에 단추를 채우던 클라렌스가 조금 머뭇거렸다.

"이 정도 묻은 건 괜찮지 않을까."

"여보세요, 기사님. 여기는 전쟁터가 아니거든요?"

케니스의 장난스러운 권유에도 그녀는 자리에서 꿈쩍도 하지 않는다. 고집을 부리는 걸 보니 뭔가 이유가 있는 것 같은데.

케니스는 클라렌스가 무슨 생각을 하는지 물어보았다. 잠시 머뭇거리던 그녀는 제 옷깃을 만지작거리면서 솔직하게 대답했다.

"네가 다시 말투를 바꿀 것 같아서."

"내가?"

클라렌스가 느리게 고개를 끄덕인다.

"만일 내가 옷을 갈아입고 이 방으로 돌아왔는데 네가 '오셨습니까?'라는 말을 쓰게 되면 어떻게 하지?"

진지한 물음에 케니스는 진심으로 벽에 머리를 쿵쿵 박고 싶어졌다. 그의 말투가 변할까 걱정되어서 떨어지지 못하겠다니! 클라렌스, 너 어디서 그런 귀여움을 잔뜩 사서 장착한 거야!

그는 좋아서 죽으려고 하는 제 입가를 억지로 꾹꾹 누르며 대답했다.

"왜? 좋잖아. 어디 가서 자랑해도 될걸? 마탑의 케니스가 예의를 갖추어 말하더라고."

"……."

아무래도 그의 농담은 그녀에게 그다지 재미있게 들리지 않은 모양이다. 금방 그녀의 표정이 어두워졌다.

"미안."

케니스는 얼른 사과했다. 예의고 나발이고 클라렌스가 싫어하면 다 쓰레기다.

"예의 안 갖출게."

"……계속?"

"어, 계속."

"다행이네."

클라렌스는 드디어 꽉 막혔던 심장이 편안하게 내려앉는 기분이 들었다.

케니스의 정중한 말투는 아주 괴로웠다. 하지만 불현듯 걱정되기도 했다.

"혹시, 나랑 이렇게 대화하는 게 불편하면 예의를 갖추어서 말해도 되고."

"그럴까요?"

툭 돌아오는 말에 클라렌스의 표정이 조금 굳었다.

그러나 그것도 잠시, 그녀는 웃는 얼굴로 고개를 끄덕였다. 억지로 웃는 것이 케니스의 눈에 빤히 보인다.

"어휴."

그는 어쩔 수 없다는 듯 다시 클라렌스를 끌어안아 버렸다. 그녀의 등을 가만히 토닥이고 있으니 한숨이 절로 몇 번이나 쏟아진다.

"바보야. 내가 널 불편해할 리가 없잖아."

"그럼?"

"그야 나는 항상 너를."

……아무리 그래도 좋아한다고 말하면 안 되겠지?

안 되지, 안 된다.

말이라는 것은 한 번 입 밖으로 나가면 돌이킬 수 없는 법이다.

케니스는 재빠르게 그녀의 기분을 풀어 줄 수 있는 좋은 말을 생각했다.

"조, 좋은 친구라고 생각하지."

"……."

설마 틀렸나? 별론가? 훌륭한 기사님이라고 말했어야 했나?

그러나 곧 그의 어깨 근처에서 그녀가 깊은숨을 쉬는 것이 느껴졌다. 안도의 한숨 같은 것 말이다. 그가 고른 대답이 영 틀리지는 않았던 모양이다.

클라렌스는 그의 어깨에 입술을 기댄 채 속삭였다.

"다행이다."

좋은 친구라니. 전쟁에서 구축했던 오랜 관계의 이름이다.

"있지, 케니스. 나는 우리 둘의 사이에 아무런 관계도 남지 않을 줄 알았어."

"음, 그야."

케니스는 모호하게 대답했다. 실은 그 역시도 그런 줄로 알았으니까.

"그런데 있었네."

친구라는, 아주 오래된 관계성이.

"그러게."

케니스는 그리 대답하며 묘한 어긋남을 느꼈다.

있잖아, 클라렌스. 사실 친구라면 이렇게 몇 번이나 끌어안지 않을 것 같은데. 서로의 향기를 탐하지도 않겠지.

케니스는 조심스럽게 다시 그녀를 놓았다. 그리고 한 걸음 정도 떨어지며, 한 가지를 결심했다.

어차피 케니스가 클라렌스를 싫어하는 체하는 건 불가능했다.

그렇다면 적어도 전쟁에서 구축해 온 친구 관계라도 소중히 지켜 주어야겠다고 생각했다. 정말 친구 같은 행동을 하면서 말이다.

이따금 손이 불쑥 나가는 건 조금만 정신을 집중하면 막을 수 있다.

케니스는 자랑스러운 제 이성을 불러들였다.

자, 어서 견고한 벽을 쌓으라고!

이성이 쌓아 올린 벽 뒤에 서면 안심할 수 있다.

흑심을 안전하게 감추어 둔 케니스는 히죽 웃었다.

그런데 갑자기 클라렌스가 그의 얼굴 위로 손을 가져다 대는 것이 아닌가.

"어, 어?"

그가 당황하는 중에도 그녀는 담담한 얼굴로 그의 입술을 손끝으로 만지작거렸다.

너 뭐 하는 거야!

케니스는 일단 클라렌스를 향해 내면의 고함을 질렀다. 물론 그녀에게는 들리지 않을 거다.

왜, 왜 남의 순결한 입술을 마음대로 만지작거리는 거야! 물론 너는 만져도 되긴 하지.

클라렌스의 미간이 살짝 찌푸려진다. 뭔가 마음대로 되지 않는다는 듯. 그리고 손끝은 여전히 그의 입술을 만지작거렸다.

미간에 주름지니까 너 되게 멋있다. 역시 우리 홀턴 경은 잘생겼다니까.

딱 키스하기 좋아 보이는 미간이네.

그럼 이렇게 하자.

일단 입술에 닿은 손가락이 기분 좋으니까, 고마운 네 손끝에 키스할게. 조금 깊게 할 거야.

허락한다면 손등에도 하고, 그다음에는 손목을 조금 당겨서 그 잘생긴 미간에 하는 거야. 여긴 가볍게 할게. 그리고 그다음에는…….

마음대로 성공적인 키스 계획을 정립하던 케니스는 얼른 제 이성을 찾았다.

이 망할 자식, 대체 쌓으라는 견고한 벽은 쌓지 않고 어디 간 거야!

다시 보니 차근차근 착실한 키스 계획을 세우던 그놈이 바로 그의 이성이다.

뭐 이런 이성이 다 있어! 이성까지 굴복하면 끝이라고!

그는 제 이성의 엉덩이를 걷어차며 어서 견고한 벽을 쌓으라 명령했다.

"으음. 안 지워지네."

한참 그의 입술을 만지작거리던 클라렌스가 작게 중얼거렸다.

"……뭐가?"

그는 여전히 입술 끝에 닿은 손가락을 의식하며 물었다.

"피가 조금 묻어서 지워 주고 싶었어. 근데 이렇게는 안 지워지나 봐."

있잖아, 그거 키스하면 지워진다?

케니스의 이성이 궁금하지도 않은 리빙 포인트를 친절히 알려 주었다.

아, 진짜. 케니스는 다시 벽에 머리를 박고 싶어졌다.

아무래도 그의 이성까지 발정이 난 모양이다.

클라렌스가 잠시 옷을 갈아입기 위해 자리를 떠난 동안 케니스는 일에 집중하기로 했다. 어쨌든 벌써 의뢰를 시작한 지 사흘이나 지났다.

파티까지 남은 기간은 나흘. 하루 이틀 전에 지방에서 도착하는 손님들이 들이닥칠 것이라고 가정하면, 적어도 내일까지는 봉인을 완성해야 했다.

다행히 지난번의 새벽 작업 덕분에 일은 상당히 진척된 상태기는 했다.

"케니스."

돌아온 클라렌스는 눈을 가늘게 뜨고 그의 책상을 둘러보았다.

"음?"

덤덤하게 대답하는 그의 곁으로 멀쩡한 초콜릿들이 허공에 둥실둥실 떠올라 있었다.

"……뭐 하는 거야."

그는 밝게 웃으며 얼른 포크를 들어 딸기를 집어 왔다.

"자, 이것 봐."

그는 딸기를 허공의 초콜릿에 가져갔다. 초콜릿은 완벽하게 딸기와 하나가 되어 훌륭한 디저트로 거듭났다.

케니스는 칭찬을 바라는 얼굴로 클라렌스에게 포크를 내

밀었다. 물론 클라렌스는 먹는 것을 거절하지 않으니 초콜
릿을 입힌 딸기를 기쁘게 받아먹었다.

"편리하지?"

케니스가 신이 나서 묻기에 클라렌스는 일단 고개를 끄덕
였다.

초콜릿 폭포 같은 것과 비교하면 분명히 편리하고 효율적
이다. 버리는 것도 없고. 역시 마탑의 알뜰한 케니스.

아니, 아니. 감탄할 때가 아니었다.

"그보다 일은 어때?"

"완벽하지. 오늘 하루 집중하면 저녁에는 끝낼 수 있어."

클라렌스는 그의 문장 속에서 완벽하지 못한 한 가지를
지적했다.

"집중하면?"

"그래, 집중하면."

케니스는 자랑스럽게 턱을 치들었다. 하지만 클라렌스는
그다지 그 말이 미덥지 않았다.

그렇게 말하는 그는 지금도 허공에 초콜릿을 둥실둥실 띄
우고 있었으니까.

맛있지? 더 먹을래? 라는 얼굴로 말이다.

어쩐다, 이걸.

클라렌스가 싫다고 하면 꼬리를 말고 슬퍼할 것 같고. 좋
다고 받아먹으면 신나게 꼬리를 흔들면서 계속 초콜릿을 녹
이는 데 귀한 시간을 쏟을 것 같은데.

결국, 클라렌스는 그의 꼬리를 도르르 말게 했다. 어쨌든

공식적인 업무는 중요하니까.

케니스는 처음에는 조금 기운이 빠진 것처럼 자리에 앉아 늘어졌다. 하지만 클라렌스가 "전부 끝나면, 같이 차를 마실까?"라고 권해 준 덕분에 다시 전투적으로 일하기 시작했다.

그 모습을 가만히 바라보던 클라렌스는 다시 읽던 책을 집어 들었다.

책장이 다른 날보다 훨씬 느리게 넘겨졌다. 어쩐지 집중이 되지 않았다. 이상할 정도로 기분이 좋았고, 계속 웃음이 났다.

그리고 바라게 되었다. 케니스의 일이 일찍 끝났으면 좋겠다고.

그래서 함께 차를 마시면서 사소한 이야기를 하면서 웃었으면 좋겠다고 말이다.

케니스는 지정된 업무 시간에 일을 마쳤다. 그는 제 집중력에 대해 한참이나 잘난 척을 늘어놓았다.

물론 일이 완벽하게 끝난 것은 아니었다. 내일 오전에는 금고를 옮기고 봉인을 완성해야 했다. 그것까지 해야 케니스의 공식적인 업무가 모두 끝나는 것이다.

하지만 오늘은 어차피 레이놀드도 늦으니, 일단 가능한 선에서 일을 멈추기로 했다.

게다가 무엇보다 지금 금고를 옮기는 일까지 처리하려 들었다가는 두 사람의 소중한 티타임을 잃어버릴지도 몰랐다.

아니, 차는 안 마셔도 된다. 조금이라도 더 이야기하고 싶었다. 오늘이 아니면 안 된다.

"나, 내일 마탑으로 돌아가려고."

케니스는 클라렌스의 곁에 앉으며 문득 그렇게 말했다.

"마탑…… 에?"

클라렌스는 미처 생각하시 못했다는 듯 되물었다. 그러나 곧 한 가지를 깨닫게 되었다.

잠시 착각하고 있었다. 그가 이곳에 머무는 것은 어디까지나 의뢰를 처리하기 위해서였다.

"그렇겠네."

어째서 착각했을까. 계속 이렇게 같이 있을 거라고. 클라렌스는 성급했던 제 머릿속을 조금 책망했다.

커다랗게 부풀어 오른 풍선이 순식간에 푹 꺼져 버린다.

"……싫어?"

케니스는 그녀의 표정을 살피며 조심스럽게 물었다.

어쩌지. 싫단 말이 나오면 정말로 가기 싫어질 것 같은데.

"케니스도 집으로 돌아가야지."

클라렌스는 웃으면서 그렇게 대답했다. 그리고 자신의 이야기를 덧붙이는 것도 잊지 않았다.

"나도 돌아갈 거고."

"서점에?"

"물론이지."

"그립다."

"그렇지?"

둘은 잠시 각자의 생각에 빠졌다. 하지만 떠올리는 곳은 같았다.

마침 서점의 소파에서도 이렇게 나란히 앉아 책을 읽거나 이야기를 나누곤 했다.

"케니스, 놀러 올 거야?"

"네가 재워 주면."

"그야, 일하면 재워 주지."

"음, 나 몸값 꽤 비싼데."

"숙박비도 비싸."

둘은 조금 웃었다. 그러다가 문득 손끝이 부딪혔다. 누군가가 이야기한 것도 아닌데, 두 손이 자연스럽게 얽혀 들었다.

손가락 하나하나까지 완벽하게, 떨어지기 싫다는 듯.

둘은 그대로 앉아 있었다. 대화는 없었다. 움직이는 것은 심장뿐이었다.

방 안으로 붉은 노을이 떨어졌고, 그대로 밤이 되어 가는 과정을 그렇게 앉아서 지켜보았다.

빛은 온기만 남기고 전부 사라졌다.

"밤이네."

시간이 흘렀을 때, 클라렌스는 발끝에 닿은 어둠을 물끄러미 내려다보며 중얼거렸다.

별다른 대답은 들려오지 않았다. 그녀를 쥔 손에 조금 힘이 들어간 것을 제외하면.

그러니까 이건, 아직 놓기 싫다는 뜻인 것 같은데.

클라렌스는 소파로 몸을 완전히 기대며 몸을 늘어뜨렸다.

"케니스, 있잖아. 내가 수도로 오면."

"미안."

그녀의 말이 맺어지기도 전에 그는 사과부터 했다.

"앨런 마티아 시집 초판본은 못 보여 줄 것 같네."

그걸 보여 주기 위해서는 클라렌스가 마탑으로 와야 했다. 예전이라면 괜찮았지만, 지금은 안 된다. 노인들이 신나서 그녀를 붙잡으려 할 테니.

"그래?"

"응."

"……아쉽네."

"다음에 내가 아비스로 들고 갈게."

클라렌스는 웃었다. 어쩌면 어르신께서 케니스의 책을 탐낼지도 모른다는 생각이 들었기 때문이다.

그것도 나쁘지 않겠는걸.

"그래, 알았어."

"언제…… 갈 거야? 아비스로."

"글쎄, 나는 파티가 끝나고 바로 떠나고 싶은데. 가능할지 모르겠네."

"조심해서 돌아가."

"응."

대화가 단절되었다. 둘은 그 단절을 억지로 이어 붙이지 않았다.

다만 묘한 어색함이 들었다. 케니스는 그 원인을 알고 있었다.

지금이 마지막이기 때문이다.

서로가 특별한 것 같은 모습으로 이렇게 앉아 있는 것도. 서로의 이야기에 관심을 기울이며 마음을 졸이는 것도.

굉장한 추억을 많이 만들었네. 케니스는 여전히 이어진 손끝을 물끄러미 바라보며 씁쓸하게 웃었다.

정말 감사하게도 클라렌스의 다정함은 그를 향하고 있었다.

그렇지 않고서야 이 재빠른 아가씨가 순순히 그의 품에 안겨 주거나, 손을 잡아 주지는 않을 테니까.

그렇게 생각하면 그저 기뻤다. 하지만 동시에 아팠다.

이제부터는 그녀가 그에게 흥미를 잃어 가는 것만 남았을 테니까.

조금씩, 아주 조금씩. 그러다가 시간이 흐르고, 두 사람이 다시 만나게 되는 날에는 아마.

아무것도 남아 있지 않겠지.

그리고 그녀의 그 예쁜 다정함은 아마 다른 누군가를 향할 것이다.

누굴까. 누구라도 좋다. 케니스 자신만 아니라면. 적어도 평범하고 평화로운 그녀의 일상에 방해가 되지 않을 테니까.

케니스는 자신이 아닌 다른 모든 존재가 부러워졌다. 평범한 마을 청년 같은 것 말이다. 아니, 하다못해 그냥 그저 그런 마법사라도 좋았다.

그럼 적어도 모처럼 다가온 기회를 그대로 흘려보내지는

않을 것 아닌가.

그는 제 손에 쥔 감정과 감촉을 새삼 느꼈다.

기억을 고체로 만들 수 있다면 좋겠다.

그 표면을 쓰다듬고 끌어안고 매일 말을 걸어 볼 것이다. 그녀가 잊더라도 적어도 그에게는 이 선명함이 흐려지지 않도록.

"오늘은 그냥……."

케니스는 멋없이 중얼거렸다.

"이대로 있었으면 좋겠다. 계속."

"그렇게 할래?"

상냥한 답에 그는 고개를 저었다.

"일어서야지. 저녁 식사도 아직 하지 않았잖아?"

저녁 식사라는 말에 클라렌스의 얼굴에 비로소 곤란함이 감돌았다. 그녀는 공작님의 명에 따라 하루 세 번 식사하기를 중요하게 여기고 있으니까.

"가자."

케니스가 먼저 일어섰다. 두 사람의 팔이 길게 뻗어졌다.

"케니스."

클라렌스가 자리에 앉은 채 그를 올려다보았다.

"……괜찮아?"

무언가를 눈치챈 걸까, 조심스러운 질문이 들려오기에 케니스는 웃고 말았다.

"당연히 괜찮지, 이 걱정덩어리야."

절대로 떨어지지 않을 것 같았던 손이 멀어졌다.

손바닥에 남은 어색함을 털어 내려는 걸까. 아니면, 분위기를 바꾸려는 걸까.

케니스는 클라렌스의 머리를 장난스럽게 마구 흩트렸다.

다음 날, 깃발 봉인 작업은 공식적으로 종료되었다.

레이놀드는 빠르게 일을 마친 케니스에게 며칠이라도 더 머물러 달라고 부탁했다.

"파티에도 참석해 주시면 더욱 좋고요."

"관심 없어."

케니스는 작은 가방을 챙겨 들었다.

"마차나 대기시켜 줘, 바로 돌아갈 테니까."

"홀턴 님과 따로 인사하진 않으시고요?"

케니스는 잠시 고민했다. 그래도 친구라고 했는데, 제대로 인사를 하지 않으면 클라렌스가 또 뭔가 오해를 할지도 모른다.

"……어디에 있는데?"

"아마 정원에 계실 겁니다. 오전에 운동하는 걸 좋아하시죠."

케니스는 곧바로 정원으로 나섰다. 공작저의 정원이란 사실 넓고 복잡한 것으로 유명하지만, 케니스는 그녀가 어디 즈음에 있을지 알았다.

분명히 그 나무 근처에 있을 거다. 꽃이 피는 것을 기다리고 있다고 했으니까.

그는 얼마 전 그녀가 안내해 준 길을 따라갔다.

따뜻한 바람이 불었다. 익숙한 바람이라고 생각했는데, 떠올려 보니 언젠가 그는 마법으로 이런 바람을 구현한 적 있었다.

꽃잎을 안은 채 흐르는 바람 말이다.

그는 그대로 멈추어 선 채, 꽃이 흐드러지게 피어오른 나무를 바라보았다.

그리고 잠시 클라렌스의 정확한 기억력에 감탄했다.

그날 그녀의 머릿속에서 끌어낸 환상 그대로의 모습이 그곳에 있었다. 꽃잎이 떨어지고, 흩날리며 주변을 온통 하얗게 채웠다.

케니스는 홀린 듯한 걸음으로 다가갔다. 그곳에 클라렌스는 없었지만, 어쩐지 가까이 가고 싶었다.

그는 한참이나 떨어지는 꽃잎 아래에 서 있었다.

"그때와 똑같지?"

문득 들려오는 목소리에 고개를 돌려 보니 클라렌스가 있었다.

그녀는 몸을 빙글 돌려 케니스를 마주 보았다. 곧 그의 머리카락 사이로 그녀의 손가락이 밀려들어 온다. 지난번에 그가 그녀에게 그리했던 것처럼 말이다.

잠시 마주 보고 웃은 클라렌스의 초록빛 눈동자는 곧 눈꺼풀에 잠겨 들었다.

그 아름다운 얼굴 위로 진짜 꽃잎이 떨어진다.

케니스는 문득 어떤 단어를 떠올렸다.

마법, 이라는 말.

이런 상황에서 쓰는 거였지.

그녀의 입술이 조금 움직였다. 바람 소리에 흩어지는 탓에 그녀가 무엇을 말하는지는 몰랐다.

하지만 그건 아마 그녀만의 마법이었을 것이다. 그 짧은 주문이 끝나는 순간에, 케니스는 완벽하게 세상과 분리된 감각을 느꼈으니.

그의 머릿속은 점점 더 단순해졌다. 세상이 그에게 요구하는 것을 덜어 내고, 그가 세상에 보여 주어야 하는 의무를 덜어 냈다.

모든 거추장스러운 것이 떨어지고 사라지자, 부끄러운 원가의 케니스만 남고 말았다. 현금과 바꿀 수 있는 텅 비어 버린 인간 말이다.

마주 선 클라렌스는 원가의 케니스에게도 변함없이 웃어 준다.

케니스의 손이 결국 그 미소를 따라가고 말았다.

휘어지는 눈꼬리와 솟아오르는 뺨을 몇 번이나 덧그리며 쓰다듬다가 결국은 가장 예쁜 선을 그리는 입술에 머물고 만다.

몇 번이더라.

여기에 키스하고 싶다고 생각한 것이.

아마 수도 없이 많았을 것이다.

첫사랑이었다. 두 번 겪은 적 없는 마음에 그런 생각을 하는 것은 지극히 당연하지 않은가.

손가락 끝에 닿은 보들보들한 감촉을 따라가며 그는 천천히 작은 입술의 모양을 기억해 두기로 했다.

이 순간만큼은 마법사도 그 무엇도 아닌 케니스의 것이다. 가격을 매길 수 없는 가치가 그의 안에 차곡차곡 쌓였다.

케니스는 그녀를 어째서 사랑하고 말았는지 다시 깨달았다.

그녀가 아무것도 없는 원가의 그를 좋아해 주기 때문이 아니었다.

그녀가 그에게 가치를 더해 주기 때문이다.

그녀가 케니스에게 허락해 준 기억과 마음들이, 그의 가치를 새롭게 정립할 것이다.

그렇게 되면 원가라든가, 현금이라는 저급한 말로 그를 표현하지 않아도 된다.

자신이 아닌 다른 누군가가 되고 싶다는 마음도 품지 않게 될 것이다.

그건 아마, 행복하다는 뜻이겠지.

"고마워."

케니스의 말에 클라렌스는 천천히 눈을 떴다. 그녀의 뺨을 스치던 그의 손이 멀어졌다.

대신 깊이 고개를 기울인 그가 그녀의 뺨에 키스했다.

입술 끝이 겨우 닿을 듯한 짧은 키스였다. 그러나 뺨 전체가 뜨거웠다.

케니스는 그대로 그녀의 귓가로 입술을 가져갔다. 그리고 작은 목소리로 속삭였다.

"잊지 않을게."

"케니스……."

다시 고개를 든 그는 히죽 웃고 있었다. 클라렌스는 그의 미소를 이해하지 못한 채, 그저 따라 웃었다.

꽃은 예쁘게만 내렸다.

케니스는 공작가의 마차를 타고 곧바로 오스윈을 만나러 갔다.

미리 약속을 잡지 않았지만, 상관없었다. 케니스가 오스윈을 만나고 싶다고 말하면 오스윈은 당장 달려 나와야 했다.

이유는 간단했다.

부드러운 마시멜로 같은 저 황태자께서 케니스에게 제대로 한 방 먹였기 때문이다.

"죽을래?"

"헤헤."

케니스가 오스윈의 멱살을 쥐어 올리자, 곧바로 필립이 검을 뽑아 들었다.

"놓으시죠."

케니스는 목덜미를 겨누는 검 끝을 바라보다가 피식 웃음을 흘렸다.

"싫은데?"

"이 이상 무례를 저지르신다면, 마탑에 공식적으로 문제를 제기하겠습니다."

"해! 아주 신나겠네. 그렇지 않아도 할아범들이 황궁이랑

한판 붙어 보고 싶어 하던데!"

그는 보란 듯이 오스윈을 쥔 손에 힘을 주었다.

필립의 표정이 분노로 차오르는 중에도 오스윈의 얼굴에는 헤실헤실 미소가 만발했다.

"케니스, 그래서요? 어떻게 되었어요?"

케니스는 오스윈을 물끄러미 바라보았다.

멱살을 잡히고도 신이 나서 저렇게 웃는 걸 보니, 이 녀석 위험한 취향이 엿보이네. 친구로서 조금 걱정된다.

케니스는 오스윈의 옷깃을 내려놓으며 머리를 긁적였다.

"뭐가 어쩌긴 어째. 그냥 봉인 잘해 놓고 나왔지."

"그리고요?"

"네 빌어먹을 근무 조건은 좋긴 했어. 아예 법으로 등록해 버려."

"네, 그리고요?"

"너 마탑에 연락해서 내 출장비 환불받는 거 잊지 마라."

오스윈은 울상을 지으며 케니스의 로브를 붙잡았다.

오스윈이 어떤 마음으로 케니스를 공작가로 보냈는데, 겨우 돌아오는 것이 이런 후기란 말인가.

"그거 말고요! 케니스."

"그거 말고는 다른 의뢰가 없었잖아? 아, 새로운 마법 만들었는데 볼래? 초콜릿을 띄워서 허공에서 녹이는……."

"케니스, 전 클라렌스에 관해서 묻고 있어요."

결국, 참지 못한 오스윈이 차분하게 못을 박았다. 그가 다시는 말을 돌릴 수 없도록.

"이 꼬맹이가 진짜."

케니스는 신경질적으로 대답하기는 했지만, 조금 전처럼 오스윈의 멱살을 쥘 수는 없었다.

늘 어리게 보았던 황태자께서 제법 권력자 같은 얼굴을 하고 계셨으니까.

"……화해했어."

"고백은 하셨어요?"

직접적인 물음에 케니스의 얼굴이 확 붉어졌다.

"필립, 요즘 어린 것들은 다 이렇게 단도직입적으로 말하는 거야?"

"그건 마탑의 케니스께서 가르치신 것 같습니다만."

아 맞다. 에둘러 말하면 알아듣기도 힘들고, 말도 길어지니까 요점만 간단하게 말하라고 몇 번이나 잔소리했었지. 예전의 가르침이 이렇게 날카롭게 변해서 돌아올 줄이야.

케니스는 소파에 털썩 앉아 턱을 괴었다.

"안 했어."

오스윈이 조르르 따라와 항의했다. 그의 항의는 조금 길어졌다. 아마 안타까운 마음 때문이리라.

하지만 케니스는 짧은 한마디로 그의 항의를 일축했다.

"……내가 사람을 좋아해서 어쩔 건데?"

오스윈은 입을 다물었다.

케니스의 결혼은 여러모로 이목이 쏠린다. 그 자체가 마탑의 커다란 실험 중 하나이므로.

"그래도."

오스윈은 주먹을 쥐었다.

"클라렌스만 이해해 줄 수 있다면……."

괜찮지 않을까.

오히려 좋지 않을까. 함께 있는 동안에는 실험이니 뭐니 하는 것은 잊을 수 있을지도 모르니까.

적어도 케니스에게 작은 낙원이 하나 생기는 것이 될 것이다.

"웃기지 마!"

케니스가 벌떡 일어나서 소리쳤다.

"그런 지옥에 걜 처넣으려고? 너 제정신이야?"

"……."

"마탑이 어떤 곳인지 알아? 그 할아범들이 나한테 어떤 짓을 했는지는 알고 있어?!"

"하지만 케니스, 클라렌스는!"

오스윈은 말해 주고 싶었다. 그녀가 케니스와 닮은 향기에 얼마나 무너져 내렸는지.

"알아! 그 녀석이 나 좋아하는 거, 당연히 알지! 내가 어떻게 몰라!"

케니스는 주먹을 꽉 쥐며 소리쳤다.

"아주 좋아서 돌아 버리는 줄 알았다! 얼굴만 보면 키스하고 싶고, 등만 보면 안아 주고 싶어서 미쳐 버리는 줄 알았다고! 빌어먹을 마탑이고 뭐고 전부 다 때려치우고 걔랑 그냥……."

그리고 그는 침묵했다. 이루어질 수 없는 가정은 말해도 소용없는 것이다.

짧게 한숨으로 이야기를 마무리한 케니스는 괜히 오스윈의 머리를 쓰다듬었다.

"간다. 어쨌든 고마웠다."

덕분에 평생 추억 하나는 끝내주게 잔뜩 만들었으니까.

친구 하나는 잘 됐네, 나.

케니스가 떠나고 몇 시간 지나지 않아서, 레이놀드와 클라렌스 앞으로 편지가 도착했다.

"마탑?"

두 사람은 봉투에 적힌 발신처를 보고 같은 모양으로 고개를 기울였다.

마탑에서 연락 올 것이 있었던가? 그것도 두 사람에게.

클라렌스가 대표로 봉투를 열었다. 그러자 금색의 빛이 쏟아져 나왔다. 어떤 마법인 모양이다. 클라렌스는 화려한 마법에서는 시선을 떼고 편지부터 펼쳤다.

'우승을 축하드립니다.'

문장이라고는 이것 딱 하나였다. 클라렌스는 편지를 이리저리 살펴보기도 하고, 흩어진 금빛에 비추어 보기도 했지만 다른 내용은 없었다.

"대단한 건 아니었네요."

클라렌스는 편지를 레이놀드의 책상 위로 훅 집어 던졌다.

그러나 그 편지를 받아 든 레이놀드는 오랜 복통이 해결

된 것 같은 얼굴이었다.

"맙소사, 이게 대단치 않다뇨, 홀턴 님! 황제 폐하의 친서라도 받아야 대단하다고 하실 겁니까?"

"받았는데요, 친서."

클라렌스는 덤덤하게 대답했다.

레이놀드가 "아 맞다."라며 제 이마를 꾹꾹 문질러 눌렀다.

"그때도 이렇게 덤덤한 반응이셨죠."

"예, 대단할 것이 없어서."

'축하한다.'라는 네 글자가 전부였다. 하다못해 마탑은 한시적인 마법이라도 섞어 보내는 깜찍함을 선보이지 않았나.

레이놀드는 동경을 담은 시선으로 클라렌스를 바라보았다. 평범한 사람이 황제의 친서를 받았다면 액자에 걸어서 대대손손 보물로 물려준다며 호들갑을 떨 것이다.

그런데 이 담담한 아가씨께서는 그 편지를 겨울을 대비한 '태울 종이'의 상자 안으로 넣어 버렸다.

그건 무척 공작가의 후계자다운 행동이긴 하다. 선대 공작님께서도 황제의 편지를 기꺼이 장작을 도울 종이로 사용하셨으니까.

하지만 레이놀드에게는 그런 배짱이 없었다.

"역시 공작님이 될 사람은 홀턴 님입니다."

"형편없는 편지를 분류하는 능력은 공작위와는 조금도 관계가 없습니다."

"그런 뜻이 아니오라."

"레이놀드 님도 훌륭한 편지를 한 번이라도 보신다면 금방 분류가 가능하실 겁니다. 이걸 보세요."

클라렌스는 품에서 편지를 꺼내 보였다. 정갈한 글씨로 빽빽하게 적힌 것이었다.

그녀는 묘하게 잘난 척하는 얼굴로 자랑스럽게 선언했다.

"이런 것을 대단한 편지라고 부르는 겁니다."

게다가 설명까지 덧붙였다.

"보세요. 안부 인사와 본론 그리고 이별의 인사로 이어지는 이 완벽한 형식과 에두르지 않는 알찬 내용."

"혹시나 해서 여쭤보는 겁니다만, 폐하와 마탑을 넘어서 홀턴 님의 칭송을 받는 그 발신인은 누구입니까?"

"제 동생입니다."

레이놀드는 그녀가 내민 편지를 유심히 바라보았다.

"과연…… 글씨가 상당히 아름답고, 문장이 좋습니다. 혹시 동생분은 유명한 문장가인가요?"

"아뇨, 성의 하인인데요."

레이놀드는 자리에서 벌떡 일어나며 소리를 질렀다.

"저 아름다운 글씨는 재능의 영역입니다! 게다가 이 문장력! 처음부터 끝까지 물 흐르듯 읽게 만드는 힘! 이런 문장을 쓰는 사람이 고작 성의 하인이라고요? 대체 어떤 성이 이런 사람을 하인으로 쓴답니까?"

"아비스요."

익숙한 지명이다. 레이놀드는 클라렌스가 파티 후에 그 마을로 돌아가리라는 이야기를 몇 번인가 들었다.

"그 마을은 미친 게 틀림없습니다. 홀턴 님은 거기로 가서 서점 직원을 하신다고 하지 않나!"

레이놀드가 흥분하여 방방 뛰는 모습을 보니, 조금만 더 충격을 받으면 배를 감싸 쥘 것 같았다.

아무래도 아비스 상가 청년 방범대에 필립 윌킨스가 포함되어 있다는 말은 하지 않는 것이 좋겠다.

데일이 걸레질 하나 못해서 쓸모없는 취급을 받은 이야기도.

그리고 케니스가⋯⋯. 뭐든 이야기하지 않는 편이 좋겠지. 레이놀드의 배를 위해서 말이다.

"어쨌든 홀턴 님, 마탑에서 편지를 보내온 것은 일정한 목적이 있기 때문입니다."

이야기가 먼 길을 돌아 본론으로 돌아올 때는 마탑의 편지에서 나온 빛이 모두 사그라진 후였다.

"목적?"

"예, 아마 요즘 들어 도착하는 축하 편지는 모두 같은 목적을 띠고 있겠죠."

레이놀드는 자신만만하게 미소 지었다.

"파티에 오고 싶다는 겁니다."

"공작가의 파티에요?"

"물론이죠."

클라렌스는 편지를 물끄러미 내려다보았다.

그녀는 케니스로부터 마탑 할아범들에 관한 이야기를 전해 듣곤 했는데, 그 내용은 그다지 좋은 것이 아니었다.

사회성이 없고, 오만하며, 고집이 세며, 잔소리가 많다. 그런 분들이 먼저 나서서 파티 참여 의사를 밝혀 주셨다고?

"다른 귀족들이야 힘의 논리로 대충 그 마음이 짐작 가지만, 마탑은 대체 왜 편지를 보낸 걸까요?"

클라렌스의 질문에 레이놀드는 당연하다는 듯 대답했다.

"그야, 우리 공작가는 항상 마탑의 가장 큰 고객이었습니다! 그들이 홀턴 님을 축하하는 것은 당연하죠."

"하지만 그건……."

전대 공작이신 제프리 스펜서 님께서 유달리 마법적 물건을 선호하신 덕이었다.

"어쨌든 좋은 일입니다. 우리는 한 명이라도 더 많은 특별한 손님이 필요하고, 그들은 특별하죠."

"그야, 그렇지만."

"그러니 어서 답장을 적어 주세요. 파티에 초대하는 내용도 잊지 마시고요. 지금 당장요."

클라렌스는 마지못해 편지를 완성했다. 레이놀드의 말대로 마탑의 마법사들이 훌륭한 손님임은 분명하다.

그런데 어째서 이렇게, 내키지 않는지 모르겠다. 마탑이란 집단은 외부와의 교류를 즐기지 않는다는 선입견 때문일까.

어쨌든 편지는 금방 완성되었다. 그리고 마법에 대한 답례로 꽃 나뭇가지를 함께 챙겼다.

편지와 꽃을 든 하인이 서둘러서 마탑으로 출발했다.

마탑은 엄숙한 대회의를 시작했다.

"파티 초대장과 함께 꽃이 돌아왔소."

가장 높은 곳에 선 하얀 수염의 마법사가 꽃을 틔운 작은 가지를 허공으로 띄워 올렸다.

여린 꽃잎은 떨어지지 않았다. 보존 마법으로 견고한 보호를 받기 때문이다.

"이 계절에 꽃이라니."

지하에 연구실을 둔 마법사가 그리 말하기에, 다른 마법사가 그의 허리를 쿡 찔러서 일러 주었다. 이미 봄이라고.

그 한심한 모습을 지켜보던 하얀 수염의 마법사는 혀를 차며 본론을 꺼냈다.

"모두 잘 들으세요. 마탑의 지혜들이여."

그는 회의실을 가득 채운 마법사들을 둘러보았다.

그들은 이 세계에 존재할 진실을 좇는 연구자이며, 탐험가이다. 누구보다도 넓은 시야로 영원히 깨어지지 않을 진리를 추구하는 자들.

"우리들이 지금까지 쌓아 올린 모든 지식과 경험은 어쩌면 이날을 위해서였을지도 모르오."

하얀 수염 마법사는 클라렌스의 편지를 손끝으로 톡 두드렸다.

그러자 허공으로 그녀의 글씨가 커다랗게 적혀졌다.

'축하해 주셔서 감사합니다. (중략) 괜찮으시다면, 파티에 오셔서 영광된 얼굴을 뵙고 싶습니다. 아, 그리고 마탑의 케니스에게 일을 금방 마쳐 주어서 고맙다고 전해 주세요.'

"단서는 이것뿐이지만, 그대들의 훌륭한 머리로는 충분한 결론을 내릴 수 있으리라고 믿소."

마법사는 잠시 제 하얀 수염을 쓸었다.

"과연 클라렌스 홀턴이 케니스 어윈에게 눈곱만큼이라도 관심이 있을지."

눈곱만큼이라고 말할 때 마법사의 얼굴이 조금 어두워졌다. 자신이 없던 탓이다.

지하에 연구실을 둔 마법사가 손을 들었다.

"관심이 없어 보입니다. 그 증거로 케니스께서 일을 일찍 마쳤다며 좋아하고 있지 않습니까. 눈앞에 없어져서 기뻐하는 모습이 문장 너머로 선합니다."

그러자 그의 곁에 앉은 다른 마법사도 대답했다.

"저도 그리 생각합니다. 일을 일찍 마친 것에 기뻐하며 꽃까지 보내지 않았습니까. 제가 사람들 사이에서 좀 살아 보아서 잘 알고 있습니다만."

그는 조금 으스대는 모습으로 허리를 쭉 펼쳤다.

"꽃은 기쁠 때 보내는 것입니다. 클라렌스 홀턴은 케니스 어윈이 사라졌다고 뛸 듯이 기뻐하는 것이 틀림없습니다."

용기를 얻은 다른 마법사들도 내심 생각하던 의견을 쏟아내기 시작했다.

"저 편지에서 가장 쟁점이 되는 부분은 '영광된 얼굴'입니다."

"그렇군."

"영광된 얼굴이란 보통 못생겼으나, 사회적 지위가 높은 인간들에게나 붙이는 비겁한 단어입니다. 즉, 여기 앉아 계시는 당신, 혹은 당신."

마법사의 손끝이 몇 명의 못난 얼굴들을 가리켰다.

지적을 당한 마법사들은 기분이 나쁘기는 해도 부정하지 않았다. 어쨌든 그런 것에 마음을 쓸 나이는 훌쩍 지나 버린 탓이다.

"하지만 마탑의 케니스는 잘생겼으니, 영광된 얼굴에 포함되지 못합니다. 즉, 초대조차 받지 못했단 말입니다!"

그는 잔뜩 굳은 얼굴로 주변을 둘러보았다.

"이건, 아주 심각한 문제입니다."

모두가 이어질 말을 상상하며 침을 꿀꺽 삼켰다. 곧 결론이 내려졌다.

"마탑의 케니스는 클라렌스 홀턴에게 미움을 받고 있습니다. 그리고 이 편지는 그가 공작가에서 빨리 사라져 준 것이 기쁘니, 파티에도 오지 말라며 단단히 못을 박는 편지임이 틀림없습니다."

"그런!"

하얀 수염을 가진 마법사가 절망하여 제 얼굴을 감쌌다. 그래도 케니스의 얼굴은 볼 만하니까, 그럭저럭 좋은 평가를 받을 줄 알았는데.

잠자코 있던 또 다른 마법사가 의견을 보탰다.

"케니스 어윈께서 세간의 예법 따위를 가볍게 무시하는 모습을 보이셨으니, 올곧은 기사님의 눈에 그것이 좋아 보이겠습니까."

모두가 우울한 얼굴을 했다. 점점 희망이 보이지 않았다.

그때, 구석에서 가장 힘없이 앉아 있던 마법사가 주변의 눈치를 보며 조심스럽게 입을 열었다.

"저어, 케니스께서 비록 언행은 그리하셔도 행동은 상냥합니다. 전에 제가 관절이 아플 때도 그렇게 불평하시면서도 결국엔 약이 되는 버섯을 찾아 주셨고⋯⋯."

"지금 그런 말도 안 되는 희망적인 이야기를 할 시간은 없단 말입니다!"

"일단 현상을 보고 이야기하란 말입니다. 조금 전의 편지를 보세요. '케니스'라고 적혀 있는 부분만 미묘하게 필적이 뭉그러지지 않았습니까."

누군가가 "그랬던가?"라고 묻기에 하얀 수염 마법사가 다시 그녀의 글씨를 허공으로 띄웠다.

"과연."

모두가 고개를 끄덕였다. 모든 글씨가 바르고 아름다운데 오직 단 하나의 글씨, '케니스'라고 적힌 부분만 뭉그러졌다.

"대체 마탑의 케니스는 출장까지 가서 뭘 한 겁니까?! 클라렌스 홀턴에게 좋은 모습을 보여 주고 돌아오라고 한 달이라는 여유까지 주었는데! 벌써 공작가에서 돌아오질 않나!"

누군가가 그렇게 불평하기에 다른 마법사가 조심스럽게 손을 들어서 의견을 표명했다.

"혹시 마탑의 케니스께서 클라렌스 홀턴에게 관심이 없는 것은 아닐지."

"그건 불가능합니다."

하얀 수염의 마법사가 고개를 저었다.

"모두 생각해 보시기 바랍니다. 클라렌스 홀턴, 그녀는 멋있는 기사입니다."

끄덕끄덕. 그들은 대회에서 끝까지 이를 악물고 버티던 그녀의 모습을 떠올렸다. 멋있다!

"또한, 제가 알아본 바에 의하면 서점에서 일한 경력이 있을 정도로 훌륭한 지식을 겸비한 지혜로운 이입니다."

서점에서 일했다니 최고의 인재 아닌가. 분명 좋은 책을 보는 눈을 갖추었을 거다.

"게다가 예쁩니다."

물론 여기에도 반발할 여지가 없었다.

"마탑의 케니스께서 이러한 클라렌스 홀턴을 좋아하지 않는다는 가정을 둔다는 것은."

하얀 수염의 마법사는 제 모든 마법적 능력을 걸고 엄숙하게 결론지었다.

"그가 옹이 눈깔이나 다름없다고 선언하는 것입니다."

어렸던 케니스가 가장 먼저 증명해 낸 것은 다음과 같다. 절대적인 마력 앞에서는 마법을 위한 그 어떤 절차도 필요 없다는 것.

필요한 것은 오직 한 가지, 강한 마음. 즉, 절박함.

마탑의 어른들은 어린 소년의 마음에 절박함을 심어 주기 위해서라면 무엇이든 빼앗았다. 이성적 실험이란 이름 아래 그들은 소년의 유년기를 마음껏 짓밟았다.

그러나 그들은 그것이 얼마나 용서받지 못할 일인지 깨닫지 못했다.

그렇지 않은가.

소년은 제게 필요한 것을 금방 깨닫고 재창조해 냈다. 케니스가 스스로 마법을 깨달아 갈 때마다 그들은 경탄했다.

도전 정신도 들었던 것 같다. 과연 저 작은 머리로 얼마나 많은 사태를 헤집고 나올 수 있을 것인가.

똑똑한 소년은 금방 대응책을 깨달았다. 제 절박함을 내보여서는 안 된다는 것.

무엇을 원하고 바라는지 그들에게 알리는 것은 위험했다. 그들은 그가 갈망하는 것을 단단히 감추고, 사라지게 하며 그의 반응을 재어 볼 테니까.

숨겼다. 좋아하는 것일수록 더욱 싫어하는 척했다.

그렇게 소년은 자랐다.

조금 더 어른 같은 모습이 된 후에는 날을 세우고 그들을 경계했다. 애정을 갈구하지도 않았다.

그러나 공부만큼은 열심히 했다. 가르치면 금방 제 것으로 만들었고, 평범한 머리를 가진 스승을 따라잡기는 얼마 걸리지도 않았다.

곧, 그는 홀로 연구를 하는 편을 택했다. 마탑은 싫어해도 마법은 꽤 좋아했다.

그러니 케니스는 마땅한 힘을 갖추게 된 이후에도 마탑에서 나올 생각을 할 수 없었다. 마법을 사랑하고 탐하기에 이만한 장소는 없었다.

그렇게 마탑의 어른들은 노인이 되었고, 케니스도 마탑의 어른이 되어갔다.

"노인이 되더니 더 이상해졌지."

케니스는 제 방 창가에 턱을 기댄 채 무료한 얼굴로 아래를 내려다보았다.

노인들은 무엇이 그리 바쁜지 열심히 마차에서 무언가를 나르고 있었다.

한번 방에 틀어박히면 며칠이고 나오지 않는 저 괴짜들이 이번에는 무슨 새로운 실험거리라도 생긴 모양이다.

실험거리라.

'설마.'

케니스는 심장이 내려앉는 느낌이 들었다. 어쩌면 그와 같은 어린아이가 또 발견된 것일지도 몰랐다.

'또 돈을 주고 어린아이를 사 올 생각이려나.'

케니스는 쓰게 웃으며 상상했다.

제 부모는 그를 판 돈을 무엇에 썼을까 하고 말이다.

음식일까, 옷일까. 그것도 아니면 하룻밤의 도박으로 전부 날려 버렸을까.

어쨌든 또 새로운 아이가 들어온다면.

'내 방으로 데려와야지.'

저 멍청한 노인들이 또 아이의 한계를 알아본다고 괴이한 실험을 하지 못하도록 말이다.

아이를 가르치는 일은 아주 짜증이 나지만 재미있을 거다. 적어도 상대가 케니스만큼의 머리와 마력을 지닌 아이라면 말이다.

'잘하면 사탕을 주고, 못하면 과자를 주어야지. 그리고 애매하면 꽉 안아 줄 테다.'

구체적인 교육 방안을 생각하던 도중이 되어서야, 케니스는 은연중에 저와 비슷한 존재를 바라고 있다는 것을 깨달았다.

이런 끔찍한 돌연변이가 둘이 되면 외롭지 않으리라고 생각한 걸까.

하지만 그런 일이 일어나서는 안 된다. 두려운 순간을 안은 채 자라나는 어린아이는 케니스 한 명으로 충분했다.

'어린아이들은 자유로워야지.'

흙도 먹고 책을 찢기도 하고 나무를 타고 단것 하나에 행복해하는. 누구나 그런 유년 시절을 가질 권리를 갖고 태어난다. 비록 그것을 누리는 것은 소수지만.

어쨌든 케니스는 자유로운 아이들이 늘어나는 세계를 바랐다. 그가 갖지 못했던 만큼.

케니스는 종종 그런 생각을 했다. 언젠가 제 친구들의 아이가 제게 '삼촌'이라며 조르르 달려오는 장면 같은 것 말이다.

오스윈의 아이가, 필립의 아이가, 데일의 아이가 자신을 향해 마법을 보여 달라고 하면 어쩐다.

아마 히죽히죽 웃으면서 작은 빛을 그 고사리손 위로 올려 줄 것이다.

그러다가 문득 필립의 딸이 '케니스 삼촌이랑 결혼할래.'라는 깜찍한 소리를 하면, 필립의 무시무시한 검이 케니스의 목을 노리겠지. 그거 아주 재미있겠는데.

오스윈의 아이는 아빠를 닮아 귀여운 면이 있을 것 같다. '마탑의 케니스, 이 빛을 제 침대로 몰래 데려가도 괜찮을까요?'라고 물어보려나.

데일의 아이는 아마 나이 같지 않은 조숙함을 지녔을 것이다. '빛의 마법을 축복하면 무슨 일이 일어나나요?'라고 물어보지 않을까.

어? 그러고 보니 빛의 마법을 축복하면 무슨 일이 벌어지지? 그건 진짜 궁금해졌다. 나중에 데일이랑 실험해 봐야겠다.

케니스는 근처에 있던 노트를 쭉 끌고 와 작게 메모했다. '빛의 마법 축복하는 것 해 보기'.

메모를 마친 그는 다시 창밖을 내다보았다.

노인들이 끙끙 애를 쓰는 것을 보니 뭔가 대단히 아끼는 물건을 들여오는 모양이다. 대체 무엇이길래 마법으로 운반하지 않고 저렇게 소중히 들어 옮기는 걸까.

"진짜 사람 불안하게 하네."

설마 어린아이를 데려오는 건 아니겠지. 심장이 싸하다.

케니스는 애써 그들이 하는 일에서 눈을 돌렸다.

그러기를 잠시, 그는 불만을 중얼거리며 자리에서 일어섰다. 내키지는 않지만, 대체 무슨 일을 벌이고 있는지 확인해야 마음이 놓일 것 같았다.

그는 마탑의 계단을 내려가 노인들이 우르르 몰려 들어간 대회의실의 문을 벌컥 열었다.

무슨 회의 중인 것 같았는데, 분위기가 조금 난잡했다.

"뭐 합니까?"

케니스는 문가에 삐딱하게 선 채 물었다. 어쩐지 그를 바라보는 노인들의 얼굴이 영 탐탁지 않았다.

"마침 잘 오셨습니다. 마탑의 케니스. 그대의 이야기를 하던 중이니."

"내 이야기?"

케니스는 한쪽 입술을 꿈틀거렸다. 이 노인들이 또 무슨 헛짓을 하려고.

"아주 중요한 문제입니다."

"뭔데?"

그는 적당히 빈 의자에 앉으며 긴 다리를 책상 위로 처억 올려 두었다.

곧 마법사들이 읽고 있던 책이 케니스의 앞으로 쌓아 올려졌다. 모두 다른 책으로, 어떤 것은 삽화도 그려져 있었다.

케니스는 눈을 가늘게 뜨고 모든 책의 내용을 간단히 훑었다. 그리고 잠시 제 눈을 의심했다.

마탑의 지혜라고 불리는 호기심의 변태들이 모두 모여 앉아서 기껏 하는 일이 연애 소설을 탐독하며 회의하는 것이었다니.

"당신들, 드디어 단체로 미쳤어?"

케니스의 간단한 감상에도 그들은 코웃음 쳤다.

"책은 지식의 보고입니다. 그것은 남녀 관계 역시 다르지 않습니다."

아니, 많이 다를걸. 케니스는 차마 그들에게 제 비참한 짝사랑의 역사를 밝힐 수 없으니 굳이 반박하지 않았다.

"그러니, 저희는 책이 비추는 현명한 길을 따라 걸으며, 가장 마땅한 길을 찾고 있었을 뿐입니다."

"이제 와서?!"

케니스는 그들의 평균 연령을 떠올렸다. 일흔이다. 물론 연애에 나이 제한은 없지만,

다들 젊은 혈기 때 뭐 하고 이제야 연애 붐이 일어났단 말인가.

"그럴 수밖에 없지 않습니까. 마탑의 케니스께서 클라렌스 홀턴에게 미움을 받고 계시니."

"……뭐?"

"하여, 최근까지 발간된 모든 서적을 탐독한 결과 저희끼리 내린 결론은."

"잠깐, 잠깐만."

케니스의 만류에도 그들은 설명을 멈추지 않았다.

"선물을 드리기로 했습니다. 케니스의 이름으로."

"물론 귀한 물건을 고를 것입니다."

"사랑을 노래하는 편지를 첨부하는 것도 잊지 말게."

"어쨌든 파티에 가서 전달할 겁니다. 초대장을 받았으니."

케니스는 싸늘한 눈으로 신이 난 노인들을 바라보았다.

저들의 얼굴을 보니, 클라렌스를 마탑의 일원으로 편입시키고 싶어서 안달이 난 것이 틀림없었다.

"적당히 좀 해!"

케니스는 제 앞에 쌓아 올린 책을 집어 던지며 소리 질렀다.

"새로운 실험거리가 없어서 심심하면 나한테 말해! 얼마든지 몸을 대 줄 테니까."

"……마탑의 케니스."

"왜 어지간한 것은 이제 다 해 봐서 이제 흥미가 없어? 그럼 한 가지 제안하지. 내 목이라도 잘라 볼래? 대단하신 마탑의 케니스께서는 제 머리통마저 스스로 붙이실지도 모르니까!"

회의실이 순식간에 조용해졌다. 그를 두고 무례하다고 말하는 이는 아무도 없었다.

저 젊은이의 말은 모두 정당했다. 그 분노까지도.

과거, 젊었던 그들은 호기심을 위해서 어린 소년에게 무엇이든 했다. 그리고 그것은 곧 업적이 되었다. 그들이 올라앉은 높은 자리는 모두 케니스의 눈물로 만들어졌다.

"케니스, 저희는 그저."

한 마법사가 조심스럽게 말을 열었다.

"당신을 돕고 싶을 뿐입니다."

"……도와?"

케니스는 기가 찬다는 듯 말했다.

"웃기고 있네. 그냥 클라렌스 홀턴이 마력을 잘 받는 체질인 게 탐이 나서 나랑 붙여 보고 싶은 것뿐이잖아!"

마법사에게는 윤리가 없다. 그들은 오직 호기심과 그걸 이루고 싶다는 욕망만이 있다.

그리고 그들의 호기심은 지금 맹목적으로 클라렌스를 향하고 있었다.

그건 안 된다. 어렸을 때 그가 받던 시선과 취급이 그녀에게 옮아 붙는 것은.

"……난 당신들이 키우는 개야? 아니, 개새끼한테도 이런 취급은 안 해! 아무나 적당히 침대에 쑤셔 넣으면 좋아서 안을 거로 생각하는 거야? 나는 마음도, 생각도, 아무것도 없어?"

"마탑의 케니스, 말씀이 지나치십니다. 저희는 그저!"

"그리고 무엇보다 나, 걔 싫어."

"……예?"

모든 마법사가 눈을 휘둥그레 뜨고 케니스를 바라보았다.

싫다고? 클라렌스 홀턴을 싫어한다고?

"마탑의 케니스, 당신 눈은 옹이 눈깔입니까?"

한 마법사가 그의 말을 믿지 못하고 반박해 왔다.

그래, 차라리 옹이 눈깔인 척하자. 그거 아주 좋은 생각이네.

"어, 싫어. 일단…… 눈이 너무 초록색이고, 머리카락은 너무 금발이야. 손가락은 다섯 개고, 발가락…… 은 너무 헐벗었어. 어쨌든 별로야."

그게 무슨 개소린가. 다 그렇다 치더라도 발가락은 왜 갑자기 헐벗었다는 건지.

노인들의 얼굴이 도무지 납득을 못하는 것 같기에, 케니스는 기꺼이 설명을 덧붙였다.

그가 클라렌스를 얼마나 싫어하는지.

"좁아터진 외벽에 위험하게 매달리는 것도 싫어. 다칠 걸 알면서도 검을 들고 달려가는 뒷모습을 보는 것도 짜증 나고. 게다가."

그는 제 머리를 신경질적으로 벅벅 긁었다. 정말 그녀를 생각하는 것만으로도 화가 밀려든다는 듯.

"다친 주제에 별로 안 다쳤다고 빽빽 고집부리면서 치료 받으러 오지 않는 거도 열 받아. 설득하는 거도 귀찮아 죽겠어."

"……케니스."

"사람이 마력을 보내 주면 좀 가만히나 있던가, 늘 꾸벅꾸벅 졸고. 무슨 일만 터지면 울어서 달래 주기 힘들어. 어쨌든 개 진짜 별로야."

이 정도면 그가 옹이 눈깔이라는 점이 제대로 알려졌을까.

케니스는 근엄한 얼굴로 자리에서 일어섰다.

저들이 적어도 인간의 양심을 가지고 있다면 케니스에게 클라렌스를 가져다 붙이려는 끔찍한 계획은 전면적으로 무산될 것이다.

"그러니까 쓸데없는 짓 하지 말고, 다음 의뢰나 가져와. 오스윈한테 출장비 환급해 주는 거 잊지 말고. 이 사기꾼들아."

그는 회의실을 나서며 쾅 소리가 나도록 문을 닫았다.

마법사들은 모두 그가 사라진 문을 아련하게 바라보았다.

케니스가 한 가지 간과한 것이 있었는데.

그들은 케니스 한 명만을 수십 년 동안 연구한 인물들이라는 사실이다.

그건 그의 입맛과 성향은 물론 행동 양식까지 모두 연구를 마쳤다는 뜻이다.

"사랑이네요, 저건."

그들이 정립한 이론에 따르면, 그는 소중한 것일수록 멀리 떼어 놓으려는 성향이 있다.

"예, 그렇게밖에 설명할 수 없군요."

시간이 지나, 드디어 파티 당일이 되었다.

이번 파티에서 클라렌스가 유념해야 하는 것은 한 가지.

주인공은 레이놀드라는 것이다.

그녀의 우승은 오직 그에게 마땅한 명예를 바치기 위한 것뿐이었음을 모두가 알 수 있도록 하는 것.

즉, 이 경우 가장 적당한 행동 방침은 레이놀드에게 깃발과 반지를 바친 후, 눈치를 봐서 적당히 빠져 주는 것이다.

그리해야 사람들이 마음 편히 레이놀드에게 '우승을 축하드립니다'는 인사를 건넬 수가 있을 테니까.

"아무리 생각해도 이상합니다. 이건 이상해요. 제 삶이 어딘가 좋지 못한 곳으로 가고 있습니다."

파티를 앞두고 클라렌스와 레이놀드는 마지막으로 집무실에서 짧은 만남을 가졌다.

레이놀드는 처음으로 입어 보는 제 화려한 옷을 이리저리 살펴보며 발을 동동 굴렀다.

"홀턴 님, 아무리 생각해도 저는 공작위에 앉을 만한 인간이 못됩니다."

창가에 삐딱하게 기대어 선 클라렌스는 오늘도 검은색 드레스 차림이었다.

혹시 모를 사태에 대비하여 움직임이 편한 것을 골라 두고, 이번에는 아예 가죽을 허리에 둘러서 검까지 착용했다.

"그럼 누구를 공작위에 추천하시겠습니까? 고향에서 올라오신 분 중에는 의욕을 보이는 분들이 아주 많으시던데요."

"그, 그건……."

레이놀드는 울상을 지었다. 그들은 선대 공작께서 하시는 일마다 사사건건 반대를 하고 나섰던 이들이다.

"그런 녀석들에게 자리를 내어 준다면 공작님께서 화를 내시겠죠."

레이놀드는 잠시 손바닥에 얼굴을 묻었다. 무언가 생각을 정리하는 듯했다.

"홀턴 경."

"말씀하세요."

"저, 실은 공부를 잘하지 못했습니다."

"지난번에 말씀하셨습니다. 아카데미에서 그리 성적이 좋지 못하셨다고."

"그리고 긴장하거나 스트레스를 받으면 늘 배가 아픕니다."

"압니다."

"소심하고요."

"……뭐, 그건 일부 동의합니다."

클라렌스는 어깨를 으쓱였다. 그 말에는 일부 동의하지 못한다는 의미도 내포되어 있었으나, 레이놀드는 그 점까지 지적하지 않았다.

"멋있는 공작님은 못될 겁니다."

"멋있는 공작님 자리는 이미 어느 한 분이 독차지하셨죠."

클라렌스는 누구보다도 멋있었던 제 주인을 생각하며 웃었다.

"레이놀드는 이대로 공작님이 되시면 됩니다. 성적이 좋지 못하고, 종종 배가 아프고, 일부 소심한 공작님 말이죠."

"그런 공작님을 사람들이 좋아할까요?"

"적어도 황태자 전하께서는 좋아하시는 것 같던데요."

"그 외에는 없단 뜻이지 않습니까. 게다가 전하의 보살핌은 홀턴 님 덕분에 누리는 것이나 다름없습니다."

레이놀드의 이야기에 이번에는 클라렌스의 얼굴에 곤란함이 피어났다.

그가 말하고자 하는 바는 이해했다. 클라렌스는 손가락으로 제 빗장뼈 근처를 만지작거리며 조심스럽게 대답했다.

"음, 전하는 의리가 있으신 분이니, 저와 안 되더라도 레이놀드를 버리진 않으실 겁니다."

"맙소사, 홀턴 님! 설마!"

"……안 되나요?"

"물론 안 될……! 일은 아닙니다. 전하의 마음을 잡아 두는 일은 이제 저의 역할이 될 뿐이죠."

레이놀드는 잠시 한숨을 쉬었다. 그러나 그런 것도 잠시, 고개를 바로 들고 클라렌스를 정면으로 바라보았다.

"홀턴 님은 충분히 해 주셨습니다. 이 파티가 끝난 뒤에는 원하시는 길을 가세요. 저는."

그는 곧 제 짧은 말을 정정했다.

"아니, 스펜서 공작가는 언제나 홀턴 님을 지지할 겁니다. 어디에서 무엇을 하더라도 응원하고 필요하다면 보호해 드릴 것입니다."

당당한 저 말투는 영락없는 공작님 그 자체다. 클라렌스는 옷자락을 가볍게 들어 올리며 허리를 숙였다.

"감사합니다."

다시 고개를 들어 그를 바라보니, 어딘가 얼굴이 벌겋다.

"죄, 죄송합니다. 아직 반지도 받지 않은 주제에 이런 말투나 쓰고. 정말이지 제가 벌써 이렇게 거만해져서 어떻게 하면 좋죠?!"

결국, 그는 제 배를 감싸 쥐며 울상을 지었다.

클라렌스는 "거만해지면 안 돼, 거만을 경계해야 해."라고 중얼거리며 제 배를 문지르는 레이놀드를 물끄러미 바라보다가 조금 웃어 버렸다.

저런 깜찍한 공작님이라면 누구라도 좋아할 것 같은데.

케니스는 불안하게 제 방을 서성거렸다.

「선물을 드리기로 했습니다. 케니스의 이름으로.」

「어쨌든 파티에 가서 전달할 겁니다. 초대장을 받았으니.」

저 노인네들이 비록 저런 인간들이기는 해도, 마탑의 우두머리들이다.

케니스는 제 방을 나섰다. 아무래도 노인네들이 마탑에

얌전히 틀어박혀 있는지 확인해야 직성이 풀릴 것 같았다.

하지만 회의실에도 실험실에도 그들은 없었다.

그는 늙은 마법사들의 방에도 찾아갔다. 그러나 그들의 제자 몇 명을 만났을 뿐이다. 제자들은 스승이 어디에 있는지조차 알지 못했다.

하지만 한 제자가 제대로 된 증언을 해 주었다.

"아, 하지만 오늘은 빳빳하게 풀을 먹인 로브를 입고 나가셨어요."

"뭐?!"

"머리도 단정하게 빗으셨고요."

"갑자기?"

"예, 속옷까지 갈아입으신 걸요."

맙소사, 이건 그들 나름대로 외모에 대단히 신경을 썼다는 뜻이다.

파티라고는 가 본 적도 없는, 저 은둔형 괴짜들이 정말로 작정을 한 건가.

"아 씨, 진짜 돌아 버리겠네!"

케니스의 머리가 멋대로 파티의 한 장면을 그린다.

아름다운 클라렌스 앞에 꿇어앉은 노인들의 행렬. 유행 지난 촌스러운 빛 마법 따위를 천장으로 맹렬하게 쏘아 올리며, '마탑의 케니스가 사랑을 담아 보내는 선물입니다!'라고 외치겠지.

외치기만 하면 다행이게? 케니스의 이름을 아예 공작저 하늘에 박아 버릴지도 모른다.

분명히 두고두고 회자가 될 것이다. 아, 치욕스러워서 죽고 싶다.

왜 부끄러움은 오직 자신의 몫이란 말인가.

케니스는 근처에 보이는 창문으로 적당히 뛰어내렸다. 죽기 위해서는 아니었다.

어디까지나 살기 위해서였다.

가장 신성한 의식을 앞두고 모두가 침묵했다.

파티를 채운 귀빈들의 시선은 클라렌스를 향하고 있었다.

독수리 장식이 새겨진 황금 깃대에서 승리자의 깃발이 휘날렸다. 그것을 당당히 든 클라렌스의 모습은 흡사 어느 그림 속 승리의 여신, 그 자체였다.

그녀는 홀의 입구에서부터 안쪽에 이르기까지 당당하게 걸어 들어갔다.

"필립 월킨스 경."

클라렌스는 정해진 절차에 따라, 가장 먼저 무투 대회 마지막 경쟁 상대였던 필립 앞에서 걸음을 멈추었다.

그를 백작이 아니라, 기사로 부른 것은 그가 기사단의 정복을 입고 참석했기 때문이다. 어디까지나 그녀의 경쟁자로서.

필립은 기꺼이 허리를 숙이며 승리자를 향한 마지막 예를 다했다.

"저의 패배를 받아들이며 그대의 우승을 축하드립니다,

클라렌스 홀턴."

축하의 끝에서 그는 클라렌스의 이마에 키스했다. 그리운 향기가 입술에 닿는 순간에는 이것이 정해진 절차라는 것을 잊을 만큼 아찔한 기분이 들었다.

그러나 그는 선을 넘지 않았다. 어디까지나 정중한 모습 그대로 그녀에게서 떨어졌다.

"감사합니다."

클라렌스가 얄미울 정도로 덤덤하게 그를 올려다보았다.

필립은 문득 그녀에게 묻고 싶기도 했다. 정말로 자신을 보며 아무런 감정도 들지 않았느냐고. 그녀에게 안달 내는 모습에 작은 동정 같은 애정이나마 갖지 않았느냐고.

그러나 아마 지금은 물어볼 수 없을 것이다.

그와 그녀에게는 규칙이 있는데, 질문이 허락된 것은 오직 승자뿐이라는 것이다.

"윌킨스 경, 언젠가 또 시비 걸어도 됩니까?"

필립은 조금 웃어 버렸다. 그의 감정과 관계없이, 그녀의 기습은 무척 즐거운 것이다. 거절할 이유가 없었다.

"원한다면 지금 당장에라도."

그는 그녀의 검을 흘긋 바라보며 즉시 대답했다.

그대로 몸을 돌린 클라렌스는 조금 더 앞으로 나아갔다. 이제 이 승리자의 깃발에 사제의 축복을 더해야 했다.

멀리 데일과 테미안이 나란히 서 있는 것이 보였다. 테미안이 남몰래 손을 흔들기에, 클라렌스는 그를 향해 가볍게 고개를 끄덕여 주었다. 이렇게 사람들이 많은 자리가 아니라면 당장 가서 안아 주었을 텐데.

마침내 그녀는 데일 앞에서 가볍게 몸을 숙였다.

"신전의 미래."

"승리의 영광이 오랫동안 공작가의 날개와 함께하기를 기원합니다. 제게 잠시 깃발을 맡겨 주시겠어요?"

클라렌스는 기꺼이 그에게 깃대를 맡겼다. 곧바로 신성력이 솟아 나와 깃발을 하얗게 물들였다.

"클라렌스."

데일은 눈을 감은 채, 부드러이 그녀의 이름을 불렀다. 아주 작은 목소리라 아마 누구에게도 들리지 않았을 것이다.

"예?"

"당신은 신전의 아이이기도 하죠. 그렇죠?"

"그야……."

가짜였다고는 하나, 수습 사제의 옷을 입기도 했으니까.

"그렇네요."

그녀가 긍정하자, 데일은 웃으며 허리를 숙여 그녀의 이마에 입술을 가져갔다.

"신전은 영원한 당신의 집이 될 겁니다. 집은 돌아올 장소이기도 하지만……."

촉. 짧은 키스를 마치고, 그는 그녀와 시선을 맞추며 당부했다.

"영원히 당신의 편이 되어 줄 사람이 머무는 곳이기도 합니다."

"데일……."

"곤란한 일이 있을 때는 수도에 있는 당신의 집을 기억하세요, 나의 수습 사제님."

데일은 클라렌스의 두 손에 깃대를 넘겨주었다. 스치듯 손이 닿은 순간, 잠시 그대로 멈추고 싶었다. 그러나 그는 제 손을 떼어 냈다. 어려웠으나, 불가능한 것은 아니었다.

클라렌스는 몸을 돌려 가장 앞으로 나아갔다. 이제 거의 마지막이다.

"전하."

클라렌스는 오스윈 앞에서 기꺼이 무릎을 꿇었으나, 그는 얼른 클라렌스를 일으켜 세웠다.

"일어나세요, 클라렌스. 그래서야 제가 주인공이 된 것 같지 않습니까."

그는 클라렌스에게 손을 내밀었고, 그녀는 오스윈이 이끄는 대로 레이놀드의 앞으로 나아갔다.

"클라렌스, 제게 증명하세요. 공작의 유지를 받든 그대가 고른 반지의 주인이 누구인지."

클라렌스는 레이놀드의 앞에 바로 섰다. 그의 얼굴이 조금 파랗다. 어떻게든 평정을 가장하려고 애쓰는 모양이지만.

음, 무리하는 걸까.

클라렌스는 짧게 고민했다. 그녀의 선택이 레이놀드를 불행하게 만들면 어떻게 하지?

"주, 주세요. 홀턴 님."

그때, 아주 작은 목소리가 들려왔다. 레이놀드였다.

"제게…… 주세요."

그는 두 손을 내밀며 같은 말을 반복했다.

"공작님과 함께 일하면서, 그 자릴 탐한 적이 없다고 말한다면 거짓말일 겁니다."

클라렌스의 고민을 알아차린 걸까. 그는 이제야 단 한 번도 말해 주지 않았던 이야기를 전해 주었다.

"저 같은 게…… 그런 자릴 탐한다는 것이 우스워서 아무에게도 말하지 못했지만……."

그는 제 부족함을 누구보다도 잘 안다. 하지만 그의 그런 성정은 클라렌스가 보기에 굉장한 장점으로만 보였다.

"레이놀드는 꽤 괜찮은 공작님이 될 거예요."

"성적이 좋지 못하고, 종종 배가 아프고, 일부 소심한 공작님 말이죠?"

그가 오전에 나누었던 이야기를 반복하기에 클라렌스는 천천히 고개를 끄덕였다.

"그렇습니다."

"그런 공작님을 사람들이 좋아할까요?"

클라렌스는 어깨를 으쓱였다.

"저는 좋아합니다."

"오전에 해 주신 말씀보다 훨씬 든든하네요."

"영광입니다."

거기까지 이야기한 클라렌스는 깃발을 크게 휘두르며 그대로 무릎을 꿇었다.

다시 그녀가 고개를 들었을 때는 완벽한 기사의 얼굴을 하고 있었다.

"스펜서의 레이놀드, 그대를 내 주인이 남긴 모든 영광의 진정한 후계자로 인정합니다. 그 증표로서, 저 클라렌스 홀턴은 승리자의 깃발을 그대의 이름 아래 기꺼이 바칩니다."

"저, 저는."

레이놀드는 클라렌스는 물론, 파티에 모인 모든 사람을 둘러보았다.

그가 제대로 하지 않으면 클라렌스의 노력은 무너진다. 그리고 어쩌면 그가 남들 몰래 꾸어 왔을 꿈까지도.

그는 침을 꿀꺽 삼키고 주먹을 쥐었다.

이제 더는 배가 아프지 않았다.

새로운 공작의 첫 번째 선언이 시작되는 순간이 되어서야 말이다.

레이놀드의 선언이 끝난 후, 클라렌스는 약속된 절차에 따라 조금씩 제 존재감을 흐려 갔다.

파티에서 존재감을 흐리는 기술을 미리 익혀 두어서 다행이었다. 윌킨스 경에게 이런 기술을 배울 때는 정말 쓸모없는 것으로 생각했었는데.

잠시 클라렌스를 찾는 사람도 있었지만, 조금 더 시간이 지나자 사람들의 관심은 레이놀드 쪽으로 무사히 옮겨 갔다.

안나가 그의 외모를 그럭저럭 수려하게 꾸며 준 덕분이다.

잘했어, 안나. 음, 그럼 이제 기회를 봐서 천천히 빠져나갈까.

클라렌스는 슬금슬금 뒷걸음질을 쳤고, 곧 테라스 근처까지 도착하게 되었다.

아직은 아무도 없는 것 같으니, 테라스를 통해서 외벽을 타면 방까지 금방 도착할 수 있을 것이다. 분명 누구의 눈에도 띄지 않겠지.

하지만 안나가 화를 내려나.

제발 복도와 계단을 이용해 달라고 부탁을 할 정도였으니까.

하지만 홀을 나가는 모습은 아무래도 눈에 띨 것이다. 클라렌스는 안나에게 작게 사과하며 테라스로 조용히 뒷걸음질 쳤다.

햇살이 사라진 밤의 봄바람은 낮과 비교하면 차가운 편에 속했다.

클라렌스는 흩날리는 머리카락을 쓸어 넘기며 공작가의 정원을 가만히 내려다보았다.

적지 않은 기사들이 촘촘하게 공작가의 정원을 순찰하고 있었다.

하긴 황태자 전하께서 방문하셨으니, 저들이 바짝 긴장하는 것도 무리는 아니다.

벽을 타고 방까지 가겠다는 계획은 전면적으로 수정되었다.

쓸데없는 일로 눈에 띄고 싶지는 않으니까. 적당히 위층 창문에 도달하면 아무 방에라도 들어가기로 했다. 어차피 위층에는 일부 사용인을 제외하고는 아무도 없으니까.

하인들은 갑자기 창문으로 튀어나오는 그녀를 보면 놀라

겠지만, 아마 이해해 줄 것이다. 클라렌스가 마음이 급해질 때마다 창문을 출입구로 사용한다는 것은 모두가 잘 아는 사실이므로.

물론, 안나는 화를 내겠지만.

클라렌스는 난간 위로 훌쩍 올라섰다. 그녀가 타이밍을 재어 뛰어오르려는 순간.

"클라렌스?"

테라스로 들어서며 그녀를 부르는 목소리가 들렸다.

"……전하."

클라렌스는 난간에 선 채 허탈한 얼굴로 오스윈을 내려다보았다.

불어오는 바람에 옷자락이 흩날렸다. 잠시 드러난 그녀의 다리 아래로 가느다란 굽과 좁은 난간의 아찔한 균형이 눈에 들어왔다.

"위, 위험하잖아요!"

오스윈은 새파래진 얼굴로 다가와 클라렌스의 허벅지 근처를 안아 올렸다.

그녀를 높이 들어 올린 후, 오스윈은 고개를 들어 그녀를 바라보았다.

조금 당황한 것 같은 시선이 그에게 쏟아진다.

놀라게 한 걸까.

미안하기도 했지만, 이렇게 안아 든 것이 내심 기쁘기도 했다. 지금까지는 오스윈이 그녀에게 안겨서 소중히 옮겨지곤 했으니까.

그는 조금 더 이대로 머물렀다.

많이 놀란 듯한 그녀의 눈동자로 오스윈의 얼굴이 커다랗게 비쳐 보였다.

그 눈동자를 바라보는 순간에 오스윈은 무한한 기쁨을 느꼈다. 비로소 완전하게 그녀의 세계에 속하게 되었다는 생각에.

벅찬 마음을 안고 다시 바라보니, 이제는 그녀의 머리카락 너머로 새카만 밤하늘이 함께 보였다.

언젠가 그의 고백을 엿들었던 수많은 별이 오늘도 그의 작은 기쁨을 바라보는 모양이다.

"전하."

문득 클라렌스가 그를 불렀다.

이름으로 불러 주었다면 더 기뻤겠지만, 욕심은 사람을 피폐하게 할 뿐이다. 오스윈은 제게 주어진 목소리에 감사하며 기꺼이 대답했다.

"말씀하세요, 클라렌스."

"……저어."

그녀는 잠시 망설이는 모습을 보이더니, 곧 작은 목소리로 속삭였다.

"감사했습니다."

"감사를 받을 일은 아닙니다."

오스윈은 클라렌스를 제 앞에 내려놓으며 정중히 대답했다.

그는 착각하지 않았다. 난간에서 내려 준 것을 고맙다고 하는 것은 아니리라. 애초에 그녀를 방해한 것에 지나지 않는 행동이었고.

그러니 그녀가 그에게 감사할 일이 뭐가 있겠는가. 공적인 일을 뜻하는 것일 테다.

"저도 공작가의 후계에는 깊은 관심을 두고 있었으니까요. 그리고 레이놀드는 저와 아주 잘 맞는 분이고요."

공작가에 도움을 준 것 말이다.

그러나 클라렌스의 반응은 그의 기대와는 달랐다.

"그런 것이 아니라……."

"……예?"

오스윈은 멍청히 입을 벌린 채 되물었다.

그러니까, 지금.

공적인 것이 아니라 사적인 문제로 감사하다는 말을 한 것이었나?

"언젠가 제게 천천히 생각하라 하신 이야기가 있으셨죠."

오스윈은 주먹을 쥐었다.

아, 어떻게 하지. 벌써 그 '천천히'라는 느린 시간이 지나버린 걸까?

하지만 도망갈 수도, 더욱 미룰 수도 없어서 그는 고개를 끄덕이고 말았다. 오늘 그의 겨울에 마지막 눈이 내리려는 모양이다.

"제게 가장 친한 친구를 알려 주신 분은 전하입니다."

"책…… 말씀이시군요."

"예, 제 삶을 바꾸어 주셨습니다."

"그건 기쁘네요."

오스윈은 자랑스럽게 가슴을 펴며 웃었다.

"그런 사실은 영원히 바뀌지 않을 테니까요."

"전하."

심장이 따끔하고 아파 왔다. 이번에는 그녀의 부름에 대답하고 싶지 않았다.

"……오스윈."

그의 표정을 살피던 클라렌스는 그를 이름으로 불러 보았다.

바닥을 향했던 그의 시선이 다시 돌아온다. 별 같은 눈동자에 놀람이 담겼다.

그를 이름으로 부른 것은, 그것이 그가 바라는 예의라고 생각했기 때문이다.

"오스윈은 행복한 캐릭터가 되었으면 좋겠습니다."

그녀의 말은 그날 밤에 나누었던 대화의 연장선이었다. 오스윈을 바라보면 떠오르는 소설 속 캐릭터에 관한 대화 말이다.

"주인공이든, 아니든 중요하지 않습니다. 어쨌든 이야기의 끝에서는, 아니 차마 글씨에 담기지 못한 그 이후에서라도 좋으니까……."

"클라렌스."

오스윈은 이어지지 못하는 그녀의 마지막 말에 조심스럽게 제 이야기를 얹어 두었다.

"전 이미 행복해요."

"……."

"정말로요. 클라렌스, 이 세계를 누군가가 책으로 만든다면, 아마 저는 당신의 이야기에 속한 사람이 될 테니까요."

"하지만."

오스윈은 제 옷깃을 쥐며 클라렌스에게 한 걸음 더 다가 갔다.

"그 이야기에 속할 수만 있다면, 저는 작은 역할이라도 상관없어요. 그리고."

그는 애써 미소 지었다. 이 순간에 미소를 남겨 두고 싶었기 때문이다.

"저는 마지막까지 주인공을 사랑하는 지조 있는 캐릭터로 남을 거고요."

"요즘에는 이런 답답한 캐릭터는 인기 없겠죠?"라는 농담이 덧붙었지만, 클라렌스는 몇 번이나 고개를 저었다.

"그래도 전 전하께서, 아니 오스윈께서 마땅한 행복을……."

"그게 저의 마땅한 행복인 걸요."

오스윈은 눈을 감은 채 그녀에게 얼굴을 내밀었다.

"그러니 클라렌스가 나의 미래를 축복해 주세요."

"하지만……."

그는 눈을 가늘게 뜨며 클라렌스를 바라보았다.

"축복해 줘요, 나를. 오직 나의 겨울만이 날 축복할 수 있을 테니까요."

클라렌스는 그의 얼굴을 잠시 바라보았다.

언제 이렇게 훌쩍 자라 버린 걸까. 전쟁의 밤을 함께 지새우던 어린 소년의 얼굴은 보이지 않았다.

이렇게 올곧고 아름다운 마음에 상냥한 답을 들려줄 수

있다면 좋았을 텐데. 이 예쁜 얼굴이 억지로 슬픔을 삼키도록 만들지 않았을 텐데.

"오스윈."

클라렌스는 그의 예쁜 금발을 쓰다듬었다.

"제 책에 속해 주어서 고마워요."

짧은 축복의 키스가 그의 이마를 간질였다.

행복하길, 누구보다도. 간단하지만 가장 어려운 소망이 그의 이마에 새겨졌다.

시간이 흐른 후, 오스윈은 천천히 눈을 떴다. 눈물이 맺혔지만 상관없었다.

어느새 그의 겨울은 눈앞에서 사라져 있었으니까.

유연하게 난간에서 위로 뛰어오른 클라렌스는 바로 위층에 보이는 창문으로 쏙 들어갔다.

복도와 통하는 작은 창문은 다행히 활짝 열려 있었다. 아마 위층에서 일하는 하인들이 환기를 위해 잠시 열어 둔 모양이다.

클라렌스는 짧게 안도의 숨을 쉬었다.

오스윈의 눈물을 발견한 순간에는 자신도 모르게 그의 눈물을 지워 주고 싶었다.

하지만 그건 무척 예의가 없는 행동일 테니까. 그녀는 그를 위하여 조용히 사라지는 쪽을 택했다.

클라렌스는 복도를 따라 걸으며 긴장된 몸을 가볍게 풀었다. 수도의 일이 정말로 끝났다는 안도감이 들자, 작은 피로가 몰려왔다.

적당히 씻고 방에서 잠이나 잘까.

그리고 내일 아침 일찍 레이놀드에게 인사하고 떠나면 그녀의 두 번째 공작저 생활은 무사히 끝나게 되리라.

뭔가 시원섭섭하네.

"이, 이쪽은 안 됩니다. 그러니까 여기에는 아무도 계시지 않다니까요."

그때, 멀리에서 실랑이하는 소리가 들려왔다. 하인 몇 명과 손님들이 대립하는 모양이다.

아마 어떤 손님이 방문을 제한하기로 한 구역으로 들어서려는 모양인데, 주인이 허락하지 않은 길을 굳이 가려는 예의 없는 자가 이런 파티에 참석할 수 있었던가?

클라렌스는 레이놀드가 보여 주었던 파티 참가자 기록을 떠올렸다.

마땅한 후보는 없는데.

그때, 손님들의 노기 어린 목소리가 들려오기 시작했다.

"우리가 누구인지 알고 그 길을 막는 건가!"

"압니다. 지고하신 마탑의 어른들을 어찌 모르겠습니까."

"클라렌스 홀턴이 없으니, 찾으러 가겠다는데 어째서 길을 막는 건가!"

제 이름이 들리는 순간에는 클라렌스도 걸음을 멈출 수밖에 없었다. 마탑의 어른들이 그녀를 찾는다고? 어째서? 이유를 생각해 보려고 했지만 떠오르는 것이 없었다.

그러다가 문득, 그녀의 손끝에 검이 닿은 순간에 한 가지 가정이 떠올랐다.

그녀는 검에 새겨진 케니스의 마력을 응용했다.

어쩌면 그 일로 몇 가지 확인하고 싶은 것이나, 묻고 싶은 것이 있을지도 모른다.

물론, 그 현상에 대해 궁금증이 있는 것은 클라렌스도 마찬가지였다.

"그러니까 홀턴 님은 연회장에 계신다고요. 여기에는 돌아오지 않으셨다니까요?"

"거짓말하지 마! 우리가 누구라고 생각하는 건가. 이미 샅샅이 뒤졌지만, 그 어디에도 클라렌스 홀턴은 없었어."

그들의 목소리가 점점 높아진다. 이러다가 마법까지 쓰게 되는 것은 아닌지 걱정이 될 정도로.

'고집이 세다고 케니스가 늘 불평하더니, 정말이네.'

클라렌스는 쓰게 웃으며 소리가 나는 쪽으로 방향을 틀었다. 하인을 곤란하게 하는 것도 미안했거니와, 오늘 같은 날에 소란이 일어나는 것은 좋지 않았다.

더구나 마법사들의 소란이라면 잊히지도 않을 만큼 오랫동안 소문이 퍼질 테고.

클라렌스는 난간에 기대어 아래층을 내려다보았다.

로브를 입은 어른들은 호통이 통하지 않자, 거래를 청하려는 모양이다. 품에서 돈이며 귀한 보석 같은 것을 주섬주섬 꺼내 드는 것을 보면.

맙소사, 어르신들. 공작가의 하인을 매수하시면 안 됩니다. 곤란하다고요.

클라렌스는 서둘러 앞으로 나섰다.

"찾으시게 했다면, 사과드리겠습니다. 저는 여기에……."

그녀가 몸을 틀어 계단을 내려가려는 순간이었다.

갑자기 몸이 덜렁 들리더니, 빠른 속도로 복도 안쪽까지 끌려 들어갔다.

"……?!"

깜짝 놀라 비명조차 지르지도 못하는 순간.

푹. 그녀의 등이 어느 푹신한 곳에 닿으며, 허리 근처를 가볍게 죄어 오던 바람이 떨어져 나갔다.

등 뒤에서 느껴지는 익숙한 향기에 그녀는 무어라 말하려 했다. 그러나 곧 그녀의 입을 막는 손길 때문에 어떤 이야기도 꺼낼 수 없게 되었다.

"쉬이, 조용히."

귓가에 닿은 입술에서 낮은 목소리가 흘러나왔다.

Chapter 14

Chapter 14

클라렌스의 입술을 막았던 손이 잠시 떨어졌다. 물론 그녀는 조용히 해 달라는 그의 부탁을 완벽하게 이해했으니, 소리를 내지는 않았다. 대신 고개를 뒤로 바짝 돌리고 입술만을 움직여 말을 걸었다.

'케니스?'

그녀가 의아해하는 모습에 케니스는 조금 곤란해졌다. 이걸 무어라고 설명하면 좋을까.

그가 잠시 머리를 긁적거리는 동안, 밑에서는 다시 소란이 벌어졌다.

"위대한 지혜들이여, 제발 그 정도만 하세요!"

하인이 울 것 같은 목소리로 빌기 시작했다.

오랫동안 일한 하인을 곤란하게 하는 건 미안한 일이다. 클라렌스가 안타까운 표정을 지어 보이기에 케니스는 얼른 고개를 저었다.

"위에서 인기척을 느꼈다니까. 분명히 클라렌스 홀턴이 있는 것이렷다!"

"그럴 리가 없지 않습니까. 이 계단은 위층으로 통하는 유일한 통로란 말입니다."

"마탑의 구성원은 유일한 통로라는 말을 믿지 않는 법이지."

"홀턴 님은 마탑의 구성원이 아니라고요!"

"하지만 마력이 기가 막히게 잘 드는 체질이지. 안 그런가? 마탑의 구성원이라는 말에 조금도 부족함이 없어."

마력이 잘 드는 체질?

그건 클라렌스가 검으로 마력을 운용할 수 있게 된 것을 두고 하는 말이리라.

역시 그것이 용건이었던 거구나. 그리고 케니스는 그녀가 마탑의 어른들과 마주하는 것에 반대하는 거고.

'왜?'

클라렌스는 다시 한번 입술 모양만으로 짧게 질문했다. 그는 잠시 무어라고 말하려는 듯했지만, 설명이 복잡한 모양인지 곧장 입을 다물었다.

그리고 곤란한 듯 제 얼굴이나 머리를 몇 번이나 만지작거렸다.

"어쨌든 비켜! 이런 데서 시간을 허비하고 싶은 마음은 없으니까."

"아, 아?! 자, 잠시!"

하인들의 목소리가 툭 끊긴 것처럼 멈추었다. 마탑의 어른들이 마법으로 하인들을 모두 그 자리에 굳게 한 것이다.

"다들 미안하구먼. 1분 뒤엔 원래대로 돌아올 테니까 무서워하지 말게."

마탑의 어른들은 저들끼리 "진작에 이렇게 할 것을 그랬어."라고 중얼거리며 서둘러 계단을 올랐다.

삐걱대는 관절과 지팡이가 쿵쿵거리며 공작가의 계단을 밟았다. 두 사람이 숨을 죽여 선 곳과 그들이 점점 가까워졌다.

클라렌스의 허리 위로 그의 팔이 감겨 왔다. 그 순간부터는 그녀도 아무 말도 하지 못했다. 그의 팔이 어째선지 떨고 있었기 때문이다.

무엇이 마탑의 케니스를 이리도 두렵게 하는 걸까.

"흩어져서 찾아보고, 닫힌 문은 전부 열어 봐!"

그들의 목소리가 점점 더 가까워졌다. 복도 모서리에 바짝 붙어 선 두 사람은 조용히 숨을 죽이며 이동했다.

둘은 근처의 노인이 다른 방을 열어 내부를 살피는 짧은 순간에 재빠르게 가장 가까운 방으로 이동했다.

정신없이 손잡이를 당겼고, 문이 제대로 열리기도 전에 몸부터 쑤셔 넣었다.

두 손으로 문을 밀어 닫은 케니스는 그대로 눈을 감았다. 손끝에서 시작된 은빛의 얇은 막이 문과 방 전체를 휘감기 시작했다.

문에 등을 기댄 클라렌스가 간단히 질문했다.

"이건?"

"짧은 눈가리개. 바깥에서는 문이 있는 줄도 모를 거야."

마법을 사용하면 간단하게 깰 수 있지만.

"아마 할아범들은 그런 생각까지는 못할걸. 응용력이 없거든. 전혀."

연애 소설을 곧이곧대로 믿고 실행시키려는 의지가 가득한 것을 보면 분명했다.

"그럼, 저쪽은?"

그녀는 살짝 턱을 들어 바깥을 가리켰다.

"별일은 아니야. 저 노인들은 예전부터 호기심이 많았고, 지금도 왕성하지. 그 대상이 지금은 너일 뿐이고."

클라렌스는 고개를 끄덕였다. 이제 질문은 하나만 남았다.

"그런, 이건?"

시선은 그의 팔을 향했다. 그녀를 가운데에 두고 양쪽 손으로 문을 짚은 탓에, 그녀가 그에게 갇힌 꼴이 되었다.

그제야 클라렌스와의 거리를 인식한 케니스가 서둘러 두 걸음 정도 멀어지며 웅얼거리듯 사과했다.

"부, 불편하게 하려던 건 아닌데. 그게 빨리 문을 닫으려고……."

어울리지 않는 변명까지 줄줄 덧붙이면서.

잠시 방은 조용해졌다. 클라렌스는 방 바깥으로 신경을 집중했다.

마법으로 문이 보이지 않게 했다는 케니스의 말은 사실이었나 보다. 몇 번이나 인기척이 느껴졌지만, 문에 다가서는 이는 없었다.

"내가 묻고 싶었던 건."

클라렌스는 여전히 문에 등을 기댄 채 케니스를 바라보았다.

"어째서 저분들과 날 만나지 못하게 하느냐는 거였어."

케니스는 대답하지 않았다. 이번에는 곤란해하는 기색도 보이지 않았고, 그냥 고개만 저었다.

"우리 사이에 묵비권이 존재하는 줄 몰랐는데."

클라렌스는 어깨를 으쓱였지만, 어쨌든 추궁하지는 않았다. 누구나 말하고 싶지 않은 사정은 있는 법이지. 그게 아무리 친밀한 관계라도 말이다.

"미안."

"상관없어. 어차피 파티에서도 빠져나오던 중이었고."

게다가 다급하게 달려온 이곳은 마침 그녀의 방이기도 했고 말이다.

"벌써?"

케니스가 시간을 의식하며 물었다. 파티는 이제 막 시작되었을 뿐이다.

"그래."

클라렌스는 그를 스치고 지나며 작은 스툴 앞에 멈추었다.

"여기는 내 자리가 아니니까."

스툴 위로 흐물거리는 장갑이 툭 떨어졌다.

케니스는 몸을 돌려 클라렌스의 뒷모습을 바라보았다. 이제 그녀는 얼굴을 한쪽으로 기울이며 귀걸이를 빼고 있었다.

무거워 보이는 보석이 몸에서 떨어져 나가는 순간에 작게 한숨까지 쉬는 걸 보면 어지간히 불편했던 모양이다.

그러고 보니 그녀에게 불편한 것은 귀걸이뿐이 아니었다.

등부터 허리까지 이어지는 저 끔찍한 끈은 그녀의 호흡까지 전부 조여 댔을 것이다.

케니스는 새삼 그런 생각이 들었다. 클라렌스의 몸은, 어쩌면 불편한 기억이 더 많을지도 모른다고.

무거운 갑주도 꽉 조이는 드레스도, 아마 그녀에겐 별다를 바 없는 옷이었을 거다. 자신을 보호하기 위해서 어쩔 수 없이 걸쳐야 한다는 공통점까지 갖추었으니까.

"편안해졌으면 좋겠다."

"내가?"

클라렌스는 팔을 돌려 목걸이를 빼내며 물었다.

"그래, 네가."

"난 지금도 편안한…… 안 빠지네, 이거…… 케니스 이것 좀 빼 줄래?"

손끝의 감각만으로 자그마한 고리와 고군분투하던 클라렌스는 간단하게 패배를 선언하고 도움을 청했다.

애초에 그녀는 이런 섬세한 목걸이를 다뤄 본 일이 많지 않았다.

"넌 목걸이 하나 못 빼면서 편안하다는 말이 나오냐?"

그는 툴툴거리며 그녀의 뒤에 섰다. 하얀 어깨와 그 아래로 드러난 날개 뼈 위로 묘한 빛이 감돌았다.

아마 화장품을 바른 거겠지. 몸에서 빛이 나니까 꼭 천사 같아 보이네.

케니스는 곧 그녀의 금색 머리칼 사이에서 작은 고리를 찾아냈다.

그즈음에 바깥에서 소란이 들려왔다. 그것이 마탑 노인들이 내는 소리라는 것을 깨달은 케니스의 손끝에 조금 힘이 들어갔다.

망할 노인들. 그런다고 클라렌스를 만나게 해 줄 것 같아? 내가 당신들의 실험대에 이 녀석을 올릴 것 같냐고!

그는 제 입술을 깨물었다.

그리고 그 순간, 클라렌스가 그를 향해 몸을 돌렸다. 가느다란 목걸이가 팽팽해지는 것도 잠시.

툭. 그녀의 몸에 붉은 선을 남기며 끊어져 버렸다.

케니스는 갑자기 왜 이러냐고 클라렌스에게 따져 물을 새도 없었다. 그의 손목을 낚아채듯 붙잡은 그녀는 무척이나 날카로운 시선으로 그를 노려보고 있었으니까. 그의 의식 너머까지 모두 꿰뚫어 볼 것 같은 그런 눈으로 말이다.

"말해."

명령에 가까운 목소리였다. 케니스는 긴장으로 침을 삼켰다.

"널 두렵게 하는 것이 무엇인지."

"……그런 건 없어."

케니스는 일부러 비웃음 같은 미소를 지었다.

"마탑의 케니스께 그런 게 있을 리 없잖아?"

클라렌스가 그의 얼굴을 가만히 들여다보았다. 겉으로 드러난 허세에는 조금도 귀를 기울이지 않는 듯.

그러다 문득, 그녀가 그의 손목을 조금 더 강하게 비틀어 쥐었다.

"이렇게 떨고 있으면서?"

케니스는 팔을 휘둘러 제 손목을 쥔 그녀의 손을 떼어 냈다.

그녀는 기꺼이 그를 놓아주었다. 다시 이야기가 사라진 방에는 둘의 숨소리만이 남았다. 아니, 날카로운 시선만이 있었다.

"언제부터."

한참 만에 먼저 입을 연 것은 케니스였다.

"남의 일에 그렇게 참견하게 된 거야?!"

"네가 내 호기심을 멋대로 꺾을 때부터."

"호기심?"

달갑지 않은 단어에 케니스의 인상이 구겨졌다.

"마탑의 어른들이 궁금해하시는 것에, 나 역시 깊은 흥미가 있거든."

"미쳤어?!"

케니스는 저도 모르게 그녀와 얼굴이 거의 닿을 정도로 다가가 소리를 질렀다.

"그건 그냥 네가 내 마력이랑 잘 맞는 것뿐이야!"

"신기하지 않았어?"

"시, 신기할 리가 있냐! 그건 그냥 재능이고, 운이야. 그냥 되는 거라고. 호기심을 가질 만큼 대단한 것도 아니고!"

클라렌스는 몸을 돌리며 검을 길게 뽑아냈다.

검의 표면에 하얀빛이 흘러내렸다. 한때는 케니스의 것이었던 마력이, 이제는 그녀의 의지를 따르기 시작했다. 검을 매개로 하여.

훌륭한 검과 강한 마력, 그리고 검사의 재능이 만났을 때만 일어날 수 있는 기적이라고 했던가.

홀린 듯이 그 하얀 빛을 바라보던 케니스는 문득 클라렌스와 시선이 마주쳤다.

그녀는 입술 끝을 바짝 올리며 웃고 있었다. 그 표정은 어쩐지 '거봐, 너도 신기해하고 있잖아.'라고 말하는 것 같았다.

"어, 어쨌든 네가 기사를 은퇴하는 시점에는 아무런 쓸모도 없는 거라고."

케니스가 애써 고개를 돌리기에 클라렌스는 빛을 거두었다. 검은 검집으로 돌아가 그녀의 침대 위로 툭 떨어졌다.

"그러니까, 쓸모없는 일에 호기심을 품지 말고."

케니스는 침대 위로 떨어진 검을 가만히 바라보았다.

"돌아가."

"……."

"너를 편안하게 해 줄 곳으로 가."

그녀가 멀리 떠나고 나면, 무능한 마탑의 노인들을 구워삶는 것은 케니스의 일이 될 것이다.

정말로 그의 머리를 잘라서 스스로 가져다 붙이는 모습을 보여 주든 뭐든 해야겠지. 새로운 호기심을 심어 주면 몇 년은 조용할 테고. 그 후에는 클라렌스에 관한 것은 잊어 주지 않을까.

"널 노인들과 만나지 않게 한 건, 그냥."

그는 잠시 머뭇거리다가 적당한 말을 찾아냈다.

"수도에서 쓸데없는 일로 시간을 끌게 하고 싶지 않았어."

"……."

"네 기특한 동생 녀석도 기다릴 테고, 할아범은 점점 늙어 가는데 네가 늦장 부리면 곤란하잖냐."

"그야, 그렇지만."

"노인들은 호기심이 발동하면 며칠이든 몇 달이든 사람을 잡아 두려고 애를 쓰니까."

출구를 찾아낸 그의 변명은 멋대로 길어졌다.

"실험체가 된다는 건 썩 유쾌한 일이 아니거든. 그러니까 엮이지 않는 게 최고지."

"케니스."

"게다가 공작님께서도 네게 행복해지라고 하셨지, 마탑의 실험체가 되라고는……."

"케니스!"

그녀가 소리를 지르자, 비로소 쉼 없이 움직이던 그의 입술이 멈추었다.

대체 무엇이, 케니스 어윈을 이렇게 몰아세우는 걸까.

클라렌스는 그와 나눈 대화를 하나하나 곱씹으며 제게 주어진 단서를 하나씩 헤집었다. 그리고 한 가지 결론에 이르렀다.

"혹시…… 나야?"

눈을 가늘게 뜬 그녀는 케니스의 표정을 유심히 살피며 덧붙였다.

"너를 두렵게 하는 것이."

그렇게밖에 생각할 수 없었다.

"내가 널."

클라렌스는 케니스의 뺨을 쥐어 강제로 저를 보게 했다.

"두렵게 하는 거야?"

푸른 눈동자가 흔들렸다. 그건 무엇보다도 진실된 대답이었다.

"케니스."

그의 입술에서 떨리는 숨이 새어 나왔다. 한참을 망설이던 그는 이제 어디로도 도망갈 구석이 없다는 것을 깨달았다.

따듯한 손이 그의 뺨을 문질러 온다. 그 온기가 심장 안에 눌러둔 수많은 말을 멋대로 녹였다.

더럽고 천박하여 감히 그녀 앞에 꺼낼 수 없었던.

모든 문장과, 단어들이.

"내가, 널."

케니스는 숨겨 놓은 문장의 끝이 그리는 추악한 미래를 상정했다.

"……망쳐 버리는 것이 무서워."

그는 차마 그녀의 얼굴을 바라볼 수 없어서 눈을 감았다.

사람의 욕심이라는 것은 누구나 공평하게 추악하다. 그건 케니스도 다르지 않았다.

케니스는 제 마음에 자리 잡은 비겁한 욕심을 떠올렸다.

그의 유일한 사람이 드디어 그에게 마음을 기울여 주었다. 게다가 그가 속한 마탑도 그녀를 환영한다.

지독할 정도로 매혹적이지 않은가.

손을 뻗어 전부 갖고 싶었다. 사랑과 욕심의 아슬아슬한 균형에서 그는 언제나 위태로웠다. 하지만 그것은 클라렌스 홀턴을 그가 사는 지옥으로 끄집어 내리는 것이다.

"마탑은 도덕도 윤리도 없는 곳이야. 오직 그들의 호기심과 그것을 감내해야 하는 실험체만이 존재해."

어린 시절의 케니스가 겪었던 모든 지독한 결여를 그녀가 똑같이 경험하게 될지도 모른다.

"그리고 난, 네가 그런 취급을 받는 것을 원하지 않아."

"……."

"난 그냥 네가 예쁘게 살았으면 좋겠어. 평범하게 아침에는 일어나고 밤에는 잠이 드는 그런 생활을 하면서."

이 소망은 진심일까. 애써 욕심을 떨쳐 낸 거짓말일까. 아니, 생각해서는 안 된다. 이렇게 되는 것이 옳다는 점만이 중요했다.

"그건……."

그의 이야기에 가만히 귀를 기울이던 클라렌스가 조용히 되물었다.

"네가 날 좋아한다는 뜻이야?"

그 질문의 끝에서야 케니스는 천천히 눈을 떴다.

새파란 눈동자가 제대로 보이게 되었을 때 즈음에서야 그는 대답했다.

"사랑한다는 뜻이야. 바보야."

그의 사랑이 할 수 있는 일은 하나뿐이었다.

"그러니까, 네가 이런 지옥에는 오지 못하도록 하는 거고."

그는 클라렌스의 정수리를 다정하게 쓰다듬었다. 마치 아이를 달래는 것 같은 손길로 말이다.

"알았지? 그러니까, 이쪽으로 오면 안 돼."

클라렌스는 억지로 미소를 짓는 케니스의 얼굴을 물끄러미 바라보며 물었다.

"그 노인들이, 네게 그렇게 했어?"

케니스는 잠시 고민하다가 작게 고개를 끄덕였다.

"그들이 내게 빛을…… 주지 않은 적이 있었어."

아주 오랫동안 홀로 서서히 지독한 어둠 속에 떨어졌었다.

"난 어두운 걸 무서워하는 보통 꼬맹이었고."

마법도 불을 피우는 지혜도 모르는 멍청한 꼬마는 우는 것 말고는 아무것도 하지 못했다.

"그리고 절박함의 끝에서 빛이 피어났어."

그는 제 손끝을 내려다보았다. 그때의 감각을 깨우친 손끝에서 작은 빛이 일어났다. 엷은 빛은 그가 주먹을 쥐는 것으로 간단히 흩어졌다.

사그라지는 빛을 바라보던 클라렌스는 그가 전한 예시가 무척 작은 일이었으리라 생각했다. 그는 그 이전과 이후로 더 많은 것들을 빼앗겼을 것이다.

이상한 일이다. 가장 강한 힘을 타고난 마법사가, 사실은 아무것도 갖지 못했다는 것은.

그리고 아무런 복수도 하지 않았다는 것도.

아마, 그건. 케니스가 상냥하기 때문일 것이다.

클라렌스가 숙모에게 받았던 단 한 번의 다정함을 소중히 한 것처럼. 그도 비슷한 기억을 끌어안으며 자신을 다독이는 것일지도 모른다.

어떻게 하면 좋을까. 케니스는 아마 마탑의 끔찍함을 말해 주고 싶었던 걸 텐데. 그녀의 마음은 도리어 텅 빈 어둠에 홀로 선 작은 소년을 그리고 만다.

마탑의 케니스도 그 무엇도 아닌 그냥 작고 여린 소년.

"그러니까 클라렌스, 네가 있어야 할 곳은 그런 지옥이 아니라……."

케니스의 입술 위로 갑자기 따뜻한 것이 닿았다가 떨어졌다. 스치는 듯한 짧은 키스.

놀라고 만 케니스는 이야기를 멈추고 그녀를 바라보았다.

"네가 모르는 것이 있는 것 같아서."

그녀는 가늘게 뜬 눈으로 호전적인 미소를 그리고 있었다.

"나도, 지옥에서 태어났거든."

클라렌스는 남루했던 겨울의 소녀를 떠올렸다. 케니스에 비할 바는 아니었으나, 그녀 역시 지옥이라는 단어와는 연이 깊었다.

케니스는 헛웃음이 나왔다. 대체 그가 필사적으로 지키려는 것은 어디에 있나 싶었다.

"그래서 뭐? 나랑 같이 나란히 지옥에 앉아서 서로 상처나 핥아 주고 살까? 그래야 만족할래?!"

그는 클라렌스의 양쪽 어깨를 쥐었다. 상체가 드러난 드레스를 입은 탓에 그녀의 몸에 새겨진 상처가 무척 도드라져 보였다.

이미 이렇게나 충분히 상처 입고 살지 않았나.

"왜 하필이면……."

그는 클라렌스의 어깨 위로 제 이마를 기대었다. 진심이 아닌 말이 다시 그를 사로잡는다.

"저기 바깥에 다른 자식들 많잖아! 어째서?!"

멀쩡한 자리에 사는 사람들 말이다. 그중에는 황태자도, 귀족도 있었다. 훌륭한 신랑감인 그의 친구도 있었고.

"글쎄."

클라렌스는 가만히 그의 등을 쓸어내렸다. 어째서냐는 말에는 딱히 대답할 말이 없었다.

"……마법일까."

"그런 마법은 없어, 바보야."

"널 생각하면."

클라렌스는 잠시 말을 쉬었다. 자신도 모르게 제게 장난을 걸어오는 과거의 케니스를 떠올린 탓이다.

"굉장히 즐거운 기분이 들어."

"……."

"다른 사람을 떠올리는 것으로는 이렇게까지 행복하지 않은데."

케니스는 고개를 들어 그녀의 감정을 간단하게 정리해 주었다.

"……그건 그냥, 너와 내가 장난을 많이 치고 놀았다는 뜻이야."

"아니."

하지만 클라렌스는 고개를 저었다. 단 하나의 의심도 하지 않은 채.

"내가 널 사랑한다는 뜻이야. 바보야."

케니스는 멈칫했다.

그러니까, 클라렌스의 생각은 알고 있었다. 어느 정도는. 하지만 그것을 머리로 이해하는 것과 실제로 듣는 것은 다른 문제다.

"……."

멍청한 머리가 굳었다. 몸도 함께 굳어 버렸다. 아무런 생각이 들지 않았다. 지금 그의 신체가 하는 일이란, 그녀의 목소리를 몇 번이나 머릿속에 반복 재생시키는 일뿐이었다.

"그렇게 놀랄 일이야?"

잔뜩 얼어붙은 그에게 클라렌스가 눈살을 찌푸리며 물었다.

"내가 널 사랑하……."

"그, 그만 말해!"

그는 다급하게 그녀의 말을 막았다.

"……소리는 사그라드니까."

그리 대답한 그는 곧 얼굴을 붉히며 제 입 근처를 얼른 손으로 막았다.

"미안, 헛소리였어."

"내가 널 사랑한다는 말이 허공에 사그라지는 게 싫어?"

"그야 아까우니까 당연히…… 아니, 그게 아니라! 아우, 헛소리 좀 유도하지 말아 줄래?"

그가 여전히 빨개진 얼굴로 애써 근엄한 척하는 것이 우스워서, 클라렌스는 조금 소리 내어 웃어 버렸다.

쿡쿡거리던 웃음이 멈춘 후에, 클라렌스는 등 뒤로 두 손을 꽉 맞잡았다.

케니스가 여전히 떨떠름한 얼굴을 하고 있기에, 그녀는 한 번 더 단순하게 굴기로 했다.

"사랑해."

단순한 것은 최고다. 복잡한 사정도 오해도 감히 끼어들지 못할 테니까.

"……나도 널."

케니스는 멋대로 대답하려는 제 입술을 얼른 멈추었다. 분위기에 휩쓸려 다시 고백한 뒤에는? 둘 사이에 '다음 단계'라는 것이 존재해도 되는 건가? 마탑은? 서점은?

복잡한 것을 그리던 그의 시선에 비로소 클라렌스가 들어왔다.

"……."

그녀는 머리가 아주 좋은 것이 틀림없었다. 그에게 어떤 퇴로도 만들어 두지 못할 방법을 어떻게 알았을까.

그런 명확한 말을, 이렇게 예쁜 표정으로 전하는 사람에게 고개를 저을 수는 없었다. 두 사람이 이어질 수 없다는 변명을 늘어놓을 수도 없었다.

그는 조금 흘러내린 클라렌스의 머리카락을 쓸어 올렸다. 완벽하게 드러난 눈꼬리가 그를 향해 웃어 주었다.

그렇게 잘 울더니, 오늘은 씩씩하게 안 우네. 그는 기특한 눈가에 가볍게 키스했다.

그러자 그녀의 뺨에서 따뜻한 색이 피어난다. 복숭아를 닮은 빛이 아주 예뻐서 결국 뺨에도 키스하고 말았다.

입술이 떨어지는 순간에 그는 눈앞에 보이는 귓가에 가만히 소곤거렸다.

"……사랑해."

소중한 소리가 감히 다른 곳으로 사그라지지 않도록. 무척 조심스럽게.

미소가 돌아왔다. 이상한 일이다. 소리만 아까운 줄 알았는데, 이제는 표정마저 아까워진다.

조금 더 기억해 두고 싶었다. 그녀의 입술이 어떤 모습을 하고 있는지, 어떻게 숨을 쉬는지.

조금 고개를 기울이자 서로의 입술 끝이 닿는다.

따뜻하고, 말랑말랑한. 곧 서로의 사이로 가느다란 호흡이 이어졌다.

케니스는 그 연약한 숨결에 완전히 사로잡히고 말았다.

그것은 그의 입을 통해 심장을 쥐고, 두뇌를 삼킨다. 그가 지닌 감정도 지식도 전부 그녀에게 종속되어 버리고 만다. 완전하게.

문득 깨닫게 되는 것이 있었다. 앞으로 한 걸음만 더 나아가면, 정말로 다시는 돌이킬 수 없게 되리라는 것이다.

고민은 길어지지 않았다. 아니, 사실은 그런 생각을 하는 도중에 이미 넘어 버리고 말았다.

케니스는 클라렌스의 허리를 조금 더 제게 당겨 왔다. 간격이 좁아지고, 서로가 서로에게 속하게 되기까지는 오랜 시간이 필요하지 않았다.

그는 이따금 그녀의 입술 사이로 어떤 말을 속삭였다. 숨

소리에 가까운 고백을 그녀는 분명하게 이해할 수 있었다.

잠시 입술이 떨어졌다. 클라렌스가 아주 짧게 가쁜 호흡을 쉬었지만, 케니스는 그 틈조차 기다리지 못하고 다시 다가왔다.

서로를 탐하는 시간이 길어졌다. 습기 어린 소리가 넓은 방 안을 빼곡하게 메울 때가 되어서야 케니스는 가까스로 그녀에게서 물러났다.

그러나 차마 멀어지지는 못했다.

"어떻게 하지."

그는 곤란한 듯 그녀의 이마에 제 이마를 기대며 한숨 쉬었다.

"못 멈출 것 같은데."

"뭘?"

클라렌스가 묻자, 그는 망설이다가 우물거리듯 대답했다.

"……널 좋아하는 거."

"조금 전에는 멈출 수 있었고?"

윽, 아플 정도로 핵심을 찌르는 질문이다. 생각해 보면 조금 전이라고 해서 멈출 수 있었던 건 아니었다.

"그러고 보니 그러네."

그는 순순히 인정했다.

"몇 번이나 널 잊으려고 했었는데……. 실패했지."

잊기는커녕 더 좋아하게 되었다. 아마 케니스는 그녀가 파티에서 뒤로 걷다가 텀블링을 한다고 하더라도 그 유연함에 반할 거다.

"진짜, 넌 네가 뭘 해도 너무 예쁘다는 걸 깨달을 필요가 있어."

"그건 좀 지나치지 않아?"

"진짜로. 나는…… 네가."

케니스는 클라렌스의 입술과 뺨, 그리고 어깨에 이르기까지 부드럽게 쓰다듬었다.

"존재만으로도 너무 소중해서."

잠시 스치는 김에, 목덜미에 남은 상처를 지우는 것도 잊지 않았다.

"예쁘게 살아가는 모습만 봐도 괜찮을 줄 알았어."

하지만 그의 짙은 욕망은 평생을 갈구할 달콤한 사탕을 삼키고 말았다.

"……미안해."

이제는 정말로.

"멈추지 못할 것 같아."

그는 다시 키스했다.

되돌릴 수 없는 마음을 분명하게 전하려는 것처럼.

그가 갈망했던 모습대로.

오랫동안.

클라렌스가 눈을 떴을 때 사방은 어두웠다. 달이 기울어 방 안을 헤집는 것을 보면 새벽의 허리 즈음일지도 모른다.

부스럭거리며 삐뚤어진 베개를 바로 했다. 몸을 돌리며 자세를 바꾸자, 물끄러미 그녀를 바라보는 푸른 눈동자와 시선이 마주쳤다.

안 자고 있었던 걸까, 케니스.

그녀의 입술이 움직이려는 순간, 다정한 손이 머리카락을 헤집어 온다.

"……조금 더, 자."

클라렌스는 지난밤에 케니스에 대해 새롭게 알게 된 사실이 있었는데, 그의 손이 닿으면 신기할 정도로 기분이 좋아진다는 것이다.

어디든 말이다.

가령 그가 이렇게 차분히 머리를 쓸어 주는 것만으로도 아주 나른하고 졸린 기분에 물들어 버린다.

그러고 보니 윌킨스 경도 누군가가 머리를 쓰다듬어 주는 것을 좋아한다고 했던가. 나중에 케니스에게 윌킨스 경을 쓰다듬어 주라고 해야겠다. 이런 손길을 받으면 윌킨스 경도 케니스를 좋아하게 될 것이 틀림없었다.

어쨌든 클라렌스는 애써 눈을 깜빡였다. 이대로 다시 잠들어 버리면 케니스가 어째서 밤을 지새우는지 알 도리가 없으니까.

"안 잤어?"

그녀는 다소 갈라지는 목소리로 물었다.

"잤어."

짧은 대답과 함께 그의 손가락 끝이 클라렌스의 입술 안

쪽으로 살며시 밀려들어 왔다.

"읍?"

입 안에 차가운 물방울이 맺혔다. 그녀는 얼떨결에 그것을 꿀꺽 삼키고 말았다. 손가락을 빼낸 케니스가 잘했다며 다시 머리를 쓰다듬었다.

"이런 식으로 급수가 가능할 줄은 몰랐어."

"네 특권이지."

클라렌스는 청량해지는 기분을 느끼며 웃었다.

"편리하네."

"그리고 유용하지. 데리고 살아 볼래?"

"응⋯⋯."

클라렌스가 천천히 고개를 끄덕였다. 어쨌든 인간은 물이 없으면 죽고, 케니스는 훌륭한 물 공급원이다. 데리고 살기에 마침 좋은 조건을 가진 셈이다.

"⋯⋯바보야. 이 정도로 수긍하면 안 돼."

케니스는 히죽거리는 표정을 숨기지 않으면서도 그녀를 책망하듯 말했다.

"조금 더 깐깐하게 골라야지. 네가 누굴 데리고 살지는."

클라렌스가 얼마나 남자 보는 눈이 없는지는 누구보다도 케니스가 잘 안다. 일단 그녀가 고른 남자가 케니스라는 점에서 말이다.

"깐깐하게 골랐는데."

"전혀 깐깐하지 않았습니다, 기사님. 네가 검을 고르는 정도의 신중함으로 남자를 골랐어야지."

"신중했는데."

"그래서 겨우 이런 마법사야?"

"할아버지 마법사보다는 낫잖아?"

나이로 사람을 차별하고 싶지는 않지만 말이다.

"그래, 말이나 들어 보자. 대체 왜 난데?"

그녀는 1초도 지체하지 않고 당당하게 대답했다.

"얼굴."

"……선대 공작이 네가 얼굴 밝히는 사람이라는 거 알고 있냐?"

"아마 아실걸."

클라렌스는 쿡쿡 웃으며 케니스의 뺨을 쓰다듬었다.

"이 얼굴에 담긴 표정이 참 좋아."

웃는 모양이나 찡그리는 것, 그리고 화를 내는 모양도.

"가리는 것, 꾸미는 것 없이 솔직해서."

"얼굴이 잘생겨서 좋다는 뜻이 아니었네."

"잘생기지 않았으면, 애초에 논외가 아니었을까."

"깐깐한 녀석."

"그렇지?"

드디어 제 깐깐함을 인정받은 클라렌스가 기쁘게 웃었다.

"그러고 보니, 케니스는……."

문득 어떤 이야기를 꺼내려던 그녀가 말끝을 흐렸다.

"나? 뭐?"

그가 끊어져 버린 뒷이야기를 재촉하듯 물었으나, 그녀는 고개를 저었다.

그 얼굴을 가만히 들여다보던 케니스는 그녀의 이마에 키스했다.

"나는 다 좋아했어."

그리고 마치 그녀가 삼킨 질문이 무엇인지 알고 있다는 양 멋대로 대답을 들려주었다.

"네가 사람을 대하는 방식이나, 습관적으로 보여 주는 행동. 하다못해 눈을 깜빡이는 모습이나, 그 속도까지."

이번에는 서로의 입술이 가볍게 닿고 떨어졌다.

"전부 예쁘다고 생각했어."

클라렌스의 눈이 가볍게 찌푸려진다. 부끄러울 때의 습관 같은 것이다. 그 얼굴을 가만히 들여다보던 케니스는 크게 한숨을 쉬었다.

"어떻게 하냐, 진짜."

케니스가 그녀의 허리 근처로 팔을 뻗어 조금 당겨 오자, 그녀는 기꺼이 그의 품에 완전히 안겨 들었다.

미치겠네.

그는 그녀의 머리카락 사이로 얼굴을 묻으며 재차 깊은숨을 쉬었다.

"사람이 너무 행복하면 머리가 비어 버린다는 말이 사실이었구나."

"비었어?"

"텅텅."

본능밖에 남지 않을 것 같다. 마탑이고 일이고 뭐고 그냥 평생 이렇게만 살 수 있다면 딱 좋겠다는 생각이 들 정도로.

"사실은."

그는 눈을 감은 채 속삭였다.

"네게 다가가서는 안 된다고 생각했어. 아주 오랫동안."

좋아하는 시간이 길어질수록 모순은 깊어졌다.

"우리 사이에는 절대로 넘어설 수 없는 어떤 벽이 있다고 생각했거든."

그의 팔이 그녀를 조금 더 깊이 끌어안았다. 둘의 몸이 완전하게 닿는 순간에, 케니스는 새삼 깨닫게 되었다. 그녀의 말 한마디에 그 모든 견고했던 벽이 사라지고 말았음을.

"……지금은?"

품속에서 고개를 들어 올린 클라렌스가 물어 왔다. 그는 대답 대신 클라렌스의 손을 찾아 완전하게 맞잡았다.

그리고 시간을 들여서, 아주 느리고 깊은 키스를 나누었다. 두 사람 사이에는 아무것도 남지 않았다는 사실을 그녀에게, 그 자신에게 증명이라도 해 보이려는 듯.

지친 클라렌스가 다시 잠에 스르르 빠져들었을 무렵에야 태양이 그 붉은 머리를 드러냈다.

케니스는 부스스 자리에서 일어나 바닥에 아무렇게나 던져 둔 옷을 집어 들었다. 제 옷은 구깃구깃한 채로 그냥 대충 껴입었고, 클라렌스의 드레스는 손질까지 마친 후 넓은 테이블에 올려 두었다.

그리고 새벽 동안 이 방을 보호해 주었던 마법을 거두어 들였다.

그 순간, 현실감이 들었다. 그를 감싸고 있는 모든 사실이 놀라울 정도로 새삼스레 떠오르고 말았다.

참 용기 없는 남자네, 나.

은빛 머리칼을 잠시 털어 낸 그는 마지막 확인 절차로 방문을 열었다.

공삭가의 복도가 제대로 보였다. 마법이 완벽하게 해제되었다는 뜻이다. 다시 문을 닫으려는데 그의 발치에 무엇인가가 보였다.

작은 꾸러미였다. 조악한 포장지로 촌스럽게 몇 번이나 둘둘 감아 정성스레 꾸며 놓은.

케니스는 그것을 주워들고 다시 침대로 돌아왔다.

포장지에는 카드가 하나 끼워져 있었는데, '클라렌스 홀턴을 사랑하는 마탑의 케니스로부터'라고 정갈하게 적혀 있었다.

"망할 노인네들 같으니."

아무래도 케니스의 마법을 눈치챈 모양이다. 케니스는 툴툴거리며 포장을 풀었다.

내심 궁금하기도 했다. 그렇게 연애 소설을 탐독한 그들이 고른 선물이 얼마나 우스운 것일지. 얼마나 쓸모없는 것을 준비해 왔을지.

그는 접착제가 덕지덕지 붙은 포장을 가까스로 뜯어냈다. 그리고 안에 들어 있던 내용물이 그 모습을 드러내는 순간, 한참이나 그것을 뚫어지게 바라보았다.

엘런 마티아의 시집, 초판본이었다.

마탑에 이 책을 가진 사람은 케니스 한 명뿐이다. 그러니 이건 아마 그들이 케니스의 책을 훔쳐 낸 것이리라.

「선물을 드리기로 했습니다. 케니스의 이름으로.」

「물론 귀한 물건을 고른 것입니다.」

이 미치광이들이 진짜! 귀한 물건을 잘도 골랐네! 게다가 클라렌스가 좋아할 물건을 재주 좋게 잘도 알아냈다.

빌어먹을, 저 노인들도 응용력 하나는 끝내주잖아.

케니스는 제가 아끼는 책을 이리저리 쓰다듬었다. 잠에서 깨어난 클라렌스가 이 책을 발견하면 어떤 표정을 지을까?

아마 덤덤한 얼굴로 독서를 시작할 것이다. 그리고 마음에 드는 구절을 만난 후에야, 책을 끌어안고 미소를 짓겠지. 클라렌스는 책의 가치를 문장에서 찾는 사람이니까.

그 얼굴이 보고 싶었다.

하지만 이제 태양의 모습이 반 이상 드러났다. 파티 다음 날의 아침은 언제나 느린 덕분에 지금까지 머물 수 있었지만, 이제는 정말로 조용히 떠나야 한다.

"금방 만나러 갈 테니까."

그는 클라렌스의 곁에 책을 내려 두었다. 노인들이 작성한 깜찍한 카드는 태워 버릴까 하다가, 그냥 책과 함께 두었다. 어쨌든 틀린 말은 아니니까.

"좋은 여행을 하길, 내 기사님."

그는 클라렌스의 어깨에 입을 맞추고는 조용히 그녀의 방을 나섰다.

늘 같은 아침이 다르게 느껴지는 것은 아마.

그의 몸 전체에, 아니 그의 삶 전체에 그녀의 향이 가장 완벽하게 달라붙었다는 사실 때문일 것이다.

그는 언제나 달콤한 것을 사랑하니까.

클라렌스는 안나가 부스럭거리며 드레스를 치우는 소리에 눈을 떴다.

그녀의 곁에는 아무도 없었다. 클라렌스는 손을 뻗어서 케니스가 누워 있던 곳을 만지작거렸다. 온기가 남아 있지 않은 것을 보니, 그가 떠나고도 한참이나 잠들어 있었던 모양이다.

부스럭. 이불 속에서 무언가가 잡혔다. 사락거리는 느낌에 그것이 책이라는 것은 금방 알아차렸다. 그녀는 자리에서 벌떡 일어나며 책을 꺼내 들었다.

"깜짝이야!"

안나가 소스라치게 놀라며 소리를 질렀다.

"죄, 죄송해요. 기사님. 갑자기 일어나셔서 깜짝 놀랐……기사님?"

아침부터 큰소리를 지른 것에 대해 사과하던 안나는 갑자기 독서를 시작하는 그녀의 모습에 의문을 표했다.

몇 장 페이지를 넘기며 신중하게 독서하던 그녀는 곧 낡은 책을 품에 깊이 끌어안았다. 기쁜 미소가 지어졌다.

"예쁘다."

이 책에 담긴 문장이며 호흡이.

세상에 존재하는 모래 같은 단어를 하나하나 고르고 골라서 가장 예쁜 형태로 놓아둔 것 같았다.

천천히 읽어야겠다. 아주 느리게, 마치 아끼는 사탕을 하나씩 골라 먹는 느낌으로 말이다.

"아무리 독서가 좋으셔도, 일어나자마자 하실 줄은 몰랐는걸요."

안나가 침대로 다가오며 그녀의 책을 흘긋 들여다보았다.

"선물…… 받은 거야."

"누구에게서요?"

"케니스."

그렇게 이름을 말하는 순간에 다시 웃음이 나고 말았다.

그 얼굴을 가만히 바라보던 안나는 확인하며 재차 물었다.

"저어, 마탑의 케니스를 말씀하시는 거예요?"

"그래."

"그 무례하신 분이요?"

안나의 질문에 클라렌스는 웃으며 고개를 끄덕였다. 세간의 기준으로 보면 그는 확실히 무례했다.

"그래, 그 무례하신 분."

"그분이 선물한 책이 왜 기사님의 침대에 들어 있는 거예요?"

안나의 얼굴에 묘한 호기심이 스치기에 클라렌스는 간단히 그녀의 궁금증을 해결해 주었다.

"어제 같이 잤거든."

"……?!"

"그러니까, 내가 이쪽에서 자고."

클라렌스는 텅 비어 버린 옆자리를 손으로 팡팡 두드렸다.

"저쪽에서 케니스가 잤어. 아침에는 돌아간 것 같지만."

덤덤하게 이야기하던 클라렌스는 문득 아쉬운 표정을 지었다.

"깨웠어도 괜찮았을 텐데. 아마 날 배려하느라 그랬겠지."

안나는 좀처럼 클라렌스의 이야기를 이해하지 못했다. 그녀가 아는 마탑의 케니스는 굉장히 무례한 자로, 신분과 관계없이 짧은 말을 찍찍 뱉는 망나니라고 했다.

"참 상냥하다니까."

클라렌스가 근처에 놓인 검을 끌어안으며 그리 중얼거렸다.

안나는 여전히 혹시나 하는 마음을 품고 재차 질문했다.

"그러니까, 기사님. 지금 말씀하시는 케니스란 분이요."

"응."

"마탑의 케니스를 말씀하시는 거 맞죠?"

"그래, 그 무례하신 분."

"그 무례하신 분이 기사님이 피곤하실까 깨어나지 않도록 주의를 기울이고, 선물로 책을 남겨 놓았다고요?"

클라렌스는 고개를 끄덕이며 한 가지 더 덧붙이는 것도 잊지 않았다.

"응, 카드도 남겨 놨네."

"그 무례하신 분이요?"

"그래, 그 무례하신 분이."

"······."

클라렌스는 다시 책을 펼쳤다.

안나는 밤사이에 무례하다는 말에 대체 무슨 격변이 일어난 것인가 고민했다.

"정말 떠나시는 거예요? 이렇게 바로요?"

두 손을 모아 쥔 안나가 발을 동동 구르기에, 클라렌스는 그녀의 머리를 다정히 쓰다듬었다.

"그래."

"······또 오실 거죠?"

사랑스러운 부탁에 고개를 저을 수는 없어서, 클라렌스는 고개를 끄덕였다.

"내 친구가 나를 보고 싶어 한다면."

"이미 보고 싶은걸요."

"그렇다면 와야지."

"기사님."

안나는 클라렌스의 손을 꼭 쥐었다.

"이번에는 축복해 드리지 않을게요."

안나는 아쉬운 듯 입술을 조금 달싹였지만, 애써 그것을 참아 냈다.

"왠지 그러는 편이 더 좋을 것 같으니까요."

"곤란하네. 지금까지 안나의 축복이 나를 기쁘게 해 주었는데.”

클라렌스의 대답에 안나는 열렬하게 고개를 저었다.

“아뇨, 아니에요. 그건 처음부터 기사님의 것이었어요.”

아주 오래전부터 기사님을 줄곧 따라다니던 축복이란 말이에요.

“등 뒤에 있던 행복은, 아마 기사님이 자신을 알아차려 주기를 기다리고 있었던 것일지도 모르죠.”

안나는 배시시 웃었다. 떠나지도 않고 가만히 기다려 준 행복이 참 기특하다면서.

“그러게.”

클라렌스도 웃으면서 안나의 이야기에 고개를 끄덕였다.

행복이 그녀를 따라다닌다는 것은 믿기 어려운 말이지만, 소중한 친구가 그렇다고 말하니 그렇게 생각하기로 했다.

“하지만 마탑의 케니스는 안 돼요.”

안나는 새침한 목소리로 덧붙였다.

어쩐다. 이건 소중한 친구의 말이라도 들어줄 수 없을 것 같은데.

“저는 기사님을 소중하게 대해 주는 사람이 좋은걸요.”

“케니스도 충분히 좋은 사람이야. 조금 무례할 때도 있지만.”

“기사님께 무례하게 굴다니! 정말로 용서할 수 없는 분이에요.”

“왠지 안나는 케니스와 잘 맞을 것 같네.”

“그런 말씀 마세요. 저는 수도의 수려한 예법을 익힌 우아한 하녀 아가씨라고요.”

그녀는 옷자락을 들어 우아하게 허리를 숙여 인사했다.

"아셨죠? 마탑의 케니스가 아무리 신기한 마법을 보여 줘도 홀랑 넘어가면 안 돼요! 허공에서 초콜릿을 녹여서 준다고 하더라도 받아 드시면 안 되고요! 그건 전부 기사님을 꼬드기려는 것뿐이니까요!"

그게 전부 다 꼬드긴 거였구나, 케니스. 성실하게 나를 꼬드기고 있었는데 몰라 줘서 미안해.

어쨌든 이미 전부 받아 주고 말았으니, 어쩔 수 없다. 돌이킬 수도 없는 일이고. 클라렌스는 이미 마법이 주는 다양한 편리함에 홀랑 넘어가고 말았으니까.

안나의 잔소리가 끝난 뒤에는 클라렌스의 건강에 대해 염려하는 레이놀드와도 인사를 마쳤다. 어제부로 수도의 공작님이 된 그는 아침부터 배를 문지르며 울상을 지었다.

"홀턴 님이 없는 공작가라니, 저는 불안합니다!"

어제의 당당한 모습은 어디에 두고 온 거람.

"공식적으로는 제가 이 반지를 받았지만, 사실상 이 자리는 저와 홀턴 님, 두 사람의 것이죠."

그는 자리에서 벌떡 일어섰다. 배를 문지르던 손은 어느새 그의 심장 근처에서 굳은 주먹을 쥐고 있었다.

"곤란한 일에 빠진다면 언제든지 말씀해 주세요. 또 한 사람의 공작님을 위해서 만사 제쳐 놓고 달려갈 테니까요."

레이놀드의 약속은 아주 고마웠다. 그녀는 고개를 끄덕여 그의 호의를 받았다.

"저 역시."

그리고 클라렌스 또한 약속했다.

"이곳이 소중합니다. 언제든 무슨 일이든 저는 공작님의 친구로 힘이 될 것입니다."

충성은 바칠 수 없으니, 그녀는 기꺼이 제 우정을 바쳤다.

그녀의 두 번째 공작저 생활은 이렇게 막을 내렸다. 커다란 저택을 떠나며 그녀는 잠시 뒤를 돌아보았다. 그녀의 모든 시간을 간직한 공간이 변함없는 모양으로, 그녀의 등을 밀어 주고 있는 것 같았다.

클라렌스는 수도의 상점가를 그냥 지나쳤다. 잠시 서점 앞을 지날 때는 망설였지만, 케니스가 선물해 준 책을 떠올리고는 그냥 지나쳤다.

공작가에서 내어 준 말에는 이미 충분한 식량이며 옷가지와 물, 그리고 돈까지 알뜰하게 들어 있어서 따로 준비할 것도 없었다.

멈추지 않고 달리던 그녀의 말이 처음으로 선 곳은 동쪽 성문 앞이었다.

오늘도 성문 앞에서는 길게 늘어선 줄로 북적거렸고, 클라렌스는 가장 뒤에 줄을 서며 제 차례가 오기를 기다렸다.

"아이고, 아가씨 왜 또 여기에 서 계시는 겁니까!"

그러자 이번에도 병사 한 명이 소스라치게 놀라며 다가왔다.

"공작가에서 또 연락이 왔었습니다. 금발에 초록색 눈동자를 가진 공작가의 아가씨께서 지나가신다고요."

클라렌스는 고개를 갸웃거렸다.

"무슨 오해가 있는 것 같은데."

그러자 이번에는 다른 병사가 얼른 달려와 아는 척을 하기 시작했다.

"그게 무슨 멍청한 소리야! 이분으로 말씀드릴 것 같으면 황태자께서 지정하신 '귀한 손님'이라고."

이 금발과 초록색 눈동자가 바로 그 증거라고 할 수 있지, 라며 병사는 으쓱였다.

"멍청한 놈들."

다른 병사 한 명도 거들었다. 그는 클라렌스가 등에 짊어진 훌륭한 검을 보고는 허리를 깊이 숙였다.

"무투 대회에서 우승하신 기사님이셔. 금발에 초록색 눈동자! 그리고 저 검을 보라고!"

그러자 편지를 든 병사 하나가 종이를 내보이며 소리쳤다.

"잠깐만! 지금 마탑에서 연락이 왔는데, 금발에 초록색 눈동자를 가진 마탑의 여왕님께서 지나가실 거라고 했는데?"

"이 답답한 사람아. 마탑에 여왕님이 어디에 있어?"

"정말로 그렇게 편지가 왔어! 이것 봐 마법사들이 전부 사인을 해서 보냈다고!"

잠시 저들끼리 다투던 이들은 클라렌스를 멀뚱히 세워 둔 것이 미안했는지, 일단 그녀의 등을 앞으로 밀었다.

"어쨌든 지나가세요. 지나가."

클라렌스가 무어라 설명할 틈도 없이 그녀는 성벽을 순식간에 통과하고 말았다.

그녀 한 사람이 지나가는 일에 이렇게 많은 병사가 신경을 쓰게 만들다니. 참 부끄러운 일이다.

클라렌스는 순서를 기다리는 다른 사람들에게 미안한 마음을 갖고 재빠르게 성벽 근처를 떠났다. 몇 명의 병사들이 멀리까지 손을 흔들며 다음번에도 동쪽 성문을 이용해 달라고 소리쳤다.

"아 참, 그나저나 오늘 신전의 수습 사제도 한 명 지나간다고 하지 않았어? 금발에 초록색 눈동자를 가진."

"……요즘 수도에 금발에 초록색 눈동자를 가진 사람이 유난히 많아진 모양이네."

"유행인가 보지."

"멍청아, 그런 유행이 어디 있냐?"

"그럼 저분이 공작가의 아가씨이며, 황태자의 손님이고, 무투 대회의 우승자이고, 마탑의 여왕님이며, 신전의 수습 사제라는 거야?"

병사들은 입을 다물었다. 한 사람에게 그리 많은 칭호가 붙는 것은 아무리 생각해도 불가능했다.

"유행이라고 하자."

"대유행이네."

클라렌스가 고향으로 내려간 지 한 달이 지났다.

수도는 평화로웠다. 오스윈은 언제나 성실했고, 필립은 그를 완벽하게 보필했다. 레이놀드는 공작위에 완벽하게 적응했고, 안나는 절대로 월세를 밀리지 않는 훌륭한 세입자를 만났다.

하지만 평화롭지 못한 시간을 보내는 사람도 있었다.

개인 연구와 마법 물품의 제작 의뢰를 열렬하게 수행 중인 마탑의 케니스. 그는 휴일도 휴가도 없이 매일매일 파도처럼 밀려오는 의뢰들을 척척 해결해 내고 있었다.

마탑의 할아버지들이 불어나는 자금에 기뻐하며, 두둑한 연구 지원금을 내어 주는 건 좋은데.

'지친다.'

아침에 겨우 잠들었다가 낮이 되어서 깨어난 케니스는 문득 제 비참한 처지를 생각하며 한숨 쉬었다. 그러니까 사실은 이렇게까지 성실하게 일하지 않아도 상관은 없다.

그에게 전달되는 의뢰는 기본적으로 다른 마법사들이 '이건 절대로 불가능합니다.'라고 결론을 한 번씩 내렸던 것들뿐이라 도전하는 즐거움이 있었다.

성공할 때마다 잘난 척하면서 노인들을 내려다보는 것도 즐거웠고. 어쨌든 그는 잘난 척하는 것이 좋았다.

'실제로도 잘났으니까, 뭐.'

그렇게 생각하고 있을 때, 누군가 침대 속에서 그의 허리를 가만히 안아 주었다. 부드러운 몸이 닿자, 케니스는 피곤한 것도 잊고 곤란한 듯이 웃어 버렸다.

어휴, 야한 클라렌스 홀틴. 진짜 네가 발을 홀딱 벗고 다닐 때부터 완전히 알아봤다고.

제발 이쯤 되면 네가 밤에도 낮에도 예쁜 걸 자각하고, 이렇게 침대로 들어오는 귀여운 짓 좀 안 했으면 좋겠는데. 네가 내 이성까지 굴복시켜서 정말 이제는 도망갈 수도 없단 말이야.

케니스는 품에서 꼼지락거리는 상대를 소중하게 끌어안으며 가늘게 눈을 떴다.

아름다운 금발이 보이면 바로 머리카락에 키스해야지. 아니다, 바로 입술에 키스해야겠다. 아주, 아주 느릿하게, 오랫동안.

그러고 나면 몸에 아픈 곳은 다친 곳은 없는지 전부 꼼꼼히 확인해야지.

조금이라도 다친 곳이 있으면 키스하고, 없으면 안아 주고, 모르겠으면 일단 사랑한다고 말해 줘야겠다. 어쨌든 해야 할 것이 너무 많았다.

잠에 물들어 있던 케니스의 시야가 점점 선명해졌다.

"안녕하세요, 케니스."

그리고 시선을 맞춰 오는 상대의 얼굴을 확인하는 순간. 케니스는 자리에서 벌떡 일어났다.

"너, 너 또 여긴 왜 왔어!"

"……싫어요?"

데일이 우울한 얼굴로 그리 묻기에 케니스는 열렬하게 고개를 끄덕였다.

"하루의 시작부터 사내자식이 나한테 몸을 들이대는데 좋을 리가 있냐!"

"하지만 케니스한테서는 좋은 냄새가 나니까……."

케니스는 근처에 걸어 둔 셔츠를 재빠르게 걸치며 얼른 데일에게서 멀어졌다.

"주인 있는 냄새야! 맡지 마!"

클라렌스와 독점 계약이 된 소중한 서점 냄새라고!

"안 되나요?"

"당연히 안 되지."

"렌에게 허락받아도?"

"그 녀석이 그런 걸 허락할 리가……."

있다. 클라렌스는 그런 점에서는 맹한 구석이 있어서, '두 분의 우정을 위한 행위에 제가 방해될 수는 없습니다.'라며 기꺼이 독점 계약을 깨트릴 것이 분명했다.

"물어보지 마. 그리고 왜 자꾸 클라렌스를 렌이라고 부르는데?"

"그야 렌은 저의 수습 사제님이니까요."

미묘하게 질투 나네. 케니스는 절친한 친구의 얼굴을 살짝 꼬집었다.

"요즘도 바쁘냐?"

손끝에 닿은 피부가 푸석푸석하다. 데일답지 않게 말이다.

"음, 조금요."

"상당히 피곤해 보이는데?"

"그야 한숨도 못 잤거든요."

또 사제들에게 시달리는 모양이다. 케니스는 베개를 툭툭 두드렸다. 어서 누우라는 뜻이었다.

"더 자라."

"재워 주실 건가요?"

"……미쳤냐?"

"내 친구가 매정해졌네요. 연인이 생겨서 그런가?"

"네 친구는 원래 매정했어. 내 친구는 둘도 없는 변태고."

"몹쓸 우정이네요, 그거."

데일은 키득키득 웃으며 얼른 침대에 누웠다. 재워 주지 않는다고 했던 케니스의 손이 데일의 머리 위로 올라온다. 그의 눈에 빛이 들지 않게 해 주는 것이다.

하여튼 상냥하다니까. 클라렌스가 케니스를 선택한 것도 이해된다.

"케니스."

데일은 눈을 감고 작게 중얼거렸다.

"왜."

무뚝뚝한 대답이 돌아온다. 아주 귀찮아 죽겠다는 투다.

"렌과 특별한 인연을 맺을 때는 나에게 축복을 맡겨 줄 수 있어요?"

"……."

케니스는 곧바로 대답할 수 없었다. 일단 그가 말하는 '특별한 인연'이라는 건 결혼을 말하는 걸 테니까.

그런 걸 그가 할 수 있을지도 모르겠고, 한다고 하더라도 데일에게 부탁하는 것은 이상했다. 그도 그럴 것이 데일은…….

"내 친구한테 못할 짓인 것 같은데."

"알잖아요. 다른 사제의 축복이 닿는 게 더 잔혹하단 거."

"……그야."

그런 마음이라면 이해한다. 케니스도 가끔 클라렌스에서 다른 마법사의 마력을 느끼면 꽤 질투하곤 했으니까.

"내 손으로 축복하게 해 줘요. 아주 진심일 테니까."

"그보다 너, 그 녀석한테……."

케니스는 입을 다물었다. 무슨 소릴 하는 거람. 마음을 전했느냐는 이야기를 이제 와서 물어봐서 뭐 어쩔 거란 말인가.

"고백했었죠."

데일은 가늘게 눈을 뜨고 저를 내려다보는 상냥한 시선을 향해 웃었다.

「좋아합니다.」

오랜 고민과 모든 진심을 담은 말에 대한 대답은 아주 간단하게 돌아왔다.

「예, 저도 데일을 좋아합니다.」

깊은 신뢰와 우정을 담아서 말이다.

"비록 제대로 전해지진 않았지만, 돌아온 대답에 감사할 줄 알아야겠죠."

적어도 그녀는 데일을 곤란한 상황에 의지할 수 있는 사람으로 여겨 주었으니까.

아마 앞으로도 연인인 케니스가 해 줄 수 없는 다른 부분에서 도움이 될 거다.

"그나저나, 아쉽네요."

"뭐가?"

"올해는 짝사랑 기념 미사를 집전할 수가 없게 되었으니까요. 5주년 때 참 좋았는데."

"그거 진짜 했냐?"

"네, 아주 성대하게요."

"……눈물 나게 고맙다."

케니스는 데일의 긴 머리카락을 쓰다듬으며 한숨 같은 말을 내뱉었다. 어쨌든 신전의 미래께서 그의 짝사랑을 축복해 주셨다는 점은 좋았다.

"그래서, 클라렌스는 언제 만나러 가시나요?"

"……."

"만나러 가지 않으시나요?"

"갈 거야!"

"언제요?"

"오스윈이 의뢰한 일이 끝나고, 노인들의 '클라렌스 붐'이 끝나면."

"인기가 건재한가 보네요."

케니스는 얼굴을 찌푸렸다.

늙은 마법사들은 마탑을 클라렌스의 성지라도 되는 양 꾸미 대기 시작했으니까.

"화가를 불러서 마탑 홀에 초상화를 건다더라."

"그건 좋은 생각이네요."

"좋기는 개뿔!"

케니스는 턱을 괸 채 중얼거렸다.

"그 노인들의 관심을 받아 봤자 좋은 건 아무것도 없다고."

데일은 케니스의 머리카락을 쓸어 주며 사르르 웃었다.

"이대로라면 '다시 시작된 짝사랑 기념 미사'를 하게 되겠네요."

케니스는 눈을 동그랗게 뜬 채 불길한 소리를 하는 제 친구를 바라보았다. 그건 차이라는 소리 아닌가. 이 녀석은 사제가 돼서 한다는 소리가 악마와 다름이 없다.

"어쨌든 가끔 연락은 하고 있죠? 그렇다면 괜찮죠."

"……어?"

케니스가 얼떨떨한 얼굴로 데일을 바라보았다.

"내, 내가 연락해도 괜찮아?"

"……케니스, 바보인가요?"

"아니, 그게 그렇잖아! 서점은 바쁘고, 그 할아범은 클라렌스를 알뜰하게 부려 먹는다고. 게다가 동생 놈은 한시도 제 누나를 떼어 놓지를 않지. 아마 엄청 바쁠 텐데……."

케니스의 변명은 길어졌다.

"거기에 나까지 편지를 보낸다고 해 봐라. 그 성실한 애가 어떻게 하겠냐? 바로 답장을 쓰겠지. 일이 하나 더 늘어나는 셈이라고."

"저는 케니스에 대한 클라렌스의 흥미가 싸늘하게 식었다고 해도 전혀 놀라지 않을 자신이 생겼습니다. 유일한 자랑거리인 총명한 두뇌는 어디에 두고 온 건가요?"

"……."

"그래서야 입버릇 나쁜 바보 마법사가 될 뿐이잖아요."

"너……."

모욕적인 말이지만 딱히 반박할 수가 없어서, 케니스는 입을 꾹 다물었다. 클라렌스에 대해서 생각하고 있으면, 히죽히죽 웃기만 하느라 머리가 굳어 버리는 것은 사실이다.

우물거리는 케니스를 바라보던 데일은 결국 피식 웃어 버렸다.

"괜찮을 거예요, 케니스."

데일은 희망을 담아서 그렇게 말했다. 클라렌스는 케니스가 아무리 바보짓을 해도 귀엽게 봐 줄 거다. 하지만 얄미운 건 얄미운 거니까. 조금 더 놀려 주기로 했다.

"차이더라도 제가 위로해 줄 수 있으니까요."

"······망할 자식."

데일이 떠난 후, 케니스는 마탑의 회의에 참석했다.

외부 의뢰의 진행 상황을 이야기하는 시간으로, 케니스의 일을 늘리는 주범과도 같은 회의였다.

"클립톤 가문에서 부탁한 보존 마법입니다만, 대상 물건에 강화 마법이 걸려 있어서 일이 복잡해졌습니다."

늙은 마법사 한 명이 울상을 지으며 작은 단도를 꺼내 들었다.

"어떻게 해도 두 마법이 공존하려 들지 않는군요······."

서쪽에서 사망한 시몬 클립톤이 생전에 사용하던 유품으로, 그의 공적을 기리며 오랫동안 가문의 보물로 남겨 둘 모양이다.

"강화 마법을 해제하면 간단하잖아?"

케니스는 의자를 빙글빙글 돌리며 나른하게 대답했다.

"그 마법까지 함께 간직하고 싶다고 하더군요."

"미친놈들."

"마탑의 케니스께서 걸어 주신 마법이라 자랑스럽게 생각하는 모양입니다."

케니스는 의자를 멈추고 인상을 찌푸렸다. 저 말을 덧붙인 이유를 알게 되었다. 케니스더러 하라는 거다.

"알았어."

케니스가 손을 내밀자 단도가 그 위로 털썩 올라왔다. 그의 마법이 깃들어 있으니, 다른 마법사가 하는 것보다는 거부 반응이 적을 거다.

'그리고 무엇보다……'

케니스는 단도를 꽉 쥐었다.

'클라렌스의 동료였지, 이 녀석.'

공작가의 시몬 클립톤은 클라렌스에게도 동료이자 선배가 되는 기사였다.

케니스와는 특별한 인연은 없었지만, 그녀와 연관된 인물이라는 점에서는 조금이나마 정이 갔다. 게다가 바월부르트의 일로 구해 주지 못한 것이 계속 마음에 걸렸고.

"내가 알아서 할 테니까, 이건 나한테 맡기고."

그러자 이번에는 다른 마법사가 손을 번쩍 들었다. 울 것 같은 얼굴을 보니 또 뭔가가 잘되지 않는 모양이다.

"넌 또 뭐가 문젠데?"

"새 공작님께서 주문하신 온열 복대 건입니다만."

케니스는 툭하면 배를 안고 울상을 짓는 가여운 공작님을 떠올리며 삐딱하게 웃었다.

온열 복대라니. 평소라면 그런 멍청한 의뢰 따위는 받지 않았겠지만, 레이놀드는 '친클라렌스파'니까 특별히 만들어 주기로 했었다. 만드는 것도 그다지 어렵지 않고 말이다.

"복대의 온도가 올라갑니다."

"좋잖아? 온도가 올라가면 배가 따뜻해지고, 맨날 배를 감싸 쥐는 멍청한 습관도 줄어들겠지."

"그게, 실은."

마법사는 자리에서 벌떡 일어나 제 통통한 배를 훌쩍 내보였다. 거뭇한 때가 낀 배꼽 옆으로 가벼운 열상 자국이 보였다.

아마 회의에서 보여 주기 위해 화상이 따가운 것도 참고 그대로 내버려 둔 모양이다.

그렇게 공작가의 온열 복대도 케니스의 앞에 놓이게 되었다. 회의가 끝나고 다시 방으로 돌아왔을 때는, 다시 그의 일이 산더미처럼 쌓였다.

케니스의 심부름을 전담하는 하급 마법사가 눈물을 흘리면서 달력에 일정을 빼곡하게 적어 넣었다.

"마탑의 케니스는 미쳤습니다! 미쳤어요! 이 일정 좀 보란 말이에요!"

그는 케니스가 직접 만들어 준 피로 회복제를 마시면서

울부짖었다. 평소라면 '닥치고 일이나 해.'라고 쏘아붙였을 케니스도 별다른 말을 하지 못했다.

붉은색이 빽빽하게 적힌 달력을 보니, 향후 석 달은 클라렌스를 만나러 가지 못할 모양이다.

그리고 늦은 밤이 되었을 때, 케니스는 시간을 내어 작은 종이를 꺼내 들었다. 데일의 이야기가 신경이 쓰인 것이다.

그리고 텅 비어 버린 종이를 앞두고 케니스는 잠시 고민에 빠졌다.

뭐라고 쓴담. 전하고 싶은 여러 가지 이야기가 그의 머릿속을 스쳤다. 하지만 그중 대부분은 그녀의 얼굴을 보면서 직접 전하고 싶은 것뿐이다.

그는 이야기를 고르고 골랐다. 그러다가 가장 걱정되는 것을 적어 보내기로 했다.

'클라렌스, 아픈 곳은 없어?'

하단에 사인을 마친 케니스는 편지를 봉투 안으로 집어넣었다. 오스윈이 개혁한 우편 체계를 따라서 케니스의 편지는 무사히 배달되었다.

그리고 며칠이 지나자 답장이 도착했다. 케니스는 남들 몰래 침대 속으로 들어가 가만히 편지를 뜯어보았다.

'안녕, 케니스. 편지 보내 주어서 고마워. 나는 건강해. 케니스도 건강했으면 좋겠다.'

케니스는 어두운 이불 속에서 따뜻한 글씨를 세 번이나 반복해서 읽었다. 편지를 얼굴에 얹고 훅훅 숨을 쉬어 보다가, 그다음에는 심장 근처에 끌어안고 침대 위를 뒹굴뒹굴 구르며 보았다.

우리 클라렌스는 참 상냥해. 하나의 문장을 보냈을 뿐인데, 네 개의 문장으로 답해 주다니.

그는 즉시 침대에서 일어나 책상으로 달려갔다. 어서 이 네 개의 훌륭한 문장에 대한 답을 들려주어야 했다.

'나는 네 편지를 받고 건강해졌어. 일은 어때? 요즘도 사기를 치는 사람들이 찾아와? 네가 힘들지 않았으면 좋겠다.'

그렇게 편지를 보내고 며칠이 지나자 다시 답장이 왔다. 케니스는 또 이불 속으로 뛰어 들어가 부스럭거리며 편지를 열었다.

'서점은 고요해. 그래서 가끔 문을 열어 두고 있어. 그러면 바람결에 바깥 소리가 들려오거든. 물론, 나쁜 사람들도 여전해. 그래서 요즘에는 누가 이렇게 성실히 가짜 책을 만드는 걸까, 하는 호기심이 들었어.'

클라렌스의 이야기에 케니스도 얼른 창문을 열었다. 바람이 불었다. 사람들의 목소리는 들리지 않았지만, 어쨌든 그녀가 늘 즐기는 것과 같은 바람이다.

케니스는 다시 답장을 썼다.

'네 말을 듣고 창문을 열었더니 바람이 더워지고 있네. 서점의 여름이 너무 덥지 않았으면 좋겠다. 차가운 걸 많이 먹으면 레이놀드처럼 배가 아파질 테니까 주의해. 잘 때는 이

불을 꼭 덮고. 지난번에 보니까, 너 잠버릇 나쁘더라. 이불을 몇 번이나 걷어찼는지 알아?'

물론, 이번에도 착실한 답장이 돌아왔다.

'편지가 오가는 사이에 더 더워진 것 같네. 정말 덥다. 아침에 서점으로 내려가면 일찍 뜬 햇살이 데워 놓은 뜨끈한 공기에 책이 익어 버리는 건 아닐지 걱정이 돼. 그리고 네 잠버릇도 썩 훌륭하지 않다는 점을 알려 주고 싶어. 네 곁에서 자는 사람은 안는 베개가 아니라는 것도.'

뭐? 잠버릇이 훌륭하지 않다고? 하, 그게 이불을 덮어 주는 족족 발로 차는 용맹한 기사님께서 할 소린가.

케니스는 몇 번이나 그녀에게 이불을 덮어 주느라 거의 잠을 잘 수 없었다. 하다하다 안 되니까 베개처럼 꼭 끌어안고 잘 수밖에 없었던 거고. 감기라도 걸리면 큰일이니까.

그런 갸륵한 노력을 두고 잠버릇이 훌륭하지 않다고? 정말 너무하다.

하지만 햇살에 책이 익어 간다는 클라렌스의 걱정이 무척 귀여워서, 케니스는 편지를 안은 채 키득키득 웃고 말았다.

'걱정하지 마. 아무리 맛있는 책이 있어도 태양은 그걸 익혀 먹지 못하거든. 대신 적당한 그늘을 만들어 주지 않으면 표지가 하얗게 잡아먹히는 참사가 일어나니까 주의해. 서점 어르신이 알아서 하시겠지만 말이야.'

'응, 몇 권은 자리를 옮겼고, 창가에는 두꺼운 커튼이 활약 중이야. 서점에서는 여름에도 겨울 커튼을 써야 한다는 게 참 신기해. 그러고 보면 물건의 용도라는 건 늘 만드는 사람이

생각했던 대로 되지 않는 모양이야.'

'책도 비슷해. 저자의 생각이 꼭 독자에게 전해진다고 볼 수는 없으니까.'

'편지도 그럴까?'

'글쎄, 나는 네 편지에 적힌 의도를 아주 잘 알고 있다고 생각하는데. 너는 너를 둘러싼 환경을 좋아하며 걱정하지. 아마 넌 어깨 위로 흐르는 바람이 고민을 전한다고 해도 그 말에 귀를 기울일 테고. 가끔은 너 자신을 걱정했으면 좋겠는데.'

그리고 한동안 답장이 오지 않았다. 케니스는 달력에 적힌 일들을 하나씩 처리해 가며 그녀의 편지가 오지 않는 기간을 세어 갔다.

처음 며칠은 괜찮았다. 그러나 예상된 시간에서 일주일이 지나자 급격하게 걱정이 되기 시작했다.

무슨 일이 생긴 걸까. 아니면 단순히 어떤 대답을 해야 할지 신중하게 고르는 중인 걸까. 그런 거라면 케니스는 그것을 얌전히 기다려야 한다. 답장을 재촉하는 건 아주 무례한 행동이니까.

그러다가도 문득 다른 생각이 들었다. 혹시 그의 대답이 틀렸던 것은 아닐까 하고.

결국, 케니스는 참지 못하고 편지를 한 번 더 적어 보냈다.

며칠이 더 지나, 케니스가 오스윈과 업무 관련으로 만나게 된 어느 날.

"네? 클라렌스와 편지를 주고받으신다고요?"

그녀의 안부를 묻는 발칙한 황태자에게 케니스는 편지를 주고받노라고 자랑스레 대답했다.

"음……."

하지만 오스윈의 얼굴에는 부러움은커녕 도리어 곤란함만 자리하는 것이 아닌가.

"우편을 이용해서 클라렌스와 소식을 나누는 건 별로 좋은 생각이 아닌 것 같습니다만……."

오스윈이 우물거리며 이야기하기에 케니스는 심장이 서늘해지는 기분이 들었다.

설마, 뭔가 있는 건가. 답장이 오지 않는 것과 깊이 관련된 무언가가.

"아비스의 우편배달부는 말이죠."

오스윈은 작은 목소리로 조심스럽게 제가 아는 정보를 공유했다.

"클라렌스를 만날 때마다 식사나 차를 함께하자고 권유한다고 해요."

"뭐……?!"

오스윈과 헤어지고 마탑으로 돌아온 케니스는 그가 자랑하는 차가운 이성을 유지하고 있었다.

침착해라, 침착해. 케니스 어윈. 마을의 우편배달부 따위는 아무것도 아니다. 매일매일 먼 거리를 직접 걸어 다니는 녀석 아닌가! 보나 마나 건강하기 짝이 없는 놈…….

아, 아니 건강한 건 좋은 거잖아. 뭔가 좋지 못한 걸 생각해야 한다.

가령, 우편배달부는 우편국의 정직원이라서 매달 정해진 봉급을 받는 철밥통이라든가. 은퇴 후까지 보장되는 화끈한 복지 정책을 누릴 수 있다던가.

젠장, 끝내준다. 우편배달부.

할아버지가 된 이후에도 일하시 않으면 동전 하나 벌어먹지 못하는 마법사의 사정과 비교하면 훨씬 훌륭한 조건이다.

할머니가 된 클라렌스가 케니스에게 실망하면 어떻게 하지?

케니스는 제 방을 빙글빙글 돌면서 지금까지 노후를 대비하지 않은 멍청한 자신을 책망했다.

지금이라도 조금씩 현금을 모아서 땅을 사 두어야 하나. 아니, 보석인가? 아니지. 지금 당장은 그게 문제가 아니다. 더 큰 문제는 자신이 편지를 한 번 더 보냈다는 거다.

그의 편지는 아비스의 우편배달부에게는 좋은 핑곗거리가 되어 줄 것이다. 그의 편지가 흑심을 품은 놈에게 기회를 제공하는 꼴이 되다니!

케니스의 상상 회로가 극한까지 치달아 올랐다.

매번 식사와 차를 거절하던 착한 클라렌스가, 이번에는 "어쩔 수 없으니 한 번만입니다."라면서 고개를 끄덕일지도 모른다. 어쨌든 착한 것으로는 둘째가라면 서러울 정도로 상냥하니까!

그렇게 되면 그 비열한 우편배달부는 제가 가진 장점을 아낌없이 내보일 것이 틀림없다.

매일매일 바깥을 걸어 다니고, 무거운 것을 옮기며 얻은 훌륭한 근육 말이다. 클라렌스는 항상 근육을 존중한다. '예, 무척 훌륭한 대퇴부 근육을 지니셨군요. 부럽습니다.'라고 말할 수도 있다.

더불어 노후까지 완벽하게 보장된 직업도 자랑하겠지. 클라렌스는 현명하고 똑똑하니까, 그의 장점에서 케니스의 단점을 깨닫게 될지도 모른다.

맙소사, 클라렌스! 마법사에게 복지라는 것은 없지만, 나는 노년에도 열심히 일할 테니까 날 버리면 안 돼! 다른 건 몰라도 일이 많은 것 하나는 자부하고 있…….

문득 케니스는 제 방 달력 앞에서 멈추어 섰다. 그를 돕는 하급 마법사가 눈물을 흘리며 적어 넣은 일정 달력 말이다.

진짜 일 많네. 마감이 하나 끝나면 그다음 마감이 기다리고 있는 지옥의 연장이다.

예전에는 오스윈이 부탁한 일만 끝나면 바로 클라렌스를 만나러 갈 생각이었는데. 그 일이 끝난 지금도 마탑이라니.

똑똑. 문득 들리는 노크 소리에 케니스가 대답하자, 젊은 마법사 한 명이 거대한 낡은 상자를 쿵쿵거리며 끌고 들어왔다.

뭔가 굉장히 다급한 얼굴을 하고서.

"마탑의 케니스! 이것 좀 보세요!"

뭔가 대단한 발견이라도 한 건가 싶어서 그는 얼른 달려가 상자를 살폈다.

"경량화 마법이 안 걸려요."

하지만 곁에서 들려오는 말이 너무나도 한심하여 케니스는 저도 모르게 인상을 구겼다.

"그러니까, 케니스께서 해 주시겠어요?"

"……뭐?"

"너무 어렵단 말이에요. 상자 안쪽에 누가 주술 같은 걸 새겨 놨는데, 오래돼서 해석도 잘 안 되고……."

마법사는 상자 위쪽을 손으로 퉁퉁 두드리며 웃었다.

"케니스께서는 이런 걸 좋아하시고, 잘하시니까 제가 이렇게 딱! 가져온 거죠."

뭔가 대단한 선심까지 쓰는 척하는 모양새를 보니, 아주 일을 떠맡기려고 작정을 한 모양이다.

물론, 케니스는 오래된 주술을 아주 좋아한다. 시간을 들여서 그 안에 숨겨진 내용을 알아내는 기쁨도 알고 있고.

"다음 주까지만 해 주시면 돼요. 괜찮으시죠?"

"……너."

케니스는 미간을 꾹꾹 누르며 잠시 제 마음을 다스렸다. 상대는 단순히 젊은 마법사다. 케니스도 젊다고는 하나, 마탑의 어른이나 다름없었고.

뭔가 자애로운 말로 충고를 주어야 했다.

"아! 다음 주까지 어려우시면 사흘 정도는 더 늦어져도 괜찮다고 했어요."

뭐 이런 새끼가 다 있어?

케니스는 저도 모르게 젊은 마법사의 통수를 후려갈겼다.

"그 대가리로 마탑에서 빌어먹을 생각이라면 당장 나가

죽어!"

케니스는 마법사의 텅 빈 머리통을 몇 번 더 후려쳐 주었다. 그가 케니스의 방을 나서는 마지막 순간까지 알뜰하게 말이다.

그리고 예전에 그가 부탁했던 다른 의뢰까지 깔끔하게 돌려주는 것 역시 잊지 않았다.

씩씩거리며 방으로 돌아온 케니스는 젊은 마법사에게 돌려보낸 의뢰의 마감일을 달력에서 지워 냈다. 붉었던 달력에 이렇게 하얀 칸이 생기니까 얼마나 좋은가.

케니스는 다른 의뢰품들을 죄다 집어 들었다. 언제나 그의 편이 되어 주는 바람들이 신이 나서 모든 물건을 본래 책임자에게 전달해 주었다.

잠시 후. 케니스의 방 앞은 곤란함을 토로하는 마법사들로 일대 소란이 빚어졌다. 물론, 기뻐하는 사람도 있었다.

"마탑의 케니스! 이 일정 달력 좀 보세요!"

그를 돕는 하급 마법사는 하얗게 된 달력을 보면서 책상 위로 뛰어 올라가 만세를 불렀다.

"생각해 보면."

케니스는 의자에 삐딱하게 기울여 앉아 중얼거렸다.

"그 녀석의 숙모나 저놈들이나 비슷한 놈들이었던 거지."

도움에 감사하기는커녕 권리처럼 여긴다는 점에서 말이다. 물론 케니스는 나름대로 재미있는 의뢰를 이것저것 만나면서 즐겁게 지내기도 했지만.

어쨌든 이제는 안 된다. 그러니 저들에게도 제대로 버릇을 들여야겠지.

"난 그럼 나간다."

"예?"

하급 마법사는 얼떨떨한 얼굴로 대답했다.

"상관없잖아? 나한테 들어온 의뢰는 진즉에 다 끝났다고. 안 그래?"

"어디로 가실 건데요?"

케니스는 창틀 위로 훌쩍 뛰어올랐다. 여름 바람이 차가운 은발을 기분 좋게 흐트러뜨렸다.

"이마에 축복 내리러."

아침의 서점은 오늘도 뜨거웠다.

"아무리 맛있는 책이 있어도 태양은 그걸 익혀 먹지 못하지."

클라렌스는 편지에서 보았던 짧은 문장을 중얼거리며 잠겼던 서점 문을 밀어 열었다.

"안녕하세요, 서점 누나!"

바람결에 목소리가 실려 온다. 돌아보니 상점가의 아이들이다.

"안녕, 루크, 론, 데이비, 세라."

클라렌스는 짹짹거리는 아이들의 이름을 공평하게 한 번씩 불러 주었다. 별것 아닌 인사에도 아이들은 까르르 웃었다.

여름이 시작된 지 얼마 되지도 않았는데, 아이들의 얼굴은 물론 팔과 다리까지 새카맣다. 아마 매일매일 마을 어귀의 숲으로 놀러 나가기 때문일 거다.

최근에는 옆 마을 아이들과 전쟁놀이를 즐긴다고 했다. 사실 말이 전쟁이지, 모여서 우르르 달리는 것에 지나지 않는다.

귀엽고 건강한 말썽꾸러기들 같으니.

하지만 전쟁에 나서는 기사들을 이렇게 보낼 수는 없는 법이다.

"잠시만 여기에서 기다려."

클라렌스는 방으로 달려 올라갔다. 서쪽에서 사용했던 수통에 시원한 물을 가득 담았다. 그리고 튼튼한 가죽 주머니에는 단것을 가득 넣어서 돌아왔다.

"전쟁에서 보급만큼 중요한 건 없지."

클라렌스는 긴 다리를 가진 데이비에게 수통과 가방을 단단히 매 주었다.

"네가 가장 빠르지?"

"물론이죠!"

데이비는 길고 건강한 다리로 언제나 엄마의 불호령에서 빨리 벗어나는 것으로 유명했다.

"좋아. 반드시 승리하고 돌아오도록."

클라렌스가 허리에 손을 짚으며 엄격하게 명령하자, 아이들은 다시 달리기 시작했다.

"서점 누나! 이기면 승리를 선물하러 올게요!"

멀리서 루크가 손을 흔들며 그렇게 외쳤다. 그건 아주 기쁜 말이다. 아비스전의 승리가 그녀의 이름 아래서 빛을 낼 테니까.

"기대하고 있을게, 기사님들."

아이들이 지나가자 이번에는 우편배달부가 저 멀리에서 헐레벌떡 달려오는 것이 보였다.

서점에 편지라도 온 걸까. 이번에는 어르신의 편지일지도 모른다. 클라렌스는 케니스에게 아직 답장을 보내지 않았으니까.

'사실 빨리 답장을 해야겠다고 생각했지만…….'

세상에는 솔직하게 적기 어려운 말도 있는 법이다. 폐를 끼치는 건 아주 미안한 일이니까.

"안녕하세요."

우편배달부 딘이 땀을 뻘뻘 흘리며 다가오기에, 그녀는 얼른 서점 안으로 들어오시라 권했다. 그리고 손님용으로 준비해 둔 시원한 물을 한 잔 내어 주었다.

차가운 잔을 받아 드는 그의 얼굴은 태양에 잘 구워진 것처럼 아주 붉었다.

"감사합니다. 제가 이런 호사를 누리는 걸 보니 어르신께서 아직 출근하지 않으셨나 보네요."

그는 안도의 한숨을 쉬었다. 최근 들어 그녀 앞으로 편지가 자주 온 덕분에 그는 뻔질나게 서점을 드나들 수 있었다.

하지만 올 때마다 어르신께서 호통을 치며 내쫓으시니 그는 클라렌스에게 제대로 된 식사 권유 한번 하지 못했다.

그래서 이번에는 일부로 서둘러서 조금 일찍, 아침 일찍 달려왔다. 클라렌스에게 데이트를 청하기 위해.

그는 일단 떨리는 심장을 진정시키며 차가운 물을 벌컥벌컥 들이켰다.

좋아, 딘 프랭클린! 힘내자! 그는 고개를 빳빳하게 들었다. 두 손을 모아 쥔 클라렌스가 그를 물끄러미 바라보고 있었다.

아아, 서점의 홀턴 님! 오늘도 예쁘시네요. 지난겨울 동안 보이지 않으셔서 제가 얼마나 걱정했는지 아십니까.

그러나 그가 무어라 청하는 이야기를 하기도 전에 클라렌스가 먼저 질문을 꺼냈다.

"편지가 왔나요?"

"아, 네!"

"어르신께서 오시면 제가 전해 드릴게요."

"아뇨. 어르신 앞으로 온 것이 아닙니다."

그의 대답에 클라렌스는 손끝으로 제 얼굴을 가리켰다.

"네, 홀턴 님 앞으로 온 편지입니다."

그녀는 잠시 고개를 기울였다. 올 편지가 있었던가? 하면서.

"그보다 클라렌스 홀턴 님!"

"예?"

"드, 드, 드릴 말씀이 있습니다."

"예, 말씀하세요."

맙소사, 드디어 기회가 왔다.

"날씨가 덥습니다."

"예, 덥죠."

딘은 차마 그녀를 바라볼 용기가 나지 않아서, 눈을 꼭 감은 채 수천 번도 넘게 연습한 문장을 꺼냈다.

"부디 저와 신선한 과일이 듬뿍 들어간 시원한 음료를 마시러 가지 않으시겠습니까?!"

마, 말했다! 뭔가 엄청 빠르게 말해 버렸지만, 끝까지 말했어! 드디어 말했다고!

그는 고개를 들어 클라렌스를 바라보았다.

"어……."

그런데 대체 뭘까. 클라렌스의 뒤에 선 두 남자가 그녀의 귀를 한쪽씩 막고 있는 것이 아닌가.

한 명은 딘도 알고 있는 사람이었다. 클리브 홀턴, 클라렌스의 남동생이다. 그리고 다른 한 명은 누구지. 어디서 본 것 같기도 한데…….

"야! 클리브 홀턴. 너 진짜 누나 제대로 안 지킬 거야?"

"그렇게 말씀하시는 마법사님이야말로 누님의 귀한 얼굴에서 손을 떼시기 바랍니다."

"하, 내가 마법 안 썼으면 지금쯤 저 우편배달부의 발칙한 대사가 클라렌스의 고막을 절절하게 울리고 있었을걸?"

"……그건, 감사합니다."

딘은 다른 것은 몰라도 이것 한 가지는 확실하게 이해했는데. 오늘도 그가 연습한 고백이 클라렌스에게 닿지 못했다는 점이다.

역시 데일이 아비스에 남긴 축복은 딘을 비껴간 것이 분명했다.

케니스가 활짝 열린 서점 문으로 들어왔을 때, 그의 눈에 들어온 것은 가히 충격적인 장면이었다.

"그보다 클라렌스 홀턴 님!"

"예?"

"드, 드, 드릴 말씀이 있습니다."

"예, 말씀하세요."

드릴 말씀이 있다니. 저 듬직한 월급쟁이가 클라렌스에게 할 말이란 분명히 하나뿐이리라.

케니스는 마음이 급해졌다.

그리고 마찬가지로 혼비백산하여 계단을 내려오는 클리브 홀턴이 보였다. 우편배달부가 제 누이에게 수작 거는 것을 이제야 방해하려는 것이다.

"날씨가 덥습니다."

"예, 덥죠."

케니스와 클리브는 동시에 클라렌스의 양쪽 귀를 막았다.

"부디 저와 신선한 과일이 듬뿍 들어간 시원한 음료를 마시러 가지 않으시겠습니까?!"

클라렌스는 양쪽에 달라붙은 두 사람을 이리저리 바라보느라 우편배달부가 무슨 말을 하는지 제대로 듣지 못했다.

케니스는 안도의 한숨을 쉬었다. 우편배달부의 바지 너머로도 눈에 띄는 훌륭한 대퇴근을 알게 된 후에는 더욱 그러했다.

"야! 클리브 홀틴. 너 진짜 누나 제대로 안 지킬 거야?"

케니스는 반대편 귀를 수호하고 있는 클리브에게 잔뜩 인상을 구겼다.

케니스를 서점 바깥으로 집어 던졌던 그 훌륭한 재빠름은 어디에 두고 온 거람.

"그렇게 말씀하시는 마법사님이야말로 누님의 기한 얼굴에서 손을 떼시기 바랍니다."

"하, 내가 마법 안 썼으면 지금쯤 저 우편배달부의 발칙한 대사가 클라렌스의 고막을 절절하게 울리고 있었을걸?"

"……그건, 감사합니다."

귀여운 녀석. 케니스는 피식 웃으며 우편배달부에게 손을 내밀었다.

"이리 줘. 이 녀석 앞으로 온 거."

"……네?"

"편지 말이야."

"아, 안 됩니다! 편지는 어디까지나 본인 수령을 원칙으로 하고 있습니다. 동거인이나 가족이 아니라면……."

동거인이나 가족? 아쉽지만 케니스는 그 어느 쪽에도 포함되지 못했다. 클라렌스와의 관계가 예전과는 달라졌다고 생각했는데. 세간의 기준으로 보면 이렇게나 변하지 않은 모양이다.

"제 편지이니, 제가 받겠습니다."

클라렌스가 손을 내밀자, 배달부는 그 위로 얼른 편지를 내려 두었다.

그는 다음에 다시 오겠다며 여러 가지 이야기를 웅얼거렸지만, 안타깝게도 배달부에게 신경을 기울이는 이는 없었다.

그는 고개를 꾸벅 숙이고는 무관심 속에 조용히 서점을 나섰다.

그녀는 하얀 봉투에 적힌 깔끔한 글씨를 물끄러미 내려다보았다. 케니스의 이름이 적혀 있었다.

"네가 보냈어?"

"그래, 그러니까 이리 줘."

케니스가 손을 내밀었지만, 그녀는 얼른 편지를 등 뒤로 감추며 고개를 가로저었다.

그런 깜찍한 행동은 또 어디서 배워 온 걸까. 케니스는 별수 없이 편지는 포기하고 클라렌스의 머리를 쓱쓱 쓰다듬었다.

"어쨌든 건강해 보여서 다행이네."

혈색도 좋고, 눈동자도 맑다. 머리카락도 부슬부슬 기분 좋고.

"편지에 적었잖아. 건강하다고."

"그래도 걱정했어. 넌 항상 이런저런 일에 휘말리니까."

부정할 길 없는 평가에 클라렌스는 조금 웃었다.

"케니스는……."

클라렌스도 케니스의 하얀 얼굴을 가볍게 쓸어내렸다.

살이 빠진 것 같다. 날카로운 인상이 조금 더 도드라졌다. 사실은 이런 얼굴과는 달리 무척 다정한 사람인데.

"피곤해 보이네."

"그래, 피곤해 죽을 것 같아."

마탑에서 호구 짓을 한 데다가 여기까지 쉬지 않고 달려온 탓이다.

"나, 엄청 힘들었어."

아이 같은 말투는 무언가를 조르는 것으로 들렸다. 물론, 지친 사람에게 필요한 건 당분이다.

케니스는 제 눈앞에 보이는 커다란 당분 덩어리 같은 클라렌스의 이마를 물끄러미 바라보았다. 역시 언제 봐도 매혹적인 이마다. 눈깔 두 개가 제대로 달린 사내놈이라면 모두가 탐을 내던 바로 그 이마가 아닌가.

키스할 거다. 사심을 한껏 담아서 말이다.

케니스는 사탕 같은 이마를 향해 턱을 기울였다. 유치하지만 묘한 승리감이 드는 것은 어쩔 수 없었다.

그러나 천상의 기쁨은 짧았다. 갑자기 몸이 덜렁 들리더니 클라렌스와 서서히 떨어지기 시작하는 것이 아닌가.

클리브 홀턴! 이 미남 자식이!

사태를 깨닫고 발버둥을 치기 시작했을 때는 이미 서점 문 바깥으로 멀리 집어 던져진 후였다.

빌어먹을, 저 자식 뭐야? 마탑의 케니스를 두 번이나 집어 던진다고?!

쾅!

이번에도 클리브는 매몰차게 서점 문을 닫았다. 사나운 눈매로 케니스를 내다보던 클리브는 고개를 돌려 부드러운 목소리로 클라렌스를 안심시켰다.

"누님, 걱정하지 마. 끌어냈어."

그는 칭찬을 기대하는 얼굴이었고, 그 너머로 창문 밖에서 손짓 발짓으로 제 분노를 표출하는 케니스가 보였다.

오랜만에 보네. 이 장면.

잠시 키득거리던 클라렌스는 클리브에게 사실을 말하기로 했다.

"클리브, 케니스는 나에게 특별한 사람이야."

그녀의 설명에 클리브는 몹시 놀란 얼굴이 되었다. 미세하지만 손끝이 덜덜 떨리는 것도 보였다.

클라렌스는 혹여 제 설명이 부족했던 걸까 싶어서, 친절하게도 자세한 내용을 덧붙였다.

"단 한 명뿐인."

클리브의 얼굴이 새파래졌다.

한 명뿐인 특별한 사람이라니!

클리브는 저 교양 없는 수도 마법사와 누님의 얼굴을 몇 번이나 번갈아 가며 바라보았다. 결국 클리브는 정중하게 문을 열었다.

딱히 케니스를 다시 맞아들이려는 것은 아니었다. 누님의 손님이라면 서점에 들어올 자격이 넘치고도 충분하지만, 연인이라면 사정은 다르다.

"멀리 안 나갑니다. 안녕히 가십시오."

내쫓을 거다. 꺼져라, 수도 놈.

클리브는 클라렌스에게 혼이 났다. 멀리서 찾아온 손님에게 그런 태도를 보이는 것은 아주 무례한 일이라며. 그는 잠시 울상을 지었지만, 무어라 변명하지는 않았다.

마음이 복잡했다. 물론, 누이에게 특별한 사람이 생기는 것은 기쁜 일이다. 하지만 어딘가 내키지 않았다.

부끄럽지만, 무섭기도 했다. 혼자 남아 버리는 것이.

클리브는 아직도 어린아이에서 벗어나지 못한 자신을 탓하며 성으로 출근했다.

클라렌스가 등을 토닥거리며 무어라 위로해 주었지만, 제대로 귀에 들리지도 않았다. 그냥 울적했다.

"클리브가 많이 놀란 모양이네."

서점 창가에서 클라렌스가 손을 흔들며 걱정스럽게 속삭였다. 뒤에선 케니스가 그녀의 어깨 위로 제 턱을 걸쳐 두고는 불만스럽게 중얼거렸다.

"내 기사님은 전혀 놀라지 않으셨고 말이야."

"아냐. 놀랐는걸."

"정말로?"

"그럼."

케니스는 클라렌스의 허리로 제 팔을 둘렀다. 완벽하게 서로에게 닿고 나니 깊은 안도감이 들었다.

"어째 나만 좋아하는 것 같지만, 뭐 상관없나."

케니스는 잠시 눈을 감았다. 향기도 손끝에 닿는 몸의 굴곡도 모두 그가 그리던 것 그대로였다.

그에게 사랑한다고 말해 주었던 그날의 클라렌스 말이다. 비로소 그녀와 같이 있음을 실감하며 그는 웃었다.

그리고 눈을 뜨자, 그를 향해 고개를 돌린 클라렌스와 시선이 마주쳤다.

뭔가 가깝네. 긴 속눈썹이나 피부의 결까지 하나하나 들여다보일 만큼. 그리고 조금만 움직이면 입술이 닿을 만큼 가까웠다.

어쩌지, 아직 하고 싶은 말이 너무나도 많이 있는데. 지금은 그냥 행동으로 증명해야겠다는 생각밖에 들지 않았다. 떨어진 기간 내내 그리워하기도 했으니까.

따뜻한 햇살이 드는 자리에서 결국 서로의 고개가 기울어…… 질 수는 없었다.

불을 뿜을 것 같은 눈으로 창가에 달라붙은 서점 어르신과 눈이 마주친 것이다.

"……."

그런데 어르신, 그건 딸 가진 아빠들만 지을 수 있다는 그 표정 아닙니까. 직원을 상대로 아빠 마음을 갖는 건 반칙입니다.

어쨌든 이대로라면 어르신의 눈빛만으로도 살해당할 기세였기 때문에, 그는 얼른 클라렌스를 감싸던 팔을 풀고 한 걸음 정도 물러섰다.

두 걸음을 물러서지 않는 것은 그의 자존심이었다.

어르신은 서점으로 뛰어 들어오며 커다랗게 소리를 질렀다.

"클라렌스! 오전부터 서점에 든 도둑놈을 당장 내쫓아!"

"도둑이라니!"

"네놈 말이다! 남의 집 귀한 직원을 빼돌리는 네 녀석!"

어르신이 당당하게 손가락질을 하기에 클라렌스는 차분하게 설명했다.

"어르신, 저는 이곳을 떠날 생각이 없습니다."

"응? 그래?"

"예."

일단 클라렌스가 계속 이곳에 머물러 준다면, 그도 불만은 없다. 클라렌스는 그가 선택한 이 서점의 후계자니까 말이다. 물론 그녀가 받아들일 때의 이야기지만.

"그럼 저놈이 여기에 와서 일하는 거냐?"

어르신은 팔짱을 끼우며 케니스를 삐딱하게 바라보았다.

"아뇨, 케니스는 일이 있으니 아마…….."

클라렌스가 고개를 저었지만, 케니스는 얼른 두 사람의 대화에 끼어들었다.

"일할게. 나도 여기에서 일한다고. 그럼 됐지? 대신 어르신, 나한테 서점에 출입하고 숙식할 권리를 줘."

"일한다는 놈이 출입을 못해서야 쓸모가 있나."

어르신은 케니스의 어깨를 툭툭 두드리며 빙긋 웃었다.

결국, 이놈이었구먼. 그나마 수도에서 왔던 놈 중 가방끈이 제일 긴 놈이 간택되어서 다행이다. 책을 모르는 녀석들이 서점에 와 봤자 클라렌스에게 제대로 도움을 줄 수 없지 않은가.

"클라렌스."

"예, 어르신."

"이 녀석에게 좋은 책을 고르는 법을 제대로 배워 둬. 분명히 나중에는 도움이 될 테니까."

"알겠습니다."

잠시 두 사람을 번갈아 가며 바라보던 어르신은 천천히 뒤로 물러서며 기운 빠진 미소를 지었다.

"날씨가 더워서 그런가…… 기운이 하나도 없네."

"시원한 거라도 준비할까요?"

"아니다. 오랜만에 마르코 녀석에게 가 봐야지. 노인들은 더위에 약하거든. 죽었는지 살았는지 들여다보는 귀찮은 짓을 같은 노인인 내가 해야 하다니 귀찮기 짝이 없어."

서점 어르신은 불만스럽게 중얼거리시더니, 곧 지나가는 마차를 붙잡고 가 버리셨다.

서점에는 다시 두 사람만 남았다. 케니스의 욕망이 속삭였다.

'조금 전에 하던 것을 마저 해야지! 꿈속에서도 할 정도로 그리워했잖아!'

이성은 분석했다.

'비교적 손님이 적은 오전이 기회다. 곧 점심시간이라고! 네게 남들 앞에서 키스할 수 있는 용기가 없다면 서둘러야 할걸.'

망할 내면의 응원 속에서 그는 가까스로 입을 떼었다.

"클라렌스."

"왜?"

"이리 와."

그가 손을 내밀기에 클라렌스는 조금 고민했다.

"지금 하려고?"

"당연하지."

"……난 건강한데."

그제야 케니스는 그녀가 어떤 오해를 하는지 알아차렸다. 마력으로 그녀의 신체 상태를 확인하려는 것으로 생각한 것이다.

"바보야, 그게 아니라."

키스할 거라고. 아까 우리가 하던 거 말이야!

케니스는 책장 앞에 선 클라렌스에게 성큼 다가섰다. 얼굴이 닿을 듯한 거리가 되자, 그녀가 제 입술을 꽉 깨물었다.

케니스는 그녀의 눈을 똑바로 바라보며 분명하게 제 의사를 밝히기로 했다.

"허락해."

"안 해."

딱 부러지는 대답이 돌아왔다. 정말이지 뭐 하나 간단한 게 없다.

"허락해 줘."

"안 해."

어쩔 수 없다. 케니스는 비장의 말을 꺼냈다. 이번엔 다소 가여운 표정을 짓는 것도 잊지 않았다.

"허락…… 해 주세요."

그의 얼굴을 가만히 들여다보던 클라렌스가 드디어 고개를 끄덕였다.

"네."

속삭이는 대답이 들려올 때는 이미 서로의 숨이 닿을 만큼 가까웠다.

그러나 그것도 잠시. 손님 하나 없는 것으로 유명한 이 서점의 문이 딸랑이는 소리를 내며 힘차게 열렸다.

"실례합니다."

"……"

케니스는 책장을 주먹으로 두드리며 울분을 토했다. 이 마을에는 무슨 마가 낀 게 틀림없다.

그렇지 않고서야 클라렌스에게 다가가는 족족 이렇게 방해꾼들이 몰려올 리가!

어쨌든 행동이 빠른 클라렌스는 잽싸게 손님을 맞이했다. 어느 가게든 첫 손님은 무척 중요한 존재이니까.

첫 손님은 책을 세 권이나 구매해 갔다. 클라렌스가 "오늘은 손님이 많이 오려는 모양이네. 기쁘다."라고 즐겁게 이야기하기에, 케니스는 조금 우울해졌다.

하지만 시간이 흐르자 케니스의 생각은 조금 긍정적인 방향으로 바뀌었다. 손님이 많은 것이 썩 나쁜 것만은 아니었다.

케니스는 서점 소파에 쪼그리고 앉아서 손님들을 맞이하는 클라렌스를 관찰했다.

그녀는 손님들의 이야기에 고개를 끄덕여 주며 재미있다

는 듯 맞장구를 치곤 했는데, 그러면 손님들은 신이 나서 묻지 않은 이야기까지 술술 쏟아 내곤 했다.

그중에는 여행 중인 음악가도 있었고, 마을에 사는 어린아이도 있었으며, 외국에서 온 학자도 있었다.

사람들은 각자 다른 이야기를 쏟아 냈지만, 마지막으로 전한 말은 늘 같았다.

'또 올게요.'

그들의 인사에 클라렌스는 늘 "기다리겠습니다."라고 대답해 주곤 했다.

아무래도 지난번보다 손님이 조금 늘어나 보이는 것은 클라렌스의 덕분인 듯했다.

케니스는 클라렌스가 일하는 동안 2층 주방에서 점심도 만들었다. 어설픈 결과물이 나왔지만, 클라렌스는 그가 만든 조악한 샌드위치를 웃으며 먹어 주었다.

요리의 기쁨을 깨달은 케니스는 오후 내내 서점 구석에 앉아 요리책을 탐독하기 시작했다.

때때로 손님이 없을 때면 클라렌스가 그의 곁에 앉았다. 차가운 물을 내어 주기도 했고, 같이 요리책을 들여다보며 이야기를 나누기도 했다.

그렇게 느긋한 태양의 산책이 끝나 갈 무렵이 되었다.

"이 시간에는 손님이 적어. 다들 저녁 식사를 준비해야 하니까."

그렇다고 해서 클라렌스가 한가해지는 것은 아니었다. 그녀를 찾는 사람은 얼마든지 있었다.

작은 아이들 여럿이 우르르 서점으로 몰려왔는데, 태양에 새카맣게 피부를 태운 아이들은 모두 눈물범벅을 하고 있었다. 흙이 묻은 소매로 끝없이 눈가를 벅벅 문지르면서 말이다.

"루크, 론, 데이비, 세라."

클라렌스는 무릎을 굽히고 앉아 아이들의 이름을 하나씩 불러 주었다.

아이들은 아주 비참한 모습을 하고 있었다. 옷은 너덜너덜하고, 팔과 다리에는 찢어지고 까진 상처로 가득했다. 나무를 오르거나 바닥을 구르며 생긴 것이 틀림없었다.

아무래도 오늘의 전투는 만만치 않았던 듯하다.

클라렌스는 고생한 기사들의 머리를 쓰다듬어 주었다. 그리고 차가운 물을 한 잔씩 내어 주며 서점의 커다란 테이블로 모이도록 했다.

"미안해요, 언니."

세라가 훌쩍이며 사과했다. 그것이 무엇에 대한 사과인지 클라렌스는 잘 알고 있다. 승리를 바치지 못한 기사의 마음은 다 그런 법이니까.

"괜찮아, 무사히 돌아온 것이 더 기쁘지."

하지만 클라렌스는 기본적으로 승부욕이 강하고, 패배하는 것을 싫어한다. 그녀 자신은 물론 그녀가 속한 공동체가 지는 것도 용납할 수 없었다.

그러니 그녀는 침착하게 이 근처의 지리가 그려진 지도책을 찾아왔다.

차악. 지도를 내밀자, 네 명이 아이들이 눈을 동그랗게 뜨고 클라렌스를 올려다보았다.

그녀는 사뭇 진지한 얼굴로 기억력과 시력이 좋은 루크에게 펜을 내밀었다.

"적의 위치와 병력은?"

루크는 펜을 받아서 얼른 옆 마을 아이들이 숨어 있던 곳에 동그라미를 쳤다.

전쟁은 하루 만에 끝나는 것이 아니다. 그녀는 아이들과 함께 지도 위에 머리를 맞대고 내일의 전쟁을 승리로 이끌기 위한 최선의 수를 생각했다.

물론, 그 누구도 다쳐서는 안 되는 어려운 전쟁이다.

30분에 걸친 작전 회의가 끝날 때 즈음에는 아이들의 얼굴에도 미소가 피어났다.

그리고 마지막으로 한 줄로 늘어서서 마법사님의 진료를 받았다.

"진짜 마법사님이에요?"

"그래, 진짜 마법사님이시다."

아이들은 살짝 벗겨졌던 피부가 복구되는 치료 마법은 그다지 신기하지 않았던 모양이다.

케니스가 손톱같이 작은 빛의 마법을 손바닥에 하나씩 올려 주고 나서야, 그가 마법사라는 사실에 고개를 끄덕이는 것을 보면 말이다.

"와아!"

아이들이 신이 나서 손바닥을 들여다보기에 케니스는 히죽 웃으며 말했다.

"승리를 가져오면 더 커다란 빛을 보여 주지. 그건 아주 튼튼한 빛이라서 집까지 데려갈 수 있을걸?"

"정말이죠?!"

"오냐."

케니스는 땀과 먼지가 달라붙은 아이들의 머리를 쓰다듬어 주며 약속했다.

이제 슬슬 저녁 식사 시간이 되었기 때문에, 아이들은 신이 나서 서점 밖으로 달려 나갔다.

클라렌스는 내일 아침에도 잊지 말고 보급품을 받으러 오라고 아이들에게 당부했다.

잠시 더 기다리니, 클리브도 퇴근하고 돌아왔다.

클리브는 뭔가 할 말이 있는 듯한 눈으로 케니스를 바라보았지만, 끝끝내 무어라 입을 열지는 않았다. 그를 바깥으로 내던지는 발칙한 짓도 저지르지 않았다.

세 사람은 함께 식사를 끝냈다. 그 이후로 서점에 몇 명의 손님이 다녀간 것으로 오늘 영업을 종료했다.

케니스는 표지판을 '영업 종료'로 바꾸었다. 클라렌스는 말없이 장부를 정리하기 시작했다.

시간이 조금 흐르고, 클라렌스는 크게 기지개를 켰다. 장부 정리가 끝난 것이다. 고개를 들어 보니 케니스는 길을 잃은 이야기책에게 제자리를 찾아 주고 있었다.

클라렌스는 그의 곁에서 함께 책장을 살피며 조용히 말을 걸었다.

"미안해, 케니스."

"뭐가?"

"피곤한데 서점에서 일하게 해서."

케니스는 손가락으로 책장에 꽂힌 책등을 하나하나 쓸어내며 대답했다.

"괜찮아, 아주 재미있었거든."

마침내 이야기책의 마땅한 자리를 찾아낸 그는 얼른 책을 꽂아 두었다.

"재미?"

팔짱을 끼우고 책장을 주욱 살펴본 케니스는 비로소 만족스러운지 고개를 끄덕였다.

"내가 언젠가 말하지 않았나?"

그리고 고개를 돌려 클라렌스를 바라보았다.

"서점의 클라렌스가 보고 싶다고."

"그랬던가?"

"그랬었지."

"별것 없지?"

"그런 점이 좋지."

아픈 일도 슬픈 일도 일어나지 않는 서점의 클라렌스.

"물론 나름대로 전쟁도 있었지만, 넌 그걸 무척 좋아하는 것 같으니까."

케니스는 작은 아이들의 전쟁마저 진심으로 응원하는 클라렌스의 열정을 떠올리며 웃었다.

"그야, 아이들은 귀엽잖아?"

클라렌스는 제게 스스럼없이 웃어 주는 아이들이 좋았다.

바깥에서 자유로이 뛰어다니는 모습을 볼 때면 특히 더 즐거웠다.

"물론 아이들은 재미있지. 조금 전에 빛이 사라질까 봐 숨도 제대로 못 쉬는 거 봤냐?"

두 사람은 들숨과 날숨마저 주의하던 아이들의 귀여운 얼굴을 떠올리며 키득거렸다.

서서히 웃음이 멎어 갔다. 여름날의 긴 태양도 완전히 사라져서 어느덧 서점에도 새카만 밤이 찾아왔다.

"올라갈래?"

클라렌스가 그렇게 말하며 한 걸음 앞으로 나아가기에, 케니스가 그녀의 손을 붙잡았다.

그리고 손목의 방향을 바꾸어 완벽하게 맞잡았다. 별다른 말은 없었지만, 클라렌스는 그가 전하려는 의도를 완벽하게 이해했다.

그는 조금만 더 이대로 있기를 바라는 것이다.

"클라렌스, 사실은."

그녀가 돌아보는 순간에 케니스는 마음속에 눌러 왔던 이야기를 꺼냈다.

"그 편지에 대해 대답을 하러 왔어."

물론, 글씨로 적어서 보내기도 했지만. 역시 만나서 대답하고 싶었다.

"편지……?"

클라렌스가 짧게 되물었다. 그러나 곧 머릿속에 떠오르는 짧은 문장들이 있었다.

「책도 비슷해. 저자의 생각이 꼭 독자에게 전해진다고 볼 수는 없으니까.」

「편지도 그럴까?」

"클라렌스."

그는 마치 편지의 서두를 읊듯 다정하게 그녀의 이름을 불렀다.

그리고 그녀의 편지들이 가리키는 답을 떠올렸다. 소소한 서점의 이야기와 크고 작은 걱정이 가리키는 것은 하나뿐이다.

사실은 케니스의 편지도 결국엔 같은 내용을 담고 있었던 거니까.

"나도 네가 무척 그리웠어."

다양한 문장과 이야기로 채워진 편지의 본질은 피차 그것이었다.

만나고 싶어, 보고 싶어.

"매일 생각했어. 시계가 지나는 모든 길이 너를 생각하는 길이 될 만큼."

참 이상한 일이다. 겨우 한 달 남짓이다.

그보다 훨씬 더 오랫동안 떨어진 적도 있었는데, 어째서 이번만이 이토록 힘이 들었던 걸까. 언제나 참는 것이 익숙했던 케니스가 사라진 것만 같았다.

하지만 클라렌스는 그런 케니스에게도 웃어 주었다. 아니, 기뻐하는 것 같았다.

참을성도 인내심도 사라져 버린 그의 모습이 그녀를 행복하게 한다는 듯. 가까스로 유지할 수 있었던 서로의 간격이 무너진 것은 그때였다.

케니스는 비로소 완전하게 클라렌스를 품에 안았다.

틈이 없을 정도로 깊이 끌어안은 뒤에는 고개를 기울여 정신없이 입술부터 찾았다. 숨이 뒤섞였다. 한 달 전에 나누었던 길고 느릿한 것과는 달랐다.

그리움의 깊이만큼이나 다급해진 마음에, 두 사람의 맞닿음은 때때로 서툴어지고 만다. 그러나 절대로 떨어지지 않았다.

"……큰일이네, 진짜."

한 달 전에는 이리도 달콤한 것을 두고 어찌 그리 훌쩍 떠날 수 있었던 걸까. 케니스는 그때의 자신을 존경하기로 했다. 지금은 품에서 놓는 것마저 불가능할 것 같은데.

그는 클라렌스의 허리를 아프도록 끌어안았다. 진짜, 이렇게 딱 한 번만 안아 보고 정말로 놓을 생각이었다. 하지만 제 품에서 숨이 불편하다며 작게 끙끙대는 소리가 나는 것이 너무 귀여웠다.

그는 결국 클라렌스를 놓지 못한 채 웃어 버렸다.

"아파?"

케니스는 허리를 죄던 팔을 조금 풀며 괜스레 물어보았다. 클라렌스가 작은 숨을 뱉으며 고개를 젓기에, 그는 그녀의 이마에 짧게 키스했다.

"예전에 공작저에서도 말했지만."

그리 속삭이는 그의 입술과 숨이 이마를 간질였다.

"아플 땐 아프다고 제대로 말해야지."

기사들의 나쁜 습관이라고 해야 할까. 클라렌스도 습관적으로 아픔을 숨기려는 버릇이 있었다. 마치, 숲의 동물들이 제 몸을 보호하기 위해 그러는 것처럼 말이다.

"그래야 내가 널 도와줄 수 있으니까."

"하지만 케니스는 내가 아픈 걸 좋아하는 눈치던데."

들켰나. 하여튼 눈치 하나는 기가 막히게 빠르다니까. 살짝 찡그리는 얼굴이 귀엽다고 생각한 건 사실이다.

"나는 아픈 너도 좋아하고, 아프지 않은 너도 좋아하지. 어쨌든 나는."

그는 결국 다시 클라렌스를 강하게 끌어안고 말았다. 얇은 여름옷 너머로 서로가 그대로 느껴져서 어느 때보다 더 가까이 있다는 실감이 들었다.

"클라렌스 홀턴을 이루는 모든 것을 전부 사랑하고 있어."

클라렌스는 잠시 눈을 감았다. 이 순간의 모든 것이 그녀의 뇌리에 깊이 박히고 말았다.

여름밤의 공기, 세계를 여행한 수많은 책, 가족과 함께 살아가는 공간과 유일한 사람, 부드러운 감촉, 그리운 향기 그리고 서로의 몸을 울리는 소리까지 모두.

그야말로 완벽한 세계. 그녀는 감히 지금을 그렇게 정의했다.

"그럼 이만 가 보겠습니다."

"잠깐만, 클리브!"

꾸벅 고개를 숙인 클리브를 성주님의 개인 하인이 다급하게 불러 세웠다. 클리브는 좋지 못한 예감에 다소 인상을 찌푸렸으나, 곧 얼굴을 바로 하고는 고개를 끄덕였다.

"알겠습니다."

"응? 알긴, 뭘 알아?"

"성주님께서 찾으신다고 말씀하러 오셨을 테니까요."

하인이 고개를 끄덕이기에, 클리브는 작게 한숨 쉬었다. 퇴근이 늦어지는 것은 슬픈 일이다. 특히 누이가 돌아온 이후로는 더욱 그러했다.

게다가 지금은 마음에 들지 않는 수도 놈이 서점을 점령하기 시작했다. 클리브가 늦으면 늦을수록 그 치사한 얼굴에 미소가 번질 거라 생각하니 화가 치밀어 오른다.

대체 누님은 왜.

잠시 짧은 원망이 피어났으나 곧 고개를 저었다.

누님이 고른 사람이다. 게다가 은인이라고 할 수 있는 서점 어르신도 그를 인정했다. 어째서 클리브만이 그를 받아들일 수 없는 걸까.

그런 생각을 하는 동안 성주의 집무실에 도착했다. 간단히 노크하자 들어오라는 허락이 떨어졌다.

"클리브, 오랜만이구나."

성주님은 책상에 앉아 여유로운 미소를 짓고 있었다. 클리브는 그 이유를 알 것 같았다.

"수도에서 무사히 돌아오셔서 다행입니다. 아가씨와도 만나신 모양이군요."

"우후후."

딸 바보인 성주님은 딸과의 재회를 클리브에게 자랑하고 싶어서 안달이 나신 거다.

성주님의 입가가 씰룩이는 모습을 가만히 보고 있으니 어째 열이 오른다. 그렇지 않아도 누님 일로 속이 복잡해 죽겠는데, 이런 일까지 하나하나 불려 와서 속이 뒤집혀야겠나.

클리브는 불충하게도 성주님의 말씀이 시작되기도 전에 먼저 입을 열었다.

"예, 성주님과 아가씨께서는 수도에서 만나셔서 2시간 동안 차를 드셨다고요. 장소는 수도의 카페 아멜리아. 예약에 실수가 생겨서 20분이나 대기하신 후에야 자리를 안내받으셨죠. 아가씨께서는 로즈메리, 성주님께서는 캐모마일을 드시고 건강에 좋은 곡물 쿠키를 함께 드셨다고 들었습니다."

클리브는 흘긋 시선을 돌려 성주님의 얼굴을 바라보았다. 새파랗다. 그가 말했어야 할 자랑이 클리브의 입에서 줄줄 새어 나오는 것에 분노를 느끼는 것이 틀림없었다.

"하, 하지만 우리가 무슨 대화를 나누었는지는 모르겠지! 그렇지?!"

사태가 진흙탕 싸움으로 번지기 시작하기에, 말없이 곁에서 있던 보좌관도 자리를 비켜 주었다.

"제 안부에 관한 이야기가 대부분 이었고, 그 외에는 아비스 성의 치안 상태와 더워지는 날씨에 관해서 이야기 나누셨죠. 점점 이야깃거리가 떨어져서 침묵하는 시간도 길어졌다고."

"클리브, 너 셰리아의 측근에 첩자라도 심어 둔 거냐?"

"첩자가 있다면 그건 아가씨 본인입니다."

성으로 보내온 편지에 아주 자세하게 적혀 있었으니까 말이다. 참고로 클리브는 그 편지에는 꽤 긴 답장을 보냈다.

'성주님과 아가씨께서 드디어 만나셨다니 저도 기쁩니다. 부디 앞으로도 성주님과 자주 이야기를 나누어 주세요.'

참 기이한 분들이다. 어째서 이렇게나 클리브를 두고 서로 이야기를 하고 싶어 하는 것인지 모르겠다.

"용건이 그것뿐이라면 이만 퇴근해도 되겠습니까?"

"자, 잠깐만! 나와 셰리아의 이야기가 아직 남았어."

"……."

"농담일세."

성주님은 장난스러운 표정을 지우며 자세를 바로 했다. 그는 수도에서 무척 재미있는 소문을 들었다. 귀가 두 개 달린 자라면 모두 그 전설 같은 이야기를 들었을 것이다.

어느 기사에 관한 이야기였다. 가장 영광된 자리를 누릴 권리를 두고도 기꺼이 그것을 내려놓았다는 것이다.

황태자의 연인, 지고한 공작위, 그리고 승리자의 영광.

"클라렌스 홀틴, 자네의 누이가 드디어 돌아오셨다는군."

"예."

"그 모든 빛나는 자리를 두고 겨우 이 시골구석의 서점에서 책을 정리하기 위해서 말이야."

물론, 영지에 우수한 인물이 늘어나는 일은 환영할 일이다. 하지만 주머니의 송곳은 언제나 눈에 띄고, 때로는 화를 부르기 마련이다.

"안 됩니까?"

클리브가 경계를 띄기에 성주는 얼른 고개를 저었다.

"환영할 일이지. 다만, 그녀는 수도에서 아주 영향력 있는 인물이야."

이런 시골의 성주 신분으로는 감히 만날 수도 없는 대단한 사람들이 그녀를 특별히 생각한다고 하니까.

"혹시 서점 부근에 순찰을 강화해야 할지 묻고 싶었을 뿐이네. 나는 내 영지에 사는 모두가 안전하길 바라니까 말이야."

"아……."

클리브는 그제야 멍청히 입을 벌렸다. 마음이 날카로워진 탓에 성주님의 의도를 좋지 못한 쪽으로만 생각했던 것이 부끄러웠다.

"죄송합니다."

"아니야. 자네가 성격이 나쁜 건 누구라도 알지. 셰리아만 빼고. 어째서 내 똑똑한 딸이 그 사실을 모르는 거지?"

"제 성격이 그다지 좋지 못하다는 것은 아가씨께서도 아실 겁니다."

"그런데 어째서 아직도 자네와 친구 노릇을 하느냐는 말이야!"

"그거야……."

클리브는 잠시 고민했지만 제가 생각한 바를 솔직하게 대답하기로 했다.

"아가씨께서 아직 천진하셔서 그런 것이 아닐까요. 아직도 우정이나 의리를 소중히 생각할 만큼 말입니다."

"역시 순수하기 짝이 없는 내 딸!"

다행이다. 클리브의 대답이 성주의 마음에 흡족했던 모양이다.

"어쨌든 순찰에 대해서는 누님께 여쭤본 뒤에 내일 보좌관님을 통해서 말씀드리겠습니다."

"음? 아니야. 네가 직접 와서 대답해 주도록 해. 기쁘게 기다리지."

클라렌스 홀턴은 단순한 영지민이 아니니까, 그녀의 대답은 그가 직접 들을 필요가 있다. 특별히 그녀를 가리킬 작위는 없지만, 어쩐지 거대한 왕관을 쓴 느낌이 든다고 해야 할까.

어쨌든 그의 본능이 '그녀를 공경하고 존중하라'고 말하고 있으니, 그는 그 직감을 믿기로 했다.

"알겠습니다."

클리브는 몸을 숙여 인사를 올린 뒤, 성주의 집무실을 나섰다. 그리고 조금 서둘러 걸었다. 귀가가 늦어지면 그의 누이가 걱정할 테니까.

그러나 오래 걷지 않아서 그의 다급한 걸음은 한 번 더 멈춰지게 되었다.

"수고했어, 동생."

긴 손가락이 그를 향해 천천히 흔들렸다. 상당히 익숙한 장면이다. 지난번에도 이런 식으로 케니스 어윈과 이야기를 나눈 적이 있었다.

그때의 클리브는 멍청하게도 그의 언변에 속아서 '괜찮은 사람이네.'라고 생각하게 되었다. 어쨌든 클리브는 누님에게 솔직한 호감을 둔 사람에게는 약해지니까 말이다.

"무슨 일입니까?"

클리브는 뻣뻣하게 대답했다. 이번에는 절대로 그의 말에 넘어가지 않으리라고 결심하면서 말이다.

케니스는 고개를 바짝 들어 올리며 클리브의 표정을 가만히 관찰했다.

고놈 참 잘생겼네. 클라렌스의 예쁜 눈동자가 이 녀석에게도 있다는 것이 참 신기하다.

"아무 일 없어."

케니스가 그리 말하며 먼저 걷기 시작하기에 클리브는 그 뒤를 따랐다.

문득 그의 은발이 휘날렸다. 시골에서는 보기 드문 신기한 색이다. 설마 누님은 저 신기한 머리카락이 좋았던 걸까.

클리브는 케니스의 뒷모습을 바라보면서 대체 누님이 이 남자의 어디를 좋아한 것인지 의문을 품었다.

"클리브 홀턴."

케니스가 문득 뒤를 돌아보았다.

"너 단거 좋아하냐?"

그의 턱이 가리키는 곳을 보니 솜사탕 장수가 있었다. 언젠가 클라렌스가 단골 리스트에 이름을 올려 두었던 그 솜사탕 가게 말이다.

"좋아합니다."

케니스는 솜사탕 장수에게 가서 커다란 솜사탕을 두 개

사 왔다.

다 큰 남성 둘이서 사랑스러운 베이비핑크의 솜사탕을 들고 다니는 장면은 무척 인상적이리라. 길에서 마주치는 모든 사람이 두 남자에게 한 번씩 시선을 공평하게 건네주었다.

하지만 두 사람 모두 시선을 신경 쓰는 성격은 아니었으니, 덤덤하게 눈앞의 달콤한 솜사탕을 뜯어 먹었다.

어느새 서점이 점점 가까워지고 있었다. 조금 늦어지는 클리브를 걱정한 클라렌스가 서점 앞 골목에 나와 있는 것이 보였다.

그녀는 멀리 보이는 클리브와 케니스를 알아보고는 작게 손을 흔들어 주었다.

클리브는 그 장면을 가만히 바라보았다. 앞으로 그는 '가족'이라는 단어에 이 장면을 떠올리게 되리라.

가을이나 겨울이 아니라서 다행이다. 어두워서 제대로 보이지 않았을 테니까.

여름의 태양이 미련스럽게 빛을 내고, 얇은 여름 원피스를 입은 누님이 손을 흔들어 주는 모습.

"저는 누님을 존중합니다."

클리브는 누이에게서 눈을 떼지 않은 채 케니스에게 중얼거렸다. 달콤한 솜사탕으로 입술을 가린 채.

"그러니까, 아마 저는 당신을 부정하지 못할 겁니다."

케니스는 그의 무덤덤한 표정을 바라보았다. 어째서인지 익숙한 그 표정을 말이다.

"당신이 이겼습니다, 케니스 어윈."

어째서 그렇게까지 말하는 걸까. 케니스가 클라렌스와 어떤 관계가 되더라도 클리브는 영원히 그녀의 특별한 동생이다.

이 영특한 아이가 그것을 모를 리 없을 테고. 그렇다면 저 불안함은 대체 무엇에서 오는 걸까.

어릴 때의 케니스를 떠올리게 할 만큼 저 아이가 절박하게 집착하는 것은 무엇일까.

"클리브 홀턴."

"뭡니까?"

"이건 이기고 지는 문제가 아니야. 그렇지?"

"그렇군요. 사과드립니다. 그렇다면 무어라고 말씀드릴까요? 누이는 당신에게 속하게 될 것이라 말씀드리면 될까요?"

"네 누이를 속하게 할 수 있는 인간이 이 세상에 있다면, 그건 선대 공작님 한 명뿐이지."

"하지만 그 공작님은 누님의 이름을 빼앗아 가지는 않……!"

클리브는 자신도 모르게 튀어나온 진심에 얼른 제 입을 막았다.

"죄송합니다."

클리브는 꾸벅 고개를 숙이고는 서점을 향해 걸음을 서둘렀다. 그러고는 누이에게 다녀왔다는 인사를 하고, 다급히 제 방에 처박혔다.

부끄러웠다. 누님에게 연인이 생긴 일에 축하해 줄 수 없는 자신이.

누님의 이름이 다른 가문의 것으로 덧칠해질 순간을 생각하며 슬퍼하는 자신이.

「홀턴이라는 이름은 나와 내 가족이 공유하는 이름이라고 해.」

「그래서 난 너와 함께 홀턴이라고 불릴 수 있다면 좋겠다고, 늘 생각했어.」

가족이 공유하는 이름. 언젠가 클리브는 그 이름에 홀로 남게 될지도 모른다. 아무와도 공유하지 못한 채.

그렇게 생각하면 어린 시절의 자신이 불쑥 튀어나와 버린다. 더러운 다락에 쪼그리고 앉아서, 누님이 돌아올 날을 손꼽아 기다리던 가여운 아이가.

쿵쿵. 불친절한 노크 소리가 들렸다. 아마 보기 싫은 마법사일 것이다.

"야, 문 안 열어?"

"……할 말 없습니다."

"난 있으니까 당장 열어!"

클리브는 별수 없이 문을 열었다. 좁은 문틈 사이로 잔뜩 붉어진 마법사의 얼굴이 보였다.

그는 무언가 당황한 듯 서둘러서 클리브의 방으로 들어와 얼른 문을 밀어 닫았다.

"너 미쳤어?"

그리고 다짜고짜 따지고 들기 시작했다.

"내, 내, 내가 어떻게 클라렌스의 성을 바꿀 수가 있겠어! 내가 어떻게 감히?!"

클리브의 발언에 당황한 것은 케니스도 마찬가지인 모양이다.

그는 무서운 속도로 솜사탕을 먹어 치우고는 곧 손바닥에

얼굴을 묻으며 몇 번 커다란 숨을 쉬었다. 이제 그의 귀까지
빨개지기 시작했다.

"어쨌든, 너희 남매는 머릿속이 너무 귀여워서 큰일이다."

그렇게 말씀하시는 마법사님이야말로 귀여운 꼴을 하고
계십니다만.

"아주 위험해. 심장에 안 좋아. 진짜로 결혼하는 장면을
상상해 버렸다고! 어쩔 거야!"

"……."

"그런데 노후 준비가 충분하지 않다면서 클라렌스가 날
거절하면 어떻게 하지?"

"충분하지 않으십니까?"

"그야, 아무래도 그렇지. 우리는 성과급만 주거든. 게다가
고질적인 연구비 부족으로 어쩔 수 없이 일에 사비를 털어
넣게 된단 말이야."

"그건 확실히."

클리브는 남은 솜사탕을 조금씩 뜯으며 케니스의 재정 상
태를 걱정해 주었다.

"불안정하군요."

"그렇지? 똑똑한 클라렌스가 이런 나와 계속 만나 줄까?"

"확신할 수 없군요."

"이제 네가 얼마나 쓸데없는 걱정을 하고 있었는지 깨달
았냐?"

"그건 그렇네요. 그렇다면 빨리 누님께 차여 주시면 감사
하겠습니다."

"이 망할 자식!"

케니스는 그가 들고 있던 솜사탕을 조금 뜯어서 빼앗아 먹었다.

"……만약에 말이다."

케니스는 입에서 녹는 달콤함을 삼키며, 클리브의 침대에 털썩 주저앉았다.

"내가 운이 좋아서 클라렌스에게 차이지 않는 굉장한 일이 벌어지게 된다면."

"차라리 여름에 눈이 내리는 편이 더 가능성이 있다고 봅니다."

"……."

케니스의 재정 상황을 들은 이후이기 때문일까. 클리브의 불안한 눈빛은 완전히 사라져 있었다. 도리어 장난기가 가득한 얼굴이 되어서 케니스를 놀리기 시작했다.

어휴, 이걸 진짜. 네 예쁜 누나 때문에 참아 준다.

"어쨌든 그런 기적이 일어난다면, 이렇게 하면 어때?"

케니스는 클리브의 솜사탕을 뜯어서 한 번 더 제 입에 밀어 넣었다.

"내가 홀턴이 될게."

"예?"

"내가 홀턴이 된다고. 그렇게 되면 너도 안심이지?"

"……그야."

클리브가 웅얼거리기에 케니스는 제 어깨를 으쓱였다.

"나도 한 번쯤은 제대로 된 가족의 이름을 가져 보고 싶었고. 홀턴이라는 이름은 꽤……."

그는 빙긋 웃었다.

"달콤하잖아?"

다음 날부터 케니스에 대한 클리브의 태도는 무척 후해졌다.

아침 식사 시간만 해도 그렇다. 클리브는 제 몫으로 주어진 토마토 하나를 케니스에게 양보해 주었다. 그뿐만 아니라, 설거지하는 케니스의 옆에서 그릇을 닦아 정리하는 일도 함께했다.

"다녀오겠습니다."

게다가 출근 전에는 공손하게 인사까지.

"신기한 일이네."

클라렌스가 서점 문을 활짝 열며 감탄했고, 케니스는 히죽 웃었다.

"여름에 눈이 오게 하려면 따스한 관심이 필요한 법이니까."

"무슨 소리야?"

"그냥, 꿈 같은 소리야."

전쟁을 떠나는 아이들이 서점으로 우르르 몰려들기에 이야기는 잠시 중단되었다.

오늘은 케니스가 아이들에게 간식과 물을 챙겨 주었다. 몸조심하라는 당부도 잊지 않았다. 시끄러웠던 아이들을 보내고 나자, 다시 서점은 조용해졌다.

어르신은 출근하지 않으셨다. 대신 심부름꾼 아이가 오도 도 길을 달려와 작은 쪽지를 가져다주었다.

오늘은 마르코 어르신의 집에서 책 정리를 도와주게 되었 다는 불평이 적혀 있었다.

음, 아무래도 이건 배려해 주시는 걸까. 그럴지도 모른다. 어르신은 클라렌스가 케니스의 편지를 받으며 얼마나 즐거 워했는지 알고 계셨으니까.

두 사람은 익숙한 듯 서점을 꾸려 갔다. 어제보다는 손님 이 적어서 비교적 한가했다.

더워서 나른한 오후에는 서로 교대로 낮잠을 자기도 했 다. 책 먼지가 묻은 손을 맞잡은 채 말이다.

케니스의 요리 솜씨는 점점 성장했다.

"애초에 책에 적혀 있는 것을 그대로 실행하는 것뿐이잖아."

그는 대수롭지 않게 말했지만, 클라렌스는 그리 생각하지 않았다. 역시 뭐든 배우는 게 빠른 모양이다.

"그래도 나는 어렵던데."

클라렌스가 조금 툴툴거리기에, 케니스는 그녀의 입에 작 은 브로콜리 조각을 넣어 주며 대답했다.

"난 재미있기만 한데. 데리고 살아 볼래?"

"응."

"……그러니까 제발 그렇게 쉽게 수긍하지 말고, 좀 깐깐 하게 고르라니까."

"깐깐하게 골랐는데."

다시 클라렌스의 깐깐함을 논쟁하는 시간이 지나자, 우편배달부 딘이 서점에 들렀다. 손님들의 주문 편지를 가득 들고서 말이다.

물론, 딘은 클라렌스에게 눈빛 하나 건넬 수 없었다. 케니스는 언제나 그의 철밥통과 훌륭한 근육을 경계하고 있었으니까.

저녁 식사 시간이 되자, 마을 아이들이 클라렌스에게 전쟁의 승리를 선물하러 찾아왔다. 케니스는 약속대로 아이들에게 커다란 빛을 하나씩 쥐여 주었다.

"달려가면 사라질 수도 있으니까, 조심조심 걸어가."

케니스는 아이들이 흥분하여 거리를 달리다가 다칠 것을 걱정하며, 상냥한 거짓말로 아이들을 얌전하게 만들었다.

물론, 아이들은 아주 조심스러운 걸음으로 안전하게 귀가했다.

사촌인 세실리도 클라렌스를 보기 위해 잠시 서점에 들렀다.

"언니, 클리브 오빠가 말한 언니 애인이 저 남자예요?"

애인이라는 말은 좀 어색하지만, 딱히 틀리지는 않아서 클라렌스는 고개를 끄덕였다.

케니스를 물끄러미 바라보던 세실리는 조용히 한 가지 사실을 지적했다.

"인상이 나쁘네요."

그게 첫 만남에서 할 소린가. 아무리 예절을 모르는 케니스라도 그런 말은 하지 않는다. 어쨌든 그는 받은 만큼 되돌려 주기로 했다.

"네 인상은 좋은 줄 알아?!"

"빵집 아가씨라는 직업은 나쁜 인상으로는 해낼 수 없는 일이거든요."

"허?"

"저는 언니가 조금 더 부드러운 사람을 좋아할 거라 생각했는데."

"클라렌스, 어째서 네 동생들은 어쩜 하나같이……."

'이 모양이냐?'라고 말하려던 찰나.

"이런 인상임에도 선택을 받았다는 건, 분명히 언니가 그쪽을 많이 좋아하는 모양이네요."

"……하나같이 이렇게 귀엽냐."

"그렇지?"

클라렌스는 세실리의 머리를 쓰다듬으며 헤실헤실 웃었다.

"아주 그냥 너 다음으로 예뻐. 성격도 좋고 인상도 좋고. 빵집에 이런 아가씨가 있다면 나라도 아침부터 빵을 사러 가겠네."

"네, 그쪽도 조금 전보다는 인상이 나아졌네요. 볼수록 정이 드는 타입인가 봐요."

그렇게 해서 두 사람은 금방 서로 이름을 부를 정도로 좋은 친구가 되었다. 물론 몇 분 지나지 않아서, 다시 언성을 높이며 싸우기도 했지만 말이다.

세실리가 돌아간 후, 한가해진 서점에는 또 손님이 찾아왔다.

"어서 오세요."

클라렌스가 상냥하게 인사했지만, 손님은 어딘가 쭈뼛거

리는 모습이었다.

　서점에 오는 것이 어딘가 어색한 걸까. 클라렌스는 고개를 숙인 채 얼굴을 붉히는 어린 아가씨에게 다가갔다.

　"저어, 괜찮으세요?"

　그녀는 고개를 끄덕이며, 서가를 이리저리 곁눈질했다.

　"혹시 제가 도와드릴 수 있는 일이 있다면 말씀해 주세요. 아셨죠?"

　클라렌스는 빙긋 웃으며 근처에 놓아두었던 다른 책을 집어 들었다.

　"저."

　손님 아가씨가 겨우 입을 열었다.

　"호, 혹시 책을 많이 읽으세요?"

　클라렌스는 책을 끌어안은 채, 그녀를 돌아보았다.

　"저요?"

　"네."

　"음, 그야. 남들보다는 많이 읽는 편이죠. 아무래도 일이 이렇다 보니 책을 추천해야 하는 경우도 많거든요."

　그녀는 두 손을 모아서 간절한 표정을 지었다.

　"사실 찾는 책이 있거든요. 하지만 제목을 몰라서……."

　손님 아가씨의 부탁은 클라렌스의 얼굴에 즐거운 미소를 짓게 했다. 언젠가 그녀도 수도의 서점에서 비슷한 일을 겪었던 적이 있었다.

　"그렇다면 제가 도와드려야죠. 기억나는 구절이나 이름이 있으세요?"

"이름은 몰라요. 다만 주인공이 어느 여성인데요."

"흐음…… 그러고요?"

클라렌스는 몇 가지 이야기책을 떠올려 보았지만 이렇다 할 것이 없었다.

"그 주인공은 기사예요. 출신이 좋지는 않았어요. 귀족도 무엇도 아닌 평범한 거리의 아이였거든요."

"네, 계속해 보세요."

"그러다가 결국에는 행복해지는 이야기인데……."

클라렌스는 고개를 들어 요리책을 탐독 중인 케니스를 바라보았다. '이 이야기 알아?'라는 눈빛을 보내면서.

물론, 그는 서점의 훌륭한 점원이니 완벽한 응대를 선보였다.

"난들 알겠냐? 기승전결에서 기와 결만 이야기한 거로 어떻게 책을 특정 지어? 게다가 평민 기사가 행복해지는 이야기는 거리에 널릴 정도로 흔해 빠졌다고."

케니스의 거친 말투에 어린 아가씨는 잔뜩 움츠러들었다.

"죄송해요. 역시 이런 단서로는 찾을 수 없겠죠?"

"그래. 그 흔해 빠진 형편없는 이야기의 주인공이 무슨 시련을 겪는지, 하다못해 얼굴에 특징은 없는지 알려 줘야 할 거 아냐?"

케니스가 팔짱을 끼우며 고압적으로 말했고, 그녀는 손가락을 꼼지락거리며 한참을 고민하다가 겨우 대답했다.

"무슨 시련인지는 다 잊어버려서……. 뭔가 엄청 울긴 했는데."

"어지간히 형편없는 책이었나 보네."

클라렌스가 케니스의 옆구리를 쿡 찔렀다.

"아니, 사실이 그렇잖아! 어떻게 하나도 기억이 나지 않을 수 있어?!"

"아, 한 가지는 알아요!"

아가씨는 마침 기억이 났다는 듯 손뼉을 쳤다.

"주인공이 엄청난 미인이에요! 그리고 언니처럼 예쁜 금발에 초록색 눈동자를 가지고 있어요!"

그리고 반짝이는 눈동자로 클라렌스를 올려다보기 시작한다. 마치 진짜 이야기책의 주인공이라도 만난 듯 말이다.

케니스는 들고 있던 책을 내려놓으며 당장 이야기책이 정리된 서고로 달려갔다.

"그렇게 훌륭한 책이라면, 그렇다고 진작 말해야지!"

주인공의 인상착의를 들은 케니스의 평가가 순식간에 바뀌었다.

"딱 기다려. 그거 이 서점에 반드시 있을 거야. 본 것 같은 기억이 난다."

"정말요?!"

"애초에 이 서점은 훌륭한 책만 엄선하여 들여놓는 모든 지식의 서점이라고. 금발의 초록 눈동자를 가진 미인 기사가 행복해지는 위대한 도서를 입고하지 않았을 리 없잖아."

과연 그럴까.

클라렌스가 조금 미심쩍게 생각하는 동안, 케니스는 필사적으로 이야기책을 하나하나 뒤지기 시작했다. 이따금 책이 내뿜은 먼지에 콜록거리기도 하면서 말이다.

과연 저 작은 아가씨가 인연이 될 책을 만날 수 있을까? 그럴 수 있다면 좋겠다. 아마 그 이야기가 그녀에게 책의 매력을 가르쳐 주고, 서점을 좋아하게 만들어 줄 테니까.

예전에 클라렌스에게 그러한 이야기책이 있었던 것처럼 말이다.

"찾았다!"

케니스가 기쁘게 소리를 지르기에, 작은 아가씨도 양쪽 팔을 높이 들어 올리며 기뻐했다.

"만세!"

그때 갑자기 문이 열리고, 책을 사기 위해 들어온 다른 손님도 얼떨결에 함께 만세를 불렀다.

서점 안은 잠시 웃음으로 채워졌다. 그 어떤 이유도 없는 그냥, 순간이 주는 커다란 웃음 말이다.

'그때 참 좋았지.'

새벽까지 일하고 한낮이 되어서 어렴풋이 눈을 뜬 케니스는 지난번 서점의 추억들을 떠올렸다.

다시 마탑으로 돌아온 지 한 달. 하지만 체감상으로는 벌써 백 년은 넘게 이곳에 있었던 것 같다.

이제 케니스는 예전처럼 바쁘지 않았다. 다른 마법사들이 아무리 우는소리를 해도, 일을 대신해 주지 않았기 때문이다.

물론, 가끔 궁금해서 들여다보는 일이 있기도 하지만.

대신 요즘에는 시간이 나는 대로 마탑에 새로 들어오는 어린 마법사들을 만나고 있었다.

아이들은 참 신기하다. 머리가 말랑말랑해서 조금만 가르쳐도 무서울 정도로 흡수해 버리곤 하니까.

가끔 좀 특출 난 아이가 보이기도 해서 유심히 살펴보기도 했는데 다행히 케니스처럼 괴롭힘을 당하지는 않는 모양이다.

그 노인들이 제대로 반성을 한 것인지, 아니면 아이의 능력이 평범의 범주와 크게 다를 바 없기 때문인지는 모르겠다.

'어쨌든 피곤하다.'

어제는 공작가에서 의뢰해 온 일로 오랜만에 밤을 새웠다. 레이놀드는 전대 공작님의 영향을 받은 탓인지, 마법적인 물건을 꽤 선호하는 경향이 있었다.

'오늘 저녁까지 공작가에 물건을 가져다주고 나면……'

케니스는 제 업무 달력을 떠올려 보았다.

'그다음에는 신전의 보수 공사에 협력하러 가야 하나.'

아무래도 클라렌스를 다시 만나려면 조금 더 있어야 할지도 모르겠다.

아, 이럴 때는 그냥 서점에 이동 마법진이라도 하나 만들어 두고 싶어진다. 그렇게만 된다면 매일매일 만날 수 있을 텐데.

'만나고 싶다.'

욕심내지 않을 테니까. 몇 초라도 좋으니까 실제로 보기만이라도 했으면 좋겠다. 아니지, 이왕 보는 건데 아주 조금만 손을 뻗으면 안 되나?

물론, 손이 닿으면 다른 곳도 참지 못하고 달려들겠지.

……욕심내지 않기로 했던 생각이 어떻게 이렇게까지 발전하는 걸까. 나의 견고한 이성아, 이젠 좀 정신 차리자. 응?

케니스는 돌아누우며 작게 한숨을 쉬었다.

부스럭. 그러자 이불 속에서 타인의 감촉이 느껴졌다. 부드럽고 보들보들하고 무엇보다 그에게 바짝 달라붙은 이 익숙한 감촉은.

'데일, 이 망할 자식이 또…….'

신전의 사제께서 오늘도 마탑으로 피신을 오신 모양이다.

"이젠 제발 내 침대에 그만 좀 들어와!"

케니스는 이불을 끄집어내리며 툴툴거렸다. 정말이지 하루의 시작부터 사내놈을 보는 일도 지긋지긋하다며.

하지만 이불 속에서 드러난 것은 데일의 물빛 머리카락이 아니었다.

"……네 침대에는."

완벽한 금발에.

"처음 들어왔는데."

아직 조금 졸린 듯하지만, 선명한 초록색 눈동자.

"…….."

케니스는 제 곁에 마주 누운 클라렌스를 물끄러미 바라보았다.

그러니까, 어, 진짜야? 그런 멍청한 생각을 하고 있으니,

그녀의 숨이 그의 얼굴을 간질여 왔다.

환상은 숨을 쉬지 않으니, 이건 진짜 클라렌스다. 바로 조금 전까지 '잠시라도 좋으니 보고 싶다'고 생각한 그 클라렌스 말이다.

"미안, 다시는 안 들어올게."

"드, 들어와! 매일, 매일 들어와도 괜찮으니까……!"

케니스는 다급하게 대답하고는 곧 후회했다. 침대에 매일 들어와 달라니 무슨 위험한 소리인가.

"조금 전에는 그만 들어오라며?"

샐쭉한 대답이 돌아오기에 그는 가능한 한 불쌍한 표정을 지었다.

"잊어 주세요."

클라렌스는 그가 이렇게 간청하는 것에는 언제나 너그럽게 대처해 준다.

"그래."

봐, 이렇게 너그럽지. 케니스는 히죽 웃으며 그녀의 허리 사이로 제 팔을 밀어 넣었다.

"이리 와. 내 기사님."

살짝 등을 당겨 오자 그녀는 스스럼없이 다시 그의 품으로 들어온다. 과일 향기를 풍기는 머리카락에 얼굴을 묻고 그는 한참이나 그대로 있었다.

"놀랐어?"

문득 품에서 작은 물음이 들려온다. 참 당연한 말씀을 하시네.

"당연히 놀라지."

"케니스도 이렇게 예고 없이 찾아왔었잖아."

"어, 음. 미안."

"미안하다는 말을 들으려는 게 아니라……."

그녀는 케니스의 등을 천천히 토닥이며 차분하게 대답했다.

"내가 얼마나 기뻤는지 알려 주고 싶었던 것뿐이야."

"감정은 설명하기 어려우니까, 같은 일을 겪으면 알기 쉽잖아?"라며 그녀는 조금 더 가까이 달라붙었다.

"네가 나만큼 기쁘지는 않았을 것 같은데."

케니스는 입꼬리를 한껏 올리며 즐겁게 말했다.

"나 지금 좋아서 죽으려고 하고 있거든."

"그렇게 좋아?"

얼굴을 불쑥 들어 올린 클라렌스가 확인하듯 묻기에 그는 몇 번이나 고개를 끄덕였다.

"그럼, 데리고 살아 볼래?"

맙소사, 클라렌스. 그런 못된 말을 배우다니! 케니스는 조금 당황했지만, 침착하게 대답했다.

"사, 사, 살래!"

……아니, 꼬리를 흔드는 강아지처럼 대답하고 말았다. 어쩔 수 없었다. 하지만, 그녀가 학습한 것은 질문뿐이 아니었다.

"케니스, 같이 살 사람은 깐깐하게 골라야지."

대답마저 똑같이 돌아왔다. 케니스는 그녀에게 깐깐함을 요구했던 과거의 자신을 책망했다. 그냥 알았다고 할 것을 왜 마음에도 없는 헛소리를 덧붙였단 말인가.

케니스는 잠시 울상을 지었고, 클라렌스는 쿡쿡거리며 웃었다. 그러기를 잠시, 그녀는 눈을 비비며 짧게 하품했다.

"미안, 조금 피곤하네. 밤새도록 이동했거든."

"자. 재워 줄게."

케니스의 손이 그녀의 머릿결을 천천히 쓸어내리기 시작했다. 조용한 방에 사락거리는 소리만이 남게 되고, 얼마 지나지 않아 규칙적인 숨소리가 들려왔다.

'그러고 보니.'

케니스는 잠이 든 얼굴을 바라보며 한 가지 사실을 떠올렸다.

'수도에는 무슨 일로 왔는지 안 물어봤네.'

뭐, 상관없나. 어차피 클라렌스와는 앞으로 얼마든지 더 함께 있을 수 있을 거다.

'나, 노후 자금 많이 만들었어. 그러니까 버리면 안 된다?'

케니스는 고개를 숙여 잠이 든 클라렌스의 이마 위로 키스했다.

"예쁜 꿈 꾸기를……."

이마 위에서 작게 속삭인 그도 가만히 눈을 감았다.

잠들 수 없을 것 같다고 생각한 것도 잠시. 그녀의 몸에서 느껴지는 완벽한 온도에 녹아들어 깊은 잠에 빠지고 말았다.

클라렌스 홀턴은 마탑의 귀한 손님으로 대접받았다.

마법사들은 귀여운 외모를 가진 소년 마법사를 선발하여 안내를 맡겼다.

클라렌스는 깜찍한 소년의 뒤를 졸졸 따라다니며 마탑의 지하부터 지상에 이르기까지 가능한 한 모든 방들을 구경했다.

눈치가 빠른 소년이 언제나 재미있는 설명을 덧붙여 주었기 때문에, 그녀의 마탑 투어는 무척 만족스러웠다.

"조심하세요. 여기엔 동물들이 많으니까요. 사람의 말을 하더라도 놀라지 마세요?"

"이쪽은 마법서가 보관된 도서관이랍니다. 마법사의 심장이 있는 사람만이 책장을 펼칠 수 있어요."

"이건 입구에서 이미 보셨죠? 출입을 담당하는 양피지예요. 마탑에 모든 출입 기록을 작성하게 되어 있죠. 뭐, 아무도 보는 사람은 없지만요."

"이쪽은 밭이에요. 네? 실험용이요? 아니에요. 이건 그냥 식사용이랍니다. 하나 드셔 보시겠어요?"

한편, 케니스는 무척 심기가 불편한 오후를 지내고 있었다.

"이건 거짓말이지?"

그는 현실을 부정하고 있었다.

"클라렌스가 수도까지, 그것도 마탑까지 찾아왔는데, 나는 왜 신전에 있는 거냐고!"

그렇게 말하면서도 그의 손은 거대 조각상을 매우 섬세하게 높은 곳으로 올려 두고 있었다.

"너무 슬퍼하지 마세요. 신께서도 케니스에게 고마워하고 계실 테니까요."

"그렇다면 당장 나를 마탑으로 돌려보내라고 해."

"그럴 수는 없죠. 케니스의 운반을 기다리는 수많은 조각 상들이 저렇게나 있는 걸요."

케니스는 온종일 신전에서 노동력을 착취당한 후 마탑으로 뛰어 들어왔다.

클라렌스와 만나고 싶은 것이야 당연하지만, 그가 이렇게 서두르는 것에는 다른 이유가 있었다.

'망할 노인들이 아직도 클라렌스에게 흥미가 있다는 거지.'

그는 일단 제 방부터 열어젖혔다.

그러나 그의 방에도 개인 실험실에도 클라렌스는 없었다. 그는 지나가는 사람 아무라도 붙잡고 그녀를 보았느냐 물었다.

"그럼요. 밭에 계시던 걸요. 귀여운 소년과 함께."

밭? 빌어먹을. 다시 바깥으로 나가야 하는군.

곧장 달려 도착한 밭에는 클라렌스가 없었다. 그는 다시 다른 마법사를 붙잡았다.

"도서관에서 뵀습니다. 책을 펼쳐 보려고 애를 쓰고 계셨죠. 귀여운 소년과 함께 말입니다."

도서관, 도서관이란 말인가.

케니스는 도서관으로 달려갔다. 사서의 멱살을 잡고 클라렌스를 내놓으라고 소리를 지르니, 겁에 질린 사서가 울 것 같은 얼굴로 진실을 고했다.

"그, 그게 도서관은 잠깐만 보고 가셨습니다."

"어디로?!"

"저도 모르죠! 안내를 담당하는 건 귀여운 소년 마법사니까요."

케니스는 도서관 밖으로 나와 마탑을 미친 듯이 뒤지기 시작했다.

그러다 문득 한 가지 사실을 떠올렸다. 망할 노인들이 클라렌스와 이야기를 나눈다면, 아마 그 장소는 회의실이 될 것이다.

그는 노인들의 아지트와도 같은 대회의실로 달려갔다. 회의실은 굳건하게 닫혀 있었지만, 그는 노크도 없이 거칠게 문을 열어젖혔다.

"클라렌스!"

"……마탑의 케니스?"

케니스는 문고리를 손에 쥔 채 부족한 숨을 헉헉거렸다.

그리고 회의실을 빙 둘러보았다. 그곳에는 몇 명의 마법사들이 개인적인 대화를 나누고 있을 뿐이었다.

"클라렌스 홀턴 님은 조금 전에 케니스의 방으로 돌아가셨습니다. 온종일 마탑을 구경하신 탓에 조금 피곤해 보이시더군요."

케니스는 미심쩍은 시선으로 노인들을 바라보았다.

"설마 쓸데없는 소리는 하지 않았겠지?"

"쓸데없는 소리요?"

그들이 반문하기에 케니스는 인상을 구겼다.

"됐어."

어차피 클라렌스에게 물어보면 전부 알게 될 일이다. 그는 서둘러서 제 방으로 돌아갔다.

해가 뉘엿뉘엿 질 무렵부터 그녀를 찾기 시작했는데, 어느새 달이 떠오르는 시간이 되어 있었다.

그는 어두운 계단을 올라 가장 높은 층에 자리한 제 방문을 열었다.

클라렌스는 그의 방에 무사히 돌아와 있었다. 그리고 잠시 그대로 서서 안도의 숨을 쉬었다. 그녀는 활짝 열린 창틀에 기대어 앉아 잔뜩 젖은 머리를 말리고 있었다.

"케니스."

달빛을 등진 클라렌스가 그를 향해 웃었다. 그 미소가 어딘가 아련하게 보이기만 해서, 케니스는 심장이 쿵 내려앉는 기분이 들었다.

그는 황급히 다가가 클라렌스의 양쪽 뺨을 손으로 감쌌다.

"그 노인들이 네게 뭐라고 했어?!"

다급한 마음 때문일까, 저도 모르게 소리를 지르게 되었다. 분노로 열이 오른 얼굴이 뜨거웠고, 숨마저 가쁘게 차올랐다.

클라렌스는 그의 그런 얼굴을 빤히 바라보다가 대답했다.

"아니."

그럼에도 그가 안도하는 모습을 보이지 않기에 클라렌스는 조금 더 자세히 대답해 주었다.

"그분들은 내 궁금증을 해결해 준 것뿐이야. 내게는 질문 하나 던지지 않았어."

"정말로?"

"그래, 정말로."

케니스는 여전히 걱정스럽다는 듯 클라렌스를 물끄러미 바라보았다. 혹여 그녀가 케니스를 걱정하여 무언가를 숨기는 건 아닌지 염려되었다.

하지만 그녀의 초록색 눈동자는 오늘도 무척 생기 있었고, 붉은 입술에는 자연스러운 미소가 걸려 있었다.

"오늘 정말로 재미있었어."

케니스는 이제야 안도의 한숨을 쉬었다.

"그렇게 불안했어?"

"그래……."

"내가 그렇게 약한 사람은 아닌데."

최근에는 서점에서 일하면서도 꾸준히 몸을 단련했다. 혹시 모를 일에 대비하는 마음으로.

"알지, 내 기사님은 아주 강하다는 걸. 그래도."

"……그래도?"

"나한테 넌 한 사람뿐이니까, 늘 불안해."

클라렌스는 그의 머리를 쓰다듬었다.

"고마워."

"그래서."

케니스는 양쪽 팔을 창틀에 기대며 클라렌스를 제 팔 안에 가두어 두었다. 이제부터는 절대 그의 시야에서 벗어나는 일이 없도록 말이다.

"오늘은 뭘 했어?"

"음…… 마탑을 구경했지."

"귀여운 소년이랑?"

"아니, 끝내주게 귀여운 열 살짜리 소년이랑."

클라렌스가 키득거리며 정정하자 케니스는 살짝 입술을 삐죽였다. 정말이지 마탑 노인들은 클라렌스의 취향을 너무나도 제대로 파악했다.

"똑똑하고 예쁘더라. 말도 또박또박 잘하고. 너무 귀여워서 지치는 줄도 모르고 따라다녔지 뭐야?"

"열 살짜리한테 질투하게 될 줄은 몰랐는데."

"케니스도 아이들을 좋아하는 거 아니었어?"

"그 아이가 네 하루를 전부 가져 버릴 정도라면, 이야기는 다르지."

케니스는 클라렌스의 코끝에 스치듯 키스했다.

"그래서? 뭐가 제일 좋았어?"

"다 좋았어. 혼자서 글씨가 적히는 양피지는 특히 신기했어. 입구를 지나니까 내 이름도 적어 주던걸."

"그걸 만든 마법사가 이미 몇백 년 전에 죽었다는 이야기도 들었어?"

"정말로?"

"그래, 그의 마법은 여전히 살아서 마탑을 돌아다니는 거고."

"……신기하네."

"그렇지?"

케니스는 히죽 웃었다.

"동물들이 돌아다니는 방도 봤어."

"시끄러웠지?"

"응, 하지만 귀엽더라."

"도서관도 갔고?"

"물론. 한 권도 읽을 수 없었지만."

마법사의 심장이 없으니까 말이다.

"도서관 안쪽에 굉장히 재미있는 의자가 있는데, 소개받았어?"

"의자?"

클라렌스가 되묻자 케니스는 혀를 차며 고개를 저었다.

"애송이가 하는 짓은 귀여울지 몰라도 제대로 안내를 못 하는 녀석이네."

"무슨 의자인데?"

"대단한 수다쟁이야. 10년 전쯤에 마탑의 할아버지들을 조롱하는 노래를 만들어서 어린 마법사들에게 가르치다가 도서관에 갇히는 벌을 받게 되었지."

절대 정숙해야 하는 도서관에서 가여운 의자는 이제 마음 껏 떠들 수 없는 처지가 되었다. 그리고 앞으로 10년 더 그 곳에 방치될 예정이라고 했다.

"수다쟁이에게 벌을 준 거구나."

"그래서 누군가 앉아서 말을 걸어 주기를 고대하고 있지. 네가 갔다면 아마 신이 나서 엄청 떠들어 댔을 텐데. 외부인 을 좋아하거든."

"정말로 신기한 게 많이 있네."

"호기심밖에 없는 인간들이 오랫동안 살아온 곳이니까."

흐릿하게 웃은 케니스는 이제 정말로 궁금한 것을 물어보기로 했다.

"그래서, 노인들에게는 뭘 물어본 거야?"

"음."

클라렌스가 잠시 말을 끌기에 케니스는 조금 초조해졌다.

"그냥, 내 체질에 관해서 물어봤어."

"너……!"

"그리고 나를 이용해서 얻고 싶은 것이 있냐고도 물어봤지."

"그걸 말이라고 해?! 당연히!"

"부정하지 않으시더라."

그야 그렇겠지. 케니스는 크게 숨을 내뱉었다.

"그래서 나는 '권리를 드릴 수 없다.'라고 대답했어."

"뭐?"

"나를 이용할 수 있는 사람은 이 세상에 단 한 명뿐이고, 그분은 이미 돌아가셨지."

그녀는 잠시 제 심장 근처로 손을 가져갔다. 그녀가 가진 충성심이란 시간이나 환경이 흐릴 수 있는 것이 아니었다.

"나는 이제 어느 누구에게도 이용될 수 없어."

기사로 보낸 마지막 날, 그녀는 제 주인이 누구인지 잊지 않겠다고 맹세했으니.

"그러니 마탑에 권리를 드릴 수도 없는 거고."

"노인들이 그걸……."

"수긍하셨어. 하지만 만약에 반발하셨어도 별로 상관은 없었어."

클라렌스는 가늘게 눈을 뜨며 매혹적으로 웃었다.

"정치적으로도 물리적으로도 이길 자신이 있었거든."

"바보야, 마법적으로는?!"

"마법적으로도 이길 수 있었고."

"물론, 네 검술에 마력이 깃들었다고는 해도……!"

"네가 있잖아."

"…….."

"내가 너의 기사이고, 넌 나의 마법사잖아? 날 위해 싸울 거지?"

"그야 당연히……."

그렇긴 하지만. 케니스가 우물거리며 대답하기에 클라렌스는 기쁘게 웃었다.

"봐, 전면전을 치르더라도 전혀 문제없지."

"네가 싸움질을 얼마나 좋아하는지 꽤 오랫동안 잊고 있었던 것 같다."

그녀의 손이 그의 뺨을 쓸어내린다.

"잊으면 곤란해. 나는 원하는 것을 위해서는 누구와도 싸울 수 있거든."

'원하는 것'이라고 말할 때, 그녀의 말은 조금 느려졌다.

"어쨌든 다행이네. 나는 나 같은 존재가 또 생겨나는 건 바라지 않거든."

"어, 음, 그렇다고 하기에는 이미 우리……?"

"추, 충분히 주의했어! 완벽하게!"

"그럴 이성은 없어 보였는데."

"……있었어."

클라렌스는 얼굴을 붉히는 케니스를 바라보면서 쿡쿡 웃

었다.

"있잖아, 케니스."

그리고 조금은 가벼운 목소리로 그를 불렀다.

"케니스는 자신의 존재를 별로 좋아하지 않는 것 같지만 말이야."

"……."

"네가 없었다면 아마 난 그날 죽었을 거야."

그의 마법이 그녀의 생명을 이 세상에 조금 더 머물도록 해 주었다.

"하지만……."

"만약 너와 같은 존재가 이 세상에 둘이 되고, 혹여 그 아이가 지옥을 겪는다고 하더라도."

클라렌스는 케니스와 시선을 맞추었다.

"누군가를 만나게 될 거야."

그리고 운이 좋다면 아마 서로의 생명과 미래까지 나누게 될 거다.

"내게…… 네가 있었듯?"

"내게 네가 있었듯."

확신에 찬 대답에도 케니스는 주저했다.

물론 지금의 삶은 더없이 달콤하다. 하지만 이곳까지 도달하는 길은 너무나도 쓰고 독하기만 했다.

"무서워?"

"아니, 걱정돼."

"뭐가?"

"원망을 들으면 어떻게 하지……."

"그건 혼내 줘야겠는걸."

"엄격하네, 클라렌스는."

"그야 케니스는 아이가 잘하면 사탕을 주고, 못하면 과자를 줄 것 같으니까. 애매하면 꼭 안아 줄 테고."

장난스러운 말이지만, 어쩐지 정말 그럴 것만 같아서 두 사람은 조금 웃어 버렸다.

"어쩐지 네 말을 듣고 있으니까."

한참을 웃던 케니스는 문득 제 걱정들이 조금 한심하게 느껴졌다.

"진짜로 네가 날 데리고 살지 않으면 큰일이 날 것 같다는 생각이 들기 시작했다."

"그렇지?"

케니스는 아직 물기가 남아 있는 클라렌스의 머리카락에 입술을 묻으며 속삭였다.

"즐거울 것 같아, 무척."

그러자 자신 있는 대답이 돌아왔다.

"행복하겠지."

케니스는 과거의 어느 순간을 떠올렸다. 눈물과 절망과 슬픔에서, 반드시 행복해지겠다고. 공작님께 울부짖던 그녀를.

그녀는 그 답을, 케니스에게서 찾아 준 것이다. 이런 불완전한 인간에게서.

그 사실에 그는 조금 감격했다.

"이리 와, 내 기사님."

그의 팔이 클라렌스의 허리 근처로 감겨 왔다. 그녀가 그의 목덜미에 팔을 두르자, 번쩍 몸이 들어 올려졌다.

그리고 그대로 키스했다. 서로의 순간을 전부 바라는 것처럼, 완벽하게. 그리고 잠시 입술이 떨어졌을 때, 케니스는 이 순간에 해야 하는 가장 올바른 말을 떠올렸다.

"……사랑해."

고백에 대한 대답은 없었다. 정확히는 말할 수 없었을 거다. 잠시의 떨어짐을 견디지 못한 그가 다시 그녀의 입술과 호흡을 빼앗고 말았으니까.

이제는 서로의 심장이 울리는 소리만이 달빛 어린 방에 남았다.

Epilogue

Epilogue

헤리엇은 잠에서 깨어났다.

사방이 어두웠다. 어쩌면 지금은 새벽일지도 모른다. 이불 너머로 느껴지는 시린 공기에 소녀는 잠시 코끝을 찡긋거렸다.

달그락. 바깥에서 접시를 옮기는 소리가 들리기에 헤리엇은 작은 침대에서 몸을 일으켰다.

네 살 아이의 통통한 발이 차가운 마루 위에서 타박타박하는 소리를 울렸다.

헤리엇은 빠끔 문을 열어 바깥을 보았다.

"헤리엇?"

그러자 건조한 목소리가 그녀를 불렀다. 클리브 홀턴이었다. 그는 수프를 젓다 말고 달려와 작은 아이를 높이 안아 올렸다.

아이의 몸이 차다. 클리브는 한쪽 팔로 아이를 안은 채, 따듯한 수프 냄비 곁에서 작은 등을 두드렸다. 아이의 은발이 클리브의 넓은 어깨 위로 길게 늘어진다.

"……정말 좋아요."

헤리엇이 작게 중얼거리기에 클리브는 웃었다. '정말 좋아요'는 헤리엇이 건네는 최고의 찬사로, 아주 맛있는 것을 먹거나 무척 기분이 좋을 때만 들려주는 말이기 때문이다.

"엄마와 아빠는요?"

"누님은 국경에, 마탑의 케니스는 모르겠군."

"음."

헤리엇은 잠시 눈을 감았다. 그러더니 빙긋 웃으며 대답했다.

"아빠는 마탑에 갔어요."

클리브는 그것을 어찌 아느냐고 묻지 않았다. 아마 마법사들끼리 느껴지는 어떤 교감이 있는 모양이니까.

어쨌든 오늘 아침 식사는 헤리엇과 클리브, 둘이서 단출하게 해야 하는 모양이다.

클리브는 작은 조카를 의자 위에 앉혀 주었다. 그러자 아이는 너그러운 숙부를 물끄러미 올려다보며 조심스레 이야기를 건넸다.

"버섯이 싫어요."

아마 달구어진 팬 위로 채소와 버섯이 섞인 것을 본 모양이다.

"버섯은 헤리엇 홀턴을 아주 좋아하던데."

클리브는 그녀의 접시 위로 버섯을 놓아 주며 능청스럽게 대답했다.

"그렇지 않아요."

헤리엣은 울상을 지었다. 버섯의 사랑은 받고 싶지 않은 모양이다.

어쨌든 '개인 접시는 완벽하게 책임진다'는 홀턴가의 규칙은 어린 헤리엣에게도 예외 없이 적용되었다.

그녀는 눈을 꼭 감고 버섯을 해치우는 데 성공했다. 클리브가 잘했다며 머리를 쓰다듬어 주었기에, 헤리엣은 버섯을 먹은 자신이 자랑스러워졌다.

식사를 마칠 때 즈음에는 해가 떠오르기 시작했다.

헤리엣은 옷을 전부 적시며 맹렬한 세수를 마쳤다. 클리브는 별다른 말 없이 그녀가 갈아입을 옷을 꺼내 주고, 잠옷을 해가 드는 곳에 널어 두었다.

헤리엣은 콩콩거리며 서점으로 내려갔다. 곧 서점의 문이 열리고, '아비스 청년 방범대' 조끼를 입은 필립 윌킨스가 돌아왔다. 야간 순찰을 마친 모양이다.

그는 1년에 두 번, 여름과 겨울 휴가를 보내러 서점에 오곤 하는데, 마침 지금은 겨울 휴가 기간이었다.

"기사님!"

헤리엣은 '필립'도 '윌킨스'도 발음하기를 어려워했다. 그리하여 찾아낸 마땅한 호칭이 '기사님'이었다. 필립은 작은 소녀에게 그리 불리는 것을 아주 좋아했다.

"헤리엣 경, 일찍 일어났군."

그리고 필립도 그녀를 '헤리엣 경'이라고 부르곤 했다.

언젠가 헤리엣이 '어째서 홀턴 경이 아니라, 헤리엣 경이에요?'라고 물어본 적이 있었지만, 그는 차마 그 물음에 아무런 대답도 하지 못하고 그저 웃고 말았다.

"잠시 나갈까."

그렇게 말한 그는 서점 입구에 보관해 둔 작은 목검을 헤리엣에게 건네주었다.

"기사님께서 대련해 주시는 거예요?"

필립은 고개를 끄덕이며 다시 서점 문을 열었다. 밤새도록 순찰을 하느라 피곤할 법도 하지만, 재능 있는 아이를 돌보는 일은 그가 무척 좋아하는 일이다.

헤리엣은 클라렌스 홀턴의 장점만을 모아 그대로 축소해 놓은 것 같은 아이였다. 또래 중 단연 돋보이는 신체 조건, 넓은 시야각 그리고 높은 수준의 지능.

이대로 기본에 충실한 수업을 진행한다면 분명히 훌륭한 국보가 될 거다.

"이번에야말로 국보로 멸치 대가리나 자르는 끔찍한 재능 낭비는 일어나지 않도록 해야겠지."

마을의 공터에 도착하자 헤리엣은 별다른 시작 신호도 없이 필립에게 달려들었다.

정면으로 부딪쳐 오는 목검을 가볍게 흘려보내며 필립은 씩 웃었다.

한껏 달리며 목검을 휘두른 헤리엣은 기분 좋은 얼굴로
서점에 돌아왔다.

"어서 와요. 헤리엣."

선반을 닦고 있던 데일이 상냥하게 그녀를 맞이했다.

케니스가 마탑과 서점을 통하게 하는 (불법) 이동 마법진
을 (불법) 설치한 이후, 데일은 시간이 날 때마다 서점으로
도망쳐 오곤 했다.

"선생님!"

헤리엣은 데일을 선생님이라고 부르며 따르곤 했는데, 소
녀에게 걸레질을 가르쳐 준 사람이 데일이라는 이유였다.

물론 데일의 걸레질 스승은 클라렌스였으니 벌써 3대에
이른 사제 관계가 형성된 것이다.

"건강해 보여서 좋네요."

데일은 하얀빛을 머금은 손으로 헤리엣의 은색 머리카락
을 다정하게 쓰다듬었다. 시원한 신성력이 닿자, 아이는 커
다랗게 입을 벌린 채 헤헤 웃었다.

"선생님, 엄마는요?"

"아직 돌아오지 않으셨답니다."

헤리엣의 얼굴에 잠시 그늘이 진다. 유달리 영특하다고는
해도 아이는 아이다. 새벽부터 지금까지 어머니의 얼굴이
보이지 않으니, 마음이 무거워진 모양이다.

데일은 헤리엇을 높이 안아 올렸다.

"자, 외출에서 돌아오면?"

그가 클라렌스의 말투를 흉내 내며 묻자, 소녀는 씩씩하게 대답했다.

"손 씻어요!"

"훌륭한 대답이네요."

데일이 내려 주자, 헤리엇은 다시 통통거리며 계단을 올라갔다.

물을 좋아하는 소녀는 손을 씻는다는 본래의 목적을 잊고, 물방울에 마력을 담아 허공에 둥실둥실 띄워 올렸다.

이따금 힘 조절에 실패한 물 덩어리가 그녀의 머리 위로 철썩 떨어지기도 했다. 헤리엇은 완전히 물에 젖은 꼴이 되었지만, 그것마저 재미있는지 한참을 깔깔거렸다.

물론 얼마 지나지 않아 클리브에게 붙잡혀 욕실 밖으로 끌려 나오게 되었지만 말이다. 클리브는 아이의 물기를 닦아 준 후, 다시 옷을 갈아입혔다.

헤리엇이 의자에 앉아 다리를 달랑거리며 코코아를 마시는 동안 클리브는 수건으로 조카의 긴 머리카락을 말려 주었다.

"기분이 엄청 좋아요."

헤리엇이 코코아가 묻은 입술로 그렇게 말하기에, 클리브는 자랑스럽게 대답했다.

"성의 하인이었으니까."

이제는 그만두고 서점 일을 돕고 있지만 말이다. 물론, 필립은 클리브의 새 직업도 좋아하지 않았다. "이 서점의 이름을 모든 재능 낭비의 서점이라고 바꾸는 편이 좋지 않겠어?"라며 쓰게 웃을 정도로 말이다.

허리까지 오는 긴 머리카락이 거의 다 말라 가고, 그녀의 코코아가 바닥을 보이게 되었을 때, 누군가가 계단을 올라오는 소리가 들렸다.

"안녕하세요. 클리브, 헤리엇."

"오스윈!"

헤리엇은 초콜릿이 잔뜩 묻은 입으로 기쁘게 그의 이름을 불렀다. 어린 헤리엇은 아직 오스윈이 무엇을 하는 사람인지 알지 못했다.

다만 늘 재미있는 책을 읽어 주는 좋은 '친구'로 생각했다. 같은 책도 오스윈이 읽어 주면 훨씬 더 두근두근해서, 헤리엇은 언제나 오스윈과 만나기를 고대하고 있었다.

"헤리엇, 오늘도 물과 즐겁게 논 모양이네요."

오스윈은 그녀 앞에 무릎을 꿇고 앉아, 귀여운 얼굴에 묻은 초콜릿을 손끝으로 지워 주었다.

"오스윈, 언제 왔어?"

오스윈은 케니스와 똑같은 말로 제게 말을 걸어 주는 어린 친구가 좋았다. 언젠가 그의 정체를 알게 된 후에도 부디 이렇게 말해 주면 기쁠 텐데.

"헤리엇의 '선생님'과 함께 왔습니다. '기사님'과 바깥에 계신다고 하여 찾으러 갔었는데, 길이 엇갈렸나 보네요."

"있잖아. 오스윈, 나 이제 아젠틴어 알아."

"정말입니까? 마탑의 케니스께서 가르쳐 주셨나요?"

"아니, 마탑을 돌아다니면서 배웠어."

헤리엣에게 마탑은 늘 좋은 학교가 되어 주었다.

붙임성이 좋은 아이는 아무 마법사라도 붙잡고 무엇이든 물어보았고, 마법사들은 작고 사랑스러운 아이의 질문을 흘려듣지 않았다.

"그럼 오늘은 아젠틴어로 된 책을 읽어 드려야겠군요."

오스윈의 이야기에 헤리엇은 얼른 창문 밖을 살펴보았다.

그리고 울상을 지었다. 오스윈의 이야기를 들으려면 밤이 되어야 하는데, 느린 태양은 가장 높은 곳조차 도달하지도 못했다.

슬픈 일이다. 태양을 훌쩍 밀어 버리는 마법이 있다면 좋을 텐데.

"서점으로 내려가서 어떤 책을 읽을지 골라 보지 않을래요?"

그녀의 기분을 알아차린 오스윈이 다정하게 권유했기에, 헤리엣은 얼른 의자에서 훌쩍 뛰어내렸다.

서점으로 돌아가자 데일은 손님들을 맞이하고 있었고, 어느새 출근한 서점 어르신이 엄격한 시선으로 데일이 닦아 놓은 선반을 검사하고 있었다.

"할아버지!"

"또 물장난했냐, 요 말썽꾸러기?"

헤리엇은 어르신의 손을 잡아당기며 웃었다.

"다쳤어요?"

소녀는 주름진 손등 위로 가늘게 그어진 상처를 물끄러미 바라보았다. 책을 정리하다가 생긴 상처인 모양이다.

"헤헤."

헤리엣은 어르신의 상처 위로 작은 손을 겹쳐 올렸다. 그러자 곧 상처는 완벽하게 사라졌다. 처음부터 없었던 것처럼.

어르신은 헤리엣의 머리를 쓰다듬어 주었고, 곧 소녀의 요청에 따라 아젠틴 문자로 적힌 재미있는 이야기책을 함께 고르기 시작했다.

헤리엣의 말을 빌리면 '느려 터진 태양'께서 드디어 하늘의 정점을 지났다.

어르신은 일꾼이 많으니, 서점이 정신없다며 일찍 퇴근하셨다. 밤새 순찰을 한 필립은 손님방에서 깊이 잠이 들었고, 오스윈과 데일은 서점을 지키며 손님이 오기를 기다렸다.

하지만 오후가 되면서 강해지는 바람 때문일까, 서점을 찾는 손님은 거의 없었다.

조용한 서점에는 이따금 오스윈이 책장을 넘기는 소리와 데일이 새 기도문을 작성하는 펜촉의 소리만이 있었다.

헤리엣은 낡은 서점 소파에 엎드려서 사슴을 세 마리나 그렸다. 그리고 사슴이 먹을 열매를 그리던 도중에는 꾸벅꾸벅 졸기 시작했다.

새벽부터 일찍 일어난 탓일지도 모른다. 아니면 필립과 열심히 훈련했기 때문일지도 모른다. 그도 아니면, 그저 서점의 따스한 공기에 녹아든 것일지도 몰랐다. 긴 은발이 소파 위로 힘없이 늘어졌다.

"헤리엇 홀턴! 너 당장 이리와!"

그때 2층에서 분노 어린 목소리가 들려왔다. 데일이 얼른 자리에서 벌떡 일어서서 소리를 지르는 상대를 진정시켰다.

"조용히 하세요, 케니스. 지금 막 잠들었단 말입니다."

"하, 잔다고? 자?! 마탑을 다 뒤집어 놓고 편하게 늘어져 자고 있단 말이야?!"

케니스는 당장에라도 헤리엇의 엉덩이를 두들겨 줄 기세로 달려 내려왔다. 하지만 막상 소파에 늘어져 잠이 든 모습을 보는 순간에는 아무런 말도 할 수 없었다.

이건 반칙이다. 어쩜 이렇게 귀엽고 사랑스러운 아이가 존재할 수 있는 거지.

"으……."

그는 강제적으로 삭여진 분노를 삼킨 채, 헤리엇을 안아 들었다. 작은 머리가 그의 품으로 완전하게 기대어 왔다.

조금 헝클어진 은발 사이로 보이는 또렷한 이목구비는 그야말로 작은 클라렌스 그 자체였다.

그는 2층의 방에 헤리엇을 눕힌 뒤에 다시 서점 소파로 돌아와 앉으며, 머리를 감싸 쥐었다.

"내 딸이 너무 똑똑해서 무섭다."

그는 괴로움과 기쁨이 섞인 미묘한 표정으로 중얼거렸다.

"무슨 일이 있었나요?"

오스윈이 읽던 책을 내려놓고 물었다.

"무슨 일이 있었냐고? 아주 대단한 일이 있었지!"

케니스는 이마를 짚었다. 헤리엇은 마탑의 역사를 새로 쓰고 계셨다.

"위대한 내 딸이 식료품 보관 창고의 버섯에 발을 만들어 주셨어. 이족 보행하는 버섯을 발견한 노인 마법사 한 명이 기절했고."

물론 짜증이 나는 노인을 기절시켰다는 점은 높이 평가했다.

"헤리엇은 버섯을 싫어하니까요."

데일이 그녀의 식성을 떠올리며 빙긋 웃었다.

"게다가 출입 관리 양피지에 무슨 짓을 했는지, 이름이 적혀야 할 부분에 별명이 적혀 있었다고."

'별명'이라고 말할 때, 케니스의 입술이 히죽 웃는 모양으로 변했다. 케니스의 이름 대신 적혔던 별명이 '세상에서 제일 멋있는 우리 아빠'였기 때문이다.

어쨌든 그녀의 만행은 여기까지가 아니었다.

"도서관 구석에 둔 수다쟁이 의자를 멋대로 옮겨 두셨지. 절대 도서관을 벗어날 수 없도록 마법까지 걸어 둔 거였는데, 아주 솜씨 좋게 해제까지 하셔서."

망할 수다쟁이 의자가 그녀의 마력을 알아보고는 도와 달라고 간청했으리라.

"빌어먹을 의자가 마탑 홀에서 노인들을 놀리는 노래를 시끄럽게 불렀고, 어린 마법사들이 그 명곡을 학습하고 말았지."

케니스는 손바닥에 얼굴을 묻은 채 중얼거렸다.

그녀의 우수함은 언제나 그의 커다란 걱정거리였다. 지금이야 어떻게든 그가 헤리엇을 제어할 수 있지만, 20대에 도달하기도 전에 케니스를 넘어설 것은 분명해 보였다.

"저렇게 예쁜데 똑똑하고 능력까지 좋아서 어떻게 하면 좋지?!"

눈이 두 개 달린 멀쩡한 놈들이라면 죄다 저 아이에게 빠져서 해롱해롱할 것이 틀림없었다.

"클라렌스는 저 아이가 장래에 좋은 사람을 만나면 좋겠다고 말하지만……."

케니스는 조금도 그렇게 생각하지 않았다.

"헤리엇에게 좋은 사람 같은 건 이 세상에 없어. 나 아니면 늑대밖에 없다고!"

데일은 흐린 눈으로 케니스를 바라보았다.

케니스, 그게 신혼여행을 떠난 공작령에서 셋이 되어 돌아온 늑대 같은 남편분께서 할 말인가요?

(참고로 공작령에서 케니스의 이성은 제대로 일하지 않았다.)

클라렌스는 국경에서 수입 도서를 직접 받아 왔다. 오스윈이 주문해 둔 것으로 오늘 중에 받으러 오기로 약속을 했기 때문이다.

금방 책만 받으면 될 줄 알았는데, 그녀의 외출은 조금 길어졌다. 오랜만에 만난 국경 수비대와 인사를 나누었고, 세

관의 직원들도 그녀를 보자 반갑게 아는 척을 해 왔다.

그리고 집으로 오는 길에는 미리 주문해 둔 헤리엣의 옷을 찾아왔다. 아이는 한 계절이 지날 때마다 옷을 바꾸어 주어야 할 정도로 빠르게 자라나고 있었다.

가게에서 나온 클라렌스는 클리브가 사 주었던 모자를 깊이 눌러썼다.

바람이 거세졌다. 단단히 여민 옷자락 사이로 차가움이 새어 들어서 잠시 어깨를 떨었다.

"오늘은 추우니까, 내가 다녀온다고 했잖아."

그때, 뒤에서 다정한 목소리가 들렸다. 케니스였다.

"나는 추운 날씨도 좋아하거든."

그는 대답 대신에 클라렌스가 든 여러 꾸러미를 전부 들어 주었다.

"고마워."

"내 특권을 누리는 거지."

그는 어깨를 으쓱이며 웃었다.

"서점은?"

"오랜만에 전 직원이 모였지."

"헤리엣이 가장 신났겠는걸."

"야, 그렇지 않아도 내가 걔 때문에 미치고 팔딱 뛰는 줄 알았다."

케니스는 그들의 딸이 마탑에서 해낸 위대한 업적에 대해서 전부 이야기해 주었다.

"오늘 밤에 단단히 혼내 줘야겠네."

"마탑의 일이니까 내가 혼낼게."

클라렌스가 미심쩍은 눈으로 그를 지긋이 바라보기 시작했다.

"케니스, 사탕이나 초콜릿을 주는 건 칭찬이지, 훈육이 아니야."

"……."

"엄격하게 말해 주지 않으면, 제멋대로인 마법사 아가씨가 될걸."

"제멋대로인 미인 마법사 아가씨겠지."

그가 히죽 웃으며 정정하기에 클라렌스는 한숨을 쉬었다. 역시, 헤리엇을 훈육하는 건 클라렌스가 맡는 것이 좋을 것 같았다.

두 사람은 다시 말없이 걸었다. 어느덧 멀리 서점의 빛바랜 간판이 보였다. 그들은 한 걸음씩 차근차근 서점에 가까워졌다.

"클라렌스."

"응?"

"조금 전에 네가 가게에서 나오는 모습을 보다가 생각했는데."

그는 고개를 기울여 클라렌스의 입술 끝에 스치듯 키스했다.

"내 기사님은 오늘도 예쁘고 멋있더라."

클라렌스는 작게 웃었다. 아마 누군가가 듣는다면, 팔불출 같은 남편을 두었다고 놀릴 것이다.

어쨌든 클라렌스는 그의 그런 다정한 말이 싫지 않았다.

그런 포근한 말이 모이고 쌓인 순간을 훗날 돌이켜 보면, 행복이라는 이름 아래 속해 있었으니까.

둘은 어깨가 스칠 듯한 가까운 간격으로 다정히 걸었다.

그리고 어느새 서점 앞에 도착했다.

창문 너머로 낮잠에서 깨어나 헝클어진 머리를 한 헤리엣이 팔짝팔짝 뛰면서 팔을 흔들었다.

그 뒤로 클리브가 머리빗을 들고 달려오고 있었다.

오스윈은 읽던 책을 내려놓고 빙긋 웃고 있었고, 필립은 아직 피곤한지 길게 하품을 하고 있었다. 그리고 데일이 활짝 문을 열어 주었다.

서점에 담겨 있던 온기가 찬바람에 얼어붙었던 클라렌스의 얼굴을 간질이며 부드러이 녹였다.

그녀는 제게 안겨 드는 작은 소녀를 높이 안아 올리며, 얼른 서점에 들어섰다.

온몸에 퍼지는 오랜 종이의 향기와 온기.

참 따뜻한 계절이다.

〈'사실, 그들은 오직 그녀만을 기억하고 있었습니다' 마침〉

외전 01

〈사실, 그들은 오직 서로만을 기억하고 있었습니다〉

외전 01
〈사실, 그들은 오직 서로만을 기억하고 있었습니다〉

"제 소꿉친구는 구깃구깃했어요."

셰리아 프리어의 이야기는 이렇게 시작되었다.

"저는 그 친구를 검댕이라고 불렀고요."

셰리아는 클리브라는 멋진 이름이 생긴 제 친구의 어린 시절을 떠올렸다. 그리고 잠시 생각했다. 조금 전에 이야기했던 '구깃구깃'이라는 말이, 어쩌다가 튀어나온 것인지.

물론, 어린 시절 그의 낡은 옷은 말할 것도 없이 구깃구깃했다.

「셰…… 리아.」

아니면 아무 때나 느려지고 접히는 말투 때문일지도 모른다. 그도 아니면 그의 표정 때문일까. 셰리아를 볼 때면 살짝 찌푸려지는 그 표정 말이다.

어쨌든 구깃구깃한 검댕이는 성의 유일한 '어린 하인'이었고, 셰리아 프리어는 성의 유일한 '어린 아가씨'였다.

사실 하인과 아가씨의 벽은 무척 높은 것이었으나, 둘은 같은 수식어를 공유하는 사이였다.

'어린'.

무엇이든 용납해 주는 이 마법의 단어 아래서 둘은 친구가 되었다.

「검댕아, 이거 먹을래?」

「……?」

「내가 몰래 숨겨 온 삶은 콩이야.」

「…….」

「콩 껍질 까 줘.」

「응…….」

어린 셰리아와 클리브는 기묘한 협력 관계에 있었다. 그녀가 날렵한 몸과 신분을 이용하여 간식을 구해 오면, 클리브는 차분한 손길로 그것을 씻거나 손질해 주었다. 그리고 간식은 언제나 절반으로 나누어 먹었다.

「벌써 다 먹었어? 검댕이는 진짜 먹보야.」

「…….」

「그런데 왜 이렇게 땅꼬마인 거야?」

셰리아는 어린 클리브를 꼬마 취급하는 것을 좋아했다. 어쩌면 동생처럼 여기고 싶었던 것일지도 모른다.

「내 콩을 줄게. 대신 조금만이야?」

「응…….」

「바보야, 고맙다고 하는 거야.」

「고…… 마워.」

검댕의 언어는 성에서 일을 시작하면서, 점차 폭발적으로 성장했다.

물론, 그렇다고 해서 이야기의 속도가 빨라지거나 말이 많아지는 것은 아니었다. 그저 전보다 조금 덜 답답해진 것에 지나지 않았다.

「검댕아, 그릇 정리 아직 멀었어?」

「……조리대에 앉지 마.」

「심심하단 말이야. 도와주지도 못하게 하고.」

「…….」

「나도 그릇을 좋아하는데.」

「그냥 앉아 있어.」

구경이나 하라니 너무하다. 셰리아가 여러 번 그릇을 깨기도 했지만 말이다.

물론, 고집쟁이 셰리아는 검댕의 충고를 무시하고, 그릇 정리에 멋대로 협조했다. 다른 하인들이 달려와 말리기도 전에.

쨍그랑. 그리고 어김없이 접시를 깼다.

"생각대로 말괄량이었네요."

과거의 이야기에 대한 솔직한 감상이 들려오자 셰리아는 살짝 미간을 찌푸렸다.

"너무하세요, 사제님."

그리고 여름의 정원에서 함께 쪼그리고 앉아서 개미굴을 들여다보는 데일을 향해 입술을 삐죽 내밀었다. 사랑스러운 분홍빛 머리카락을 흔들면서 말이다.

"그래서요?"

"혼났죠."

셰리아는 작은 식량을 들고 이동하는 개미의 궤적을 쫓으며 허무한 듯 대답했다.

그릇을 깬 그녀는 혼이 났다. 물론 검댕은 혼나지 않았다. 잘못한 것은 멋대로 하인의 일에 끼어들어서 사고를 친 셰리아니까.

"그릇을 깬 벌로 어려운 책을 읽고, 아버지의 문제에 답해야 했어요."

"어린 셰리아가 독서를 좋아할 것 같지는 않은데요."

"싫어했어요. 지금도 별로 좋아하지 않고요. 저는 정말로 머리가 나쁘거든요. 페이지를 넘기면 전부 다 잊어버려요."

정말로 머리가 나쁜 사람은 자신이 머리가 나쁘다는 사실을 모를 거다. 어쨌든 데일은 그녀의 이야기에 조금 더 집중했다.

"방에서 꾸벅꾸벅 졸고 있었는데, 창문에서 톡톡 두드리는 소리가 났죠."

검댕이었다. 소년은 어딘가 우물거리며 작게 중얼거리더니, 그녀의 손등에 무언가를 놓아주었다.

「졸지 마.」

그가 건네준 것은.

"사마귀였어요."

"……."

꽃이나 풀 같은 것을 생각했던 데일은 그 놀라운 선물에 잠시 입을 벌렸다.

"비명을 질렀나요?"

"질렀죠. 좋아서. 사마귀는 이렇게 잡으면 발을 날카롭게 휘두르는 게 매력적이란 말이에요."

셰리아는 마치 사마귀라도 된 것처럼 양쪽 손을 혹혹 휘둘러 보였다. 데일은 그 깜찍한 행동에 웃으며 대답했다.

"졸린 기분에서 벗어나기엔 마침 적당했던 선물이었네요."

그랬다. 좁은 창틀에 사마귀를 올려놓고, 소년 소녀는 그 작은 곤충을 두근거리며 지켜보았으니까.

"건강한 유년기군요. 그래서 책은 전부 읽었나요?"

"아뇨, 사마귀 관찰을 마치고 책상에 앉았을 때는 다시 잠이 와서 멋지게 실패했죠. 다음 날 어머니께 엉덩이를 두드려 맞았고요."

그녀의 엉덩이가 조금이라도 납작하다면 그건 어머니의 훈육 때문이다. 그녀는 눈앞을 기어가는 개미의 둥근 엉덩이를 부러운 듯 바라보았다.

"귀엽네요."

"그렇죠? 검댕이는 정말 귀여웠단 말이에요."

물론 데일이 말한 귀여움이란 검댕과 셰리아를 모두 포함하고 있었지만, 그는 굳이 나서서 정정하지 않았다.

"하지만 시간이 지나니까 그 귀여움이 전부 사라졌어요."

시종일관 밝았던 셰리아의 얼굴이 조금 어두워졌다.

"사제님."

"네?"

"남자아이들은 원래 그렇게 쑥쑥 자라는 건가요?"

"여자아이들도 쑥쑥 자란답니다."

"하지만 어떻게 저보다 작았던 아이가 그렇게 순식간에 저를 넘어설 수가 있죠?"

"음…… 그건 아마 성별의 문제가 아니라 개인의 차이라고 생각합니다."

셰리아는 근처의 마른 나뭇가지를 주워 먼 길을 오는 개미를 그 위로 유인했다.

그리고 바로 개미집 앞까지 데려다주었다. 순식간에 위치가 바뀐 개미는 잠시 주변을 헤매다가도 금방 제집으로 쑥 들어갔다.

"열다섯 살이 넘어가면서 검댕이는 저보다 훨씬 더 커지기 시작했어요."

바뀐 것은 키뿐이 아니었다.

귀여웠던 인상은 전혀 보이지 않게 되었고, 목소리도 점점 더 무거워지기만 했다. 그렇지 않아도 적은 말수는 더욱 줄어 갔고.

"그래도 우리는 가장 친한 친구였는데……."

셰리아의 어머니가 돌아가시고, 얼마 지나지 않은 어느 날 저녁. 그녀는 심부름을 마치고 집으로 돌아가려는 제 소꿈친구를 붙잡았다.

「같이 찾아 줘.」

갑작스러운 부탁에도 검댕은 '무엇을 찾느냐'는 물음 하나 없이 그녀의 뒤를 따랐다. 그녀는 저택에서 가장 높은 다락까지 올라갔다.

「여기에 있을 거야. 분명해! 내 장난감은 전부 이 다락에 모아 둔다고 했어.」

셰리아가 찾는 것은 어머니께서 직접 손바느질하여 만들어 주신 인형이었다. 그녀의 작아진 드레스를 이용해서 만든 깜찍한 토끼였다.

그것이 갑자기 필요해진 것은 아니었다. 그냥 보고 싶었다. 어릴 때부터 가까이 두었던 그 작은 포근함을. 어쩌면 어머니의 마음과 가장 닮은 물건이라고 생각했던 걸지도 모른다.

둘은 저무는 햇살과 미약한 별빛에 의지하며 다락을 전부 뒤졌다. 모든 상자를 하나씩 창가로 들고 와 열어 보았지만, 그녀가 찾는 것은 나오지 않았다.

열지 않은 상자는 하나씩 줄어 갔다. 셰리아의 마음속 불안도 조금씩 자라났다.

어쩌면 아주 어릴 때 잃어버린 걸까.

수도에서 온 사촌이 안고 다니던 값비싼 아가씨 인형을 보고는 "이런 헝겊 인형은 싫어."라며 심술을 낸 적도 있었다.

잡동사니가 들어 있던 상자를 닫고, 셰리아는 다음 상자를 다급하게 열었다. 이제 열지 않은 상자는 다섯 개뿐이다.

그녀는 상자를 거꾸로 뒤집어 쏟았다. 안에 들어 있던 유리구슬이 와르르 소리를 내며 쏟아져, 다락 구석구석으로 굴러갔다.

인형은 없었다.

그녀는 다음 상자를 열었다. 커다란 목각 인형이 하나 달랑 들어 있었다. 그것뿐이었다.

정신없이 다음 상자로 달려갔다. 이제는 상자를 창가로 가져올 생각조차 할 수 없어서 그녀는 어둠 속에서 상자를 열었고, 그 안을 헤집었다.

인형은 어머니와 같이 보드라웠다. 그러나 상자 안은 딱딱하고 차가운 것뿐이었다. 그녀는 다음 상자를 열었다. 그리고 그대로 굳었다.

「셰리아.」

뒤에서 그녀를 부르는 소리가 들렸지만 움직일 수조차 없었다. 대신 그녀는 작게 중얼거렸다.

「……없어.」

그 순간에 심장에 차가운 바람이 드는 것 같았다. 그제야 알았다. 어째서 인형을 원했는지.

이 바람을 막아 줄 수 있는 온기를 바랐다. 다른 어떤 것으로도 이 차가움을 녹일 수 없을 테니까.

「어떻게 하면 좋지?」

셰리아는 제 유일한 친구를 돌아보았다. 눈물로 엉망이 된 시야에 제대로 보이는 것이라고는 그의 시커먼 머리카락뿐이었다.

「마지막까지.」

그러나 곧 그의 얼굴이 선명하게 보였다. 긴 손가락이 셰리아의 눈가를 채운 눈물을 전부 쓸어 주었다.

「열어 보아야 해. 셰리아.」

낮아진 목소리는 충고에 가까웠다.

그러나 몇 번이라도 눈물을 쓸어 주는 손가락은 너무나도 다정해서, 셰리아는 그만 그 온기에 마음을 기대고 말았다.

「엄마…….」

어머니가 아니라, 엄마.

어릴 때 부르던 그리운 말이 그녀의 입술로 새어 나왔다. 다른 사람들 앞에서는 이 오래된 호칭을 그리워하는 것마저 허락되지 않았다.

눈물을 흘리되 오열할 수 없었다. 그것이 그녀가 가져야 할 소양이라고 했다.

「흑, 흐아앙. 흐윽.」

셰리아는 마치 어린아이가 우는 것처럼, 입을 커다랗게 벌린 채 울었다.

아마 몹시 흉측한 얼굴이었을 거다. 그런데도 검댕은 그녀를 놀리지 않았다. 다른 어른들처럼 그런 식으로 우는 것은 안 된다며 다그치지도 않았다.

그냥, 어렸을 때 몇 번인가 그랬던 것처럼. 셰리아를 끌어안고, 그녀의 머리를 천천히 쓰다듬어 주었다. 곱슬곱슬하고 긴 머리카락이 그의 손가락 사이에서 부드럽게 흘러내렸다.

그리고 커다란 손은 이따금 그녀의 뒷머리를 그의 어깨

근처로 꾹 눌러 왔다.

마치 더 울어도 괜찮다는 뜻인 것만 같아서, 그녀는 그의 옷자락을 쥔 채 제게 남은 모든 눈물과 아픈 소리를 한참 동안 쏟아 냈다.

"그래서……."

데일은 쪼그려 앉은 자리에서 일어나며 물었다.

"인형은 찾으셨나요?"

"네, 마지막까지 열어 보아야 한다는 검댕이의 말대로였죠."

셰리아는 나뭇가지를 바닥에 내려놓으며 손바닥을 탁탁 털었다.

"마지막으로 남은 상자에 들어 있었어요. 조금 더러워진 모습이었지만, 둘이서 힘을 합쳐서 인형을 깨끗하게 빨았어요."

셰리아는 자리에서 일어나며, 그 이후의 일들을 말해 주었다.

늦게까지 다락을 뒤진 것 때문에 아버지한테 혼난 이야기. 하지만 두 사람이 찾던 것이 인형이라는 것을 알게 된 아버지가 조용히 방으로 돌아가셨던 일 말이다.

"그렇게 시작한 거군요?"

데일이 기도실로 걸음을 옮기며 물었고, 셰리아는 손가락 끝으로 입술을 살짝 누르며 고개를 기울였다.

"뭐를요?"

"셰리아 프리어 양의 빛나는 첫사랑이요."

"사제님! 진짜, 아니라니까요! 아니에요! 진짜!"

그녀의 얼굴이 순식간에 붉어지고, 여린 주먹이 데일의

팔과 등을 마구마구 두드렸다.

"하지만, 지금 들려주신 이야기는 제가 전쟁터에서 어느 기사님을 사랑하게 된 이야기를 듣고, 답례로 들려주신 거 잖아요?"

"다, 답례라뇨! 전 그냥…… 사제님 이야기 속에 나오는 '익명의 기사님' 이야기를 듣고, 검댕이가 떠오른 것뿐이라고요."

잠시 얼굴을 붉힌 채 우물거리던 그녀는 곧 그 자리에서 걸음을 멈추었다. 그리고 조금 기운이 빠진 얼굴이 되었다.

"저, 저 오늘은 이만 돌아갈게요."

"다른 사제님들과 함께 기도하지 않으시고요?"

셰리아의 신전 내 인기는 언제나 대단했다. 아마 놀라울 정도로 씩씩하고 발랄한 모습이 모두의 시선을 끌기 때문일 거다.

"네, 테미안이나 다른 사제님들께 모두 안부 전해 주세요."

그녀는 흠잡을 데 없는 태도로 인사하고는 서둘러서 신전을 나섰다. 어쩌면 오늘은 검댕이, 아니 클리브의 답장이 올지도 모르니까 말이다.

클라렌스 홀턴이 공작위를 양도하고 아비스로 돌아간 이후.
데일은 두 가지 인생의 낙을 가지고 있었다. 하나는 친한 친구의 연애에 잔소리를 늘어놓으며 가볍게 놀려 주는 것이었다.

그리고 다른 하나는.

"사제님! 바빠요?"

거의 매일 찾아오는 셰리아 프리어를 만나는 일이었다.

"셰리아."

데일은 창문 밖에서 손을 흔드는 셰리아에게 인사했다. 그리고 데일과 함께 기도서를 읽던 다른 사제들은 가만히 몸을 숙여 자리를 피해 주었다.

"여기에 오다가 어제 이야기한 사마귀를 잡았어요."

무서운 사마귀를 들고 헤실헤실 웃는 이 분홍빛 아가씨로 말할 것 같으면, 가장 유력한 '데일의 혼약 후보자'로 손꼽히는 인물이었다.

하루빨리 데일이 결혼하길 바라는 사제들은, 셰리아가 신전에 오는 시간만큼은 데일을 귀찮게 하지 않았다.

쓸데없는 잔소리도 하지 않았고, 괜한 잡무에서도 쉽게 해방시켰다. 그러니 데일은 자연스럽게 토끼 같은 셰리아가 고개를 삐쭉 내밀며 놀러 오는 시간을 아주 좋아하게 되었다.

게다가 가끔은 이렇게 재미있는 것들을 들고 오기도 했고.

"사마귀는 오랜만에 보는군요."

창가로 다가간 데일이 손을 내밀자, 셰리아는 그 위로 사마귀를 올려 두었다.

"사마귀가 오줌을 싸면 자국이 남는대요. 너무 오래 괴롭히진 마세요?"

"설마 제가 소중한 생명을 괴롭힐까 봐서요."

"그야, 사제님은 좋아하는 것을 괴롭히는 비밀스러운 취향이 있으시잖아요?"

데일은 깜짝 놀란 눈으로 셰리아를 바라보았다. 그녀의 동물적 감각은 가끔 이렇게 날카롭게 발휘되기도 하는 모양이다.

"들어오시겠습니까? 아니면 제가 나갈까요?"

데일의 질문에 그녀는 손을 내밀어 주었다.

"나오세요. 제가 잡아 드릴게요. 이렇게 날씨가 좋은데 집 안에만 있으면 사제님의 몸에 곰팡이가 필지도 모른다고요."

데일은 제 앞에 놓인 작은 손을 바라보았다. 설마 창문을 넘어오라는 걸까. 하여튼 정말 발랄하다. 데일은 그녀의 손 위로 사마귀를 올려 주었다.

"저보다도 이쪽의 작은 친구를 잘 부탁드리죠."

그러고는 훌쩍. 데일은 단번에 창틀을 넘었다. 다른 사제들이 보았다면 제발 체통을 지키라며 소리를 지를 만한 일이다.

묘한 일탈감에 그는 기분이 아주 좋아졌다.

그리고 두 사람은 셰리아가 사마귀를 발견했다는 신전 앞의 작은 정원으로 이동하여, 다시 그곳에 놓아주었다. 경계하듯 줄기에 붙어 있던 사마귀는 금방 두 사람의 시야에서 사라졌다.

셰리아는 조금 전까지 사마귀가 앉아 있던 손바닥이 간지러운지 손톱 끝으로 벅벅 긁으며 건강하게 웃었다.

아마 꽤 즐거운 모양이다.

그러고는 햇살 아래를 산책했다.

셰리아는 걸음이 아주 빠르지만, 앞으로 나아가는 데 오랜 시간이 필요했다. 조금이라도 재미있어 보이는 것이 생기면 바로 걸음을 멈추고 한참이나 들여다보기를 즐기기 때문이다.

데일은 매번 그녀가 입은 드레스 끝자락에 풀물이 드는 것이 참 깜찍하다고 생각했다.

"이 이파리는 말이죠. 이렇게 살짝 뜯으면, 안에 엷은 초록빛의 다른 이파리가 나와요."

셰리아가 "신기하죠?"라며 고개를 들어 올린다. 새까만 눈동자를 반짝이며. 이럴 때마다 데일은 자신도 모르게 그녀의 머리를 쓰다듬게 된다. 수습 사제들을 귀여워해 주는 것과는 조금 다른 느낌이었다.

조금 더, 뭐랄까.

'동생 같다고 해야 하나.'

그와 셰리아는 형제가 없다는 점도, 사소한 것을 들여다보며 즐거워한다는 점도 무척 닮아 있었다. 그러니 이렇게 산책을 하고 있으면 꼭 제게 친동생이 생긴 것 같아서 좋았다.

그러니 오라버니로서 가끔은 매일같이 신전을 드나드는 셰리아가 걱정되기도 했다. 아마 그녀의 친척이나 부모님들은 그녀가 데일과 특별한 관계가 되리라고 생각하는 것 같던데.

"셰리아."

"네?"

"갑자기 물어보기는 좀 그렇지만, 혹시 가문의 어른들께 저와 아주 좋은 친구 관계가 되었다고 말씀드리셨습니까?"

데일은 충분히 말을 에둘렀다.

즉, '두 사람 사이에 혼인 관계는 성립되지 않는다는 이야기'를 했느냐는 뜻이다. 다행히 셰리아는 특유의 동물적 감각으로 그의 말을 이해했고. 조금 울상을 지었다.

물론, 데일과 결혼하고 싶기 때문이 아니었다.

"해야 해요?"

데일이 셰리아를 통해 사제의 의무에서 가끔 도망을 치는 것처럼, 셰리아도 이 관계에 기대어 다양한 잔소리에서 해방되었다.

"다른 사람은 몰라도 셰리아의 소꿉친구가 제대로 된 이야기를 듣지 못하면 몹시 기분이 상할 겁니다."

데일은 그녀의 이야기를 토대로 그녀의 짝사랑이 어느 정도 쌍방 관계일 것이라 결론을 내리고 있었다.

"그럴 리……."

셰리아는 머뭇거리며 말끝을 흐렸다.

"없는 걸요……."

그녀는 어제 도착한 클리브의 편지를 떠올렸다. 겨우 한 줄이었다.

"검댕이는 이제 그냥 우리 성의 하인이고, 저와는 아무런 관계도 아니에요. 아버지의 잔소리 때문에 제게 가끔 소식을 전하는 것뿐이고요."

셰리아는 어깨를 으쓱이며 미소 지었다. 그 미소가 무척 아파 보여서, 데일은 차마 그녀에게 무어라 말을 건넬 수가 없었다.

대신 하얀빛을 담은 손을 부드러운 분홍빛 머리 위로 툭 올려 두었다.

"헤헤."

억지로 쥐어짠 웃음소리.

데일은 새로운 짝사랑 기념 미사를 준비해야 할 것 같다는 생각이 들었다.

신전에서 돌아온 셰리아는 곧바로 고모님 댁으로 돌아갔다. 수도의 귀족과 결혼한 아름다운 고모님은 하나뿐인 조카를 무척 아껴 주었다.

"어서 오렴, 셰리아."

"다, 다녀왔습니다, 고모님."

셰리아는 잔뜩 풀물이 들어 버린 드레스를 들키지 않도록 조심스럽게 인사를 올렸다.

"그렇지 않아도 할 말이 있어서 기다리고 있었단다."

"그렇다면 옷을 갈아입고 올게요. 잠시만 기다려 주시면······."

"그렇게 대단한 이야기는 아니란다, 셰리아."

고모님은 입술을 가리며 잠시 웃고는 곧 셰리아의 가느다란 팔을 가볍게 치며 이야기를 꺼냈다.

"너도 알고 있겠지만, 네가 신전에 드나드는 것도 벌써 반 년이 넘었잖니."

"그야……."

벌써 그렇게 되었나? 하긴 지난해 겨울부터 시작되었으니까.

"게다가 곧 네 생일이기도 하고."

"생일이라면 괜찮아요. 매번 고모님께서 놀랄 만큼 즐겁 게 해 주셔서 올해는 정말로……."

"무슨 소리니! 결혼 전에 가족과 함께 보낼 수 있는 마지 막 생일일지도 모르는데!"

고모는 두 손을 간절하게 모으며 몇 마디를 더 덧붙였다.

"게다가 상대가 상대인 만큼 제대로 된 약혼 파티도 하지 못했고."

"사, 사제님은 고결하신 분이니까 파티 같은 건……."

"하지만 오라버니, 아니 네 아버지가 수도에 왔을 때, 얼 마나 안타까워했다고. 제대로 된 파티도 하지 못한 채 결혼 하는 게 아닌가 하고 말이야."

"……."

셰리아는 얼마 전에 수도에서 만났던 아버지를 떠올렸다. 일이 바빠서 찻집에서 잠시 이야기를 나눈 것이 전부였지 만 말이다.

"실은, 그게……."

셰리아는 이제라도 사실을 말해야 할 필요성을 느꼈다.

사제님의 자애로 지금까지 거짓된 약혼 관계를 끌고 올 수 있었지만, 이 이상 기간을 넘기게 되면 분명히 그 고결한 명예에 누를 끼치게 될 것이다.

"사, 사제님과는."

"걱정하지 말렴. 가문의 이름으로 정중하게 초대장을 보내면 된단다."

"아뇨! 그게 아니라."

"부끄러워할 필요 없단다. 잘 들으렴, 셰리아. 다른 사람들은 네가 너무 자유분방한 아가씨라고 이야기들 하지만, 나는 네가 그런 사람이기 때문에 사제님의 눈에 띄었다고 생각한단다."

"……사제님은 그저."

"게다가 너도 사제님을 아주 좋아하잖니."

물론, 데일을 좋아하기는 한다. 하지만 이 마음은 아마도. 무어라고 해야 할까……. 동지 의식이라고나 할까.

두근거리거나 떨리는 것이 아닌, 그냥 모든 것을 다 털어놓을 수 있는 유일한 수도 사람.

굳이 어떤 단어로 표현하자면, 의지가 되는 오라버니……?

물론 형제가 없는 그녀는 '오라버니'라는 존재가 정확히 어떤 것인지 알지 못했지만 말이다.

"조금 더 생각할 시간을 주세요. 고모님."

"그래. 알았다. 어쨌든 네 생일 파티는 반드시 할 테니까, 그렇게 알고 있어 주렴. 알았지?"

파티까지 반대할 수는 없을 것 같아서 셰리아는 고개를 끄덕였다. 그녀는 터덜터덜 방으로 돌아왔다.

입이 무겁고, 무서운 하녀들이 셰리아의 드레스를 말없이 벗겨 주었고, 실내 드레스의 착용을 도와주었다.

이런 순간마다 셰리아는 고향이 그리워지기도 했다. 그곳은 주인과 하인의 경계가 수도보다 훨씬 흐릿해서, 옷을 갈아입을 때면 하녀들과 그날 하루에 관한 이야기를 실컷 나누기도 했었다.

물론 처음 수도에 왔을 때는 편한 마음으로 이런저런 이야기를 떠들어 댔지만, 곧 고모님께 호되게 혼이 났다. 소문의 근원을 스스로 만드는 꼴이 될 뿐이니까 주의를 해야 한다면서.

그날 이후로 셰리아는 커다란 즐거움 하나를 잃었다. 하지만 괜찮았다. 어쨌든 그런 대단한 수도의 생활을 동경하여 이곳에 발을 들이게 된 것이니까.

하지만, 요즘은.

'수도는 멋지고 화려한데, 어째서 나는 점점 이렇게⋯⋯.'

약해지는 걸까.

사실은 고향으로 돌아가야지, 하는 생각을 하기도 했다. 하지만 그때마다 수도의 첫날, 고모님께서 하신 말씀이 귓가에 맴돌았다.

「분명히 좋은 인연을 만날 수 있을 거란다. 너와 네 아버지를 도와서 성을 꾸려 갈 수 있는 똑똑한 청년 말이야.」

물론 수도에는 똑똑한 청년이 아주 많았다. 눈이 돌아갈 정도로 화려한 남자들도 많았고. 때때로 셰리아에게 따로 만남을 청하는 이도 있었고, 그녀도 조금은 설렌다고 생각했던 순간도 있었다.

하지만 그런 나날 속에서도. 멍하니 홀로 남게 되는 날에는 자신도 모르게 검댕에게 편지를 적게 되었다.

이곳에서는 누구에게도 할 수 없었던 수많은 이야기를. 영양가 없는 사교계의 소문은 물론이고, 새로 오픈한 가게의 소감과 오늘 그녀가 정원에서 발견한 꽃잎의 개수에 이르기까지.

하지만 다른 남자분과의 일은 차마 적지 못했다. 데일을 포함해서 말이다.

어쨌든 편지를 쓰는 동안은 즐겁다.

그녀의 머릿속에서 과거의 검댕이가 무뚝뚝하지만 다양한 반응을 보여 주기 때문이다.

「속상해하지 마.」

「그건 잘했네.」

「제발 사고 치지 말고 가만히 좀 있어……. 셰리아.」

오늘도 편지를 완성했다. 좋은 향기가 나는 향수를 새로 산 이야기와 사마귀를 잠시 잡았던 이야기를 적었다.

셰리아는 잉크가 마르는 동안 서랍 속에 모아 두었던 답장을 꺼내 보았다. 그가 보내오는 답장은 보통 비슷한 내용의 변주였다.

그리고 어제 받은 편지의 전문은 다음과 같다.

'네. 그러셨군요. 아가씨.'

……짧은 내용은 이해할 수 있다. 원래 그런 성격이니까.

하지만 정갈한 글씨체로 적힌, 아가씨라는 글씨.

'대체 언제부터 내가 네 아가씨가 된 거야?'

어렸을 때는 셰리아라고 다정하게 이름을 불러 주었었는데.

「아가씨.」

클리브가 셰리아를 그렇게 부를 때는 보통 다른 어른들이 곁에 있을 때뿐이었다.

하지만 둘이 구석진 벽에 등을 기대고 앉아서 키득거리고 있을 때면, 그는 셰리아라고 분명하게 이름을 불러 주었다.

그러니까 아무리 셰리아가 남녀 관계에 제대로 눈을 뜨지 못했다고 하더라도 이것 한 가지는 확신할 수 있었다.

검댕은 그녀에게 거리를 두고 있다는 거다. 꽤 고의적으로.

셰리아는 저도 모르게 얇은 여름 이불을 꽉 붙들었다.

"어떤 계집애가 달라붙어서 신이 난 거겠지! 이 소중한 소꿉친구를 멀리할 만큼!"

그도 20대의 평범한 청년이다. 아마 수도의 남자들처럼 예쁜 여자를 보면 눈이 뒤집혀 있을 거고.

그 예쁜 누군가가 그의 앞에서 여우 같이 알랑거린다면 분명히 푹 빠져들었을 거다. 예전부터 묘하게 인기가 많았으니까.

그렇게 되면 아마 그도 그 아가씨에게 꽃 같은 것을 선물하는 걸까?

물론, 셰리아도 그에게 꽃을 선물 받기는 했다. 하지만 그건 사마귀를 가져오는 것과 별반 다를 바 없는 '들판의 수확물'일 뿐이었다.

그런 것 말고, 정말로 마음을 담은 꽃 말이다. 상대방이 좋아하는 것을 고민하고 생각하여 조심스럽게 건네주는 것.

꽃을 바쳤으면 아마 데이트도 했겠지? 이렇게 상상하고 나니 어쩐지 그가 알고 있던 검댕 같지가 않다.

"이름까지 세련되게 바뀌고."

그녀는 우연히 알게 된 그의 이름을 떠올렸다. 클리브 홀턴. 그리고 마지막으로 보았던 그의 얼굴을 떠올렸다.

"……하나도 안 어울려! 진짜 안 어울린다고!"

검댕이는 검댕이다.

셰리아가 슬프고 곤란할 때마다 귀신같이 나타나서 도와주었던 검댕이. 아비스 들판을 열렬하게 함께 탐험했던 검댕이.

그런 새침하고 차가운 이름 같은 건 검댕과는 전혀…….

"……바보."

셰리아는 쓸데없는 생각을 멈추고 두 눈을 꼭 감았다.

일단 자자. 바보 같은 생각만 자꾸 떠오르니까.

그리고 내일은 꼭 모두에게 진실을 말해야지. 사제님과는 아무런 사이도 아니라고. 하지만 아주 깊은 우정 관계를 구축할 수 있었다고.

그리고 나면.

'고모님께서 다시 나를 온갖 파티에 데리고 가시겠지.'

그래 이왕이면 잘생긴 남자를 소개해 달라고 하자! 잘생긴 게 최고인걸!

'하지만 수도에서 얼굴만으로 고른다면 사실 사제님이 제일 잘생기긴 했어.'

셰리아는 언제나 다정하게 웃어 주는 데일의 얼굴을 떠올리며 배시시 웃었다.

만약에 셰리아가 그에게 '사제님은 꼭 제 오라버니 같아요.'라고 솔직하게 말한다면, 그는 무어라고 대답할까?

아마 '오늘도 놀라운 말씀을 해 주시네요.'라며 곤란하게 웃으실 거다. 참 좋은 분이다.

좋긴 뭐가 좋아.

'사제님은 바보!'

셰리아는 소리를 지르고 싶은 기분을 억누르며 맞은편에 앉은 고모님을 향해 최선을 다해 웃었다.

"정말 사제님은 참 좋은 분이시지."

고모님은 만족스러운 얼굴로 몇 번이나 고개를 끄덕이고 계셨다.

현재 일어난 사건은 이러하다. 새벽에 일찍 일어나 신전에 가신 고모님께서, 우연히 데일 사제님과 마주치게 되신 거다.

고모님은 너무나도 반가운 마음에 어제 셰리아가 '생각해 보겠다'고 이야기한 것도 잊고, 사제님을 셰리아의 생일 파티에 초대하고 싶다고 말씀드린 것이다.

물론, 상냥하고 자애로우신 사제님께서는 기꺼이 고개를 끄덕이셨다.

"글쎄, 게다가 네가 좋아할 선물이 뭐가 있겠느냐고 물어

보시……!"

다소 흥분하셔서 이야기하시던 고모님께서는 얼른 제 입을 막으며 어색하게 웃으셨다.

"어, 어머. 내 정신 좀 봐. 아주 주책없다니까?"

그렇게 이야기하는 고모님의 입꼬리는 아주 귀에 걸려 있었다. 분명히 사제님을 무척 마음에 들어 하는 것이리라.

"있잖니, 셰리아."

고모님은 차를 한 모금 마신 뒤에야 한결 진정된 목소리로 다시 이야기를 건넸다.

"사실 이 고모는 네가 좋은 인연을 만난 것 같아서 무척 기쁘단다."

"……."

"네가 신전에 다녀올 때마다 얼마나 건강한 표정을 짓고 있는지 넌 모를 거란다. 화려한 파티에서 돌아올 때는 기진맥진 지친 얼굴뿐이었는데. 분명히 네가 그분께 깊이 사랑받고 있다는 증거겠지."

"……."

"셰리아?"

"네, 네?! 아, 그렇죠. 참 좋은 분이에요. 저, 저도 정말 그렇게 생각해요!"

어색하게 대답한 셰리아는 얼른 집사에게 물어 시간을 확인했다.

"아버지께도 빨리 초대장과 편지를 써야겠네요. 곧 지방 우편이 마감될 시간이니까요."

"네가 초대장을 적어 준다면 오라버니께서 아주 기뻐하시 겠구나."

먼저 자리에서 일어난 셰리아는 고모님의 방을 나서다 말 고 슬쩍 뒤를 돌아보았다.

"그런데 고모님."

"왜 그러니?"

"저어, '오라버니'가 있으면 어떤 느낌인가요?"

고모님은 잠시 입술을 가린 채 웃으셨다. 아마 셰리아의 질문이 귀엽게 느껴지신 모양이었다.

"글쎄, 지금이야 늘 걱정되는 하나뿐인 오라버니지. 아비 스의 천재 소년이라고 불린 오라버니가 그런 딸 바보가 될 줄은 몰랐거든."

그녀는 소파에 등을 깊이 기대며 잠시 먼 곳을 응시했다. 아주 오래전의 기억을 꺼내듯 말이다.

"하지만 어렸을 때는 반드시 이겨야 하는 경쟁자였어. 물 론 한 번도 오라버니를 이긴 적은 없었어. 가르치러 온 선생 들이 모두 혀를 내두를 정도로 오라버니는 똑똑했으니. 네 가 상상하기 어렵겠지만 말이야."

고모님의 시선이 다시 셰리아에게 돌아왔다.

"나는 오라버니를 질투했고, 존경했지. 가끔은 비밀을 공 유할 수 있는 동료이기도 하고……. 물론 지금은 그냥 걱정 될 뿐이야. 네가 혼인하는 날에 과음하고 쓰러지는 건 아닌 가 하고."

진지하게 시작했던 이야기는 고모님의 귀여운 걱정으로

마무리 되었다.

고모님께 양해를 구하고 방으로 돌아온 셰리아는 편지를 적었다.

'감사하게도 고모님께서 생일 파티를 해 주신다고 해요. 아버지께서 와 주시면 저도 무척 기쁠 거예요.'

간단하게 사인을 마치고 봉투에 넣었다. 그리고 클리브에게 적었던 편지와 함께 집사에게 건네주었다.

편지는 아마 며칠 안에 성으로 도착할 거다. 그녀의 아버지는 셰리아의 초대를 거절하지 않으실 테니, 곧바로 수도로 오실 준비를 할 테고.

'이렇게 된 이상, 사제님과 아무 관계도 아니라는 것을 말씀드리는 건 생일 파티 이후로 해야겠네.'

데일이 생일 파티 초대를 받아들인 것은 아마 셰리아 때문일 것이다.

어제 데일은 부모님께 솔직하게 말씀드리라고 조언했었다. 그 말에 셰리아는 무척 어색한 표정을 지었을 뿐이었고.

데일은 그녀가 마음의 준비가 될 때까지 너그러이 휘둘려 주시려는 모양이다.

'내가 사제님을 거절하는 형태가 되어야 한다고 생각하시는 것 같으니까.'

그녀의 명예까지 생각해 주는 그 마음 씀씀이가 참 고마웠다.

셰리아는 펜촉에 남은 잉크로 빈 종이에 '생일'이라고 적었다. 그녀가 이 세상에 나온 날, 탄생의 날이다. 무언가 변화의 시점으로 잡기에 그만한 날은 없을 것이다.

이번 생일을 기점으로써 이 애매한 셰리아 프리어는 전부 버려야겠다. 그리고 제대로 앞을 바라보는 사람이 되어야지.

사제님과의 관계도 확실하게 정리하고, 더는 검댕이, 아니 클리브에게 애매한 미련을 두는 것도 그만둘 거다.

그리고 모처럼 수도에 온 특권을 잔뜩 누려야지.

'가능하면 공부도 좀 하고, 파티도 다니고, 맛있는 것도 많이 먹으면서.'

아버지께서는 말씀하셨다. 다양한 모든 경험이 그녀의 재산이 될 것이라고, 소중한 것을 깨닫게 해 줄 것이라고.

'그렇게 바쁘게 생활하면, 분명히.'

조금 더 좋은 셰리아가 될 거다.

시간은 차근차근 흘러갔다.

셰리아는 도서관과 디저트 가게에 가거나 신전에 가는 생활을 반복했다.

"사제님 죄송해요."

물론, 고모님의 초대에 대해 사과하는 것도 잊지 않았다.

"괜찮습니다. 저 실은 파티를 무척 좋아하거든요."

데일은 춤을 추는 방법도 알고 있다며 자랑스럽게 대답했다.

"셰리아는 어떤 드레스를 입으시나요?"

"딱히 생각해 본 적은 없어요. 아마 누군가가 골라 줄 거라고 생각하지만요."

"시간에 여유가 있었다면 제가 선물했을 텐데요."

"네?!"

셰리아가 깜짝 놀라며 뒷걸음질 쳤다. 근처를 지나가던 개미들이 재빠르게 그녀를 피해서 길을 바꾸었다.

"서, 서, 선물이라뇨! 진짜 약혼자도 아닌데 그런 선물을 하시면 안 된다고요!"

"안 되나요?"

"당연하죠!"

"하지만, 셰리아가 저와 놀아 주다 보면 항상 드레스에 풀물이 들어서 미안했답니다."

그는 지금도 흙먼지가 잔뜩 달라붙은 그녀의 드레스 자락을 보며 다정하게 웃었다.

"노, 놀아 드리다뇨. 사제님께서 저와 놀아 주시는 거죠."

"우리는 서로에게 좋은 놀이 상대인 모양이군요. 그렇죠?"

커다란 손이 다시 그녀의 머리를 쓰다듬는다.

"저어, 사제님."

그 다정한 손길에 용기를 얻은 셰리아는 조심스레 이야기를 꺼냈다.

"말씀하세요."

"실은 저, 생일 파티가 끝나면, 집안 어른들께 모든 것을 말씀드리려고 해요."

"결심하셨군요."

데일의 손이 한 번 더 그녀의 분홍빛 머리를 쓰다듬어 준다. 마치 착한 일을 한 아이를 칭찬하듯 말이다.

"네, 생일이니까요. 왠지 그날에는 무엇이든 할 수 있을 것 같다는 기분이 들어요."

"셰리아는 생일이 아니어도 항상 무엇이든 할 수 있습니다. 하지만 누구에게나 계기를 두는 것은 중요하죠."

"그동안 제 고집에 어울려 주셔서 감사했어요."

셰리아는 두 손을 공손하게 모아서 이야기를 건넸다. 그러자 데일도 손을 내려놓고, 정중하게 대답했다.

"저야말로 사제단의 잔소리에서 구원해 주셔서 감사했습니다. 덕분에 짝사랑에 집중할 수 있었죠."

완전히 차였지만요.

데일은 여전히 다정한 얼굴로 웃었다.

"사제님을 거절하시다니, 저로서는 상상도 할 수 없는 일이에요."

"누구나 사랑하는 사람을 자유로이 결정할 권리가 있죠."

"하지만……."

셰리아는 제 심장 근처를 잠시 손으로 문질렀다. 어딘가 아파 왔기 때문이다.

"사제님은 오직 그분만을 사랑한다고 하셨잖아요."

"예."

흔들림 없는 대답이 돌아왔다.

"그 마음은요?"

"……."

"보답받지 못하는 마음. 그러니까, 남아 버린 사랑은 어떻게 되는 거예요?"

그에게서는 아무런 대답도 돌아오지 않았다. 그러나 그 물빛 눈동자에서 지금까지 볼 수 없었던 슬픔이 새어 나왔다.

비로소 셰리아는 자신이 대단한 실례를 저질렀다는 사실을 깨달았다.

"죄, 죄송해요! 제, 제가 실례되는 소리를……!"

"괜찮습니다."

데일은 당황하는 그녀를 배려해서인지, 굳이 한 번 더 같은 말로 그녀를 안심시켰다.

"정말로 괜찮습니다."

"하, 하지만 쓸데없는 말을……!"

"쓸데없지 않았습니다."

그는 허리를 깊이 숙여 셰리아와 시선을 맞춰왔다.

"요즘 제가 가장 많이 생각하는 일이기도 하니까요."

아무래도 그의 아픈 곳을 찌른 모양이다. 셰리아는 멋대로 나불거린 제 가벼운 입이 원망스러웠다.

"이렇게 남아 버린 마음은, 상대방이 필요로 하지 않는 이 마음은…… 어떻게 되는 걸까, 하고요."

"사제님……."

"그리고 가끔 기도합니다."

데일은 다시 자애롭게 미소 지었다.

"다른 사람들의 사랑은 이렇게 혼자 남아 버리지 않았으면 좋겠다고요."

"……."

"물론 셰리아를 포함해서요."

저택으로 돌아오는 길에 셰리아는 데일의 이야기를 곱씹었다.

「혼자 남아 버리지 않았으면 좋겠다고요.」

정말 다정하신 분이다.

홀로 외로운 세계에 남아 있을지언정, 다른 사람들의 행복을 빌어 줄 수 있다니. 역시 사제라는 자리에 앉게 되면 평범한 사람들과는 조금 달라지는 걸까.

셰리아는 검댕이 다른 아가씨들과 데이트하는 상상을 하며 내심 심통을 부렸던 자신이 부끄러워졌다. 이제부터는 사제님과 같이 어른스러운 마음을 품어야겠다.

그렇게 결심하고 있을 때, 마침 마차가 현관 앞에서 멈추었다. 기다리고 있었던 집사가 문을 열어 주기에, 그녀는 평소보다 조금 더 차분하고 도도한 모습으로 마차에서 내렸다.

'어른스럽게. 차분하게.'

새로이 가져야 할 행동 방침을 마음속으로 외우면서 말이다.

그렇게 마음의 소리에 집중하던 셰리아는 집사가 무어라 보고하는 말을 놓치고 말았다.

"……습니다, 셰리아 님."

무슨 이야기였을까?

평소라면 "죄송해요. 다른 생각을 하느라 못 들었네요."라고 대답했을 거다. 하지만 잔뜩 어른스러운 얼굴을 하고서 그렇게 멍청히 되묻는 것은 아무래도 부끄러웠다.

그러니 셰리아는 가볍게 고개를 끄덕이며 집사의 말을 잘 알아들은 체했다.

"네, 알겠어요."

완벽한 수도 아가씨의 대응을 선보인 셰리아는 자신이 조금 자랑스럽게 생각되었다. 그리고 곧은 걸음으로 걸어 나갔다. 예법 선생님이 기절할 만큼 멋지고 도도한 자세로 말이다.

정말이지, 셰리아 프리어! 역시 너는 할 때는 확실하게 하는 아이라니까.

그렇게 그녀가 자신을 칭찬하는 순간에 현관문이 열렸다. 기다리고 있던 하인과 하녀가 보였다.

"다녀오셨습니까, 셰리아 님."

깊이 허리를 숙이는 모습이 무척 정중하다. 하인들까지 이렇게 정중한 것은 이곳이 수도이기 때문이리라.

"바로 옷부터 갈아입을게요."

그리고 셰리아는 수도의 유행에 따라 사용인에게도 가벼운 경어를 사용했다.

황태자 전하의 인기가 올라가면서 생긴 유행이라고 들었는데, 셰리아는 경어와 황태자 전하의 상관관계는 제대로 알지 못했다.

어쨌든 이건 유행이고, 고모님의 말씀에 따르면, 어느 정도 유행을 숙지하고 이용하는 것은 몹시 중요하다고 했다.

"알겠습니다."

그녀의 말에 하인 한 명이 곧바로 고개를 들었다.

순간, 그 초록색 눈동자와 정면으로 시선이 마주쳤다. 셰리아는 몇 년 만에 보는 그 특별한 색을 멍하니 바라보게 되었다.

눈에 들어오는 것은 그 눈동자뿐이 아니었다. 밤하늘을 닮은 새카만 머리카락과 선명한 이목구비. 그리고 그녀를 훌쩍 넘어서는 커다란 키에 이르기까지.

셰리아는 한 걸음 물러서며 그에게 곧게 손가락을 뻗었다. 속된 말로 손가락질을 해 댔다. 도도한 아가씨의 흉내를 내던 것도 완전히 잊어버리고 말이다.

"네, 네, 네가 왜 여기에 있어!"

그러자 뒤따라 들어오던 집사가 넌지시 이야기를 건네주었다.

"말씀드리지 않았습니까. 남작님께서 오셨다고요."

아, 아버지께서 오셨다고 이야기했던 거구나. 그렇다면 검댕이 이곳에 있는 것도 이해…… 될 리가 없잖아?!

"저, 정말이지 아버지는 늘 같이 오는 하인이 바뀌면 바뀌었다고 좀 서신에……."

변명처럼 중얼거리던 셰리아는 곧 제 말이 얼마나 억지인지 깨달았다. 함께 이동할 하인을 고르는 것은 주인의 자유다. 게다가 그것을 보고해야 할 의무도 없고.

어쨌든 셰리아는 조금 부끄러워졌기 때문에, 방으로 향하는 걸음을 서둘렀다. 옷을 갈아입고, 아버지께 제대로 인사를 드린 후, 늘 함께 오던 하인들은 어떻게 된 것인지 물어보아야지.

방으로 돌아온 그녀는 침대 위에 털썩 주저앉아 베개 위로 쓰러졌다.

세상에 검댕을 얼마 만에 만난 거지? 거의 1년이 넘어가는 것 같다. 아니 2년인가?

그녀는 제게 쏟아지던 그 초록빛 시선을 떠올렸다.

'또 변했어.'

어딘가 더 날카로워진 것 같다. 어쩌면 시선이 더 높아진 탓에 그리 보이는 걸지도 모른다.

셰리아의 형편없이 작은 키로는 그의 가슴께에나 겨우 닿을까. 열다섯 살 때 즈음에는 그래도 어깨 정도까진 닿았던 것 같은데.

'왜 이런 거로 패배감이 드는 거지.'

사제님 말씀대로 이건 그냥 개인의 차이에 지나지 않는 건데.

셰리아는 짧게 한숨을 쉬었다. 곧 근처에서 조용히 드레스를 준비하는 소리가 들렸다.

옷이나 갈아입자. 어쨌든 옷자락에 흙먼지가 가득한 걸 입고 돌아다니는 것도 민폐일 테니.

"갈아입고 나면 머리도 조금 만져 주시겠어요? 목덜미에 닿는 기분이 싫어서 조금 틀어 올렸으면 좋겠어요."

"예, 아가씨."

충성스러운 대답이 돌아왔다.

"그리고 아버지께……."

침대에 엎드려 있던 셰리아는 이야기를 멈추고 몸을 벌떡 일으켰다. 조금 전에 돌아온 그 '충성스러운 대답' 때문이었다.

수도의 하녀들은 그녀에게 충성을 바치지 않는다. 셰리아는 어디까지나 이 저택의 손님 입장이니 말이다.

셰리아는 드레스를 손질하는 클리브를 물끄러미 바라보았다.

"왜, 왜 네가 여기에 있어?!"

거듭되는 어처구니없는 사태에, 수도의 아가씨다운 말은 단숨에 사라졌다.

"……성의 하인이니까요."

아니, 그게 그렇게 말하면 할 말이 없긴 하다.

셰리아를 주인으로 둔 아비스 성의 하녀와 하인이 오면, 이곳의 사용인들은 그녀를 도와주지 않는 것이 보통이니까.

하지만 셰리아가 납득하는 표정을 짓지 않으니, 클리브는 간단한 설명을 덧붙였다.

"하녀 아이가 함께 왔습니다만, 지금은 잠시 성주님의 심부름을 갔습니다."

"그렇다고 네가 오면 어떻게 해!"

"저도 잘할 수 있는 일이기 때문에."

그야 그렇겠지! 못하는 게 없으신 성의 만능 하인이시니까.

"그, 그렇다고 네가 벗는 걸 도와주는 건 좀 이상하잖아. 그도 그럴 것이 우리는……!"

단순한 아가씨와 사용인 관계가 아니니까. 아주 오랜 시절부터 많은 것을 나누어 온 무척 특별한 인연이니까 말이다.

"……저는 아가씨의 손입니다."

덤덤한 대답이 돌아왔다.

"불편함을 해소하기 위한."

그의 말이 어쩐지.

'손에는, 즉, 그에게는 어떤 감정도 없다'고 말하는 것 같아서 셰리아는 무어라 대답을 할 수도 없었다.

감정이 없다지 않은가. 아무런.

그런 사람하고, 아니 그런 '손' 하고 어떻게 대화를 한단 말인가. 애초에 손이랑 대화하려고 시도하는 사람은 없는 법이지.

"알았어."

셰리아는 자리에서 일어섰다.

"벗겨."

"예."

긴 손가락이 드레스에 달린 끈을 당겼다.

다행이라고 해야 할까.

끈이 당겨진 이후로는 심부름을 갔던 아비스의 하녀가 돌아와서 셰리아를 도와주었다.

하녀의 얼굴이 낯설었다. 새로 들어온 하녀인 모양이다. 다른 때라면 무척 섭섭하게 여겼겠지만, 지금은 그편이 차라리 더 나은 것 같다고 생각했다.

아무런 말도 하지 않은 채, 옷을 갈아입을 수 있을 테니까. 그야말로 수도의 아가씨처럼.

하늘색 드레스로 갈아입은 셰리아는 곧바로 아버지께서 기다리시는 응접실로 향했다.

"셰리아, 봄날의 토끼 같은 나의 보물!"

불편하고 어색했던 마음은 아버지의 변함없는 찬사 덕분에 조금 녹아내렸다. 그 찬사가 좋다는 것이 아니라, 여전히 우습다는 점에서 말이다.

셰리아는 자리에 앉으며 금방 평소의 미소를 짓게 되었다.

"금방 오셔서 깜짝 놀랐어요."

"당연히 금방 오지. 내 따님께서 이렇게 초대해 주셨는데."

"하지만 바쁘시잖아요."

셰리아의 대답에 남작은 대단히 감격한 얼굴이었다.

"세상에, 내, 내 딸이 날 이렇게나 걱정해! 맙소사, 누군가 듣고 있었나? 응?"

그는 주변을 둘러싼 사용인을 한 명씩 바라보았다. '내 딸의 멋진 대사를 자네도 들었지?'라는 듯한 시선으로.

그는 모든 사용인이 고개를 끄덕이는 것을 확인하고 난 후에야 가까스로 진정하는 듯했다.

"클리브 녀석이 이 말을 들었어야 했는데!"

아니, 진정하지 않았다. 어쨌든 모처럼 그의 이름이 나온 순간을 놓칠 수는 없어서, 셰리아는 얼른 질문을 던지기로 했다.

"어떻게 검댕과 함께 오신 거예요?"

"검댕이 아니라 클리브라고 부르렴, 내 딸. 그리고 어쩔수 없었단다. 멀리 출장을 올 수 있는 하인이 달리 없었거든."

그는 다른 하인들의 근황을 한 명씩 꼽아 주었다.

누군가는 둘째의 산달이 다 되어 가서 안 된다고 하고, 다른 이는 공을 들이는 마을 아가씨에게 드디어 청혼할 예정이라고 했다.

그 외에도 다양한 사정들이 아버지의 입에서 흘러나왔다. 역시 그녀의 아버지는 성 사람들의 사정을 깊이 생각하시는 좋은 성주님이다.

"다들 순조롭네요."

척척 인생을 개척하는 이야기를 들으니까 어쩐지 속이 쓰리다.

"바깥에서 보면 모두 순조로울지 몰라도 나름의 고충이 있는 법이지. 남과 비교할 필요 없단다. 내 딸아."

어쩐 일로 자상하고 옳은 말씀을 하신다. 셰리아는 가만히 고개를 끄덕였다.

"하지만 네 아비는 아주 순조롭단다. 이렇게 예쁘고 귀여운 딸이 있다니! 난 내 앞날에 용의 발톱으로 만든 가시가 있다고 하더라도 내 인생을 순조롭다고 여기겠지!"

"……용의 발톱으로 만든 가시는 좀 무서운데요, 아버지."

"내 딸이 날 아버지라고 부르는데 무엇이 무섭겠니!"

셰리아는 한숨을 쉬었고, 남작은 그녀와 이렇게 마주 앉은 것만으로도 너무 행복한지 히죽히죽 웃을 뿐이었다.

"그래서 수도에는 언제까지 계실 수 있으신가요?"

"물론, 나도 가능하면 오래 머물고 싶단다."

오래 머물러 달라고 하지는 않았는데……. 어쨌든 셰리아는 하나하나 지적하지 않았다.

"하지만 네 생일 파티가 끝나면 다음 날 바로 돌아가야 한단다. 대체 왜 우리 성은 이렇게 바쁘기만 한 거지?"

그야 아버지께서 일을 벌이면서 운영하시는 바쁜 성주님이니까요.

대체 저리 능력 있으신 분이 셰리아의 앞에서는 왜 이렇게 나사가 빠지시는 걸까.

"어쨌든, 셰리아."

"네?"

"그 사제님은……."

"데일 사제님이요?"

"그래, 그 도둑 같은…… 크흠!"

비밀이라도 말씀하시는 것처럼 작게 속삭이시긴 했지만, 셰리아의 귓가에는 분명히 들려왔다. '도둑'이라고.

"단어 선택이 불경하신데요."

"그야 그럴 것이 너보다 나이도 세 살이나 많고……!"

"아버지는 어머니보다 다섯 살이나 더 많으시잖아요."

"난 썩을 도둑놈이야. 난 널 데려가는 사람을 도둑이라고 부르기 위해서라면 얼마든지 도둑이 될 거다."

"……."

"하지만 내가 정의로운 도둑이라면, 내 딸을 데려가는 녀석은 정의롭지 못한 도둑이야!"

아버지, 아버지의 세계에는 대체 어떤 정의가 세워진 건가요.

셰리아가 멍하니 아버지를 바라보고 있으니, 곧 응접실의 문이 열렸다. 검댕, 아니 클리브였다. 그는 정중하게 허리를 숙인 뒤, 남작에게 무어라고 귓속말을 전했다. 남작의 얼굴에 곧 화색이 돌았다.

"그래? 알았어. 바로 출발하지."

"어디 가시나요?"

남작은 자리에서 일어서며 제 옷깃을 매만졌다.

"내 딸의 약혼 파티에 그저 그런 옷을 입을 수가 있어야지. 수도에 연락해서 미리 옷을 맞춰 두었는데 마침 입어 볼 준비가 다 되었다는구나."

"야, 약혼 파티라뇨! 아니에요! 이, 이건 그냥 생일 파티예요!"

셰리아는 클리브의 얼굴을 흘긋 바라보며 얼른 변명하듯 외쳤다.

"내 딸아."

하지만 남작은 근엄한 목소리로 재차 강조했다.

"네 약혼자가 참가한다는 시점에서, 내게는 그곳이 전쟁터란다."

사실은 클리브에게 편지를 쓸 때마다 의도적으로 피해 왔다. 그러니까, 다른 남자의 이야기 말이다.

처음에는 그저 그런 이야기를 쓰는 것이 부끄럽기 때문이라고 생각했다. 어린 날의 친구에게 그런 것까지 전부 다 말하는 사람은 없을 거라며.

하지만 데일의 사랑 이야기를 전해 들을 때마다, 셰리아는 자신 안에 있던 복잡 미묘한 감정의 이름이 무엇인지 조금씩 깨달아 가고 있었다.

그리고 나중에는 이렇게 생각하게 되었다.

다른 남자의 이야기를 적지 않았던 것은 단순한 부끄러움 때문이 아니라, 그에게 알려지기 싫었기 때문이 아닐까.

"……."

아버지께서 응접실에서 먼저 일어나신 후, 셰리아는 조금 더 그곳에 남아 있었다.

클리브는 묵묵하게 비어 버린 찻잔을 치우고 있었다. 셰리아는 별다른 말 없이 그의 얼굴을 물끄러미 바라보았다.

매끈한 얼굴에는 어떤 표정도 들어 있지 않았다. 그 텅 빈 얼굴이 혹여 어떤 감정을 억누르기 위한 것은 아닐까, 하고 기대해 보았지만.

"아가씨, 차를 더 드시겠습니까."

그리 묻는 모습이 얼마나 자연스러운지. 게다가 잠시 마주친 눈동자는 너무나도 평온하고, 덤덤했다.

'대체 나는 지금까지 뭘 그렇게 혼자서 애쓴 걸까.'

셰리아는 홀로 발을 동동 구르는 것 같은 자신이 한심해졌다.

뒤늦은 확신이 들었다. 저 클리브 홀턴이라는 사람은 그녀가 '오늘은 파티에서 멋진 신사분과 만났어.'라는 이야기를 적어 보냈어도 아무런 생각이 없었을 것이다.

답장에도 변화가 없었을 거다. '그렇군요. 아가씨.'라거나, '즐거우셨으면 좋겠습니다.'라는 짧은 대답이 돌아왔겠지. 그녀가 약혼한다는 말에도 저렇게 덤덤한 것을 보면 확실했다.

뭔가 한계까지 부풀어 올랐던 풍선이 팡 하고 터지는 것 같은 기분이 들었다. 허탈감 때문인지 조금 웃음도 새어 나왔다.

"차는 안 마실게. 산책할 거야."

걷자. 우울할 땐 걷는 게 최고야.

언제나처럼 하늘이 파랗고 땅은 단단하다는 사실을 새삼 깨닫고 나면, 기분이 훨씬 나아질 테니까.

고모님 댁의 정원은 완벽하게 구획을 나누고, 색과 모양을 고려하여 꽃과 나무를 심어 두었다.

셰리아는 이 정원을 가리켜, 자연과 인간의 지혜가 만났다고 말하곤 했다.

걷기만 해도 기쁨이 느껴지고, 이런 정원을 가꾼 정원사에게 세계의 영광을 바치고 싶어져야 하는데.

지금은 예쁜 꽃도, 그 너머로 보이는 자그마한 벌레들도 그다지 눈에 들어오지 않았다. 클리브 때문이었다. 어째서인지 그는 마땅한 간격을 두고 그녀의 뒤로 따라붙기 시작했다.

'왜 따라오는데?'

할 말이 있어서? 그렇다고 하기에는 두 사람의 간격은 조금도 좁혀지지 않고 있었다.

아니면 시중을 들기 위해서? 부탁하지도 않은 시중을 들기 위해 따라올 리가 없지 않은가.

가능한 한 무시하고 산책에 집중하려고 해도 그렇게 되지 않았다. 잠시 고민한 셰리아는 걸음을 멈추고 몸을 빙글 돌렸다. 어색한 마음에 어쩐지 입술이 삐죽여지고 말았다.

"클리브 홀턴."

그리고 처음으로 그의 이름을 불렀다. 몇 번인가 혼자 입으로 읊조려 본 적은 있었지만, 이렇게 직접 부르는 것은 처음이었다.

"예."

멀찍이 멈추어 선 그가 곧바로 대답해 온다. 셰리아는 비로소 그의 이름이 바뀌었음을 실감했다.

"……좋은 이름이네."

"감사합니다."

그가 가볍게 끄덕인다. 스치듯 시선이 마주치자, 셰리아는 고개를 돌려 눈길을 피했다.

"사, 산책은 혼자서도 할 수 있으니까, 따라오지 않아도 괜찮아."

그리고 다시 몸을 돌렸다. 이렇게까지 말했으니 따라오지는 않을 거다. 그녀는 마치 도망이라도 치는 것처럼 빠르게 걷기 시작했다.

다행히 그녀의 뒤로 그가 따라붙지는 않았다. 작은 해방감이 들었다.

좋아, 자신에게 괜찮을 거라고 말해 주자. 언제나처럼 땅은 이렇게 단단하고, 하늘은…….

"흐리네."

셰리아는 실망감에 잠시 얼굴을 찌푸렸지만, 금방 마음을 고쳐먹었다.

흐린 건 또 흐린 대로 좋다. 그녀의 마음에 공감해 준다고 생각하면, 고맙기까지 하고.

톡톡.

작은 물방울이 셰리아의 콧날 위로 떨어져 내렸다. 으, 이렇게까지 열렬하게 공감해 줄 필요는 없는데.

셰리아는 걸음을 서둘렀다. 이 근처라면 고모님이 아끼시는 정원 속의 작은 티 하우스 근처다.

잠시 그곳에 앉아서 기다리면 비가 그치거나, 누군가가 우산을 들고 찾아와 줄 것이다. 산책할 때마다 몇 번이나 그렇게 도움을 받은 적이 있었다.

한 번 물방울을 흘려 버린 구름은 점점 더 많은 비를 내리기 시작했다. 셰리아는 가까스로 거센 빗줄기를 피해 티 하우스의 지붕 아래 도착했다.

그녀는 익숙하게 긴 벤치 의자의 끝에 앉았다.

그리고 조금 젖은 머리카락을 틀어 올렸다. 옷을 갈아입을 때, 하녀에게 머리를 틀어 올려 달라고 하는 것을 깜빡했다.

간단히 목덜미에 달라붙는 머리카락을 정리한 그녀는 정원으로 시선을 옮겼다.

비 오는 날의 티 하우스는 무척 멋지다. 이렇게 작은 지붕 아래로 사방은 모두 뚫려 있어서, 평소에는 볼 수 없는 풍경을 감상할 수 있다.

누군가는 '방에서 비 오는 풍경을 내다보는 것과 무엇이 다르냐'고 묻기도 하지만, 셰리아는 자신 있게 대답할 수 있었다.

소리가 다르다.

이렇게 눈을 감고 가만히 들어 보면, 귀가 먹먹할 정도로 강한 빗줄기의 소리에 점령당한다. 이곳 이외의 그 어떤 장소에서도 이렇게 압도적인 소리는 들어 본 적이 없었다.

셰리아는 다시 눈을 떴다. 가느다란 물방울 때문에 시야는 흐려졌다. 그래서일까, 그녀는 제 눈앞에 보이는 것을 다시 확인하듯 천천히 눈을 감고 다시 떴다.

"아가씨."

검은 우산을 든 클리브가 티 하우스 앞에 서 있었다.

"……."

셰리아는 한 가지를 깨달았다. 그가 그녀의 뒤를 쫓았던 것은 날씨 때문이었다. 그녀가 잠시나마 망상했던 대로 할 말이 있었던 것이 아니었다.

"생각보다 금방 비가 떨어졌지?"

셰리아는 덤덤하게 이야기를 걸었다.

"나는 조금 더 여기에 있을게."

"그렇다면 10분 뒤에 다시 오겠습니다."

그건 같이 있기도 싫다는 말일까. 셰리아는 그가 의도적으로 만드는 거리감에 조금 지치는 기분이 들었다. 편지에서부터 어렴풋이 느끼고는 있었지만, 이렇게 실제로 당해 보니까, 참 서글프다.

"……여기에 있어."

셰리아는 거의 들리지 않을 것 같은 목소리로 속삭였다. 아마 비가 많이 내리니까 그의 귓가에는 닿지도 않았을 거다.

"알겠습니다."

"드, 들렸어?!"

셰리아가 고개를 번쩍 들어 올리며 묻는 순간에는, 클리브도 우산을 접고 티 하우스 안으로 들어서고 있었다.

"당연히 들렸습니다."

그는 소리 나지 않는 걸음으로 그녀의 근처에 섰다.

"안 들릴 줄 알았는데."

"늘 목청이 좋으셨죠."

"……그러는 넌 말투가 아주 매끄러워졌네."

예전에는 어딘가 느린 말을 사용하곤 했었는데 말이다.

"연습…… 했습니다."

"연습?"

"손님들은 기다려 주지 않으니까요."

손님? 무슨 소리지?

셰리아가 잠시 의문을 품었지만, 제대로 된 대답을 들을 기회는 없었다. 클리브가 바로 다른 이야기를 시작한 것이다.

뭔가, 화제를 바꾸려는 것처럼 말이다.

"다시 해 드려도 됩니까?"

그의 눈길이 그녀의 머리카락을 향하고 있기에, 셰리아는 두 손으로 조금 전에 적당히 틀어 올린 제 머리카락을 매만졌다.

"이상해?"

"……."

대답이 없는 것을 보니 이상하긴 한 모양이다.

"하녀에게 머리를 올려 달라고 하는 걸 잊었어."

"제가 제대로 인수인계하지 않은 탓입니다. 죄송합니다."

셰리아의 뒤에 선 클리브는 어설프게 묶인 머리카락을 풀어 내렸다.

물기를 머금은 머리카락이 힘없이 밑으로 축 늘어졌다. 클리브는 머리끝의 엉킴을 조심스럽게 풀어내더니, 곧 전체를 쓸어내렸다.

천천히 아주 조심스럽게. 혹여 그녀의 머리카락 하나라도 아프게 당겨지는 일이 없도록 말이다. 그러고 보니 아비스에 살 때는 이렇게 클리브가 머리를 말려 주거나 묶어 주었다. 거의 매일.

"오랜만이네."

셰리아는 문득 그리 말했다. 그녀의 머리카락을 헤집던 손길이 멈추었고, 기대하지도 않았던 대답이 돌아왔다.

"그렇군요."

"어렸을 때는 네가 머리를 해 주는 것이 무척 당연했는데."

수도에 와서 알았다. 그것이 얼마나 당연하지 않은 일인지. 보통 다른 여자아이는 유모나 하녀들이 머리를 매만져 준다고 했다.

"하지만 우리 성에서는 네가 가장 잘했단 말이야. 정말로."

"그럴 리가요."

"정말이야. 다른 하녀가 묶으면 어딘가 늘 불편한 곳이 있었어."

그의 손에서 그녀의 머리카락이 도르르 말리고, 위로 고정되었다. 물론 아픈 곳도 불편한 곳도 없이 완벽했다.

"봐, 내 말이 맞지."

셰리아는 고개를 뒤로 들어 올리며 클리브를 바라보았다.

그녀를 내려다보는 그와 다시 시선이 이어졌다. 조금 전과는 달리 그의 시선에 어떤 감정이 담겨 있다고 느껴지는 건.

아마 착각일 것이다. 비는 사람을 이상하게 만드니까. 제가 기대한 환각을 보는 것도 무리는 아니다.

"고마워. 다시 묶어 줘서."

그는 작게 고개를 끄덕였다. 그리고 몇 걸음 뒤로 물러섰다. 그녀가 비를 즐기는 동안 그렇게 서서 기다릴 작정인 모양이다.

그에게 자리를 권하려던 셰리아는 생각을 고쳤다. 그녀에겐 학습 능력이 있으니까.

'여기 앉을래?'라며 권유하면 분명히 거절할 것이다. 이런 건 확고하게 말해 두는 편이 낫다.

"여기 앉아."

마침 그녀가 앉은 벤치는 무척 길었고, 그에게 한편을 내어 주기에는 충분한 공간이 있었다.

그녀의 예상은 틀리지 않아서, 클리브는 곧 그녀의 옆에 앉았다. 기분 나쁠 정도로 바른 자세라는 것이 신경이 쓰였지만, 뭐 그런 것까지 지적하고 싶지는 않았다.

비는 쉬지 않고 내렸다. 길의 굴곡을 따라 물이 고여 들기 시작했다. 셰리아는 점점 질퍽해지는 길을 물끄러미 내려다보았다.

"걱정하십니까."

문득 곁에서 묻는 말이 들려왔다.

"걱정?"

무슨 말인가 하며 되물으니, 클리브는 입을 꾹 다물었다.

"······아닙니다."

그러다가 문득 떠올랐다. 비 오는 날과 흙길, 그리고 그녀의 걱정.

그건 어릴 때 이야기의 연장선이었다.

「지렁이는 멍청해. 어째서 비가 오면 끝없이 기어서 멀리까지 가는 걸까? 해가 떠올랐을 때 집으로 돌아가지 못하면 길에서 바싹 말라 죽잖아.」

셰리아는 비가 올 때면 이런 이야기를 몇 번이나 반복했다.

그리고 비가 그친 다음 날에 반드시 말라 죽은 지렁이를 발견하고는 "봐, 내 말이 맞지."라며 조금 속상해하곤 했다.

어쨌든 검댕이 클리브로 변하고, 시골의 셰리아가 수도의 아가씨로 변해도. 지렁이의 못된 산책 습관은 고쳐지지 않았으니, 오늘도 신이 나서 땅 밖으로 기어 나올 거다.

"물론 지금도 걱정하지, 또 신이 나서 멀리까지 기어가는 것은 아닐까 하고."

"물론 오늘도 기어갈 겁니다."

"쓸데없이 성실해."

"그런 점을 좋아하셨죠?"

그야 물론 그렇긴 하지만.

"어쨌든! 이번에는 땅속으로 통하는 길을 잃는 지렁이가 없으면 좋겠다. 어째서 이런 소박한 소원이 단 한 번도 이루어지지 않는 거지?!"

셰리아가 불평하며 입술을 삐죽거리기에. 클리브는 그만 미소를 짓고 말았다. 물론, 그녀가 그를 돌아볼 때는 얼른 평소의 얼굴로 돌아왔지만 말이다.

하늘은 지렁이를 먼 곳으로 산책 보내고 싶었던 것인지, 아무리 시간이 흘러도 비는 좀처럼 그치지 않았다.

더웠던 여름 공기에 습기와 낮은 온도가 퍼져 갔다.

클리브는 목선과 어깨가 드러난 셰리아의 드레스를 보며 조용히 권유했다.

"돌아가시는 편이 좋겠습니다."

더욱 물이 불어서 바닥이 질척해지면 걷기 어려워질지도 모를 테고 말이다.

하지만 셰리아는 자리에서 일어설 마음이 없어 보였다. 제 옷자락을 작은 손끝으로 만지작거릴 뿐이었다.

클리브는 그것이 그녀의 습관임을 알았다. 할 말이 있는데, 차마 입에 담지 못할 때마다 그런 행동을 보이곤 했으니까. 무슨 말을 또 그렇게 속에 뭉쳐 두고 있는 걸까.

"이, 있잖아."

셰리아가 어렵게 입을 떼기에 클리브는 고개를 끄덕였다. 그녀는 여전히 제 손끝에 시선을 둔 채였다.

"나, 안 보고 싶었어?"

"……."

대답이 없다.

맙소사, 셰리아 프리어. 조금 더 괜찮은 대사는 없었어? 뭔가 다른 뜻으로 적당히 둘러댈 만한 그런 것 말이야!

"아무것도 아니야! 으, 저, 저택으로 돌아갈게! 점점 추워 지는 것 같고, 들어가서 따듯한 물로……."

"보고 싶었습니다."

당황하여 아무 말이나 내뱉고 있으니 조금 느린 대답이 돌아왔다.

놀란 셰리아는 얼떨결에 그에게로 시선을 돌렸다. 그러자 클리브는 굳이 같은 말을 반복했다. 어쩌면 그녀가 다른 소 릴 하다가 그의 대답을 듣지 못했다고 생각했을지도 몰랐다.

"보고 싶었습니다."

"저, 정말로?"

"예."

"얼마나?"

"꽤 많이요."

어쩜 그런 말을 얼굴색 하나 변하지 않고 잘도 말한담. 도 리어 듣는 사람이 더 부끄러워지는 것 같은 기분이 들었다.

하지만 보고 싶었다는 말은 너무 기뻐서, 솔직한 셰리아의 얼굴에는 미소가 걸리고 말았다.

"⋯⋯있잖아, 사실은."

잠시 머뭇거린 그녀는 조심스럽게 이야기를 계속했다.

"조금 전에 현관에서 만났을 때, 깜짝 놀랐어."

"그러신 것 같았습니다."

"키, 더 컸어?"

"모르겠습니다. 딱히 신경 쓰지 않아서."

윽, 신경 쓰지 않는다니. 역시 가진 자의 여유다. 셰리아는 잠시 얼굴을 찡긋거리며 자리에서 벌떡 일어났다.

"난 신경 쓰인단 말이야."

셰리아는 자연스럽게 클리브의 팔을 당겨 제 앞에 바로 서게 했다. 그리고 거의 닿을 듯한 거리에서 바로 서 보았다.

그녀의 정수리는 그의 가슴께에 겨우 닿을 듯 말 듯 하다. 아무래도 이 멀대같이 얄미운 친구는 식사가 전부 키로 가는 모양이다.

셰리아는 고개를 바짝 들고 클리브를 올려다보았다. 그의 눈동자도 제 앞에 선 셰리아를 물끄러미 내려다보고 있었다.

"봐, 시선도 더 멀어졌지."

"그렇군요."

비로소 클리브가 그녀의 의견에 동의했다.

"⋯⋯속상해."

"키 재기가 끝나셨으면, 이제 저택으로 돌아가셔야 할 것 같습니다."

그의 조언에 불만 어린 표정이 돌아온다.

"기온이 떨어지고 있습니다."

"춥지는 않은데."

셰리아는 헤실 웃으며 어깨를 으쓱였다.

그러자 그녀의 목덜미와 어깨 즈음으로 클리브의 손이 감싸듯 닿아 왔다.

"차갑습니다만."

그렇게 말하는 클리브의 손은 엄청 뜨겁다. 그가 닿은 곳부터 그녀에게 달라붙었던 미약한 추위가 녹아들 정도로.

"……."

셰리아는 조금 놀란 얼굴로 클리브를 올려다보았다.

"……죄송합니다."

그는 곧바로 사과했다. 그의 손이 떨어지려 하기에 셰리아는 얼른 그의 손끝을 두 손으로 붙들었다.

어째서 붙잡았는지도 몰랐다. 지금 무언가 굉장히, 묘한 감정이 그와 셰리아를 스치고 지나갔다.

놓치고 싶지 않았다. 그 작은 단서를.

"있잖아……."

뜨거운 손끝을 꼭 쥔 셰리아는 겨우 입술 끝을 움직였다.

"정말로, 내 생각했어?"

"……예."

이번에는 조금 자신 없는 대답이 돌아왔다.

어쨌든 그는 거짓말을 하지 않는다. 정말로 그녀에 대해 완전히 잊고 있지는 않았던 거다.

"항상 걱정했습니다."

"어?"

갑자기 들려오는 다정한 말에 셰리아는 멍청한 말로 되묻고 말았다.

그는 다른 손으로 셰리아의 분홍빛 머리카락을 천천히 쓰다듬어 주었다. 과거에 몇 번이나 그랬던 것처럼. 익숙한 모양으로 말이다.

'흐으……'

셰리아는 심장이 입 밖으로 나올 것 같다는 느낌을 처음으로 깨닫고 말았다.

어릴 때부터 몇 번이나 이렇게 해 주었는데, 어째서 이렇게 기쁘고 두근거리는 걸까?

어쩌면.

클리브가 이렇게 다정하게 돌봐 주는 것을 몹시 그리워했던 걸지도 모른다. 그의 편지에는 이런 상냥함이 조금도 섞여 있지 않았으니까.

'어떻게 해.'

셰리아가 할 수 있는 것이라고는 겨우 용기 내어 잡은 손끝을 놓치지 않는 것뿐이었다.

'……정말 좋아하는 것 같은데. 나.'

두근대는 심장이 이제는 괴로울 정도가 되었다.

"다행입니다."

머리를 쓰다듬던 손길이 멈추었다. 아쉬운 마음이 들었지만, 더 쓰다듬어 달라고 할 수는 없어서 셰리아는 입술을 오물거렸다.

"다, 다행은 뭐가."

"아가씨께서 좋은 신랑감을 구하신 것 같아서요."

"……."

"편지에는 그런 말씀이 없으셔서 늘 걱정했습니다."

그를 쥐었던 손에서 스르르 힘이 풀렸다. 자신도 모르게.

가까스로 닿았던 손이 멀어졌다. 하지만 그 사실에 질척한 아쉬움을 품는 사람은 셰리아뿐일 것이다.

걱정했다는 말.

그런 뜻이었구나. 생각조차 하지 못했다. 그냥 사소하게, 그녀의 건강이나 식사 같은 것들을 생각해 준 것으로만 알고 기뻤는데.

셰리아는 애써 입술을 끌어 올렸다. 일단 그렇게라도 하지 않으면 무언가 좋지 못한 심통을 부릴까 봐 두려웠다. 클리브 홀턴은 잘못한 게 없으니까. 아무것도.

"그, 그런 걸 걱정할 줄은 몰랐어."

어색한 웃음소리가 입에서 함께 흘러나왔다. 거기서 멈추었어야 했는데, 그녀의 입술이 멋대로 움직이고 만다.

"하긴 나는 그다지 예쁘지도 않고, 성격도 이 모양이고……. 응! 그러네, 걱정이 될 만하네."

"그런 뜻은."

클리브가 무어라 변명하려 하는 것 같기에, 그녀는 얼른 고개를 휘휘 저었다.

창피하고 부끄럽고, 그리고 무엇보다 숨이 부족해질 만큼 심장이 아파서 빨리 저택으로 돌아가고 싶어졌다. 마침 빗줄기도 조금 잦아든 모양이고.

"돌아갈래."

그녀는 다소 서두르며 걸음을 옮겼다. 빗속을 두어 걸음 걷고 나니 곧 그녀의 머리 위로 검은 우산이 드리워졌다.

클리브는 그녀의 다급한 걸음에도 완벽하게 맞추며 비를 맞지 않도록 도와주었다.

정말이지 대단히 고마운 하인이 아닌가.

주인 아가씨의 결혼도 걱정해 주고, 비를 맞지 않게 도와 주기도 하고. 별로 알고 싶지 않은 이야기가 담긴 편지에 답 장도 꼬박꼬박 써 주고.

하인의 거울이 따로 없다.

둘은 말없이 정원을 지나 현관으로 돌아왔다. 클리브가 우산을 털어 정리하는 동안, 셰리아는 서둘러서 방으로 돌 아왔다.

뜨거운 물로 몸을 씻고, 잠옷으로 갈아입은 후에는 곧바 로 침대로 들어갔다.

괜찮은지 묻는 하녀에게는 내일 아침까지 침대 밖으로 나 가지 않을 테니까, 저녁 식사 시간에도 깨우지 말아 달라고 부탁했다.

마침내 홀로 남아 베개 속에 머리를 기대었다. 미련한 순 간이 그녀의 머릿속에서 멋대로 다시 떠오른다.

결혼하게 되어서 다행이라는 말. 그리고 그녀의 어깨 위 로 닿았던 뜨거운 손.

셰리아는 얇은 잠옷 너머로 제 어깨를 만지작거렸다. 괜스레 그 손이 닿았던 곳이 뜨거워지는 것 같다.

'뭔가 뒤죽박죽이야…….'

걷잡을 수 없는 혼란을 뒤로하고 셰리아는 일단 잠을 청했다.

비가 오는 날이라서 다행이다. 어떤 소리라도 끊임없이 귓가에 들리는 편이 나은 것 같으니까.

그녀의 생일은 겨우 하루가 남았다.

그동안 셰리아는 고모님과 아버지 사이에서, 그들의 무한한 애정과 사랑을 확인하는 시간을 보냈다.

그들은 어떤 꽃으로 파티를 장식하고 싶은지, 따로 원하는 음악은 없는지, 혹시 마지막으로 추가하고 싶은 음식이나 음료는 없는지 몇 번이나 물어왔다.

물론, 이런 관심과 애정은 감사한 일이다. 하지만 마음이 복잡한 탓일까, 조금은 귀찮게 생각되기도 했다.

그렇지 않아도 의욕 없는 몸은 쉽게 지쳐 갔다. 데일의 신성력이 그리워졌다. 아무래도 신성력 중독에 걸린 모양이다. 불경하게도 말이다.

'미안해요, 사제님. 저는 어리석고 욕심 많은 인간이네요.'

잠시 시간을 내어 신전에 가 볼까 했지만, 곧 고개를 저었다.

사제님께서는 신전의 보수 공사로 무척 바쁜 시간을 보내실 거라고 들었다.

물론 셰리아가 찾아가면 어떻게든 시간을 내 주시겠지만, 그분께 이 이상 심한 폐를 끼치고 싶지는 않았다.

셰리아는 제 방 소파에 털썩 몸을 뉘었다.

오늘은 아침부터 저녁이 된 지금까지, 다양한 가게로 끌려 다녔다. 허리와 등을 조이는 옷을 입고, 답답한 마차에 앉아서 복잡한 상점가를 누비는 것은 정말 지옥 같은 일이었다.

게다가 괜한 마음에 신었던 높은 구두는 그녀의 발가락을 잘근잘근 씹어 먹는 고통끼지 선사해 주었다.

"흐으……."

앓는 소리가 절로 나왔다. 정말이지 수도에서 나고 자란 다른 아가씨들은 어떻게 이런 생활을 잘해 내는지 존경스러울 지경이다.

마음 같아서는 침대에 눕고 싶지만, 그랬다가는 드레스가 흉하게 구겨질 터다.

하지만 달갑지 않은 이야기가 바깥에서 들려왔다.

"맙소사. 셰리아! 케이크 장식을 마지막으로 한 번 더 확인하고 오는 것을 깜빡했지 뭐니?!"

으으, 고모님. 조카를 죽일 작정이신 건 아니시죠?

어쨌든 어른의 부르심에 응하지 않을 도리는 없었다.

셰리아는 퉁퉁 부은 발을 구두 안으로 끼워 넣으며 삐걱삐걱 몸을 움직였다. 다시 지옥 같은 마차를 타고 시내 중심가로 가야 할 모양이다.

하지만 그때, 바깥에서 소곤거리는 소리가 들렸다. 처음에는 제대로 들리지 않았지만, 곧 문이 열린 덕분에 방 안쪽까지 소리가 새어 들어왔다.

"정말로? 큰일이네."

"약을 가져왔으니, 금방 괜찮아지시리라 생각합니다."

잠시 이야기를 듣고 있으니, 고모님은 '알았다'는 말만 남기고 어디론가 가 버리셨다. 그리고 클리브가 그녀의 방으로 멋대로 들어왔다. 무언가 많은 것들을 잔뜩 들고서 말이다.

"고모님은? 그리고 누가 아파?"

셰리아는 약을 가져왔다는 클리브의 이야기를 떠올리며 물었다.

"부인께서는 케이크 장식을 확인하러 가셨습니다."

그는 소파의 테이블에 가져온 것들을 전부 내려 두었다. 그리고 셰리아의 이마에 손바닥을 올리며 차분하게 설명을 이어 갔다.

"그리고, 아픈 사람은 아가씨입니다."

그러고 보니, 오늘은 클리브의 손이 차갑게 느껴진다.

묘하게 기분이 좋아진 입술이 방정맞게 히죽 웃어 버렸고, 그 모습을 물끄러미 내려다보던 클리브가 한숨 섞인 말을 내뱉었다.

"아프셔도 안색이 전혀 변하지 않는 점만큼은 그대로시군요."

그 말은 어쩐지 셰리아가 잔뜩 변했다는 소리 같은데.

이상한 말이다. 변한 것은 그녀가 아니라, 그였으니까.

"일단 약부터 드세요."

클리브가 가져온 약은 썼다. 저절로 얼굴이 찌푸려질 만큼. 끔찍한 맛이 나는 액체를 가까스로 삼킨 셰리아는 무언가를 바라는 것 같은 얼굴로 클리브를 바라보았다.

"사탕은 없습니다."

이럴 수가. 그건 하인의 직무 유기라고. 약에 사탕에 딸려 오지 않는다니!

"약에 사탕이 필요한 건 13살까지입니다, 아가씨."

"23살도 사탕이 필요한 나이라고 생각하는데."

"정말이지……."

그는 내키지 않는 듯 품에서 작은 초콜릿 하나를 꺼내 들었다. 금박을 입힌 포장을 보니 셰리아도 즐겨 찾는 가게의 초콜릿이다.

뭐야, 제대로 된 걸 준비해 놓고 있었잖아. 왜 처음부터 건네주지 않은 걸까.

"아가씨."

그는 바스락거리며 포장을 벗기고는 그녀의 입술 앞에 작은 초콜릿을 가져갔다.

"그럼, 약속해 주시겠습니까?"

그의 눈이 날카롭다. 초콜릿을 입 앞에 두고 다른 약속을 시키다니, 정말 너무하다.

"약속까지 해야 하는 거야?"

"예."

"알았어, 약속해. 근데, 뭘?"

"뭔지도 모르고 약속하신 겁니까."

"어차피 네가 이상한 약속을 시킬 것도 아니잖아?"

그렇게 말하는 순간에는 작은 초콜릿이 입안에 들어왔다.

기분 좋은 단맛 덕분에, 셰리아는 사르르 웃었다. 그 표정을 확인한 클리브는 비로소 약속의 내용을 알려 주었다.

"아무리 피곤해도 제대로 입 안을 헹구고 주무셔야 합니다."

"……윽."

"귀찮아하실 줄 알았습니다."

"아, 아니야. 13살도 아니고, 그런 일을 귀찮아하진 않아."

"대단하시군요. 전 23살이 되어도 귀찮던데."

딱딱한 얼굴로 이 닦는 게 귀찮다고 말하는 건 조금 우스웠다. 셰리아는 오늘따라 재미있게 구는 클리브 때문에 즐거워졌다.

"옷을 편한 것으로 갈아입으시겠습니까?"

"응, 디아나를 불러 줄래?"

디아나는 클리브와 함께 아비스에서 온 하녀였다.

"디아나는 잠시 수도에 사는 친척을 만나러 갔습니다."

셰리아의 신나는 기분이 잠시 그 자리에서 멈추었다. 그 하녀에게는 디아나라고 제대로 이름을 불러 주는구나 싶어서 말이다.

하긴 생각해 보면 사용인들끼리 이름을 부르는 것은 당연한 일이었다. 게다가 사람의 이름은 불리기 위해 존재하는 것이니까.

하지만 셰리아는.

"……아가씨?"

저 이상한 호칭이 그녀의 이름에 딱 달라붙어서 떨어지지 않는다. 셰리아는 조금 섭섭한 얼굴로 그의 얼굴을 물끄러미 바라보았다.

이 바보야. 대체 내가 왜 네 아가씨냐고! 세상의 어느 누구가 제 친구를 아가씨로 모신단 말이야?! 너 진짜 못됐어. 너 무해.

"제가 불편하시다면 이곳의 하녀를 불러서 환복과 간호를 맡기겠습니다."

"아냐."

셰리아는 얼른 고개를 저었다.

"혼자서 갈아입을 수 있어. 아, 또 아가씨의 손이니 뭐니 하는 이야기는 하지 마. 어쨌든 창피하단 말이야."

"알겠습니다."

셰리아는 신발을 벗고 퉁퉁 부은 발로 일어섰다. 그러고는 느릿하게 옷장 근처의 가벽으로 들어갔다.

벽에 걸린 잠옷을 끌어안은 셰리아는, 고개만 빼꼼 내밀어서는 무서운 눈을 하고 새침하게 말했다.

"훔쳐보면 안 돼!"

"아가씨께서 싫어하시면 안 봅니다."

그건 싫어하지 않으면 본다는 이야기인가? 아니지. 무슨 쓸데없는 생각을!

애초에 저 무뚝뚝한 클리브 홀턴 씨는 셰리아에게 일말의 관심도 없었다.

얼마 전만 하더라도 아무렇지도 않은 얼굴로 그녀의 드레스를 벗기려고 하지 않았는가. 그건 그가 그녀에게 절망스러울 정도로 관심이 없다는 증거나 다름없었다.

왜지. 셰리아는 거울 너머로 보이는 제 얼굴을 물끄러미 바라보았다.

못생겼나? 역시 물이 빠진 것 같은 이 분홍색 머리가 문제인가? 아니면 칙칙한 검은 눈동자가 별로인 걸까?

그것도 아니면. 그냥, 전부 별론가. 그래도 파티에서는 꽤 예쁘다는 이야기를 들었는데.

'하긴, 파티에서는 누군가를 칭찬하는 것이 예의니까.'

한숨을 쉰 셰리아는 등으로 손을 뻗어 길게 늘어진 리본을 잡아당겼다. 잠시 낑낑거리니 옷은 헐거워졌고, 그녀는 드레스와 파니에 따위에서 벗어나는 데 성공했다.

하지만 문제는 그다음이었다. 무슨 수를 써도 코르셋 끈이 잘 풀리지 않았다. 어쩌다 끈을 붙잡아 당기게 되더라도 이 튼튼한 갑옷 같은 것이 헐거워지는 일은 없었다.

이 지독한 옷 같으니! 만약에 그녀가 아비스로 돌아가서 성주님이 된다면, 이따위 속옷은 전부 화형에 처할 거다. 그리고 영지에 사는 그 누구도 이딴 불편한 옷 따위는 못 입게 할 테다.

어쨌든 지금은 그녀가 코르셋에 압사를 당하게 생겼다.

부족한 호흡으로 열심히 애쓰던 셰리아는 잠시 코르셋과의 전쟁을 멈추고 차가운 거울에 이마와 몸을 기대었다.

어지러워. 그냥 하녀를 불러 달라고 하면 될 것을 왜 혼자 벗겠다고 고집을 부려서 이렇게 고난을 받는 걸까.

"괜찮으십니까?"

밖에서 걱정하는 소리가 들리기에 셰리아는 얼른 몸을 바로 세웠다.

"괘, 괜찮지!"

"뭔가 쿵쿵거리고 계십니다만."

"……아, 아니야!"

쿵쿵거리다니, 거대한 동물도 아니고 말이다.

"그냥, 조금 어지러운 것 같아."

"쓰러지셨습니까?!"

다급한 물음이 돌아오기에 셰리아는 얼른 "아니야!"라며 소리를 질렀다. 그리고 잠시 후에 우물거리며 이 모든 문제의 근원을 고백했다.

"코르셋이…… 좀."

바깥에서는 별다른 대답이 돌아오지 않았다. 그가 '도와드릴까요?'라고 뻔뻔하게 물어 온다면, 못 이기는 척 알았다고 대답하려고 했는데.

"……안 물어보네."

뭔가 조금 실망스럽게 중얼거렸다. 그러자, 바깥에서 곧바로 반응이 돌아왔다.

"도움이 필요하십니까?"

"들렸어?!"

"예."

"들어가겠습니다."

"자, 자, 잠깐!"

셰리아는 바닥에 내려놓은 드레스를 얼른 끌어안았다. 반신을 가리는 것밖에 되지 못했지만, 어쨌든 속옷만 입고 당당하게 설 수는 없었다.

얇은 레이스 커튼 너머로 그의 커다란 실루엣이 보였다. 사르륵하며 커튼이 열리는 소리가 들릴 때는 고개를 깊이 숙였다.

가벼운 발걸음 소리가 등 뒤에서 멈추었다. 셰리아는 드레스를 더욱 강하게 끌어안았다.

그는 등을 덮는 긴 머리카락을 조심스레 그러모아 그녀의 어깨 앞으로 늘어뜨렸다. 부끄러울 정도로 드러난 어깨와 그 아래의 날개 뼈로 시선이 닿는 것 같았다.

"심하게……."

그가 문득 중얼거렸지만, 이어지는 말은 없었다.

심하게 뭐? 설마 모, 못생겼다고? 등까지 못생겼다고 말하는 거야?

"아닙니다."

"뭐, 뭐가 심하다는 건데?!"

그녀의 물음에 돌아오는 것은 끈이 당겨지고 풀리는 소리였다.

"아무것도 아닙니다."

그의 손이 코르셋을 벌리며 조금씩 밑으로 내려가기 시작했다.

"말해. 신경 쓰이니까."

"그저."

그는 조금 머뭇거리는 것처럼 망설이더니 곧 대답을 들려주었다.

"이렇게까지 심하게 조이실 필요는 없을 텐데,라고 생각했을 뿐입니다."

"바보, 수도의 아가씨들은 말이지!"

"남들은 상관없습니다. 저는 그냥."

그의 손이 그녀의 목덜미 아래에 닿았다. 셰리아는 깜짝 놀라 움찔거렸다.

"이렇게 작은 몸에……."

하지만 그는 덤덤하게 흘러내린 머리카락을 다시 어깨 앞으로 넘겨 주었을 뿐이다.

"그렇게까지 할 필요성이 있을지 의문스러웠을 뿐입니다."

"그렇게까지 작지는 않아."

그리고 굳이 말하자면 클리브가 드물도록 큰 거다. 셰리아는 빼꼼히 고개를 들어서 거울을 바라보았다. 문득 고개를 든 그와 거울을 통하여 시선이 마주쳤다.

"신기할 정도로 작습니다만."

그는 그것을 증명이라도 하듯 그녀의 어깨 근처로 제 손을 가져왔다.

"네 손이 크다는 생각은 안 해 봤어?"

"예."

"말도 안 돼!"

셰리아는 한 손으로 드레스를 단단히 쥐었다. 그리고 다른 손을 제 어깨 위로 들어 올려 클리브의 손과 서로 맞닿게 했다.

"봐, 이게 보통의 손 크기라고."

"귀엽네요."

덤덤하게 돌아오는 놀라운 대답에 셰리아는 몸을 휙 돌려서 클리브를 바라보았다.

너, 지금 뭐라고 그랬어?!

"한 줌도 안 되는 몸속에 인간을 이루는 모든 것을 다 넣고 있다는 것은 역시 신기합니다."

"다, 다 있어! 심장도 있고, 뇌도 있다고."

"훌륭하십니다."

내장을 전부 다 가진 것 정도로 칭찬하지 말란 말이야!

셰리아는 울상을 지으며 다시 몸을 바로 했다. 어느새 그녀의 몸을 조이는 모든 끈이 풀어져 있었다.

"마지막까지 도움이 필요하십니까?"

그가 묻기에 셰리아는 고개를 살살 저었다.

"혼자 할게."

"서둘러 주셨으면 좋겠습니다."

그녀의 이마 위로 다시 손이 올라왔다.

"약혼 파티 전까지는 몸 상태를 회복시켜야 하실 테니까요."

"약혼 파티가 아니라……!"

"방에서 대기하겠습니다."

뭐 저런 사람이 다 있어!

클리브가 나간 뒤, 셰리아는 신경질적으로 옷을 갈아입으며 입술을 몇 번이나 씰룩거렸다.

느닷없긴 했지만 귀엽다는 말은 뭔가…… 기뻤는데.

또 아무렇지도 않은 얼굴로 약혼이라는 말을 하는 것을

보면, 그냥 개미가 작아서 귀엽다는 말이나 별다를 바 없는 말이었던 모양이다. 뭘 기대한 거람.

셰리아는 다리까지 내려오는 잠옷을 훌쩍 둘러 입고, 터 덜터덜 밖으로 나갔다. 충실한 하인씨의 얼굴은 보고 싶지도 않아서, 그대로 침대로 기어들어 갔다.

"입 안을 헹구고 주무시기로 하지 않았습니까?"

이 망할 충실한 하인이 진짜!

"안 닦아! 난 충치가 덕지덕지 붙은 입으로 생일 파티에 나갈 거니까!"

"하인 앞에서 부끄럽지도 않으십니까?"

"알 게 뭐야. 넌 내 친군데."

"친구 앞이라면 더욱 부끄럽지 않으십니까?"

"친구처럼 대해 주지도 않잖아!"

"……침대에서 간단히 헹구실 수 있도록 준비해 오겠습니다."

와, 지금 말 돌린 거지? 진짜 못됐다.

어쨌든 그는 정말로 그녀가 입을 헹굴 수 있도록 준비하여 대령했다. 대단한 충성심이다. 이 한심한 아가씨가 충치 때문에 파혼이라도 당할까 봐 걱정되는 거겠지.

그녀가 입 속에 물을 우물거리고 있자, 클리브는 한숨 섞인 목소리로 작게 중얼거렸다.

"정말이지, 수도 아가씨가 다 되셨다고 생각했는데."

셰리아는 얼른 물을 뱉고, 곧바로 소리쳤다.

"왜! 뭐! 완전히 수도 아가씨잖아!"

"수도에서 처음 뵀을 때만 해도 그런 줄 알았습니다."

그는 들고 있던 것들을 잠시 침대 곁에 내려놓았다.

"이제 주무세요."

하지만 자리에 누운 세리아는 눈을 동그랗게 뜬 채 클리브를 올려다볼 뿐이었다.

"끝까지 말해. 처음에는 수도 아가씨 같았는데, 지금은?"

그는 어수선한 이불을 가지런하게 덮어 주었다. 그리고 조금 가까운 거리에서 잠시 움직임을 멈추었다.

"모르겠습니다."

"그게 뭐야."

세리아가 기운 빠진 대답을 할 때 즈음에는 그녀의 이마 위로 차가운 수건이 올라왔다. 그리고 클리브는 근처의 스툴에 잠시 걸터앉았다.

"어쩌면 아가씨는."

"……."

"변하지 않는 사람일지도 모르겠습니다."

그건 어쩐지 칭찬으로 들리는 것 같은데. 비록 여전히 시골 아가씨로 보인다는 뜻이겠지만.

"하지만 동시에 두려울 정도로 변하기도 하셨습니다."

"두려워?"

조심스레 되묻는 말에 클리브는 "이제 주무세요."라는 대답만 들려주었다.

아마 또, 말을 돌리려는 걸 거다. 너무해.

셰리아가 다시 눈을 떴을 때는 사방이 어두웠다. 창문을 날카롭게 때리는 빗소리도 들렸다.

얼핏 고개를 돌려 보니 디아나가 침대에 머리를 기댄 채 잠들어 있었다. 간호하다가 이런 곳에서 잠든 걸까. 잘 알지도 못하는 하녀에게 고생을 시킨 것 같아서 미안해졌다.

깨워서 방으로 돌려보낼까 했는데, 다른 편에서 만류하는 소리가 들렸다.

"그냥 두세요."

"클리브?"

셰리아는 소리가 나는 곳으로 고개를 돌렸다. 그는 창가에 기대서 있었다. 얇은 여름 커튼이 그의 등 뒤에서 미세하게 흔들렸다.

"지금 막 잠들었습니다. 조금 더 자게 둔 후에 방으로 돌려보내는 편이 좋을 것 같습니다."

"아……."

셰리아는 다시 디아나를 바라보았다. 이대로 두는 건 미안하지만, 막 잠이 든 사람을 건드리는 건 더욱 몹쓸 일이다.

"폐를 끼쳤네."

"괜찮습니다. 저희는."

"……나의 손이니까?"

"예."

그렇구나, 디아나와 클리브는 '저희'라는 말로 묶일 수 있는 사람들이다.

셰리아는 창문을 바라보았다. 바람과 비가 뒤섞인 소리가 혼란스러운 여름밤을 더욱 기괴하게 만들어 주고 있었다.

"물…… 마시고 싶어."

"알겠습니다."

섬세한 장식이 새겨진 쟁반에 올려진 투명한 유리잔이 셰리아의 앞에 놓였다. 그것을 가만히 내려다보던 그녀는 조금 허탈하게 중얼거렸다.

"굉장히 아가씨다운 물건이네."

"……."

"예쁘다."

"어렸을 때부터 이런 것을 좋아하셨죠. 수도의 느낌이 난다고."

"그땐……."

셰리아는 몇 모금 물을 마신 뒤에 잔을 내려놓았다.

"이런 곳인 줄 몰랐거든."

"어떤 곳입니까?"

클리브는 쟁반을 돌려 두며 건조하게 물어왔다. 그다지 궁금해하지도 않는 것처럼.

"수도에 장식이 많은 건, 솔직하지 못하기 때문인 것 같았어."

셰리아는 침대 위에서 무릎을 모아 가만히 끌어안았다.

"거짓말쟁이가 너무 많아."

"아가씨는 아직도 수도의 장식을 달지 못하신 거군요."

"나도 거짓말을 해."

지금도 하고 있고.

하지만 그녀가 솔직하지 못한 것은 수도의 탓이 아니다. 용기가 없기 때문이다. 지금의 관계마저 완전히 사라진다면 몹시 아플 테니까.

"있잖아."

이야기를 끼내려는 그녀의 눈앞으로 순간 밝은 빛이 스쳤다. 그리고 몇 초 뒤, 하늘에서 돌덩이가 쏟아지는 듯한 굉음이 쏟아져 내렸다.

셰리아는 눈을 동그랗게 뜬 채 클리브를 바라보았다.

"……아, 어, 엄청 큰 소리네."

어느새 셰리아의 곁에 선 그가 차분하게 대답했다.

"그렇군요."

"……."

그렇게 다시 대화가 단절되었다. 어쨌든 클리브가 멀뚱히 서 있는 것은 조금 미안한 일이다. 이렇게 천둥이 치는 새벽에 금방 잠이 들 것 같지도 않으니까.

"앉을래?"

그녀는 제 옆을 손바닥으로 탁탁 두드리며 권했다.

"아뇨."

여지없는 거절에 셰리아는 조금 미간을 찌푸렸다. 정말 찔러도 피 한 방울 안 나올 사람이라니까.

"앉아."

"아닙니다."

"무, 무섭단 말이야."

"……."

무섭다는 말에는 달리 할 말이 없었는지, 그는 그녀의 옆에 걸터앉았다. 이번에도 끔찍할 정도로 바른 자세로 말이다.

"수도에서 거짓말을 배우셨군요."

"……아니야."

"아가씨께서 천둥을 무서워하지 않는다는 건, 누구보다도 제가 잘 알고 있습니다만."

마주 본 두 사람의 사이로 다시 빛이 들었다. 짧은 순간이지만 서로의 얼굴이 또렷하게 보였다.

잠시 후 하늘에서 다시 소리가 울렸다. 비가 조금 더 거세게 쏟아졌다. 창문이 덜컹거리는 틈새로 휘몰아치는 바람의 소리가 매섭게 새어 들어왔다.

"……손, 잡아 줘."

셰리아는 무릎에 얼굴을 기댄 채, 제 오른손을 내밀었다.

"무섭단 말이야."

울상까지 지으며 그렇게 말했지만, 클리브는 냉정하게 대답했다.

"거짓말이 미숙하시네요."

말은 그렇게 밉게 하면서도, 따뜻하게 셰리아의 손을 잡아 주었다.

셰리아는 침대 위에 놓인 두 사람의 손을 가만히 바라보았다. 어쩐지 굉장히 다정한 모습이다.

따듯하고. 예뻐 보인다.

어릴 때도 이렇게 손을 잡곤 했다. 이렇게 이어져 있으면, 어디에서 무엇을 해도 두렵지 않았다. 하지만 아마 지금 그 시간을 떠올리며, 그리워하는 것은 셰리아뿐일 것이다.

추억을 쌓을 때는 함께였는데. 기억하며 헤아리는 것은 홀로 해야 하다니.

그녀는 제 손끝에 꾸욱 힘을 주었다. 지금은 그것밖에 할 수 없었다.

"정말로…… 무서운 겁니까?"

문득 클리브가 그녀를 바라보며 그리 물어 왔다.

"……."

"이렇게 우실 정도로 천둥을 무서워하실 줄은 몰랐습니다. 죄송합니다."

눈치 없이 흐르는 눈물이 뺨을 지나 목덜미로 떨어져 내렸다. 셰리아는 제 무릎 위로 얼굴을 기댔다. 눈물을 머금은 얇은 잠옷은 금방 축축해졌다.

그는 어떤 말도, 위로도 건네지 않았다. 셰리아의 입장에서는 손을 놓지 않는 것만으로도 고마워해야겠지만 말이다.

그래도, 그래도 예전에는 이렇지 않았다. 이따금 그녀가 우는 날이면, 언제나.

"……안아 줘."

"아가씨."

무언가를 다그치는 것 같은 대답이 돌아오기에, 셰리아는 고개를 바짝 들고 심술궂게 명령했다.

"안으란 말이야. 바보야."

못된 말을 하는 입술 위로 눈치 없는 눈물이 흘러내렸다. 하지만 간지러운 눈물을 닦을 새는 없었다.

순식간에, 그러니까 어쩌면 그녀의 말이 채 끝나기도 전에.

그녀는 따뜻한 품속에 있었다. 셰리아가 눈을 깜빡일 때마다 속눈썹이 그의 셔츠에 닿아 사락거리는 소리가 날 만큼 가까웠다.

그리고 깨달았다. 그녀의 어깨를 죄는 팔과 머리카락 사이로 파고드는 손가락의 존재를.

어릴 때와 같은 모습으로. 그는 그녀의 곱슬곱슬한 머리카락을 헤집으며 쓰다듬어 주었다.

다정하고 부드러워서 정말로 기쁜데 어째서 계속 눈물이 나는지 모르겠다.

"……셰리아 프리어."

클리브는 낮은 목소리로 그녀의 이름을 천천히 말해 주었다. 이렇게 다시 만난 이후로 이름을 듣는 것은 처음이라, 셰리아는 놀라고 말았다.

"울지 마."

귓가에서 속삭이는 짧은 말은 '아가씨'에게 하는 말이 아니었다. 그 목소리가 가진 온도가 다르니까 확실하게 알 수 있었다.

울지 말라는 같은 말이 몇 번이나 속삭여졌다.

그러다가 클리브가 작게 덧붙인 한마디에 그녀는 놀라울 정도로 울음을 뚝 그쳤다.

"디아나가 깰 것 같은데."

"……."

그건, 더는 이렇게 있을 수 없다는 뜻이 된다. 셰리아는 히끅거리는 소리를 내는 입술을 꽉 깨물었다.

"그렇다고 해서."

머리를 쓰다듬던 손이 이제는 그녀의 입술을 훑어 냈다. 꽉 깨물어 하얗게 된 입술이 비로소 자유롭게 풀려났다.

"아프게 깨물지도 말고."

어쩌란 거야. 울지도 말고, 입술도 깨물지 말고.

셰리아가 울듯 말 듯 한 얼굴로 그를 올려다보기에, 클리브는 어쩔 수 없이 고개를 푹 숙였다.

"……곤란하네."

"나는 항상 곤란해. 네가 너무 정중해서."

따지려는 것은 아니었지만, 어쨌든 이렇게 기분 좋게 안겨 있으니 왠지 그에 대한 섭섭함이 불쑥 튀어나와 버렸다.

"그야, 나는 성의 하인이고."

"그리고 나는 네 친구인 셰리아지."

"그야 그렇지만."

수긍하는 말이 돌아오니 기쁘고 안심이 된다. 어쨌든 그들의 오랜 관계는 부정당하지 않은 셈이다. 최근의 클리브를 바라보고 있으면 그마저 외면하는 것 같아서 속상했는데.

"있잖아."

용기를 얻은 셰리아는 그간 궁금했던 것을 모두 묻기로 마음먹었다.

"첫날에 산책할 때 따라온 건, 비가 올 것 같아서였어?"

"그래."

"오늘 내가 아픈 건 언제부터 알았고?"

"마차에서 내리는 모습을 보고 바로."

"……어, 어떻게?"

"그냥, 알았어."

신기하다. 클리브는 아주 멀리 서 있었고, 정작 가까이에 있었던 그 누구도 그녀의 상태를 알아차리지 못했는데.

"그리고 첫날에……."

셰리아는 말끝을 흐렸다. 어쩐지 얼굴이 붉어졌다.

"저, 정말로 내 옷을 갈아입히려고 했어?"

"……."

이번에는 대답이 없다. 그때는 그렇게나 자랑스럽게 만능 하인의 면모를 선보였으면서.

어쨌든 성실한 클리브는 솔직한 대답을 들려주기는 했다.

"그래."

"……변태."

얼굴이 닿은 그의 몸이 잠시 움찔거렸다. 하지만 돌아오는 대답만큼은 덤덤했다.

"그게 내 일이니까."

"흐응, 그렇구나. 그래서 조금 전에도 날 도와준 거고?"

그가 고개를 끄덕인다.

"그럼 손이 귀엽다는 건 무슨 뜻이야?"

클리브는 얄미울 정도로 제게 질문을 쏟아 내는 셰리아의 한쪽 볼을 가볍게 꼬집었다.

　뒤에서 천둥이 우르르 울리는데 아가씨께서 하시는 말씀은 참 깜찍하기 짝이 없다. 아무래도 무섭다는 건 정말로 거짓말이었던 모양이다. 어째서 울었던 건지는 모르겠지만.

　어쨌든 물어보는 말에 대답하지 않을 수는 없어서 그는 반항을 포기하고 순순히 대답했다.

　"손이 작아서."

　"……그래서?"

　"귀엽다고."

　"그게 다야?"

　"그게 다야."

　셰리아는 뭔가 실망한 듯했지만, 클리브는 그 이상 설명할 방도가 없었다. 그냥 그의 손과 닿는 그 자그마한 것이 참 깜찍하고 예쁘다고 생각했을 뿐이다.

　정말로 그게 전부다.

　"작아서 손이 귀여울 정도면, 너한테 귀엽지 않은 건 대체 뭐야?"

　셰리아는 그에게 머리를 기댄 채 빼꼼히 올려다보며 물었다.

　"나보다 작은데 귀엽지 않은 거?"

　"그래, 없지?"

　"많은데."

　가령 마탑의 케니스라거나. 물론 그와는 임시적인 휴전 관계에 들었지만, 어쨌든 그가 제 누이를 빼앗으려는 악마임은 변하지 않았다.

"거짓말."

"그건 네가 하는 거지."

"……."

셰리아는 눈을 내리깔아 그의 시선을 피했다. 거짓말을 한 것은 사실이다. 나쁜 의도는 없었지만.

"조금, 더 할까."

그리 중얼거린 클리브가 셰리아의 턱을 들어 올려 강제로 저를 보게 했다. 시선이 마주쳤다.

"더…… 하다니?"

셰리아가 속삭이며 묻기에, 그가 느릿하게 대답했다.

"거짓말."

초록빛 눈동자는 그녀가 단 한 번도 볼 수 없었던 낯선 빛을 띠고 있었다. 뺨을 스친 손길이 어느새 그녀의 입술을 부드럽게 쓸어내리고 있었다.

셰리아는 천천히 고개를 끄덕였다. 이 시간이 거짓말이라고 불린다고 하더라도 전혀 상관없다는 것처럼. 조금의 망설임도 없이.

그리고 눈을 감았다. 시야가 검게 물들자, 예민해진 청각으로 그녀의 심장 소리가 고막을 쿵쿵 울릴 정도로 크게 들렸다.

어떻게 해. 떨리는 손이 우연히 잡힌 그의 옷깃을 꼭 붙들었다.

입술을 헤집던 손가락이 떨어져 나갔다. 눈을 뜨지 않아도 그의 얼굴이 가까워졌다는 것을 알 수 있었다.

그리고 마침내 닿았다.

……닿긴 했는데, 이마에.

물론 이마에 키스를 받는 것도 처음이기도 하고, 떨리기도 하고 기쁘지만!

셰리아는 무언가 잔뜩 기대하고 긴장했던 감정이 단번에 바닥까지 추락하는 기분이 들었다.

진짜로, 진짜로 키스하는 줄 알았단 말이야. 이 바보야.

"셰리아."

그가 그녀의 이마에서 작게 속삭였다.

"앞으로는 거짓말하지 마."

"……."

"……부탁이니까."

그가 말하는 거짓말이란, 이렇게 손을 잡아 달라거나 안아 달라는 말을 이야기하는 것이리라.

"싫어?"

그는 입술을 떨어뜨린 채, 조금 애매한 얼굴로 대답했다.

"싫다기보다는 꽤…… 곤란해서. 요즘 나는 참을성도 그다지 없고."

그건 또 무슨 뜻일까.

"그리고 무엇보다……."

그는 조금 망설이는 듯하더니 곧 굳게 결심한 듯 이야기를 마무리 지었다.

"네 자리를 생각해야지."

잠시 울적해하던 셰리아는 그대로 잠이 들었다.

언제 잠이 든 것인지도 모를 만큼, 어느 한순간에. 절대로 잠들지 않을 거라며 눈에 힘을 주던 것이 무색할 정도로 말이다.

하여튼 하는 짓이 참 깜찍하다니까.

클리브는 셰리아의 숨이 조금 더 안정되기를 기다렸다. 어느새 비는 조금 잦아들었고, 천둥도 치지 않았다.

다행이다. 이 곤란한 아가씨를 깨울 수 있는 건 아무것도 없을 테니까.

셰리아 프리어, 그녀는 아비스 성의 공주님이었다. 물론 공주보다는 사고뭉치라는 말에 더 잘 어울리는 사람이었지만, 어쨌든.

클리브는 그 태양 같은 밝음을 좋아했다.

작은 식물이 자연스럽게 태양을 향해 자라나듯, 그의 유년기는 자연스럽게 셰리아를 향해 기울어진 채 성장하게 되었다.

태양은 식물을 건강하게 한다.

그러니 클리브가 누님 앞에 조금이나마 부끄럽지 않은 모습으로 존재할 수 있었던 것은, 셰리아라는 온기가 그를 지켜 주었기 때문이다. 그렇지 않았다면, 아마 제대로 된 사람 구실조차 할 수 없었을지도 모른다.

친근함과 고마움. 그것이 셰리아에 대한 그의 감정이었다. 그에 대한 보답으로 그가 건네야 하는 것은 충심이었고. 그런데 어째서 쓸데없는 감정이 끼어들기 시작하는지 모르겠다.

단순히 셰리아가 그에게 유달리 너그럽고 상냥하기 때문이라는 것은 이유가 되지 못했다. 그는 조금 전에 그 말랑말랑한 감정을 이용하여 그의 욕구에 따라 행동하려고 했으니.

「조금, 더 할까.」

「더…… 하다니?」

「거짓말.」

그리 말할 때 쓸어내린 그녀의 입술이 살짝 벌어졌다. 아마 놀라는 것이리라.

그리고 클리브는 후회했다.

그가 바라는 것이 무엇인지 알아차린 셰리아는 분명히 그를 경멸할 것이다. 더럽다고 생각할지도 모를 일이다.

하지만 놀랍게도, 그에게 무게를 맡긴 작은 얼굴이 끄덕여졌다. 게다가 그가 바라는 것을 꼭 들어주기로 할 것처럼, 사르르 눈을 감아 주었다.

그 순간에는 잠시 마음을 잃어버린 사람처럼 그 가느다란 얼굴선을 제게로 당기고 말았다.

하지만, 그가 삼키고 싶어 하는 입술이 너무나도 작고 예뻐서. 착한 순수함이 아직도 그대로 새겨진 듯 여리기만 해서, 차마.

'거짓말'에 속하게 하고 싶지는 않았다.

서로가 닿을 듯한 거리에서 그는 멈추었다.

그러나 차마 멀어질 수도 없어서, 그는 고개를 돌려 그 이마 위로 키스했다. 축복의 키스라면, 아마 클리브에게도 자격이 있을지도 모르니까.

행복하셨으면 좋겠습니다, 아가씨.

항상 즐거웠으면 좋겠다, 내 친구 셰리아.

입술에 닿지 못했던 마음은 그의 심장으로 다시 삼켜졌다. 그리고 다시는 함부로 밖으로 나올 수 없도록 차분히 사장시켰다.

그는 염치와 은혜를 안다.

그것을 가르친 사람은 다름이 아니라 셰리아의 아버지인, 성주님이다.

그가 이런 감정을 품었다는 것을 성주님이 알게 되신다면, 커다란 실망을 안겨 드리게 될 것이다. 그리고 셰리아에게도.

클리브는 제게 기댄 분홍빛 머리카락을 쓰다듬었다. 이제 완전히 깊게 잠이 든 모양이다.

그는 침대를 정돈하여 다시 셰리아를 조심스럽게 눕혀 주었다. 혹시 몰라 이마를 짚어 보니, 다행히 열은 없었다.

조심스럽게 손을 떼어 내는 순간.

얌전히 이불 속에 놓여 있던 셰리아의 손이 그의 손가락을 붙잡았다.

"……놓지 마."

그러니까, 이런 것들이 곤란하다고 하는 건데.

그의 손가락을 붙잡았던 손에도 점점 힘이 풀려 간다. 클리브는 먼저 손을 빼지 않고 그녀가 놓아주기를 차분하게 기다렸다. 차마 그가 먼저 놓을 수는 없었다.

툭.

조금 더 기다리니 비로소 작은 손이 그에게서 떨어졌다.

그는 시린 손끝으로 얼굴을 덮은 셰리아의 머리카락을 넘겨 주었다.

귀여운 코가 조금 찡긋거리며 움직인다. 입술도 삐쭉삐쭉하면서. 대체 무슨 꿈을 꾸기에 이렇게 얼굴이 바쁜 걸까.

마지막으로 이불을 가지런히 해 준 뒤에는 그도 침대에서 일어섰다. 하지만 묘한 아쉬움에 그는 다시 잠든 셰리아의 귓가로 입술을 가져갔다.

"생일 축하해. 셰리아."

선물은 클리브가 받아 버린 것 같지만 말이다.

"클리브!"

셰리아는 눈을 뜨자마자 클리브의 이름을 부르며 자리에서 벌떡 일어났다.

굉장한 꿈을 꿨다. 차마 다른 사람에게는 설명할 수도, 말할 수도 없는 꿈이었다. 인간이란 경험이 없어도 꿈에서 무엇이든 생산하고 경험할 수 있다는 사실을 처음으로 깨달았다.

제 안의 잠재력을 깨달은 그녀가 가장 먼저 한 것은 디아나에게 달려가는 일이었다.

그녀는 새벽까지 고생한 공로를 인정받지 못한 채, 셰리아의 생일 드레스를 손질하고 있었다.

셰리아는 드레스 같은 건 그대로 입는 것으로 충분하니까, 당장 가서 잠을 자라는 명령을 내렸다. 부탁이 아닌 명령이었다.

디아나는 셰리아에게 실내 드레스를 입혀 주면서도 곤란한 얼굴을 했다. 어쨌든 그게 주인의 명령이라면 따라야 했다.

그녀는 내심 기쁜 마음을 감추며 한 시간만 자겠다고 대답했다. 그러나 셰리아는 고개를 저었다. 그녀는 엄격한 주인이니까.

"다섯 시간 동안 숙면하고 오지 않으면, 홀딱 벗은 채로 생일 파티에 참여하는 아름다운 셰리아 아가씨를 보게 될 거야."

"맙소사 아가씨!"

디아나는 성에서 들었던 셰리아 아가씨의 전설을 떠올렸다.

그녀의 말괄량이 기질을 생각하면, 저 발언은 단순한 협박이 아닐지도 몰랐다. 그러니 얼른 그녀의 명령에 따라 잠자리에 들었다.

셰리아는 그대로 몸을 돌려 다이닝 룸으로 내려갔다. 딱히 식사하려는 것은 아니었다.

"안녕히 주무셨습니까, 아가씨."

그래, 바로 이 남자.

클리브 홀턴을 보러 온 것이었다. 어제 그렇게 사람 심장을 뒤집어 놓고, 오늘 아침에는 뻔뻔하게 아가씨라는 호칭을 사용하는 저 남자 말이다.

"클리브!"

"예."

"대체 내 침대에서 몇 시에 나간 거야?"

덜컥. 오해가 다분한 물음에 근처를 지나던 하인과 하녀들이 모두 그릇을 덜컥거렸다. 그런 와중에도 클리브는 눈썹 하나 움직이지 않았다.

"아가씨의 열이 내렸을 때, 저도 방으로 돌아갔습니다."

그의 차분한 설명에 비로소 얼어붙었던 다이닝 룸의 분위기가 다시 평소대로 돌아왔다.

"아침에 없어서 놀랐단 말이야."

"그건 죄송합니다. 그보다 달걀은 어떻게 해 드릴까요?"

클리브가 의자를 빼며 그리 묻기에 세리아는 당연하지 않냐는 듯 당당하게 대답했다.

"흐물흐물하게. 아니, 그보다 클리브. 어째서 다시 말투가 그렇게 된 거야?"

"어제 새로 들어온 후추가 있습니다만."

"새 후추는 믿을 수 없으니 따로 담아 줘."

"알겠습니다."

"어쨌든 네 말투가 너무!"

"토마토는 익힐까요."

"응, 껍질까지 완벽하게 벗기는 거 잊지 말고."

"예, 빈틈없이 준비하겠습니다."

"좋아, 역시……. 아니지, 넌 내 하인이 아니라!"

"성주님의 하인이죠. 홍차를 준비해 드리겠습니다."

와, 진짜 쏙쏙 잘도 빠져나간다. 어렸을 때부터 말을 적게 한 것은 오늘의 추진력을 얻기 위해서였어?

그리고 셰리아는 먹는 이야기에 쉬이 허물어지는 자신이 미워졌다.

하지만 진지하게 선언하건대, 토마토 껍질은 싫다.

아니, 그게 중요한 게 아니잖아. 이 멍청한 셰리아!

달칵.

분홍빛 찻잔이 그녀 앞에 놓였다. 못 보던 잔인데……. 하얀 레이스 무늬가 섬세하고 아름답게 그려져 있었다. 그리고 따라온 슈거 볼에는 갈색 설탕 사이로 하얀 꽃이 살포시 앉아 있었다.

"엄청 귀엽다."

셰리아는 티스푼으로 조심스럽게 설탕 속의 꽃을 구해 주었다.

"네가 준비한 거야?"

셰리아가 곁을 돌아보는 순간에는 이미 클리브가 없었다. 다른 하인과 함께 이동하는 것을 보아하니 아마 오늘 그녀의 생일 때문에 무척 바쁜 모양이다.

그러고 보니, 생일이지 오늘.

그래서 신경 써서 준비해 준 걸까. 예쁜 찻잔과 꽃은 완벽하도록 셰리아의 취향이었으니까.

으, 어떻게 하지. 당장 달려가서 폴짝 끌어안고 고맙다고 말하고 싶은데. 아마 '무겁습니다. 아가씨.'라며 정중히 내려 놓겠지. 그리고 '아가씨의 자리를 생각해 주세요.'라고 대답 하려나.

어쨌든 어제의 일로 한 가지는 확실하게 알았다. 그녀의 짝사랑도 데일과 같은 길을 걷게 되리라는 것을 말이다.

서글프다. 완벽한 골든 타임을 지켜 낸 홍차가 씁쓸하게 느껴질 만큼.

디아나는 다섯 시간의 숙면을 완벽하게 마쳤다.

그녀는 처음 만나는 주인 아가씨가 무척 발랄하고 너그러 운 사람이라는 점에서 아주 기쁘고 고마웠다.

역시 좋은 성주님 밑에서는 좋은 아가씨가 태어나는구나, 라며 감탄했다. 비록 성정은 다소 과격한 부분이 있으시지 만 말이다.

어쨌든 그녀는 감사하는 마음에 보답하기 위해서라도, 셰리 아의 외견을 내면만큼이나 빛나게 만들어 주리라 결심했다.

"대충 해도 괜찮아요."

정작 본인은 그다지 의욕을 보이지 않았지만 말이다.

"어차피 파티라고는 해도 많은 사람이 오는 것도 아니잖 아요? 가족들과 가까운 친구들이 오는 것뿐이니까요."

"무슨 말씀이세요! 약혼자이신 사제님이 오신다면서요. 깜짝 놀랄 만큼 예쁜 모습을 보여 주고 싶지 않으세요?"

"이미 놀랄 만큼 놀라게 해 드린 것 같은데."

신전에 불쑥불쑥 튀어나올 때마다 놀라워하셨으니 말이다.

"오늘은 아마 놀랄 일이 없다는 데서 놀라실지도 모르죠."

디아나는 발을 동동 굴렀다. 이래서야 도도한 수도의 하녀들에게 그녀의 훌륭한 솜씨를 뽐낼 수 없지 않은가.

"어쨌든 이리 오세요. 향수도 고르셔야 하잖아요?"

향수라는 말에 셰리아는 자리에서 벌떡 일어섰다. 그러고 보니 새로 산 향수가 있었다. 클리브에게 편지로 적어 보내기도 했었는데, 어째서 잊고 있었지?

최근 수도에서 가장 유행하는 것으로, 어느 남자라도 좋아할 만한 달콤한 향기를 지녔다고 했다. 그 덕분에 완판과 절판의 인기를 누리고 있었고. 셰리아도 긴 대기 끝에 겨우 구매할 수 있었다.

물론, 딱히 누군가를 유혹해 보겠다거나 하는 마음은 아니었다. 그저 유행하는 물건에 대한 가벼운 호기심이었을 뿐이다.

"굉장히 황홀한 향기가 나네요."

"그렇지?"

디아나의 칭찬에 기분이 좋아진 셰리아는 그녀의 손에 이끌려 어느덧 욕조에 들어가게 되었다.

"자, 잠깐. 준비는 대충해도 된다니까!"

"아가씨. 무료하시면 꽃잎이라도 띄워 드릴까요?"

"응, 장미가 좋겠어. 아니, 근데 난……."

"향기도 함께 날 수 있게 준비하겠습니다. 어디 불편한 곳은 없으신가요?"

"……마음."

셰리아는 물속에 얼굴을 반쯤 넣은 채 입술 사이로 뽀그르르하며 공기 방울을 내뱉었다. 아무래도 디아나가 셰리아를 다루는 방법을 금방 익혀 버린 모양이다.

오랜 시간에 걸쳐 준비를 마친 셰리아는 곧바로 현관으로 달려가게 되었다. 데일 때문이었다.

"데일 사제님께서 도착하셨습니다."

고모님의 하녀가 일러 주기에 셰리아는 시간을 확인했다. 어느덧 저녁 시간이 훌쩍 넘어가고 있었다.

셰리아는 제대로 거울을 살필 틈도 없이 조금 빠른 걸음으로 현관을 향했다. 마침, 현관이 열리고 데일이 들어서고 있었다.

"사……!"

평소처럼 큰 소리로 그를 부르려던 셰리아는 얼른 입을 다물었다.

조금 놀란 탓이었다. 그가 사제복을 입지 않은 것은 처음 보았다. 어두운 정장을 갖추어 입은 것을 보니, 어쩐지 평소처럼 사제님이라고 부르는 것이 어색했다.

그리고 너무나도 엄숙한 분위기 때문이기도 했다.

고귀하신 사제께서 귀족가의 저택에 방문하는 것은 몹시

드문 일이다. 이 장소에 속하는 모든 이들, 고모님 내외까지 빠짐없이 그 앞에 고개를 숙였다.

셰리아는 새삼 매일같이 그녀와 놀아 준 데일이 얼마나 대단한 위치의 사람인지 깨닫고 만다. 어째서 고모님이 그와의 결혼을 그리 좋아하셨는지도.

"……."

2층 층계참에 멈추어 선 그녀와 데일의 시선이 이어졌다.

"셰리아."

그는 평소처럼 다정하게 이름을 부르며 친히 계단을 올라와 주었다.

"초대해 주셔서 감사합니다."

그리고 가까이에서 마주 보게 되었을 때, 그는 빙긋 웃으며 상냥하게 이야기를 걸어 주었다.

옷이 낯설기는 하지만, 표정은 평소의 사제님이다. 셰리아는 이제야 조금 마음이 놓였다.

"옷이 바뀌셔서 너무 놀랐잖아요!"

그녀는 데일의 옷자락을 붙잡으며 원망하듯 이야기했고, 데일은 웃으면서 셰리아의 머리카락을 살살 쓰다듬었다.

"셰리아도 너무 바뀌셔서 저도 놀랐습니다. 그러니 이 정도는 넘어가 주시겠습니까?"

"게다가 다들 너무 정중하고요."

"음, 이제야 제가 왜 셰리아의 방문을 좋아하게 되었는지 알게 되셨군요. 그렇죠?"

"뼈저리게요."

"그러니 오늘도 제 숨 쉴 곳이 되어 주시면 기쁘겠습니다."

그리 말한 그는 손을 내밀었다. 두 사람은 손을 잡고 계단을 천천히 내려왔다. 물론, 작은 목소리로 조금 밀린 수다를 떠는 것도 잊지 않았다.

자연스럽게 소곤거리는 모습은 타인의 눈에는 아마 제대로 된 커플로 비추어질 것이다. 고모님은 이미 울 것 같은 얼굴로 셰리아를 바라보고 계셨으니까.

확실히 사제님과 이야기를 나누거나 시간을 보내는 건 좋다. 게다가 가족들도 이렇게나 기뻐하고.

하지만……. 다른 생각을 하던 셰리아는 문득 고개를 돌렸다. 가장 먼 곳에 서 있던 클리브와 잠시 시선이 마주쳤다.

어제는 누구보다도 가까웠던 그 눈동자가 오늘따라 무척 멀게만 느껴졌다.

파티는 완벽했다. 셰리아는 케이크에 꽂힌 촛불을 불었고, 많은 선물을 받았다.

손님들은 선물이 공개될 때마다 셰리아보다 더 호들갑을 떨었다. 아마 그 호들갑은 꽤 진심이었을 것이다. 그녀가 받은 선물들은 모두 아름답고 귀한 것들뿐이니까.

조금 시간이 지나자, 그녀의 아버지가 술에 잔뜩 취해 훌쩍훌쩍 눈물을 보이기 시작했다.

술을 마시고 우는 아버지를 진정시키는 방법은 더 많은

술을 먹이는 것뿐이다. 그를 진정시키기 위해 셰리아도 고모님도, 그리고 손님들도 다 같이 술을 잔뜩 마셔 버렸다.

술은 좋은 것이다. 이렇게 사람을 행복하게 만들어 주니까.

시간이 조금 더 지나고, 제정신을 유지하는 사람이 적은 틈을 타서 셰리아는 잠시 정원으로 도망 나왔다.

어느새 밤이다.

풀벌레 소리가 정원을 가득 채웠고, 그녀는 조금 어지러운 몸속으로 신선한 공기를 밀어 넣었다.

옷이 불편하여 제대로 식사도 하지 못하고 술만 마셨더니, 평소보다는 조금 더 취기가 돌았다.

"솔직해지는 건 어려운 일이죠?"

뒤에서 데일이 다가와서 친절하게 이야기를 걸어 주었다.

"그러게요. 막상 이야기한다고 생각하니 떨리네요."

"잘할 겁니다."

그리 말하며 웃는 데일의 너머로 분주하게 움직이는 다른 사제가 보였다.

"사제님, 돌아가시게요?"

"예, 신전으로 돌아갈 참입니다. 하지만, 술을 마친 친구와 산책을 즐길 정도는 괜찮겠죠."

데일은 현관에서 기다리는 사제에게 가볍게 고개를 끄덕여 보였다.

사제들에게 미안하기는 했지만, 셰리아는 먼저 나서는 데일을 따라서 종종 걷기 시작했다.

정원은 조금 어두웠지만 무섭지 않았다. 무엇보다 데일의

물빛 머리카락이 언제나 반짝이며 길을 가르쳐 주는 것만
같았다.

"있잖아요, 사제님."

"네."

데일은 돌아보지 않은 채 차분히 대답했다. 그리고 그건
그의 배려였다. 가끔은 얼굴을 마주한 채 말하는 것이 더 어
려울 때도 있는 법이니까.

"남아 버린…… 마음은 언젠가 사라지기는 할까요?"

"……."

"저도 사제님처럼 평생을 안고 갈 수 있다면 좋겠지만요."

셰리아는 욕심이 많으니까, 분명히 남아 버린 마음으로는
행복해지지 못할 것이다.

"그건 싫어요. 전 이기적이라, 어떻게든 깊이 사랑받고 싶
고……."

"사랑받고 싶다는 마음을 누가 이기적이라고 말할까요."

"하지만, 사제님은 그분만을 사랑하고 싶으신 거죠?"

"하늘의 색이 바뀌고, 바람이 달라진다 해도."

이번에도 굳건한 대답이 돌아왔다. 셰리아의 눈에는 그의
사랑이 너무나도 커서 하늘에 닿을 것만 같이 보였다.

"사제님의 마음을 사랑이라고 부른다면, 제 감정은 아마
그냥……."

사랑이 아닌 어떤 다른 이끌림, 가벼운 흥미와 호감. 이런
것으로밖에 보이지 않았다.

"너무 보잘것없어서, 안 되나 봐요."

셰리아는 잠시 그 자리에 멈추어 섰다.

"사제님."

그리고 처음으로 앞서가는 데일의 팔을 붙잡았다.

"서로 사랑하는 사람들은 얼마나 대단한 마음을 가진 걸까요?"

대체 얼마나 누군가를 더 사랑하고 좋아해야 그 보답을 받을 수 있는 걸까. 데일의 아득한 마음으로 보답받을 수 없는 그 사랑은, 그 마음은.

데일은 비로소 뒤를 돌아보았다. 저와 닮은 여자아이가 울지 않기 위해 입술을 꽉 깨문 채 저를 바라보고 있었다.

"저는요. 사제님의 사랑이 이루어졌으면 좋겠어요."

"……그건 이미."

"나중에 먼 훗날이라도 괜찮으니까! 언젠가라도 꼭!"

"셰리아."

"그도 그럴 게, 불공평하잖아요! 이렇게나 좋아한다고요! 하늘의 색이 바뀌고, 바람이 달라져도 마음은 변하지 않으실 거잖아요!"

그녀는 몇 번인가 입을 벌리고 다물다가, 결국에는 파르르 떨리는 입술로 이야기했다.

"그건…… 영원을 말씀하시는 거죠?"

"예……."

"저, 오늘부터 매일 기도할래요. 사제님의 사랑이 제발 닿아서 언젠가는……."

서로 사랑하기를 바란다고.

하지만 데일은 황급히 고개를 저으며 그녀를 만류했다.

"안 됩니다."

그는 셰리아의 양쪽 어깨에 팔을 올리고, 상체를 숙여 시선을 맞추었다.

"기도에는 힘이 깃듭니다. 누군가를 위한 순수한 기도는 더욱더."

"그러니까 제가 사제님을 위해서……!"

"셰리아."

데일은 차분하게 그녀를 불렀다. 조금은 진정해 주기를 바라면서 말이다.

"전 그녀가 지금의 사랑을 잃고 괴로워하는 모습을 보고 싶지 않습니다."

"……하지만."

"그리고 그 마음은 셰리아도 같을 테죠."

"저……요?"

"만약 그분의 괴로움으로 셰리아가 아픔에서 구원될 수 있다면, 어떻게 하실 겁니까?"

셰리아는 오래 생각하지도 않고 대답했다.

"제가 아플 거예요! 그 아이는, 너무 오랫동안…… 괴로웠으니까. 그냥 제가…….”

"봐요. 똑같죠?"

"사제님 우리 둘 다 너무…….”

바보 같아요. 정말 한심해요.

"그리고 셰리아."

"예?"

"확인차 묻는 겁니다만, 혹시 셰리아의 그분이 황홀하도록 아름다운 초록색 눈동자를 갖고 있지 않습니까?"

"초록색이긴 해도 화, 황홀하도록 아름답진 않아요. 그건 사제님이죠."

데일은 몹시 놀란 눈으로 셰리아를 바라보았다. 그리고 그가 알게 된 여러 단서를 조합해 보았다.

아비스, 성의 하인, 초록색 눈동자 그리고 무뚝뚝한 성정. 그제야 그녀의 이야기에서 묘하게 익숙한 느낌을 받았던 이유를 깨달았다.

"제 생각이 맞는다면, 아직 열지 않은 마지막 상자가 있는 것 같은데요."

"상자요?"

"바라는 것이 있다면, 마지막까지 열어 보아야겠죠. 그렇죠?"

데일은 셰리아의 눈가를 훑어 눈물을 쓸어 주었다.

"이건 저의 착한 여동생에게 주는 생일 선물로 해 두죠."

"사제님……?"

데일의 기울어진 턱이 그녀의 이마를 향했다.

축복의 키스를 해 주시려는 거구나. 셰리아는 경건한 마음으로 두 눈을 감았다.

하지만 그의 키스가 닿기도 전에 그녀의 몸이 뒤로 무너져 내렸다. 누군가가 강제로 허리를 쥐어 당긴 것처럼.

툭. 등에 익숙한 품이 닿았다. 대체 무슨 일이 일어났는지 깨닫기도 전에 그녀의 귓가로 데일의 목소리가 들렸다.

"오랜만에 뵙네요, 클리브."

셰리아는 잠시 굳은 듯 얼어붙고 말았다.

두 사람이 서로 아는 사이라고는 생각하지도 못했다. 애초에 어떤 접점도 없을 텐데……?

"클라렌스가 수도에 왔다는 이야기는 들었습니다. 동생의 출장을 따라온 걸 줄은 몰랐지만요."

부드러운 그의 인사에도 클리브는 그저 날을 세우며 그를 경계하듯 바라보았다.

클리브가 아는 한 저 사람은 자신의 누이에게 깊은 마음을 품고 있었다.

그런데 여기에서는 셰리아의 약혼자라고? 생일 파티에 찾아와서 이렇게 울게 하는 저 인간이?

"너무 경계하지 마세요. 이제 신전으로 돌아갈 참이었으니. 그럼, 이만 실례하죠."

귀여운 동생의 마지막 상자를 함께 열어 보지 못하는 것은 무척 아쉬운 일이지만.

몇 걸음 멀어지던 데일은 잠시 몸을 빙글 돌려 밝게 한마디를 덧붙였다.

"아 참, 물론 제 마음은 아비스의 그날부터 지금에까지 조금도 변하지 않았답니다."

그 말이 클리브의 마지막 이성을 끊어 두었다. 물론, 데일은 그것을 바라고 덧붙인 말이었다.

"……젠장!"

셰리아를 놓은 클리브가 다급하게 그의 뒤를 쫓았다.

그러나 데일의 느린 걸음을 따라잡을 수 없게 되었다. 미약한 힘이 그의 손가락을 또 붙들고 만 것이다. 그로서는 절대 먼저 뿌리칠 수 없는 그 손 말이다.

"클리브……."

울음 섞인 목소리와 함께.

"……화내지 마."

그 애원은 걱정이 담겨 있었다.

"셰리아 프리어, 너 정말!"

클리브는 자신도 모르게 버럭 소리를 지르며 뒤를 돌아보았다.

화를 내지 말라니, 지금 화가 안 나게 생겼나.

천둥벌거숭이 같은 셰리아가 제대로 된 약혼자를 구했다고 해서 겨우 안심했는데, 그 상대가 누님에게 빠져서 해롱거리던 멍청한 수도 남자라니.

게다가 오늘 생일인 셰리아 앞에서 아직도 누님을 잊지 못했다는 소리를 지껄이질 않나!

저런 반푼이가 좋다고 계단에서 시시덕거리던 셰리아도 셰리아다. 만약 다른 가문의 아가씨가 이런 일을 겪었다면, 가문의 기사가 아가씨의 명예를 위하여 결투를 청하고도 남았을 일이다.

어쨌든 클리브는 깊이 호흡했다. 보는 사람이 없는 곳에서 이런 소동이 일어난 것에 감사하면서.

진정하자. 그는 일단 제 손끝을 가만히 모아 쥔 셰리아를 내려다보았다.

"아가씨."

"나도 알아……. 사제님은 깊이 좋아하는 사람이 있으셔서 잊지 못하시는 거."

클리브는 '너 바보야?'라는 말이 목구멍까지 올라왔다. 지금까지 단 한 번도 그녀에게 해 본 적 없는 말이었지만, 지금은 꽤 진심이었다.

"그리고 나를 동생처럼 아껴 주셔."

"그래서, 결혼을 결심하셨습니까?"

"처음에는 그러려고 했는데."

그가 주는 다정함이 너무 좋아서 말이다. 하지만 그건 욕심쟁이인 셰리아가 바라는 감정이 아니었다.

"그만두기로 했어."

클리브는 조금 빨개진 셰리아의 눈가를 보며 조심스럽게 물었다.

"그래서 울었던 겁니까?"

"어, 응?"

"저 사람은 동생으로밖에 생각하지 않는데, 아가씨는……."

저 사람을 좋아하게 되어서, 그것이 괴로워서 이렇게 울고 있었느냐고. 그는 그런 상황이 마음이 들지 않아서, 차마 끝까지 말하지도 못했다.

"아, 아니야!"

셰리아는 얼른 고개를 저었다.

"그런 게 아니야. 내가 운 건 그냥, 너무 속상해서……."

"……속상?"

역시 저 빌어먹을 사제를……!

"아니, 사제님이 속상하게 한 게 아니야! 그러니까 난!"

셰리아는 차마 무어라고 설명해야 할지 몰라서 잠시 머뭇거렸다. 그러다가 곧 자신 없는 목소리로 중얼거렸다.

"나도 사제님처럼 아주 오랫동안 좋아하는 사람이 있는데."

실은 좋아한다는 것도 조금 늦게 깨달았지만 말이다.

"그 사람은 언제나 내게 관심이 없는 것 같아서……."

어떤 편지에도 짧은 답장만이 돌아오고, 그녀에 대한 어떤 궁금증도 없어 보였으니까.

"그래서 잊어버리려고 했는데, 갑자기 나타나서 헷갈리게 하고."

아가씨, 라며 선을 긋다가도. 갑자기 귀엽다는 말을 하지 않나. 키스할 것처럼 굴다가도 결국엔 이마에 축복만 남기지 않나.

"바, 방금도 갑자기 나타나서 멋대로 기대하게 하고……."

셰리아는 조금 우물거리는 말로 '미안'이라고 덧붙였다. 그를 원망할 일이 아니었는데.

그가 걱정해서 한 일을 그녀가 오해한다고 해서, 그에게 잘못이 있는 것은 아니다. 굳이 말하자면 멋대로 상상하고 기대하고 실망하며 화를 내는 쪽이 나쁜 거다.

나쁜 짓이라는 것을 알게 되면, 하면 안 된다. 그건 아주 어릴 때부터 배우는 삶의 지표 같은 거다.

"그러니까, 앞으로 다시는……."

셰리아는 입술을 꽉 깨물었다.

"오해 안 할게."

그녀는 손등으로 눈가를 훔치고는 클리브를 올려다보았다.

"네가 나한테 어떻게 한다고 해도 멋대로 오해하거나 기대하지 않을 테니까."

초록색 눈동자가 그녀를 물끄러미 내려다본다. 셰리아는 늘 그 너머의 감정을 가늠해 보곤 했다.

하지만 이젠 모르겠다. 그냥 창피해서 딱 죽고 싶은데. 바보 같은 입은 마치 뒤집혀 버린 상자처럼 멋대로 말이 줄줄 떨어져 나왔다.

너무 오래 꾹꾹 눌러두는 바람에 일그러지고 못생겨진 고백의 말 같은 것들이.

"그냥, 내가 멋대로 널 좋아해서 이상하게 해석하는 거라는 걸 확실하게 알았…… 홋!"

멋대로 덮쳐 오는 키스에 그 못난 말들이 전부 녹아 버렸다.

처음으로 해 보는 키스는 셰리아가 막연히 생각했던 솜사탕과는 인연이 멀었다.

완전히 잡아먹힐 것 같았다. 그의 탐욕에 그대로 그녀의 심장마저 속하게 될 것 같았다. 그리고 그건, 그녀가 아주 오랫동안 기다렸던 일이다.

셰리아는 팔을 뻗어 그의 옷자락을 손끝으로 쥐었다. 그리고 그 순간에 그녀의 턱을 말아 쥔 손에 힘이 들어갔다. 턱이 들어 올려진 후에는 서로가 더욱 깊이 맞닿았다.

조금 어지럽다는 생각이 드는 것은 이제야 취기가 올라오기 때문일까, 아니면 제대로 호흡하기 힘든 이 상황 때문일까.

"훗……."

그녀가 불편한 호흡 소리를 흘리는 순간이 되어서야 비로소 그는 그녀를 탐하는 일을 그만두었다.

"셰리아."

낮은 목소리가 속삭여졌다. 셰리아는 눈을 뜨고 바로 눈앞에 있는 클리브를 바라보았다.

셰리아는 그가 건넬 말을 듣는 것이 두려워졌다.

분명히, 이 키스에 다른 변명이 붙을 거다. 그는 언제나 이렇게 달콤한 것을 주고, 그 후에는 아픈 가시로 그녀를 콕콕 찌르니까.

그러니까, 그럴 바에야 그냥.

"더, 더 하면 안 돼?"

아……. 어떻게 해, 셰리아! 조금 더 그럴듯한 유혹의 말은 없었어? 클리브가 한심하다는 듯 쳐다볼 것 같다.

"이제 또 아픈 말 할 거잖아! '아가씨는 하인에게 마음을 주시면 안 됩니다.'라든가……."

그렇다면 조금이라도 더 단것을 취하고 싶었다. 어차피 아플 테니까.

"그러니까 더 할래, 더 하고 무슨 말이든 시원하게 들을 테니까."

"……안 그래."

클리브는 셰리아의 눈가를 매만지며 차분하게 대답했다.

"그런 말…… 안 해."

셰리아는 다소 눈치를 보는 듯 쭈뼛거리더니 재차 확인하듯 물었다.

"정말?"

"……그래."

"왜?"

"그야, 아무리 나라도 좋아하는 사람한테 키스한 순간은 소중하거든."

"좋아하는 사람?"

"……."

아무래도 말끝마다 질문을 던지는 셰리아가 돌아온 모양이다. 원하는 답을 들을 때까지는 이 부끄러운 질문 공세가 끊이지 않을 것은 분명했다.

클리브는 모든 것을 체념하기로 했다. 일단 지금은 그렇게 행동하고, 나중 일은 나중에 생각하기로 했다.

솔직히 말해 지금까지 짧은 인생을 살면서, 이렇게 앞뒤 가리지 않고 사고를 치는 것도 처음이었다.

어떤 점에서는 다행이라고 해야 하나. 첫 사고의 상대가 셰리아라서.

"셰리아 프리어."

그는 그녀가 바랐던 대로 다시 입술에 키스했다. 지난밤부터 줄곧 신경 쓰였던 작은 입술에 말이다.

"……내가 좋아하는 사람."

"지, 진짜?"

셰리아는 이상한 얼굴로 그리 되물었다. 까만 눈동자에서는 눈물이 새어 나오는데, 입술은 웃는 모양으로 휘어진 채.

"그래."

셰리아는 아직도 퐁퐁 새어 나오는 눈물을 닦아 내며 놀란 듯 속삭였다.

"어떻게 해……. 진짜 있었어."

데일이 말한 대로 마지막 상자를 여니까 정말로 나왔다.

그녀가 바라는 것이 또 마지막의 마지막이 되어서야 이렇게 그녀의 손에, 아니 입술에 떨어지고 말았다.

그녀는 얼른 몸을 돌렸다. 빨리 달려가서 데일에게 고맙다고 이야기해야 했다. 그녀에게 마지막 상자를 열어 보라고 권해 준 것은 그였으니까.

그녀가 몸을 돌려 달리려는 순간에, 이번엔 클리브가 그녀를 잡았다. 조금 전과는 반대로 말이다.

그는 그대로 셰리아를 자신의 품으로 데려와 완전하게 끌어안았다.

"안 돼."

그리고 단호하게 그녀의 귓가에 거절 의사를 표명했다. 어딜 가더라도 지금은 안 된다고 말이다.

"그, 그게 사제님이 나한테 마지막으로 말해 보라고 권해 주셔서……."

품에서 들리는 '사제님'이라는 말에 클리브의 미간이 잠시 구겨졌다.

그러나 그에게 공이 있는 것은 사실인 것 같으니 일단은 무어라 불만을 표하지는 않았다.

"나중에."

그래도 어쨌든 지금은 안 된다. 게다가 지금 그의 팔에 닿은 셰리아의 허리가 지독히도 가늘어서 짜증이 났다.

"코르셋, 디아나한테 조금만 조이라고 말해 뒀었는데."

"……사정없이 조이던데."

클리브의 얼굴이 디아나를 어떻게 혼내 줄지 고민하는 것 같기에, 셰리아는 얼른 도리질을 쳤다.

"내, 내가 조여 달라고 했어!"

"그럴 리가 있나."

역시 신빙성이 없는 모양이다. 윽, 역시 서로를 너무 오래 알았다.

"디아나를 불러서 옷을 갈아입는 편이 좋겠다. 술도 많이 마셨을 테고."

셰리아는 작게 고개를 끄덕였다. 아버지를 위로하느라 마신 술이 적지 않았다.

그러다가 문득 그녀는 소스라치게 놀라며 양쪽 손으로 제 입을 막았다.

"나, 나 술 냄새났지!"

"……안 났어."

그럴 리가 없다. 입 안을 그렇게 전부 샅샅이…… 그랬는데!

"너한테서는."

클리브는 그녀의 목덜미에 얼굴을 박고 크게 숨을 들이쉬었다.

"……달콤한 향기가 나."

정말로 잡아먹을 것처럼 피부 위로 날카로운 이가 살짝

박혔다.

"햐, 향수 때문이야!"

"향수?"

셰리아는 어깨를 움찔거리며 겨우 설명했다. '누구든 간단하게 당신의 포로'가 된다는 마성의 향수 말이다.

"아니야."

그는 가벼이 남은 잇자국 위로 키스했다.

셰리아와 함께 있을 때는 언제나 이런 향기가 있었다. 수도에서 다시 만난 후에는 향기가 더욱 짙어져서, 몇 번이나 클리브의 마음을 끌었고.

"이건 네가 가진 향기야. 내가 아주 오랫동안 좋아해 온……."

"아주 오랫동안?"

셰리아는 믿어지지 않는 말을 확인하듯 되물었다.

"그래, 아주 오랫동안."

그러자 변함없는 말이 돌아왔다.

셰리아는 잠시 그에게 머리를 기대었다.

"생일…… 선물 받은 것 같아."

선물이라는 말에 셰리아는 문득 생각난 것이 있었다. 그녀는 고개를 바짝 들어 클리브에게 감사의 말을 전했다.

"찻잔이랑 꽃, 고마워. 네가 고른 거지?"

"응."

"엄청, 엄청 기뻤어."

빨간 눈으로 헤실헤실 웃는 얼굴을 보니 정말로 토끼 같다. 클리브는 성주님께서 그녀를 봄날의 토끼라고 부르는 이유를 조금은 알 것 같았다.

"그리고 있잖아."

까만 눈동자가 이리저리 움직이며 어쩔 줄 몰라 하기 시작했다.

클리브는 그녀의 기분을 능히 짐작했다. 아비스 최고의 욕심쟁이께서 그 정도의 생일 선물로 만족하셨을 리가 없으니까.

아무래도 오늘 좀 지나치게 사고를 치는 것 같은데.

클리브는 앞으로 닥쳐 올 폭풍 같은 미래에 애도를 표하며, 다시금 셰리아의 입술에 키스했다.

"그리고 모든 것은 꿈이었습니다."

아침에 일어난 셰리아는 눈을 뜨자마자 자기 자신에게 그렇게 말해 주었다. 생각해 보니까, 꿈이라고 해도 이상할 것이 없었다.

클리브가 오래전부터 날 좋아해? 하, 차라리 사마귀가 왕자님이 되어서 청혼하러 올 가능성이 더 크지!

셰리아는 마음을 단단히 먹고 제가 처한 현실을 확인하러 가기로 했다.

두근거리는 심장을 안고 다이닝 룸에 도착했다. 아버지와 고모님 내외는 아직 주무시는 모양이었다.

"안녕히 주무셨습니까. 아가씨."

그리고 그림으로 그린 것 같은 하인이 거기에 있었다. 오늘도 빛나는 충성심을 가득 채운 눈빛을 하고서 말이다.

"안녕……. 클리브."

역시 꿈이었구나. 셰리아는 한숨을 쉬면서, 클리브가 권해 주는 의자에 앉았다.

"계란은 어떻게 해 드릴까요?"

"흐물흐물하게."

"후추는 어떠셨습니까?"

"좋았어. 같이 넣어도 되겠더라."

"다행입니다. 토마토는 껍질을 벗겨서 준비해 오겠습니다."

그야말로 하인의 거울, 훌륭한 주인의 손이다.

셰리아는 무뚝뚝한 클리브의 얼굴 어딘가에는 어젯밤 꿈의 잔재가 남아 있지 않을까 하는 희망을 잠시 품어 보았지만, 그런 건 없었다.

참 요즘 꿈은 현실감이 대단해. 입술에 남은 감각은 어쩐지, 정말로…….

촉.

그리고 갑자기 허리를 숙인 클리브가 그녀에게 가볍게 키스를 해 왔다.

"아?"

깜짝 놀라 올려다보니, 꿈과 똑같은 표정을 지은 클리브가 그녀의 곁에 서 있었다.

"잠시 아무도 없길래."

"으……."

셰리아가 무어라 대답하려고 할 때는 화병을 안은 하녀가 다시 다이닝 룸에 들어서고 있었다.

어쩐지 심장이 두근두근 뛰기 시작하는 것은 아마, 남들 몰래 갖는 비밀이 주는 즐거운 감각일 거다.

셰리아는 오늘도 제 앞에 마련된 홍차를 마셨다. 누가 미리 설탕이라도 타 놓은 게 아닐까 싶을 정도로 달콤했다.

"헤헤."

좋은 기분을 침지 못하고 웃었더니, 클리브가 스쳐 지나가며 슬쩍, 머리를 쓰다듬어 주었다.

아비스로 돌아온 성주님은 앓아누웠다.

근처의 유명하다는 의사들도 모두 진료를 봤지만, 그 누구도 성주님의 병을 낫게 할 수는 없었다.

"꾀병이니까요."

클리브가 성주님의 이마에 놓인 수건을 바꾸어 드리며 엄격하게 진단을 내렸다.

"흥!"

성주님은 클리브에게는 눈길조차 주지 않은 채 삐딱하게 돌아누웠다.

"……그렇게 싫으십니까."

클리브가 조용히 묻자, 성주님은 기다렸다는 듯 자리에서 벌떡 일어섰다.

"싫어! 내 딸을 데려가는 놈은 다 도둑놈이야!"

"전 딱히 아가씨를 데려가지는 않았습니다."

클리브는 엄밀하게 현실을 짚어 주었다. 수도 생활을 정리하고 돌아온 셰리아는 집에 돌아오자마자, 클리브와 연애를 하겠다고 선언하여 성안을 모두 뒤집어 놓았다.

"이런 천하에 몹쓸 놈을 봤나! 그럼 봄날의 토끼 같은 내 딸과 연애는 해도 결혼은 안 한다는 거냐!"

"해도 됩니까?"

클리브는 마침 궁금했다는 듯 물었고, 그 말은 성주님을 한 번 더 펄쩍 뛰게 했다.

"아, 안 돼! 잘 들어라, 클리브. 내 딸과 결혼하면, 그 순간부터 넌 이 아비스의 도둑이다. 내가 성주의 권한으로 널 그렇게 부르도록 법을 제정하고 말겠어!"

"그건, 그다지 상관없습니다만."

"아니, 이 녀석아. 어째서 그게 중요하지 않아. 응? 아이고 머리, 아니, 배도 아프다. 어서 가서 제대로 된 의사라도 좀 불러와."

"……어째서."

클리브는 그의 머리에서 떨어져 내린 수건을 주워 들었고, 조용한 목소리로 이야기를 꺼냈다.

"제가 천하여 안 된다고는 말씀하지 않으십니까?"

그 순간에 성주님의 얼굴에 남은 과장된 표정은 전부 지워졌다.

"내 딸이 천한 것을 좋아할 것 같으냐! 셰리아가 좋아하는 건 다 귀하고 좋은 것뿐이야!"

"그게 다입니까?"

"그럼."

그는 빙긋 웃었다.

클리브 홀턴. 그의 이름인 홀턴은 이 지방에서는 평범한 서점 점원의 이름이지만, 당장 수도만 가도 그 사정이 달라진다.

클리브 홀딘은 자신의 의지만 있다면, 수도 공작가의 힘을 다소 빌릴 수도 있을 거다. 그의 누이가 남긴 영광은 이미 그 가문의 전설로 남아 있으니까.

물론 그걸 이용할 일은 아마 영원히 오지 않을 것이다.

하지만, 쥐어 두어서 나쁜 패는 아니다. 어떤 상황에서도 셰리아를 안전하게 지키기 위해서는.

어쨌든 그런 복잡한 사정 따위는 어떻게든 클리브를 좋게 보기 위해 쥐어짠 변명에 가까웠다.

게다가 그런 장점을 애써 생각해도 그는 클리브가 싫었다. 셰리아가 좋아하는 남자라면 그 누구라도 싫어하겠지만.

"내 봄날의 토끼는 어렸을 때부터 보는 눈이 좋았지. 그러니까, 아마 셰리아가 자넬 고른 것도……."

성주님은 클리브의 밤하늘 같은 머리카락을 쓰다듬어 주었다.

"아마 네가 좋은 녀석이기 때문일 거야."

"클리브!"

밖으로 나오자 복도 너머에서 셰리아가 달려왔다.

굳이 묘사하자면, 조이는 속옷도 발 아픈 구두도 신지 않은 편안한 셰리아 말이다.

그녀는 무언가 엄청 기분이 좋은지 헤실헤실 웃고 있었다.

"있지, 보좌관님이 나보고 아주 일을 잘 배우고 있다고 해주셨어."

셰리아는 업무 불능이 된 아버지를 대신해서 열심히 성의 일을 도우려고 하고 있었다.

처음에는 잉크병을 쏟을 정도로 긴장하여 아무것도 하지 못했다. 하지만, 곧 작은 일들을 처리할 수 있게 되었다.

"그건 놀라운 일이군요."

클리브가 그렇게 대답하기에, 셰리아는 무언가를 조르는 것 같은 얼굴로 그의 팔을 잡아당겼다.

"……그건 놀라운 일이네."

클리브는 주변에 아무도 없는 것을 확인한 후 얼른 말투를 바꾸었다. 셰리아의 얼굴에는 다시 미소가 돌아왔다.

"그나저나, 어째서…… 수도에서 돌아오자마자 말한 거지?"

"뭘?"

"너와 내가 서로 사랑한다고."

"그게 사실이니까. 그리고 우리 아버지는 내게 '누구도 사실에서는 도망칠 수 없다'고 가르치셨거든."

뭔가 반박할 수 없을 정도로 맞는 말이긴 한데. 묘하게 허술하다.

클리브가 아무 말도 하지 못하자, 셰리아는 다시 까르르 웃었다.

"있잖아, 클리브."

한참을 웃던 셰리아는 잠시 손을 모으고 진지하게 그를 바라보았다.

"나, 아버지의 일을 배우고 싶은데……. 사실 내가 너무 부족한 게 많아서. 지금부터 아주, 아주 열심히 해야 해."

"잘하겠지. 내 '여름'날의 토끼는."

"그래서…… 아직 말하기는 이르지만 그래도 말해 두자면, 우리가 미래를 약속하거나 하는 건…… 오래 걸릴지도 몰라서……."

"셰리아 프리어."

"으, 응?"

그는 동그랗게 모인 셰리아에 입술에 키스하고는 웃었다.

웃었어?

셰리아가 드물기 짝이 없는 그의 미소에 깜짝 놀라는 동안 클리브는 다정하게 대답해 주었다.

"언제라도 상관없어. 네가 하고 싶은 일을 해."

"그럼 그동안 클리브는?"

걱정스레 물어 오는 질문에, 그는 그녀의 머리를 쓰다듬으며 대답해 주었다.

"훌륭한 아가씨의 손이 되겠지."

"으, 진짜 미워!"

셰리아가 그의 팔을 찰싹 때리며 얼굴을 찌푸릴 때 즈음, 단단히 닫혔던 성주님의 방이 벌컥 열렸다.

그는 새빨개진 얼굴로 클리브를 노려보며, 조금 전에 제가 내뱉은 말을 엄격하게 뒤집었다.

"방금 했던 말은 취소다! 좋은 사람 같은 소리 하고 있네! 넌 도둑이야! 내가 정의로운 도둑이라면 넌 악독한 도둑이라고!"

그렇게 날뛰던 성주님은 셰리아의 포옹 한 번에 다시 말랑말랑하고 좋은 분으로 돌아왔다.

"봤지? 내 딸이 이렇게 날 좋아해!"

어쨌든 성주님의 기분이 좋은 것은 무척 중요하기 때문에, 클리브는 기꺼이 고개를 끄덕였다.

"예, 저를 좋아하는 것과 꽤 비슷한 정도인 모양입니다."

물론, 다시 도둑이라는 비명이 나왔음은 말할 것도 없었다.

—Fin
〈'사실, 그들은 오직 서로만을 기억하고 있었습니다' 마침.〉

외전 02

〈사실, 그녀는 그들을 기억하고 있었습니다〉

외전 02
〈사실, 그녀는 그들을 기억하고 있었습니다〉

"홀턴 님, 알고 계십니까?"

해가 뉘엿뉘엿 지는 저녁. 공작의 집무실에 앉은 레이놀드가 음산하게 속삭였다.

클라렌스는 일단 고개를 저었다. 뭘 알고 있느냐고 묻는지는 몰라도 아마 그녀는 모르는 것일 터다. 레이놀드는 아주 똑똑하고 명석한 사람이라 그녀보다 아는 것이 훨씬 더 많으니까 말이다.

"공작가에는 전통이 있습니다."

"그야…… 그렇겠지요. 스펜서 공작가는 무척 오래된 가문이니까요."

"그리고 홀턴 님은 영원히 공작가에 속하시는 분이죠."

"예, 저는 공작가의 종입니다."

클라렌스는 새삼 격식 있게 허리를 숙였다.

"종이라뇨."

"은퇴한 기사에게는 그 정도의 호칭이 마땅히 좋습니다. 그것이 아니라면, 달리 표현할 말이 있으십니까?"

당신은 공작가의 따님이며, 영광입니다. 영원히요.

레이놀드는 차마 뱉을 수 없는 말을 삼켰다.

저 말이 아무리 사실이라고 하더라도 클라렌스는 받아들이지 않을 테니까.

"어쨌든, 저는 홀턴 님의 혼인 절차에 공작가의 전통이 포함되어야 한다고 이야기 하고 싶었습니다."

"감히, 제게 그런……."

"제발 그리해 주세요. 허락해 주지 않으시면 제가 혼날지도 모릅니다."

레이놀드는 공작의 권위 같은 것은 포기하고 솔직하게 도움을 청했다.

"혼나신다고요?"

그녀가 되묻는 순간에, 레이놀드는 조금 곤란한 듯 제 배를 쥐었다. 케니스가 만들어 준 온열 복대가 따끈따끈해졌지만, 여전히 배는 아팠다.

아…… 또 뭔가 스트레스를 받는 모양이다.

클라렌스는 캐묻기를 포기하고 고개를 끄덕였다.

"알겠습니다. 제게 공작가의 전통을 알려 주신다면, 충실하게 따르겠습니다."

"저, 정말입니까?!"

"예, 케니스도 무척 좋아할 겁니다. 마탑과 공작가는 언제나 함께하니까요."

케니스라는 이름이 나왔을 때, 레이놀드가 기겁하며 다시
제 배를 쥐었다. 아무래도. 공작가의 전통 중에는 케니스가
싫어할 만한 것이 있는 모양이다. 뭘까.

'당분 섭취가 금지되는 것만 아니라면 좋겠는데.'

은퇴한 클라렌스가 때때로 수도에 올 때면, 다양한 곳에
서 머물기를 청해왔다.

공작가는 물론, 신전에서도 방을 내어 주고 싶어 했다. 황
궁에서도 무투 대회의 우승자를 대접하고 싶어 했고, 필립
윌킨스의 여동생이 밤새도록 술을 마시자며 편지를 보내오
기도 했다.

물론 클라렌스는 한 명뿐이었으니, 모두의 성원에 응할
수는 없었다. 무엇보다 그녀는 제 마음을 편안하게 해 주는
곳에 머물고 싶었다.

그러니 그녀가 늘 머무는 곳은 마탑의 가장 높은 곳, 케니
스의 작은 방이었다.

그의 방은 사랑스럽다.

모든 물건에 그의 오랜 손길이 깃들어서, 무얼 만져도 상
냥한 감촉이 돌아왔다. 케니스는 인간에게는 다소 무례했지
만, 좋은 물건에는 관대했다. 아니, 아끼고 돌보아 줄 정도
로 애정을 준다.

물론 일이 많을 때는 이리저리 늘어놓기도 하지만, 바쁜 일이 끝나면 다시 다정하게 손질해 준다. 사랑받는 물건이 많은 방에 머물면 마음이 편안해졌다.

하지만 클라렌스는 여전히, 그가 제 방에서 가장 아끼며 사랑하는 것이 그녀라는 사실은 깨닫지 못했다.

"……안되네."

푸시익. 케니스의 앞에서 아슬아슬하게 형태를 이루던 기체들이 공기 중으로 흩어졌다.

케니스는 푹신한 의자에 기대어 늘어지도록 기지개를 켰고, 침대에서 책을 읽던 클라렌스는 가만히 고개를 돌려 흩어지는 기체들을 바라보았다.

"어려운 의뢰인가 봐?"

"음……."

그는 어렵다는 말에 쉽사리 고개를 끄덕이지 않았다. 일종의 자존심이었다.

"잠깐 헤매는 것뿐이야."

잠깐이라고 하는 것치고는 벌써 몇 시간째 실패를 반복하고 있다. 그는 펜을 들어 곁에 둔 종이에 줄을 그었다. 이 방법도 실패라는 뜻이다.

"잠깐 쉴까."

그가 의자를 빙글 돌리며 클라렌스를 바라보기에, 그녀는 기꺼이 제 팔을 뻗었다.

"좋은 생각이네, 이리 올래?"

"으……."

그는 삐딱하게 턱을 괸 채 눈동자를 이리저리 굴렸다.

정말이지! 저 기사님을 어쩌면 좋담. 예전에는 그냥 무방비하더니, 이제는 아주 유혹 덩어리가 되어 버려서 곤란해 죽을 맛이다.

침대에서 '이리 올래?'라니. 게다가 예쁘게 웃으면서!

"거기로 갔다가는 '잠깐' 쉬는 게 안 될 것 같은데."

애초에 쉬는 것도 아니게 될 테고. 물론 어떤 점에서는 쉬는 것보다 더 좋은 일이지만.

"왜? '잠깐'만 같이 있으면 되지."

"아니, 그러니까. 그게 잠깐만에 될 리가 없잖……."

발끈하여 소리 지르던 케니스는 얼른 입을 다물었다.

무슨 헛소리를 내지른 거지.

"아니야."

그가 절레절레 고개를 흔들며 다시 펜을 집어 들기에, 클라렌스가 소리를 내어 웃었다.

"괜찮으니까 이리와. 초콜릿 줄게."

"넌 내가 초콜릿만 보면 환장해서 달려드는 줄 알지?"

"아니었어?"

초록색 눈동자가 동그랗게 된다. 정말로 놀랐다는 뜻이다.

이 바보야, 내가 환장해서 달려드는 건 너 하나라고. 초콜릿이 아니라!

"어쨌든 일하는 케니스에게는 단것이 필요하고, 내겐 단것이 있지."

클라렌스는 침대 아래에 두었던 초콜릿 상자를 집어 들었다.

"그리고 내게는 초콜릿을 기가 막히게 녹여 먹는 마법이 있고?"

"정확해."

케니스는 펜촉을 닦고 잉크 뚜껑을 가지런하게 닦았다. 마지막으로 종이 먼지가 달라붙은 손을 구석구석 청결하게 한 후, 클라렌스의 곁으로 갔다.

침대 위에 털썩 주저앉은 케니스는 클라렌스가 들고 있던 초콜릿 상자를 제 무릎 위로 올려 두었다.

"못 보던 거네."

낯선 가게의 초콜릿이다. 그는 상자의 디자인이나 그 위에 적힌 성분표를 꼼꼼하게 살폈다.

그의 직업병을 즐겁게 바라보던 클라렌스가 초콜릿의 출처를 알려주었다.

"공작님이 주셨어."

"왜 복통의 레이놀드가 내 기사님께 달콤한 걸 바치지? 무엇을 목적으로?"

그는 몹시 경계하는 얼굴이었다. 사실 케니스는 공작가의 간식 배급에 대해 몹시 불만을 품고 있었다. 클라렌스가 봉지 안에 남아 있던 초콜릿 가루를 털어 먹는 모습을 본 이후로, 줄곧.

"그야……."

클라렌스는 등을 덮는 긴 머리카락을 적당히 쓸어 넘겼다.

"케니스가 단걸 좋아한다고 말했으니까, 내가."

클라렌스는 '내가'에 다소 힘을 주어 말했고, 덕분에 케니스가 세웠던 모든 경계가 허물어졌다.

아니 도리어 기분이 좋아 보였다.

"그, 그런 말을 했어? 레이놀드한테?"

"응, 몇 번이나."

"며, 몇 번이나?"

아휴 참, 클라렌스 너도 팔불출이다. 내 이야기를 그렇게 많이 하고 다니면 사람들이 바보 커플이라고 놀린단 말이야.

케니스는 사랑스러워 보이는 초콜릿 상자를 끌어안고 혼자 킥킥거렸다.

"공작령에 있는 유명한 초콜릿 가게래. 안나하고 네 시간이나 줄을 서서 겨우 살 수 있었대."

"공작령에도 초콜릿 가게가 있어?"

"그럼, 거기도 사람이 사는 곳인걸. 게다가 여행객들의 천국이지."

클라렌스는 고개가 뒤로 넘어가도록 바짝 들어 올렸다. 활짝 열린 창문 너머로 새파란 가을 하늘이 보였다.

"거울 같은 호수와 보라색의 꽃이 흐드러지게 피고, 신이 깎아 내린 것 같은 절벽이 있거든."

클라렌스는 천천히 눈을 깜빡였다. 아무것도 없는 하늘은 마침 아름다운 자연을 그리며 상상하기에 좋았다.

「그래도 공작령에는 반드시 들러 보려고 합니다.」

「정말인가?」

「예.」

「좋은 생각이야. 정말 아름답지. 내가 말했던가? 거울 같은 호수와 보라색의 꽃이 흐드러지게 피고…….」

「신이 깎아 내린 것 같은 절벽이 있다고도 하셨습니다.」

「말했군.」

「예. 전쟁터에서 약 100회 정도 반복해서 말씀하셨습니다.」

「100번이라니, 그 정도는…….」

「말씀하셨습니다.」

아니, 자연이 아니라 어느 순간을 상상하기에 좋았다.

그 아름다운 자연을 말하는 그분의 얼굴에는 언제나 자랑스러운 미소와 그리움이 있었다.

‘그러고 보니…….’

클라렌스는 자신과 공작님 사이에 아직도 지켜지지 못한 약속이 있다는 사실을 깨달았다.

‘아직도 가 보지 못했지.’

아니, 사실은 가지 않은 것이었다. 어쩌면 두려웠던 걸까. 그분이 없는 곳에서 그런 아름다운 광경을 바라보는 것이.

"클라렌스?"

케니스가 부르는 소리에 그녀는 사르르 눈동자만을 돌려 그를 바라보았다.

걱정이 가득 담긴 새파란 눈동자가 있었다.

신기한 일이다. 돌이켜 보면 이렇게 항상 누군가는 그녀를 지켜봐 주었다. 무척 따스하고, 조금은 편파적으로. 그 너그러움이 그녀를 키워 주었고, 용기를 가르쳐 주었다.

클라렌스는 말없이 팔을 뻗었다. 차가운 가을바람이 살갗에 채 닿기도 전에 사람의 온기로 먼저 채워졌다.

그의 손바닥이 달빛 같은 머리카락 사이로 파고들었고, 자연스레 침대 위로 상체가 떨어져 내렸다. 정리되지 않은 두꺼운 이불에 두 사람이 파묻혀, 사방에서 사각거리는 마른 소리가 났다.

어느새 감았던 눈을 다시 떴을 때는 다정하게 입술 끝이 닿아 있었다.

간지럽다. 호흡이 울리고, 심장이 움직이는 것이 그대로 전달되는 것이.

"굉장히……."

입술이 닿은 그대로 클라렌스가 중얼거렸다.

"……살아 있는 것 같아, 너."

바보 같은 소리였지만, 케니스는 비웃지 않았다.

아마 그녀가 공작님의 생각을 하고 있다는 것을 알고 있기 때문일 거다. 죽음에 대한 생각은 언제나 생명에 속하는 모든 것을 신비하게 만드니까.

"되게 좋다."

당연한 것에 새삼 기뻐하는 것은 훌륭한 일이다.

상이라고 해도 좋을지 모르겠지만, 케니스는 기특한 소리를 하는 입술에 가볍게 입을 맞추었다.

"고마워……."

착한 인사의 여운 끝에서 두 사람의 호흡이 완벽하게 겹쳐졌다. 따뜻한 숨은 뜨거워졌고 느릿하게 섞이는 젖은 살덩이에서는 점점 더 짙은 소리가 흘렀다.

"후……."

입술이 조금 떨어졌을 때. 그에게선 한숨일지 열망일지 모르는 소리가 흘렀다.

그는 애써 웃는 얼굴로 클라렌스의 얼굴에 달라붙은 머리카락을 쓸어 주었다. 아마 '빨리 다시 일해야 하는데.'라는 생각을 하는 것 같았다.

"있잖아, 케니스."

"음?"

"정말로 네가 홀턴이 되어도 괜찮겠어'?"

케니스는 언젠가 클리브와 약속했던 대로, 클라렌스의 성을 함께 사용하기로 했다. 물론 클라렌스는 다정한 가족의 이름을 지킬 수 있다는 점에서 무척 기뻐했다.

"물론이지."

그리고 케니스도 기뻤다. 제게 따뜻한 이름이 생기는 것 같아서.

"네가 케니스 홀턴이 되면."

"홀턴 가에는 최고의 마법사와 최고의 기사와 최고의⋯⋯."

케니스는 잠시 고민하기에, 클라렌스가 웃으며 답을 알려 주었다.

"최고의 하인이 함께하는 거지."

"멋있는 가족 구성원인데?"

그는 여전히 클라렌스의 얼굴을 만지작거리며 웃었다.

조금 거친 손끝이 스칠 때마다, 클라렌스는 조금씩 노곤한 기분에 물들어 갔다. 이러다가 잠이 들면 중요한 말을 전하지 못할 텐데. 걱정이 든 그녀는 얼른 중요한 이야기를 먼저 꺼냈다.

"나 공작령에 가 볼까 해. 그러니까……. 결혼식 전에 말이야."

"그렇게 해."

결혼식은 당장 열흘 뒤다. 하지만 느닷없는 이야기에도 케니스는 곧장 수긍했다.

"마법진을 이용하면 그다지 어려운 일은 아니야. 지금 출발하면 오늘 저녁 식사는 공작령에서 하게 될걸."

케니스는 "이게 바로 마법사들이 구축해 낸 일일 생활권이지."라며 잔뜩 으스대었다.

"음, 가능하면 나는 길을 따라서 여행하고 싶어. 좋아하는 책을 들고서 말이야."

"그것도 나쁘지 않지. 나는 무슨 책을 들고 가지."

케니스가 진심으로 고민을 시작했고, 클라렌스는 조금 미안한 표정을 지었다.

"그게, 있잖아."

"왜, 에이드리안 전기를 읽으라고? 그건 이미 읽었대도."

"아니, 그게 아니라 케니스."

클라렌스는 여전히 제 위에 있는 케니스를 바라보았다.

"공작령에는…… 나 혼자 가야 할 것 같아서."

잘생긴 미간이 단숨에 찌푸려졌다. 화내려나.

"……나는?"

아니, 그게 아니었다.

그는 버림받은 강아지 같은 얼굴을 하고서는 애처롭게 클라렌스를 바라보았다. 클라렌스는 이러다가 저 새파란 눈동자에서 눈물이 그렁그렁 떨어지는 것이 아닌지 걱정되었다.

"그, 저기 있잖아……. 공작님이 그러시는데, 케니스는 수도에서 할 일이 있다고 하셨어."

그가 번쩍 고개를 들어 창밖을 내다보았다. 몹시 분노하는 얼굴로.

아, 케니스! 레이놀드 님을 물면 안 돼! 아, 아니 괴롭히면 안 돼…….

다음 날, 클라렌스가 간단하게 짐을 꾸려서 공작령으로 떠났다. 성문까지 그녀를 배웅한 케니스는 그대로 공작가까지 달려갔다.

물론 사전에 약속을 잡아 둔 것은 아니었다. 하지만 레이놀드는 모든 일정을 비우고 케니스를 기다리고 있었다.

안나에게 부탁해 자신의 장례식에는 부디 아름다운 노란 꽃으로 장식해 달라고 말해 둔 뒤, 마탑에서 만들어준 온열 복대를 배 위에 얹어 두었다.

쾅! 거칠게 공작 집무실의 문이 열렸고, 케니스가 거칠게 숨을 몰아쉬었다.

"죽고 싶어?!"

그는 곧장 소리를 지르며 레이놀드의 앞으로 다가갔지만, 차마 그에게 손을 대지는 못했다.

클라렌스가 공작령으로 떠나면서, "무슨 일이 있어도 공작님을 다치게 해서는 안 돼."라고 말해 두었기 때문이다.

저런 비실비실한 공작 따위가 클라렌스의 걱정을 받을 정도라면, 케니스도 조금은 더 비실비실한 몸이 될 것을 그랬다.

있는 듯 없는 듯한 잔근육 같은 것은 어차피 클라렌스에게는 커다란 감흥도 되지 못하는 모양이니까.

"마, 마탑의 케니스, 진정하세요."

"내가 지금 진정하게 생겼어?!"

"그야, 물론……."

화가 나겠지.

마탑의 케니스는 클라렌스 홀턴에 중독된 상태나 다름없었다. 덕분에 사람들은 그가 다소 부드러워지고, 다루기 쉬워졌다고 말하곤 했다.

하지만 그건 어디까지나 클라렌스가 그의 곁에 있을 때뿐이다. 그녀가 그의 시야에서 벗어나거나, 만날 수 없는 상황이 되면 그는 평소 이상으로 거친 사람이 된다.

"홀턴 님의 소원을 이루어 주고 싶지 않으신 겁니까?"

그러니 레이놀드는 훌륭한 잔머리를 굴려 케니스를 조련할 수 있는 마법의 단어를 발견했다.

다행히 그 단어는 어렵지 않았다.

'홀턴 님의 소원.'

그의 생각은 틀리지 않아서, 날뛰는 야생마 같았던 케니스의 얼굴이 단번에 얌전해졌다.

"그야, 물론 그 녀석이 원하는 건 다 들어주고 싶지……."

게다가 늘 마음속에 담아 두었던 걱정까지 살며시 내비쳤다.

"하지만 클라렌스는 제 욕심 같은 건 좀처럼 말하는 법도 없고."

레이놀드는 작게 고개를 끄덕였다. 역시 욕심 없는 홀턴 경은 연애하더라도 변하지 않는 모양이다. 무엇이든 구할 수 있는 마탑의 케니스를 연인으로 두고도 말이다.

"네, 그렇군요."

"하지만 이따금 뭔가 바라는 얼굴을 하는 걸 보면, 말하지 못하는 게 있는 것 같은데 말이야."

"저도 그렇게 느꼈습니다!"

레이놀드가 얼른 동조하자, 케니스는 곧장 매서운 눈길로 그를 바라보았다.

"그걸 네가 어떻게 느껴?"

"아, 아, 아니 그게."

케니스는 책상 바로 앞까지 다가와 잘생긴 얼굴을 불쑥 내밀었다.

"어떻게 느꼈냐고 묻잖아!"

"그, 그게……. 제가 공작가의 전통을 말씀드리니까, 받아들이시기에……."

레이놀드는 제 배를 부여잡고 반쯤 울먹이는 투로 대답했다.

"그래, 그렇지 않아도 공작가의 전통이 있다면서 너한테 가 보라고 하더라."

케니스는 레이놀드의 책상 위로 털썩 걸터앉았다.

"그래서 대체 그 전통이 뭔데?"

레이놀드는 새삼 클라렌스의 위대함을 느꼈다.

평소의 케니스라면 분명, '전통? 저언통? 그딴 빌어먹을 구시대의 유물은 엿이나 처먹으라고 해!'라고 말했을 거다.

하지만 지금은 클라렌스가 그 전통을 존중한다는 이유만으로, 그것에 따르려고 하지 않는가. 수도의 가장 거친 마법사를 길들이시다니. 역시 공작가의 용맹한 기사님다웠다.

"흠, 공작가에는 대대로 결혼식을 앞두고서 작은 놀이를 벌입니다."

"작은 놀이?"

"예, 이 놀이의 목적은 신부가 갈망하는 소원을 들어주는 것입니다."

"그거 아주 훌륭한 전통이네."

케니스가 손뼉까지 치면서 좋아했다. 거기에 "이래서 스펜서 공작가는 발전을 거듭하는 거야."라든가, "그런 훌륭한 전통을 지키려는 클라렌스는 대체 얼마나 멋있는 거지?"와 같은 말을 덧붙였다.

"네, 말씀하신 대로입니다. 홀턴 경은 공작가의 역사이며, 자랑입니다. 이 전통을 따르기에 이보다 적합하신 분은 없을 겁니다."

"그래서."

"네?"

"네? 는 뭐가 네? 야. 그 훌륭한 전통에 내가 뭔가 이바지해야 하니까 이렇게 부른 거 아니야."

케니스는 하얀 장갑을 끼운 손을 가볍게 휘저었다. 멀리 손님용 테이블에 놓인 스콘이 허공에 둥실 떠올랐고, 그 위로 잼과 크림이 철퍽철퍽 쌓아 올려졌다.

스콘은 그대로 케니스의 손바닥에 올라왔다.

물론 그는 교양을 아는 남자였으니, 그 커다란 스콘을 한 입 가득 입에 넣고 행복하게 우물거렸다.

우아하게 레이놀드가 마시다 만 홍차를 날름 빼앗아 마시는 것도 잊지 않았다.

레이놀드는 행복한 얼굴로 단것을 삼키는 케니스를 바라보다가, 그의 표정이 가장 만족스러워 보일 때를 노려서 겨우 설명을 시작했다.

"시, 신랑은."

히죽. 겨우 첫 마디를 떼었을 뿐인데, 그의 얼굴에 미소가 꽃피었다. 아무래도 '신랑'이라는 단어에 몹시 만족한 모양이다.

레이놀드는 예상한 것보다 그에게 전통에 관해 설명하는 것이 간단할지도 모르겠다고 생각했다.

"신랑은 신부의 소원을 들어주기 위해 가장 중요한 의식을 행해야 합니다."

"어떤 건데?"

그는 또 다른 스콘을 우물거리며 물었다. 크림이 마음에 들었는지, 조금 전보다 조금 더 두텁게 발랐다.

"일단 신부님께서, 그러니까 홀턴 님께서 가장 소중하게 여기는 세 가지를 정합니다. 그리고 그 물건을 숨겨 둡니다."

"그래서?"

"정해진 기간 안에 신랑님께서 모든 물건을 찾으신다면, 신부님의 소원이 이루어지고, 영원히 행복한 결혼 생활을 영위할 수 있다고 합니다."

케니스는 샌드위치에 끼워진 오이를 주욱 끄집어내며 고개를 끄덕였다.

"꽤 간단한데?"

"그, 그렇죠?"

"클라렌스가 그 세 가지를 정했어?"

"예, 이미 정하셔서, 직접 숨겨 두셨습니다."

"뭔지는 뻔하네, 일단 하나는 모자겠지. 겨울 모자 말이야."

케니스는 머리와 귀를 완전하게 덮어 주는 클라렌스의 기특한 모자를 떠올렸다.

그건 클리브 홀턴이 제 누이에게 선물한 것으로 그녀의 큰 자랑이었다. 겨울이 끝날 때마다 그 모자를 쓰지 못할 계절이 되었다며 아쉬워할 정도였으니까.

"과연 마탑의 케니스……! 정답입니다!"

"뭘 그 정도로. 다른 하나는 책이지?"

"그, 그렇습니다."

"앨런 마티아 시집의 초판본일 테고."

"어, 어떻게 아셨습니까? 그 책입니다!"

"그야 당연하지. 걔가 그 책을 읽으면서 얼마나 즐거워하는지 알아?"

물론 클라렌스는 케니스가 선물해 주었다는 점에서 더 큰 점수를 주었지만. 어쨌든 케니스는 제가 선물한 책이 그 목록에 있어서 아주 기뻤다.

"그리고 마지막 하나는……."

케니스는 잠시 턱을 괴며 고민에 빠졌다.

그가 먹지 않고 골라낸 얇게 저민 오이가 케니스의 주변을 빙글빙글 돌았다.

"검…… 을, 남에게 맡기지는 않을 텐데."

클라렌스는 기사니까 말이다.

"하지만 소중한 것에 검이 들어가지 않은 것은 역시 이상하고……."

으음, 무엇일까. 고민은 조금 길어졌지만, 그는 검을 대체할 수 있는 다른 것을 떠올리지 못했다.

공작이 내어준 신분 패가 아닐까 했지만, 그건 클라렌스가 공작령에 들어갈 때 필요하다며 챙겨 갔을 것 같았다.

물론 공작령의 병사들은 그녀의 얼굴만으로도 통행을 허가할거다. 하지만 클라렌스는 그런 특혜에 익숙해지지 않는 사람이다.

"에이드리안 전기인가? 그 녀석이 처음으로 사 본 책이라고 했거든."

"아닙니다."

"그럼 초콜릿?"

"설마요."

케니스는 두 손으로 머리를 쥐어뜯었다. 아무리 생각해도 알 수 없었다.

맙소사, 클라렌스! 아직도 내가 너에 대해 모르는 게 있다니. 어디까지 새로운 매력을 발산할 셈이야!

"알고 싶으신가요?"

"당연히 알고 싶지! 그래야 그걸 찾아서 클라렌스의 소원을 이루어 줄 것 아냐!"

케니스가 대체 뭐야? 라는 얼굴을 하고는 레이놀드를 바라보았다. 얇게 저며진 오이도 레이놀드 앞에서 물음표 모양으로 대열을 이루었다.

"죄송하지만, 알려 드릴 수 없습니다."

케니스의 표정이 무서워지기 시작하기에, 레이놀드는 얼른 마법의 단어를 내뱉었다.

"'홀턴 님의 소원'을 들어드리기 위해서는 어쩔 수 없단 말입니다. 신랑께 물건이 무엇인지 먼저 언질을 드리는 건 규칙 위반이니까요."

다행히 케니스의 표정은 누그러졌다.

"그렇다면 말하지 마. 클라렌스의 소원이 이루어질 기회를 놓치고 싶지는 않으니까. 그 외에 또 어떤 규칙이 있지?"

"대단한 것은 없습니다."

레이놀드는 작은 종이에 미리 정리해 둔 사항들을 하나씩 말해 주었다.

"신랑은 신부가 정한 세 가지 물건을 찾아서 그녀에게 가져다주어야 합니다. 신부는 자신이 원하는 곳에 머물면서 신랑을 기다릴 수 있습니다."

"클라렌스의 소원이 이루어지는 건 물건을 가져다준 후야? 아니면 가져가기 전?"

"그건 소원의 내용에 따라 다릅니다."

"확실히 소원이 이루어지긴 하는 거지?"

"……저, 전설에 따르면 그렇습니다."

레이놀드는 적당히 말을 얼버무렸다. 솔직히 이야기하면, 이건 그저 관례적인 행사였고, 구체적으로 어떤 기적이 일어났다는 기록은 없었다.

레이놀드는 내심 이런 전통이 어느 문화권에나 존재하는 '신랑 괴롭히기'의 일종이 아닐까 하고 생각한 적이 있었다. 어쨌든 그런 견해까지 케니스에게 밝힐 수는 없었다.

"또한, 신랑은 수색 개시를 기점으로 하여 닷새 안에 모든 물건을 획득하고 신부 앞에 당도해야 합니다."

"닷새나 걸리겠어? 오늘 당장 찾아갈 테니까 걱정하지 마. 마법진을 써도 되지?"

"물론입니다. 수단과 방법을 가리지 않고 닷새 안에만 물건을 찾아서 도착하시면 되니까요."

"'수단과 방법을 가리지 않고'라니. 내가 아주 좋아하는 말이야."

케니스는 책상 아래로 훌쩍 뛰어내리며 호전적으로 웃었다. 당장 공작가를 샅샅이 뒤져 무엇이든 찾아낼 기세였다.

"아, 그리고 중요한 사항 두 가지가 있습니다.

"중요한 것?"

"예."

"일단 하나는 닷새 안에 물건을 찾아내지 못한 신랑은 혼인 자격이 박탈된다는 사실입니다…… 만, 마탑의 케니스께서 그런 일을 겪게 되실 리 없으시겠죠."

케니스는 당연하지 않냐는 얼굴로 고개를 끄덕였다. 물건 하나 찾지 못하는 한심한 인간이 클라렌스와 결혼할 자격이 있을 리 없었다.

"그리고 나머지 하나는 뭔데?"

"신부님의 물건은 가까운 친구들이 하나씩 맡아 두는 풍습이 있습니다. 마탑의 케니스께서는 그분들을 찾아가셔서 물건을 받아 오시면 됩니다."

가까운 친구. 그 말을 듣는 순간, 케니스는 좋지 않은 예감이 들었다.

"에, 마침 가까운 친구로 자원해 주신 분이 세 분 계셔서, 다행히 이 소중한 전통을 이어 갈 수 있었습니다. 정말 다행입니다."

"몇 가지만 묻고 싶은데."

"예, 질문하세요."

"클라렌스의 가까운 친구로 자원한 놈들이 설마 죄다 사내새끼들은 아니지?"

"왜 아니겠습니까. 전부 사내 새…… 아, 아니 훌륭하신 신사분들입니다."

케니스의 머릿속에 자연스럽게 그려지는 얼굴이 있었다.

최고의 신랑감인 사제, 근육이 훌륭한 기사단장 그리고 설탕을 녹여 만든 것 같은 발칙한 황태자 말이다.

케니스는 제 불안감을 누른 채, 가장 중요한 사항을 확인했다.

"설마, 물건을 찾지 못하면 내가 클라렌스와 결혼하지 못할 거라고 그놈들에게 말해 주진 않았지?"

"어…… 말씀드렸는데요? 궁금해하시길래요. 안되는 거였나요?"

"…….."

케니스는 절망적인 얼굴로 레이놀드를 바라보았다.

허공에 평화롭게 떠다니던 저민 오이들이 후드득 하고 레이놀드의 머리 위로 떨어져 내렸다.

케니스는 '닷새'라는 말에 주목했다. 전통이 제한한 것은 시간 단위가 아닌 날짜 단위다.

그렇다는 건, 수색의 시작은 자정에 하는 편이 좋았다. 가장 긴 시간을 활용할 수 있을 테니까.

사실 그가 이렇게까지 시간을 벌어 두는 것에는 이유가 있었다.

'죄다 제정신이 아니니까. 특히 두 녀석이.'

오스윈은 지난번에도 케니스를 공작가로 출장 보내겠다며, 평생 모아온 자그마한 용돈을 탕진할 정도였다. 물론 차후에 적절한 금액만을 남기고 환급해 주었지만 말이다.

필립 윌킨스는 또 어떠한가. 그는 클라렌스에 대한 깊은 욕망을 지닌 남자였다. 게다가 그 욕망을 딱히 숨기려는 것 같지도 않았다. 분명히 케니스를 철저하게 방해하려 들 것이다.

'하지만, 데일은……'

그는 케니스의 가장 친한 친구다. 서로를 이해할 수 있는 유일한 존재이며, 피차 목숨을 빚진 상대였다.

비록 그의 마음 역시 클라렌스를 향했으나, 두 사람의 결혼을 축복할 사제로 직접 나서 줄 만큼 케니스를 응원해 주기도 했다.

역시 곤란할 때는 친구가 최고지.

예전에 케니스가 데일에게 클라렌스의 위치를 알려 주었던 것처럼, 데일도 제가 보호하는 물건을 선뜻 내어 줄 거다.

어쩌면 오스윈과 필립을 무찌를 수 있도록 축복까지 내려 줄지도 모른다. 가장 고귀한 사제의 축복이 있다면, 공작가의 전통은 문제없이 성립되고 클라렌스의 소원이 이루어질 것이다.

생각을 마친 케니스는 침대에서 벌떡 일어섰다. 시계가 째깍, 하며 자정을 가리켰다.

시작이었다.

포근한 침대에서 잠을 자고 있던 데일은 무언가가 몸에 닿는 낯선 기운을 느꼈다.

최고 사제의 방에 멋대로 들어오는 사제는 없는 법인데. 오늘도 길을 잃은 고양이나 강아지가 창문을 타고 넘어온 걸까.

귀여운 것 같으니.

데일은 눈을 감은 채 손을 뻗었다. 기분 좋은 감촉이 느껴졌고, 곧 인간의 굴곡이 만져졌다.

"······."

눈을 뜬 데일은 제 앞에서 '당해 보니까 어떠냐?'라는 얼굴을 한 케니스를 바라보았다.

참 귀여운 친구다. 이런 것까지 하나하나 세심하게 복수하러 올 줄이야. 데일은 다정하게 웃었다.

"내 친구가 드디어 새로운 사랑에 눈을 떴나요?"

새로운 사랑이라는 말에, 결국 케니스의 얼굴이 붉게 물들어 버리고 말았다.

"미, 미쳤냐!"

그가 기겁하며 침대에서 벌떡 일어났고, 데일은 얼른 그의 어깨를 붙잡아 눕히고는 그 위를 점령했다. 케니스는 몹시 불쾌한 얼굴로 데일을 올려다보았다.

"왜 또 네가 위에 있게 되는 거야?!"

이번에 침입한 쪽은 케니스인데 말이다.

"미안해요. 이 자리를 케니스에게 드릴 수는 없거든요."

데일은 방긋 웃으며 양손으로 손목을 지긋하게 눌러 왔다.

"빼앗으러 오신 거잖아요?"

"너······."

케니스의 시선이 다소 날카로워졌다. 데일이 선택한 단어 때문이다.

'빼앗는다'는 말.

그것은 데일이 평화로이 물건을 내어 주지 않는다는 뜻일 테니까.

"뭐를 위해서 이런 전통이 있는지 듣기는 했냐?"

"공작님 말씀으로는 일종의 시험이라는데요. 신랑이 적합한지 알아보는."

"역시 제대로 설명하지 않았네, 그 망할 공작."

"일단 신랑이 적합한지 알아보는 시험인 것은 맞아."

데일이 헤실 웃었다.

"케니스는 신랑이라는 말을 할 때 얼굴이 빨개져서 귀엽네요."

"닥쳐!"

"그렇게 좋아요? 네?"

"그럼 좋지, 안 좋겠…… 어쨌든 지금 하려는 말은 이 전통이 지향하는 바가 무엇이냐는 건데."

"그럼 렌을 부를 때는 '신부님'이라고 부르는 건가요?"

"그 녀석을 렌이라고 부르지 말라고!"

"케니스, 그 녀석이 아니라 '내 신부를 렌이라고 부르지 마.'라고 말해야죠."

"내, 내가 그렇게 말하면 안 부를 거야?"

"케니스가 저 대사를 제대로 말한다면요."

악마 새끼. 사제가 돼서는 하는 짓이 점점 사악해진다.

어쨌든 케니스는 데일이 클라렌스를 렌이라고 깜찍하게 부르는 것이 몹시 싫었기 때문에, 그가 부탁한 말을 할 수밖에 없었다.

"내 시, 신부를 렌이라고 부르지 마! 됐냐! 이 망할 사제 자식아!"

"와아, '내 신부'라는 말을 하니까 얼굴이 더 빨개졌어요, 케니스."

데일은 케니스의 뺨을 손등으로 가볍게 쓸어 주었다. 차가운 손등이 닿아도 잔뜩 열이 오른 얼굴은 조금도 식지 않았다.

"내 친구는 오늘도 귀엽네요."

"닥쳐!"

"어쨌든 약속은 약속이니까."

데일은 엄숙한 얼굴로 선언했다.

"앞으로는 내 친구의 신부를 렌이라고 부르지 않을게요. 됐죠?"

"오냐."

케니스는 시선을 돌리며 대답했다. 그 끔찍한 애칭이 사라지게 된 것에는 만족했다. 비록 여전히 데일의 밑에 있다는 점에는 만족하지 못했지만.

"언제까지 내 위에 있을 거냐?"

"싫어요? 난 케니스의 얼굴을 독점하는 것 같아서 좋은 걸요."

"이 얼굴이나 밝히는 몹쓸 사제가!"

"그야 내 친구는 잘생겼으니까요."

말은 그렇게 해도 데일은 슬금슬금 뒤로 물러나 케니스의 몸을 자유롭게 놓아주었다.

케니스는 상체를 일으키며 데일에게 줄곧 눌려 있던 한쪽 팔을 툭툭 흔들었다. 전부터 느꼈는데 데일은 악력이 장난 아니게 강하다. 어째 늘 이렇게 붙잡히면 꼼짝없이 당할 정도로 말이다.

평생 하는 것이라고는 축복과 기도밖에 없는 사제가 무슨 힘이 이렇게 강하담.

"그래서 그 전통 말인데, 흠흠."

케니스는 목을 가다듬으며 중요한 이야기를 이어 갔다.

"내가 세 가지 물건을 전부 모으면 클라렌스의 소원이 이루어진다더라."

"……."

"표정이 왜 그래?"

"그거 어째 어느 소설에서 읽어 본 것 같은 내용이라서요."

"그야 그렇겠지. 물건을 모아서 소원을 이루는 내용의 소설은 어디에나 있으니까."

가령 클라렌스가 좋아하는 에이드리안 전기에도 비슷한 내용이 있다. 세 가지의 무구를 모으면, 숨겨 왔던 강력한 힘이 발현되어 진정한 용사가 된다던 그런 내용이었다.

역시 전통과 클리셰는 언제나 종이 한 장 차이다.

"정말로 그런 게 가능한 거예요?"

"레이놀드 말로는 그렇다던데."

"하지만 케니스, 생각해 보세요."

데일은 달빛이 내리는 창가에서 자세를 고쳐 앉았다.

"마법과 신성력은 모두 명확한 대상과 목적이 존재할 때 제대로 발현되죠."

"그렇지."

더구나 마법은 지극히도 이성적인 행위니까.

"하지만 우리는 클라렌스의 소원도 그 범위도 알지 못해요. 그런데 이런 일로 정말 소원이 이루어질까요?"

"……그야."

사실 케니스도 비슷한 생각을 하기는 했다. '소원이 이루어진다'는 말은 인간의 역사에서는 매번 빠지지 않고 등장하는 신화적 문구 중 하나다.

물론 그중에 대부분은 가짜였고.

"그렇긴 한데."

케니스는 조금 흘러내린 제 로브를 올바르게 걸치며 어색하게 웃었다.

"클라렌스가 그렇게 하고 싶다잖아."

그렇다면 케니스는 최선을 다해서 그 뜻을 이룰 뿐이다. 딱히 그녀가 절대적으로 옳은 존재라고 생각하는 건 아니었다. 그냥 이렇게 하는 것이 기쁠 뿐이었다.

그 모습을 바라보던 데일도 결국에는 웃고 말았다.

"내 친구는 정말 홀딱 빠진 모양이네요. 클라렌스 홀턴에게요."

"그러니까 어서 내놔."

"네? 뭘요?"

"뭐긴 뭐야. 맡겨진 물건 말이야. 너도 클라렌스의 소원이 이루어지길 바라고 있을 것 아냐."

"그거야…… 그렇지만."

데일은 곤란한 얼굴을 했다.

"왜 그래?"

"그게, 저도 어떻게 해야 손에 넣을 수 있는지 몰라서요."

"……뭐?"

"음, 일단 보여 드릴까요?"

데일은 침대에서 일어나, 간단히 사제의 옷을 걸쳤다.

어두운 밤이지만, 케니스가 만들어 준 마법의 빛이 어둠을 밝혀서 움직이는 데 어려움은 없었다.

"저를 따라오세요, 케니스."

데일이 조용히 문을 열었고, 케니스는 말없이 그의 뒤를 따랐다.

데일은 가장 작은 성전으로 케니스를 데려갔다.

성전 앞에는 어린 수습 사제 소년이 꾸벅꾸벅 졸고 있었다.

"저런, 피곤했나 보네요."

데일은 소년을 혼내는 대신, 깨지 않도록 살금살금 걸어서 성전 안으로 들어갔다.

"저 소년은 불 당번입니다. 저도 어릴 때는 꽤 자주 했지요."

"불 당번?"

"저기 긴 초가 보이시죠?"

신전 앞에는 황금으로 만들어진 작은 궤가 있었고, 초는 그 곁을 지키듯 조용히 제 몸을 태우고 있었다.

"불이 꺼지지 않도록 지키는 것이 저 소년의 일이랍니다."

"마법으로 해결해 줄까? 영원히 꺼지지 않도록 말이야."

케니스는 선뜻 호의를 보였지만, 데일은 고개를 저었다.

"궤와 초를 지키는 것은 일종의 사제 수업이랍니다."

"수업?"

"궤 안에는 역대 신전의 미래들이 남긴 말씀들이 보관되어 있죠. 이곳을 지키며 언제까지나 그 말씀을 마음의 빛으로 세워 두겠다는 기도를 바치는 거랍니다."

"……자면서?"

케니스는 조금 전에 보았던 소년의 안쓰러운 모습을 상기시켰다. 어딜 보아도 마음의 빛으로 세우는 것으로는 안 보였다.

"무, 물론 피곤하면 저렇게 되기도 하지만요."

데일은 어색하게 미소를 지으며, 케니스를 작은 궤 앞으로 데려갔다.

그러니까 역대 신전의 미래들이 남긴 말씀을 보관해 주었다던 그 소중한 궤 말이다.

"데일."

"네?"

"지금 내 머릿속에 드는 발칙한 생각이 있는데, 설마 틀렸겠지?"

"그 설마랍니다. 클라렌스가 맡긴 물건은 저 안에 있어요."

"……신전의 할아버지들이 불경하다며 땍땍거리지 않았어?"

"그래서 몰래몰래 넣어 두었답니다. 후훗."

데일은 긴 소매를 이리저리 흔들면서 자랑스럽게 웃었다.

케니스는 그의 불경함을 지적하는 대신에, 물건이 들어 있다는 궤를 관찰하는 데 시간을 쓰기로 했다.

대단한 것은 없었다. 열쇠 구멍 하나 없는 궤는 분명히 선대의 마법사가 신전을 위해 만들어 준 마법적 물건일 뿐이었다.

케니스는 이리저리 궤를 살피다가 가볍게 웃는 소릴 뱉었다.

"별거 아니네. 이거."

"역시, 케니스는 그렇게 말씀하실 줄 알았어요."

"지정된 단어를 말하면 열리는 구조잖아. 흔한 방법이지. 보안이 훌륭하다고 할 수는 없지만, 신전에서는 선호하는 방식이기도 하고."

"역시 마탑의 케니스! 정확하네요!"

케니스는 작은 궤를 툭툭 두드려 보았다. 울리는 소리를 보아하니, 내부가 꽉 찬 것은 아닌 모양이다.

그렇다면 안에 있는 것은 앨런 마티아의 시집이리라.

"그래서."

케니스는 데일을 돌아보며 물었다.

"지정된 단어는 뭐야?"

"……네?"

"지정된 단어를 말해야 열릴 것 아냐."

"모르세요?"

"그걸 내가 어떻게 알아. 봉인을 내가 한 게 아닌데."

"하, 하지만 여기에 물건을 넣은 클라렌스는 '케니스는 알고 있을 거예요. 제가 좋아하는 것이니까요.'라고 했단 말입니다!"

"하, 그러니까. 봉인어를 지정한 게 클라렌스라고?"

"네, 여기에 보관하는 것을 몹시 미안해하셨지만…… 제가 이곳 외에는 상상할 수도 없다고 했더니 마지못해 동의해 주셨습니다."

케니스는 팔짱을 끼우고 잠시 생각에 빠졌다.

봉인어는 '클리렌스가 좋아하는 것'이다. 게다가 그녀는 '케니스라면 알고 있을 것'이라고도 했다.

그렇다면 케니스가 이 수수께끼를 맞추지 못할 리 없다.

왜냐하면, 케니스는 클라렌스를 아주 좋아하고, 그녀가 좋아하는 모든 것을 파악하고 있기 때문이다.

그는 그녀가 아주 좋아하는 것이 무엇인지 잘 알고 있다.

조금 부끄러웠지만, 그는 자부심을 품고 호기롭게 외쳤다.

"마탑의 케니스!"

"……."

궤는 꿈쩍도 하지 않았다.

등 뒤에서 데일이 짧게 혀를 차는 소리가 들렸다.

케니스는 시간을 되돌리는 마법을 아직도 완성하지 못한 자신을 때려 주고 싶었다.

물론 케니스는 실패에 익숙한 사람이었다.

마탑에는 언제나 다양한 의뢰가 오기 마련이고, 그중에 몇 가지는 도무지 한 번에 처리되지 않았다. 수많은 실패와 연구 끝에 마침내 해결에 도달하는 것은 그에게 일상이나 다름없었다.

그러니 그는 '마탑의 케니스'가 정답이 아니라고 하여, 곧바로 좌절하지는 않았다. 그냥 마음속에 작디작은 상처를 입었을 뿐이다.

그는 정신을 집중한 채, 궤를 바라보았다. 그가 진정으로 클라렌스를 사랑한다면, 그녀가 남긴 봉인어가 무엇인지 자연스럽게 떠오를 것이 틀림없었다.

떠올랐다.

그녀가 사랑해 마지않는 것! 이게 정답이 아니라면, 케니스는 케니스가 아니어도 좋았다.

"클리브!"

힘차게 외친 그는 의기양양한 얼굴로 궤를 바라보았다.

이제 그 발칙한 뚜껑을 열지 않고는 못 배기겠지!

그도 그럴 것이 클리브는 클라렌스의 훌륭한 동생이고, 미남이다. 그리고 그녀는 제 동생을 이 세상 그 무엇보다 아끼고 귀여워한다.

"……."

하지만 궤는 꿈쩍도 하지 않았다. 케니스는 도무지 클리브가 정답이 아니라는 현실을 믿을 수가 없었다.

"크을리이브으."

그래서 조금 천천히 발음해 주기도 하고.

"클!리!브!"

글자 하나하나에 힘을 주어서 말해보기도 했다. 하지만 궤는 열리지 않았다.

"틀린 모양이네요."

보다 못한 데일이 나서서 궤의 심정을 대변해 주었다.

"그럴 리가!"

케니스는 억울한 얼굴을 하고는 데일을 돌아보았다.

"나도 아니고 클리브도 아니라면 대체 뭐가 있다는 건데?!"

"글쎄요."

데일은 어깨를 으쓱이며 웃었다.

"혹시 좋아하는 사물이나 장소 중의 하나가 아닐까요?"

그의 제안이 끝나기 무섭게 케니스는 얼른 궤를 바라보며 외쳤다.

"검!"

열리지 않았다.

"초콜릿!"

물론 열리지 않았다.

"서점!"

물론 이번에도 열리지 않았다.

케니스는 그 이후에도 책, 꽃, 케이크, 공작님 등 그녀가 좋아했던 것을 외쳐 보았다.

나중에는 어렴풋이 기억나는 공작가 기사단원들의 이름을 하나씩 외쳐 보기도 했다. 공작가의 기사들이 즐겨 사용하는 말도 아낌없이 활용했다.

"흰둥이, 개새끼들!"

물론 그런 말에 궤가 열릴 리는 없었다. 하다 하다 말할 것이 없어서, 이제는 아비스 마을 사람들의 이름까지 외쳤다.

"루크! 론! 데이비! 세라!"

꿈쩍도 하지 않는 궤 앞에서, 케니스는 헉헉 숨을 몰아쉬었다.

그러다 마을 사람 중 한 남자의 얼굴이 떠올랐다. 끝내주는 연금 혜택과 훌륭한 대퇴부 근육을 지닌 우편배달부 말이다.

"설마…… 디, 딘?"

케니스는 거의 들리지 않을 것 같은 목소리로 그의 이름을 말했다. 궤가 열리지 않기를 바라며 말하는 것은 처음이었고, 다행히 그의 소망은 통했다.

아침 햇살이 떠오르기 시작한 것은 그때 즈음이었다. 케니스는 작은 궤 앞에서 좌절하여 엎드렸다.

"……미안해, 클라렌스."

아무리 생각해도 네가 좋아하는 게 뭔지 모르겠어.

케니스는 차가운 바닥에 얼굴을 댄 채, 가만히 숨을 쉬었다. 솔직히 말하면 조금 지쳤다. 클라렌스가 좋아하는 것은 전부 알고 있다고 생각했는데…….

아직도 그가 모르는 것이 있는 걸까. 아니면 멀지 않은 해답을 그가 알아차리지 못한 걸까.

태양이 조금 더 높이 떠올랐을 때는, 하얀 바닥을 따라서 빨갛고 파란빛이 케니스가 있는 곳까지 다가왔다.

빛이 색을 입게 된 것은 스테인드글라스 때문이다. 색채를 입어 아름다우나, 그것이 빛이 가진 본질은 아니다.

'본질은 아니다……?'

그 생각의 끝에서 케니스는 벌떡 몸을 일으켰다. 생각해 보면 클라렌스는 '마탑의 케니스'를 좋아한 것이 아니었다.

그녀가 좋아해 주는 것은 '원가의 케니스'. 세상의 그 어떤 색도 덧입지 않은 본래의 그다.

"어째서 이제야 알아차린 거지?"

클라렌스 홀턴이 그런 사람이라는 것은 누구보다도 그가 잘 알고 있었는데.

"……고마워, 클라렌스."

케니스는 자리에서 일어섰다. 이제 망설임은 없었다.

"케니스 어윈."

조심스레 불러 보는 제 이름의 끝에서 그는 살포시 미소를 지었다. 푸른색의 빛이 궤 위로 떨어져 내렸다.

그리고 사방은 고요했다.

"……."

물론 이번에도 열리지 않은 것이다.

케니스는 버림받은 강아지 같은 얼굴을 하고는 데일을 돌아보았는데, 그는 의자에 앉아서 꾸벅꾸벅 졸고 있었다.

사제단이 기도를 드릴 시간이 되었다기에 케니스는 잠시

궤 앞에서 멀어지게 되었다.

밤을 새웠지만 조금도 졸리지 않았다. 아니 도리어 정신은 더욱 선명해졌다.

그는 신전 호숫가에 쪼그리고 앉아서 분주하게 뛰어다니는 사제들을 구경했다. 오늘은 수습 사제가 정식 사제의 길로 들어서는 '서약의 날'이라고 했다.

대성전 앞에는 새하얀 사제복을 입은 젊은 사제들이 줄지어 서 있었는데, 케니스는 그중에서 익숙한 얼굴을 찾아냈다.

함께 서쪽에 갔었던 테미안이었다.

클라렌스는 저 아이를 아주 귀여워했었다. 전부터 느꼈지만, 클라렌스는 어린 소년들을 예뻐했다. 차마 궤 앞에서는 말하지 못했지만 썸머의 경우에도 그랬다.

아마 소년들을 볼 때마다 그녀가 고향에 두고 왔던 어린 동생을 떠올렸던 것이리라. 그녀는 늘 그 시절의 클리브에 대해 미안하게 생각하고 있으니까.

"하지만 클리브도 봉인어는 아니었지……."

대체 뭘까. 이러다가 정말 신랑 자격을 박탈당하는 것은 아닌지 모르겠다.

아니 그런 것은 상관없다. 문제는 클라렌스가 몹시 실망할지도 모른다는 것이다.

'케니스, 내가 좋아하는 것이 무엇인지 네가 모를 줄이야.' 라고 하면서 말이다.

클라렌스! 앞으로도 네가 뭘 좋아하는지 열심히 공부하고 암기하고 실천할 테니까, 나를 버리면 안 돼!

"마탑의 케니스 님?"

그때 누군가가 케니스의 곁으로 다가왔다. 바스락거리는 옷 소리가 들리는 것을 보니, 사제인 모양이다.

케니스는 잔뜩 풀이 죽은 얼굴로 고개를 들었다. 그를 부른 사람은 테미안이었다.

"괘, 괜찮으세요?!"

"……사실 괜찮지는 않아."

"저기, 렌은요?"

"…….."

"같이 오신 거죠? 렌이랑."

렌이라고 부르는 발칙한 놈이 하나 더 남아 있었네. 케니스는 그 버르장머리를 지적할까 하다가 그만두었다.

아마, 클라렌스는 이 어린 청년이 '렌'이라고 부르는 것을 아주 좋아할 테니까 말이다.

"같이 오지는 않았어. 그런데 너 여기에서 기웃거려도 되냐? 뭔가 바쁜 거 아니었어?"

케니스는 여전히 분주하게 뛰어다니는 다른 사제들을 바라보며 물었다.

테미안은 작게 소리 내어 웃으며 케니스 앞에 마주 앉았다.

"제 차례는 전부 끝났거든요."

"그럼 이제 정식 사제가 된 거냐?"

테미안이 기쁘게 고개를 끄덕였고, 케니스는 뭔가 의심스러운 눈길로 그를 바라보았다.

"여전히 그냥 꼬마 수습 사제로 보이는데."

"그, 그야. 오늘이 정식 사제가 된 첫날이니까요. 시간이 지나면 저도 데일 사제님처럼 머, 멋있게……."

"하, 네가 걔 같은 사제가 되면 신전도 끝이야! 끝! 얼굴만 밝히는 변태 같은 사제가 둘씩이나 된 성전이 참 잘도 돌아가겠다!"

"무슨 말씀이세요. 데일 사제님은 늘 경건하고 차분하신 분이세요."

"웃기고 있네. 네가 아직 그 자식 본성을 몰라서……."

"제 본성을 모르는 건 괜찮지 않을까요?"

뒤에서 상냥한 목소리가 들려왔다. 케니스는 인상을 찌푸렸고, 테미안은 서둘러 일어서며 고개를 깊이 조아렸다.

"자기 신부님이 좋아하는 것도 모르는 바보 같은 남자도 있는 걸요."

"그, 금방 알아낼 거야."

"언제요?"

"오늘 중에……."

케니스는 그리 말하기는 해도 그다지 자신이 없는 목소리였다.

데일은 축 처진 제 친구의 둥근 어깨가 안쓰러웠다. 궤 앞에서 '마탑의 케니스'를 외칠 때만 해도 세상 모든 것을 다 가진 듯을 하고 있었는데.

"그럼 이렇게 하면 어때요?"

데일은 케니스와 테미안의 사이로 다가오며 한 가지를 제

안했다.

"테미안에게 첫 축복을 부탁하는 거죠."

"첫 축복?"

"네, 새 사제의 첫 축복은 이 세상 그 무엇보다도 강하다고 하니까요. 물론 테미안이 받아들일 때의 이야기지만요."

강한 축복이라. 하긴 그런 것을 받으면, 이 뻑뻑해진 머릿속이 조금은 나아질지도 모른다.

"세가 마밥의 케니스께 축복을 드린다고요?! 제, 제가 그런 영광스러운……."

"네, 테미안도 이제 어엿한 신전의 사제니까요."

데일의 이야기에 테미안이 몸 둘 바를 모르겠다는 듯 제소매만 이리저리 만지작거렸다. 얼굴까지 붉히는 것을 보니 좋아서 어쩔 줄 모르는 모양이다.

"제가 이렇게 될 수 있었던 건 전부 데일 사제님의 덕분입니다. 정말로요."

"가족을 돕는 것은 당연한 일이랍니다, 테미안."

"가, 가족이라뇨! 제가 감히 어떻게."

"우리는 영원한 서약으로 묶인 신성한 가족이죠."

케니스는 다정하기 짝이 없는 두 사람을 흐린 눈으로 바라보았다.

하, 가족이라. 끝내주는 단어지. 케니스에게 그 단어의 아름다움을 가르쳐 준 것은 클라렌스였다.

어제까지만 해도 그녀와 같은 이름을 쓰게 될지도 모른다는 기대로 가득했는데…… 어? 잠깐…… 이름?

「있잖아, 케니스.」

「음?」

「정말로 네가 홀턴이 되어도 괜찮겠어?」

맙소사. 케니스는 자리에서 벌떡 일어섰다.

"케니스?"

데일과 테미안이 그를 불렀지만, 케니스는 뒤도 돌아보지 않고 달리기 시작했다.

"마, 마탑의 케니스! 축복은요?!"

테미안이 그를 따라오며 소리 지르기에, 케니스는 고개도 돌리지 않은 채 크게 소리쳤다.

"그거 아껴 뒀다가 나중에 클라렌스한테 해라! 다른 데 낭비하면 마탑에 거꾸로 매달아 버릴 줄 알아!"

이 세상 그 무엇보다도 강한 축복이 존재한다면, 클라렌스에게 양보하고 싶었다. 가능하면, 그녀가 바라는 소원에 그 축복이 닿았으면 좋겠다.

그리 생각하며 달리는 사이에, 케니스는 작은 성전 앞에 도착했다. 안에서는 경건한 기도 소리가 들려오고 있었다. 늙은 사제들이 새로운 사제들을 위한 기도를 바치는 중이었고, 케니스는 거침없이 문을 밀어 열었다.

사제들이 모두 놀란 얼굴을 하고는 케니스를 바라보았지만, 그는 그런 것 따위는 신경 쓰지 않았다. 케니스는 사제들의 사이를 척척 걸어서, 궤가 있는 곳까지 나아갔다.

어째서, 그렇게 쉽고 간단한 답을 두고 헤매었을까.

클라렌스. 그녀에게 소중한 말.

홀턴.

그 이름은 그녀의 스승이 지은 것이라고 했다. 또한, 그녀의 주인이 인정한 이름이라고 했다. 그녀의 동생과 공유하는 가족의 이름이며, 이제는 케니스에게 선물이 되어 줄 단 하나의 이름.

이 세상 그 어떤 단어보다도 그녀에게 소중할 것이다. 좋아할 것이다.

케니스는 주먹을 꽉 쉬었다. 뜨거운 손끝으로 자신도 모르게 바람의 마법이 흩어져, 긴 로브 자락이 휘날렸다.

그는 크게 숨을 들이켰고, 내뱉으며 제가 아는 가장 달콤한 말을 속삭였다.

"홀턴."

달칵. 바람결을 따라 궤는 열렸다.

그리고 앨런 마티아의 시집, 그 초판본이 허공에 둥실 떠올랐다.

한 사제가 자신도 모르게 축복의 기도를 속삭였다.

데일은 소중한 궤를 사사로이 이용한 죄로 사제회의 부름을 받게 되었다. 무시무시한 할아버지들께 또 혼이 날 것이 틀림없었다.

"……어, 음."

그리고 케니스는 그렇게 될 데일을 볼 낯이 없었다.

"미, 미안."

케니스는 품에 시집을 끌어안은 채, 한쪽 볼을 긁적였다. 그게 봉인어를 알고 나니까, 참을 수 없는 감정이 끓어올랐다랄까.

아니, 어쩌면 제한 시간이 신경 쓰여서 앞뒤 가리지 않고 뛰어간 것일지도 몰랐다.

어쨌든 데일이 케니스 때문에 혼날 거라 생각하니 마음이 좋지 않았다.

"괜찮습니다. 각오했던 일이니까요."

데일은 케니스를 배웅해 주며, 상냥하게 웃었다.

"대체 왜 거기에 넣어 둔 거야?"

생각해 보면 신전은 넓고, 책 한 권은 감쪽같이 숨길 만한 곳은 얼마든지 있었다. 사제들에게 혼나지 않고도 말이다.

"음, 글쎄요. 아마……."

데일은 잠시 고민하는 얼굴을 하다가, 멀리 보이는 새파란 하늘을 가만히 바라보았다.

하늘의 색이 바뀌었다. 바람의 향기도 바뀌었다. 하지만 그의 심장에 남은 단 하나의 마음은 여전히 변하지 않았다. 언젠가 그가 자신에게 맹세했던 대로 말이다.

"자랑스러웠기 때문일까요."

혼자 간직한 마음이나마, 가장 아름답고 성스럽게 남겨 두고 있다는 것이.

"……바보냐."

케니스는 데일의 머리를 슥슥 쓰다듬어 주었다.

"그보다 케니스."

"음?"

"키스해 줄까요?"

"……!"

케니스는 양손으로 제 입술을 가리며 열 걸음 정도 빠르게 뒷걸음질을 쳤다.

"미, 미, 미쳤냐! 너 이쯤 되면 그냥 솔직히 말해! 좋아하는 게 나야, 클라렌스야?!"

"둘 다 제게는 소중한 친구랍니다."

데일은 발랄하게 대답하며, 케니스와의 거리를 좁혔다. 그는 강제로 케니스의 머리를 붙잡아 당긴 후, 그 이마에 키스했다.

꿈틀거리며 그의 손길에서 벗어나려던 케니스는 그가 말하는 키스가 '축복'을 말하는 것임을 깨닫고는 안도의 한숨을 뱉었다.

"……단어 선택이 좀 경박하지 않았냐? 사제 주제에."

"그야, 사심이 들어갔으니까요."

데일은 여전히 케니스의 이마에 입술을 댄 채였다.

"이 미친 사제가! 나한테 왜 네 사심을 넣어! 당장 떼!"

"……내 친구가."

하지만 데일이 가만히 속삭이는 말을 듣게 된 후에는 케니스도 그의 사심을 거절하지 않게 되었다.

"내가 축복하게 될……. 혹은 축복해 왔던 어느 사람보다도 조금 더 행복했으면 좋겠다고."

"······."

"진심으로 바라요. 정말로요."

아마 사제로서 누군가의 행복을 조금 더 바라는 것은 정말로 몹쓸 사심일지도 모른다.

하지만 데일은 이미 자신이 몹쓸 사제밖에 되지 못할 것을 알았으니, 조금 더 나빠진다고 해도 딱히 달라질 것은 없었다.

입술이 떨어졌을 때, 케니스는 다시 데일의 머리를 쓰다듬었다.

"고맙다, 마탑의 데일."

"별말씀을요. 신전의 미래, 케니스."

언젠가 막사에서 나누었던 장난 어린 말을 나눈 뒤에는 다시 마주 보며 웃게 되었다.

소년들처럼 말이다.

같은 시각. 필립 윌킨스는 아껴 두었던 금쪽같은 휴가를 내고, 윌킨스 백작가에 머물고 있었다.

대대로 무인과 술꾼을 배출해 온 윌킨스 백작가의 저택은 일반적인 귀족가와는 달랐다.

단단하고 시커먼 외벽은 북쪽에서 채취해 온 암석으로 만든 것이었다. 창문도 침입에 대비하여 모두 작은 편이어서, 언뜻 보면 감옥으로 보일 정도였다.

백작가의 보물인 윌킨스 영애가 아름답고 화려한 것에 집착하게 된 것도 그러한 성장 환경이 한몫했으리라. 안전 외에는 어떤 가치도 찾아볼 수 없는 저택이니 말이다.

"백작님."

그리고 그런 저택에 몹시 만족하며 사는 남자도 있었으니, 그는 바로 수도의 젊은 백작 필립 윌킨스였다. 그는 낮에도 양쪽으로 불을 밝혀 둔 집무실에 앉아 있었다.

몹시 비장한 얼굴로.

그의 대단한 각오는 의복으로도 드러났다. 그가 입은 새하얀 황궁 기사단의 제복은 완벽하게 각을 맞추어 손질된 것은 물론이고, 작은 구김 하나 없었다.

그가 느릿하게 고개를 끄덕였다. 발언이 허락되자, 자랑스러운 황실 기사단의 정예, 아르켈 네우스가 정중하게 허리를 숙여 감사를 표했다.

"마탑의 케니스께서 첫 번째 물건을 획득하셨답니다."

필립의 매끈한 미간에 옅은 주름이 잡혔다. 이것은 그의 심기가 무척 불편하다는 뜻이다.

"고작, 하루 만에?"

"……예."

"하긴, 신전의 미래와 마탑의 케니스는 무척 친밀한 관계지."

다른 듯 닮은 두 사람이 평생을 약속한 친구라는 것은 누구라도 알았다. 그래도 며칠은 견뎌 주리라고 생각했는데.

"첫 번째 물건을 빼앗기고도 남은 기간은 여전히 닷새라."

필립은 옅게 웃었다. 싸울 기간이 충분하다는 것만큼 기사에게 기쁜 말이 있을까.

그는 자리에서 일어서서 엄숙하게 선언했다.

"태세를 갖추어라. 인간 케니스가 온다!"

케니스는 말고삐를 당기며, 멀리 보이는 윌킨스 백작가를 응시했다.

그 근육뿐인 남자는 어떤 모습으로 케니스를 기다리고 있을까? 케니스는 필립의 행동 양식을 생각해 보았다.

그는 기사다.

케니스가 기사님과 연애를 좀 해 봐서 잘 아는데, 그들은 명예를 중요하게 여기며 공평함과 기회의 중요성을 안다.

필립이 좀 괴이한 사람이기는 해도, 클라렌스가 인정한 기사다. 그 정도의 인성은 갖추었을 것이 틀림없었다.

그렇다면 역시 결투를 하게 될까. 마법사와 기사의 결투라니, 무슨 모험 소설 같은 이야기람.

그래도 그것이 가장 신빙성 있었다. 증인을 세우고, 공정한 겨루기를 통해 결론을 내리는 것.

'이길 수 있을까.'

케니스는 주먹을 쥐어 보았다. 심장에서부터 근질근질하게 피어오르는 뜨거운 기운이 있었다. 그의 마법은 기사와의 결투를 몹시 기꺼워하는 것이 틀림없었다. 흔한 기회는 아니니까.

좋아. 당당하게 저택으로 가서 결투를 청하자. 행동 방침을 정한 케니스는 다시 말을 달리기 시작했다. 그리고 어느 정도 저택과 가까워졌을 때, 벽돌로 지어진 높은 담 위로 뛰어오른 무리를 발견했다.

케니스가 어떤 반응을 보이기도 전에, 그들은 일제히 하늘을 향해 활시위를 당겼다. 날카로운 끝이 바람을 타고 하늘 높이 올라가, 곧 케니스의 바로 앞에 파바바박 꽂혔다.

"……!"

케니스가 다급하게 고삐를 당겼으나, 놀란 말은 이미 앞발을 높이 들어 올리며 흥분을 가라앉히지 못했다.

"젠장!"

그는 가까스로 말을 진정시킨 뒤에 다시 높은 담을 올려다보았다.

"무슨 짓이야?!"

그의 격분한 말투는 가장 높은 곳에 선 필립 윌킨스를 향했다. 그 역시 거대한 활을 하나 들고서 케니스를 노려보고 있었다.

"저는 공작가의 전통에 참가하고 있습니다."

케니스는 시선을 내려 제 앞에 빽빽하게 내리꽂힌 화살을 바라보았다. 저런 화살을 맞으면 마탑의 케니스가 아니라 거대한 개구리 케니스가 와도 한 방에 죽을 판이다.

그런데 그게 고작 '전통에 참가하는 것'이라고?

"웃기지 마, 넌 그냥 날 방해하고 싶은 것뿐이잖아! 예전부터 날 싫어했으니까!"

"아닙니다."

미묘하게 빠른 대답이 돌아왔다. 언제나 그렇듯 그건 거짓말을 하는 모든 인간의 습관이다.

"젠장! 기사 정신을 기대한 내가 멍청이지!"

케니스가 다시 말 허리를 차려는 찰나. 필립 윌킨스가 아슬아슬하게 시위를 당겼다. 세 개나 되는 화살을 한꺼번에 들고서 말이다.

"그 이상 다가오시면, 목숨을 보장해 드릴 수 없습니다."

"죽이겠다고? 날?"

"못 할 것 같습니까?"

그리 대답하는 그의 얼굴에 기쁜 미소가 걸렸다. 저 정도면 진짜 죽이고 싶어서 안달이 난 거다.

"미친 새끼! 화살 따위로 마탑의 케니스의 옷깃 하나 스칠수 있을 것 같아?!"

케니스의 말은 몇 발자국 뒤로 물러났고, 곧 그의 구령에 따라 힘차게 앞으로 달려 나갔다.

그의 말이 길을 막은 화살을 가뿐하게 뛰어넘을 때, 필립의 화살이 태양을 향해 쏘아졌고, 다른 기사들의 화살 역시 그 뒤를 따랐다.

하늘의 가장 높은 곳에서 방향을 바꾼 화살은 곧바로 케니스를 향해 비처럼 쏟아져 내렸다.

"귀찮게 진짜!"

케니스는 쏟아지는 화살을 향해 한쪽 팔을 뻗었다.

그러자 허공을 가르던 잔혹한 날붙이들이 한순간 그 자리에 멈추었다. 보이지 않는 벽이라도 만나 박힌 것처럼.

케니스는 씨익 웃었다. 그 미소를 신호로 화살촉의 방향이 일제히 바뀌었다. 수십 개의 화살은 이제 기사단을 향해 그 끝을 바짝 세우고 있었다.

"이래도 죽이겠다고? 날?"

"……못 할 것 같습니까?"

"그래, 이 자식아!"

케니스가 바락바락 소리를 지르는 순간. 허공에 머물러 있던 화살이 일제히 날쌘 바람을 타고 기사단에 날아들기 시작했다.

인간의 무기 따위가 케니스에게 해를 입히려면, 아마 수만 년의 발전을 거듭하고서야 가능할 것이다.

물론 클라렌스의 검을 제외하고.

케니스가 돌려보낸 화살은 기사단의 그 누구에게도 맞지 않았다. 대신 아슬아슬하게 그들의 머리카락을 스쳤다.

각 화살이 각자 다른 기사를 향했다는 점을 생각하면 놀라운 능력이었다.

"봤냐?"

케니스는 단단하게 닫힌 대문 앞에서 으스대었고, 필립은 덤덤한 얼굴로 그를 내려다보았다.

"봤습니다. 어떤 각오를 하고 오셨는지."

단 한 사람도 다치지 않게 한 것은 그가 상냥하기 때문이다. 그러나 전쟁에서 상냥함이란 미덕은 조금도 쓸모가 없었다.

"좋습니다. 여기에선 당신이 이겼으니, 문을 열어 드리죠."

필립의 말이 끝나기 무섭게, 쇠가 덧대어진 백작가의 문이 움직이기 시작했다.

그리고 필립은 높은 담에서 뛰어내려, 케니스와 정면으로 마주 섰다. 그가 자랑하는 거대한 검이 단숨에 뽑혔다.

"마탑의 케니스, 당신을 위해 경고합니다."

그의 뒤로 조금씩 문이 열리고 있었다.

"우리 황궁 기사단을 이 역사에서 완벽하게 삭제할 각오를 하고서야, 비로소 원하시는 바를 이루실 수 있으실 겁니다."

마침내 문이 전부 열렸고, 케니스는 두 눈을 휘둥그레 떴다. 황궁 기사단의 정예가 완벽한 대열을 갖추고 있는 것이 아닌가.

"저, 저건!"

케니스의 반응에 필립은 흡족한 미소를 지었다.

"알아보시겠죠. 서쪽에서도 만나신 바 있으니까요. 황궁 기사단이 자랑하는 최고의 정예만이 모였습니다."

하지만 케니스가 놀라는 것은 그 구성원의 훌륭함 때문이 아니었다.

그들 대열 한 가운데에 보이는 익숙한 모자 때문이었다.

그건 클리브가 클라렌스에게 선물한 평범한 겨울 모자일 뿐이다.

하지만 기사들은 황가의 사람을 지키는 것 같은 비장한 얼굴을 하고 있었다. 아니, 케니스의 기억이 옳다면, 오스윈을 지킬 때도 저렇게까지 열렬하지는 않았다.

"단장의 하나뿐인 소중한 레이디를 빼앗길 것 같습니까!"

"아름다운 레이디 모자, 저희가 지켜 드리겠습니다!"

"서쪽의 수호신, 레이디 모자여 부디 그대의 종에게 가호를!"

기사들의 외침에 필립이 만족스럽게 미소를 지었다. 대체 무엇에 만족하는지는 모르겠지만 말이다.

그보다 클리브.

대체 네 누이에게 무슨 모자를 사 준 거야? 저 모자는 대체 뭐냐고!

흰둥이들이 미쳐 날뛰고 있잖아!

미쳐 날뛰는 흰둥이라고 해도 흰둥이는 흰둥이였다.

클라렌스가 케니스에게 말하길, 그들은 공작가 기사단의 발뒤꿈치에 닿을 듯 닿지 않을 정도의 훌륭함을 갖추고 있다고 했다.

마법으로 쌓은 온갖 잡동사니의 산 위로 단숨에 올라 케니스에게 뛰어드는 저 민첩함을 보면, 클라렌스의 말이 옳기는 한 모양이다.

"윽!"

검을 들고 날아드는 상대를 피하며, 케니스는 다시 제 앞에 벽을 쌓았다.

백작가의 정원, 아니 벌판에는 훈련에 사용할 만한 온갖 물건이 산재해 있었다. 케니스는 바람의 마법으로 그것들을 끌어와 제 앞을 막았다.

하지만 저 미친놈들은 지치지도 않고 몇 번이라도 그 벽을 넘어왔다. 그것도 아주 간단하게.

"마탑의 케니스! 포기하십시오! 도망 다니기만 하는 것으로 레이디 모자를 얻으실 수 있을 것 같습니까?!"

창을 든 젊은 기사 하나가 그에게 달려들며 외쳤다.

"도망?"

그 단어가 마침 케니스의 자존심을 건드렸다. 이번에는 벽을 쌓지 않고, 그를 정면으로 마주했다. 케니스의 손길에서 피어나는 것은 그의 성질머리만큼이나 고약해 보이는 불의 마법.

그의 주변으로 신나게 달려들던 기사들이 모두 그 자리에서 멈추어 섰다.

모두 그의 불이 갖는 위력을 기억하는 것이다. 커다란 몬스터도 삼켰으니, 작은 인간 따위는 아마 흔적도 남지 않고 사라지게 되리라.

케니스는 불길을 든 채 웃었다.

"내가 너희가 무서워서 벽이나 쌓고 있는 줄 알아?!"

뭐, 한편으로는 무서워서 쌓기는 했다. 혹여 실수로라도 케니스가 그들을 죽여 버릴까 두려웠다.

그의 마법으로 이 이상 누군가가 죽는 것은 곤란했다.

그리고 무엇보다, 그는 클라렌스가 세운 싸움의 규칙에 동참하고 싶었다.

죽이지 않는다. 당하지 않는다.

그걸 위해서 적당히 지칠 때까지 놀아 줄 생각이었다만.

"뭐, 됐어. 어차피 내가 원하는 건 클라렌스의 모자니까."

"다, 단장의 레이디에게 무슨 짓을 하려는 겁니까!"

창을 든 기사가 잔뜩 경계하며 물었다. 케니스는 일단 중요한 한 가지를 확인하기로 했다.

"그 단장의 레이디가 정확히 누구야?"

설마, 저 근육 뇌가 클라렌스를 그렇게 부르는 거라면, 그 미친놈의 등짝에 불을 붙여 줄 셈이었다. 딱 죽지 않을 만큼.

"단장의 레이디는 오직 한 분, 아름다운 레이디 모자뿐입니다."

"클라렌스의 모자?"

"예, 공식적으로는 공작가의 용맹한 기사 홀턴 경의 겨울 모자이나, 사사롭게는 황궁 기사단장 필립 윌킨스 님이 명예를 바친 레이디이십니다."

굉장한데! 역시 클라렌스의 모자는 그 위치부터 남달라! 아니지. 이렇게 감탄하고 있을 때가 아니다. 저 발칙한 필립 윌킨스가 감히 클라렌스의 모자에게 연정을……

잠깐.

클라렌스가 아니라 클라렌스의 모자를 레이디로 삼은 것에 케니스가 화를 내도 되나? 안 되나?

케니스는 모자가 그 주인과 일체화된 존재인지, 별개의 존재인지 잠시 고민했다.

그러다가 문득.

'내가 왜 이렇게 이상한 생각을 하는 거지.'

애초에 근본적인 물음이 선행되지 않았다는 것을 깨달았다.

"대체 왜 모자를 레이디로 삼는 거야? 드디어 단체로 미쳤어?"

그의 물음에 기사 한 명이 감히 그 발칙한 손가락을 케니스를 향해 뻗었다.

"모자 차별주의자다!"

"마탑의 케니스께서는 레이디 모자를 모욕하셨습니다!"

그 말을 신호로 기사들이 한꺼번에 케니스를 향해 달려들었다.

"이 정신 나간 흰둥이들이 진짜!"

케니스는 손에 맺힌 불길을 하늘 높이 던져 올린 후, 바람의 힘을 빌렸다. 불길이 바람을 타고 케니스의 주변에 불의 벽을 만들었다.

"적당히 좀 해! 나는 그냥 모자만 가지러 온 거니까!"

그러자 불길 너머에서 악을 쓰는 대답이 돌아왔다.

"저희는 그저 레이디 모자를 지킬 뿐입니다!"

"대체 단체로 뭘 먹은 거야, 너희들!"

케니스는 남은 바람을 제 발밑으로 불러 왔다. 자연스럽게 떠오른 몸은 근처의 높은 담 위로 안전하게 착지했다.

케니스는 평생을 마탑의 미친놈들 사이에서 살아왔다. 그러니 정신이 나간 놈들을 상대하는 것에는 아주 도가 텄다.

그냥 무시해야 한다. 미친 건 무슨 수를 써도 고쳐지지 않으니까.

그는 기사들이 모자를 소중하게 올려 두었던 붉은색 벨벳

의자를 향해 팔을 뻗었다. 이럴 땐, 마법으로 모자만 얼른 끌어와서 도망가는 게 상책이다.

그의 부름에 클라렌스의 기특한 레이디 모자, 아니 겨울 모자가 허공으로 둥실 떠올라 케니스에게 가까워졌다.

그 모습을 바라보던 케니스는 이제 울고 싶어졌다.

소중하게 작은 모자를 끌어안은 필립 월킨스까지 함께 끌려오고 있는 것 아닌가. 케니스가 마법을 써서 가져갈까 봐 줄곧 끌어안고 있던 모양이다.

"진짜 저 비겁하고 더러운 흰둥이의 우두머리가!"

케니스는 즉시 마법을 해제했다. 허공에서 뚝 떨어진 필립 월킨스는 날렵하게도 케니스가 쌓아 놓은 잡동사니 위에서 도약했다.

그 거대한 몸에 어울리지 않을 정도로 가벼운 몸놀림이었다. 사기가 아닐까 싶을 정도로 높이 뛰어오른 그는 그대로 케니스를 향해 달려들었다.

한계까지 들어 올린 팔에는 거대한 검이 들려 있었고, 케니스는 그것이 저를 향해 거침없이 휘둘러질 것을 알았다.

저게 진짜 해보자는 거지?

케니스가 생성한 바람의 벽과 필립의 거대한 검이 허공에서 부딪혔다.

"내어 드리지 않을 겁니다!"

필립이 핏대를 세우며 소리 질렀고, 케니스는 삐딱하게 웃었다.

"기사단과 백작가를 전부 끝장내고 싶어?!"

"고작 마법사 따위에게 끝날 것이 아닙니다!"

검에 갈라진 바람의 잔재가 두 사람 사이에서 소용돌이처럼 피어났다.

파앗!

케니스가 튕겨 낸 바람의 장벽에 필립의 몸이 뒤로 기울어지며, 잠시 중심을 잃었다.

케니스는 짧은 틈을 놓치지 않았다. 바닥에 떨어져 있던 화살들을 전부 불러들였다. 가느다란 화살은 촘촘하게 필립 윌킨스의 주변을 포위했다.

케니스는 한 손을 내밀었다.

"내놔."

그러나 필립은 웃을 뿐이었다.

"그 화살로 저를 해하실 수 있습니까?"

"뭐?"

"제가 든 것은 홀턴 경의 모자입니다. 그것도 무척 아끼는."

그러한 그녀의 모자에 피를 묻힐 수 있냐는 뜻이다.

"너 진짜, 기사가 돼서 부끄럽지도 않냐?"

"예, 부끄럽지 않군요."

필립은 케니스를 정면으로 응시했다.

"당신은 마탑의 케니스입니다."

"……."

"평범한 방식으로 당신을 막는 것은 불가능합니다. 그리고 홀턴 경은 제게……."

그는 클라렌스가 맡긴 모자를 강하게 쥐었다.

"이 모자를 당신에게 빼앗기지 않을 각오로 임해 달라고 부탁했습니다. 그것이 공작가가 추구하는 전통이라며."

필립은 그녀에게 모자를 건네받은 순간을 떠올렸다.

물론 공작인 레이놀드가 "마탑의 케니스께서 모자를 얻지 못하면, 두 분은 혼인하실 수 없을 겁니다."라는 이야기도 해 주었다.

하지만 그것은 그다지 중요하지 않았다. 중요한 것은 클라렌스가 그를 믿고 아끼는 모자를 맡겼다는 것이다. '빼앗기지 말아 달라'는 당부와 함께.

"그러니, 저는 비겁해져도 좋습니다. 치사하다고 하셔도 괜찮습니다."

그 말의 끝에서 필립이 씨익 웃었다. 살벌한 기운에 케니스는 뒤를 돌아보았다. 어느새 다가온 기사들이 그의 바로 뒤에서 검 끝을 들이대고 있었다.

"진짜 비겁하고 치사하지 않냐?"

케니스가 쓰게 웃으며 물었고, 필립은 그 말을 모두 수용했다.

"돌아가십시오, 마탑의 케니스."

필립은 제 주변을 에워싼 화살을 손으로 쥐어 부러뜨리며 권고했다.

"이 모자는 당신에게 내어 드릴 수 없습니다. 이 필립 윌킨스의 목숨을 앗아 가신다고 하더라도. 황궁 기사단이 명예를 걸고 지켜 드릴 것이니."

"웃기지……!"

케니스의 목에 날카로운 검 끝이 닿았다.

"윽…….."

"아무리 당신이라고 해도, 떨어진 목을 다시 붙이는 방도는 없을 것으로 압니다."

"……."

"돌아가십시오."

"젠장, 그래! 잘라 보자고! 이 모가지가 잘려도 위대하신 마탑의 케니스는 금방 다시 붙여 버릴지도 모르니까!"

그의 손에서 다시 화염이 길게 솟구쳐 올랐다.

"그래, 이 모자주의자 놈들아! 누구 목숨 줄이 더 긴지 보자고!"

그가 악에 받쳐 고함치는 순간.

기사와 케니스의 좁은 틈 사이로 작은 자갈 하나가 휙 하고 지나갔다.

모두가 깜짝 놀라며 자갈이 날아온 방향으로 고개를 돌렸다. 대체 이 완벽한 돌팔매질을 한 것이 누구인지 확인하려는 것이다.

"오라버니, 제정신이세요?!"

그곳에는 옅은 보랏빛의 머리카락을 지닌 여성이 당당하게 서 있었다.

윌킨스 백작가의 자랑이자 필립의 훈련으로 훌륭하게 성장한 윌킨스 영애, 아일린 윌킨스였다.

"네가 끼어들 자리가 아니다."

"제가 끼어들 자리가 아니라고요?"

윌킨스 영애는 케니스를 바라보며 물었다.

"오라버니의 기사단이 제 친구의 연인을 살해하고 계신데도요?"

그녀의 지적에 기사는 얼른 검을 거두었다.

"나, 나도 살해당하는 중이었다."

필립은 거의 다 부러뜨린 화살을 얼른 바닥에 떨구며 항변했다. 물론 설득력은 전혀 없었다.

"맙소사, 오라버니."

씩씩한 아일린은 척척 사다리를 타고 올랐다.

담은 높았고, 그 너비가 꽤 좁은 편인데도 그녀는 그 위에서 훌륭하게 중심을 잡고 걸었다. 두려워하는 기색도 없었다.

그녀가 필립에게 다가가 손을 내밀었다.

"이리 주세요."

"……싫다."

"이리 주세요, 오라버니!"

보통은 솜사탕처럼 부드러운 윌킨스 영애지만, 한 번 화가 나면 누구도 말릴 수 없을 정도로 무서운 눈빛을 뿜어낸다.

북쪽의 용을 잡았다는 조부의 눈빛은 그녀가 물려받은 것이 틀림없었다. 그 용맹한 시선은 어지간한 기사들도 움찔 놀랄 만큼 섬뜩했다.

필립은 별수 없이 제 동생의 작은 손바닥 위로, 소중한 모자를 올려 두었다.

"홀턴 님의 겨울 모자는 저도 몇 번인가 봤어요. 정말 따듯하고 좋은 모자죠."

그녀는 모자를 든 채 빙긋 웃고는, 마탑의 케니스를 바라보았다. 케니스는 이제야 좀 제대로 된 사람이 나타난 것 같아서 마음이 놓였다.

클라렌스의 친구라는 아일린 윌킨스가 상식을 가진 인간이라면, 그 모자를 케니스에게 넘길 것이다.

"마탑의 케니스!"

보아라, 모자를 건네줄 것 같은 저 밝은 얼굴을.

"저와 술 내기를 해서 이기면, 이 모자를 내어 드릴게요! 오라버니와 기사단 여러분들도 원하시면 참가하셔도 괜찮아요."

올바른 상식을 가진 인간…… 은 없는 건가. 이 망할 백작가 같으니!

게다가 그녀가 술 내기를 제안하는 순간부터 백작가의 기사들이 미묘하게 뒷걸음질을 치기 시작했다. 거대한 공포에 떠는 것 같은 얼굴을 하고서 말이다.

케니스는 얼른 필립의 얼굴을 확인했다.

그는 몹시 기이한 표정을 짓고 있었는데, 케니스는 전쟁에서 함께 굴렀던 경험 덕분에 그의 표정이 말하는 바를 명확하게 알아차릴 수 있었다.

'도망쳐라. 전멸당할 거다.'

있잖아, 클라렌스.

차라리 북쪽의 용에게 모자를 맡기지 그랬어.

어쨌든 케니스는 모자에 미친 기사들과 날뛰는 것보다는 푹신한 의자에 삐딱하게 앉아서 술을 마시는 편이 좋았다.

게다가 윌킨스 백작 영애, 아일린 윌킨스는 클라렌스와 꽤 좋은 술친구다. 클라렌스가 수도에 올 때면 하루 정도는 꼭 둘이 모여 술을 마실 정도로 말이다.

그러니 아일린 윌킨스도 클라렌스의 모자를 수호할 자격은 있었다. 어찌 보면 공작가의 취지에도 잘 맞는 편이고.

물론 케니스의 이러한 생각은 응접실에서 술을 마시기 시작한 지, 네 시간 만에 산산이 부서졌다.

이제야 알았다. 왜 클라렌스가 아침 일찍 아일린을 만나러 나가서, 새벽이 되어서야 돌아왔는지.

그녀는 술을 쉼 없이, 끝도 없이 마시는 사람이었다.

게다가 '배 속에 채소 쪼가리 따위를 넣을 바에야 한 방울의 술을 마시겠다'라는 사상이라도 안고 있는 것인지, 안주에는 일체 손도 대지 않았다.

가끔 미지근한 물을 마시기는 했는데, 그건 아무리 보아도 주종이 바뀔 때마다 입을 헹구는 용으로 마시는 것 같았다.

과연 클라렌스의 친구다. 술을 마시는 것도 용맹하기 짝이 없다.

"마탑의 케니스."

소파에 다소곳이 앉은 아일린 윌킨스는 방긋 웃는 얼굴로 케니스를 바라보았다.

"왜?"

"정말로 공작가에 그런 전통이 있나요?"

"뭐, 그렇다고 하던데."

케니스는 소파 위에 반쯤 누운 자세로 적당히 대답했다.

"앨런 마티아의 시집은 이미 찾으셨다고 하셨죠. 모자는 여기에 있고, 음. 나머지 하나는 뭔가요?"

"……몰라."

케니스가 자세를 고쳐 앉으며 그리 말할 때는, 곁에서 비웃는 소리가 들렸다.

"홀턴 경이 맡긴 물건도 모르는 주제에 잘도 이 싸움에 뛰어든 건가?"

"오라버니는 알고 계세요?"

"물론 모른다."

필립은 술잔을 기울이며 당당하게 대답했다.

"하지만 내가 이 시험을 받는 자였다면, 응당 알았을 거다."

도발하기 위한 말이었으나, 케니스는 별다른 반응을 하지 않았다. 대신 술잔을 입에 댄 채 깊이 생각하는 모습이었다.

케니스는 사실 필립의 말이 옳다고 여겼다. 그녀가 아끼는 세 가지를 바로 떠올리지 못하는 것은 몹시 부끄러운 일이다.

"하지만 알게 되겠지."

케니스는 아일린이 권해 준 브랜디를 삼켰다. 부드러운 액체가 뜨거움을 안은 채 목을 따라 흘러갔다. 내쉬는 숨에 열기가 남긴 달콤함이 섞여 들었다.

"그리고 반드시 이루어 줄 생각이니까."

"이루어 주다뇨?"

그새 한 병을 비운 아일린이 장식장에서 새 술을 꺼내 오며 물었다.

"그러고 보니 망할 공작 놈이 제대로 설명을 하지 않았다며?"

"그건 무슨 소리지?"

필립이 관심을 보였다. 케니스는 남은 술을 털어 마신 후, 이 공작가의 전통이 지향하는 바를 설명했다.

"어쩜!"

설명을 다 들은 아일린이 손뼉을 치며 기뻐했다.

"홀턴 님의 소원을 들어주기 위해서라니!"

로맨틱하다며 기뻐하는 그녀의 뒤로, 술기운을 이기지 못한 아르켈 네우스가 털썩 쓰러지는 것이 보였다.

"어머, 네우스 경. 오늘은 꽤 오래 버티셨네요."

아일린은 시계를 보며 잠시 놀라는 얼굴을 했다. 하지만 곧 익숙한 듯 근처에 놓아둔 담요를 가져와 그의 위에 덮어 주었다.

기사단원이 한 명씩 쓰러질 때마다 자연스레 담요를 건네는 것을 보니, 이렇게 술을 마시는 일이 꽤 자주 있는 모양이다.

어쨌든 호기롭게 '모자를 차지하기 위한 술자리'에 참가한 사람 중 일곱 명이 쓰러졌다. 이제 남은 것은 케니스와 필립 그리고 아일린 뿐이었다.

"그럼 홀턴 님의 소원은 뭐에요?"

아일린이 세 사람의 잔을 가득가득 채워 주며 물었다.

케니스는 그녀가 아끼는 물건도 소원도 모른다고 말하고 싶지 않아서, 괜스레 시선만 돌렸다.

"하긴."

그 행동의 의미를 알아차린 아일린은 고개를 끄덕이며 천천히 팔짱을 끼웠다.

"홀턴 님의 의중을 헤아리는 건 좀 어렵죠."

"게다가 홀턴 경이 '소원'이라고 부를 정도로 원하는 것이라면, 직접 뛰어서 얻어 냈겠지. 이미."

케니스도 두 사람의 말에 동의했다. 그녀는 제 발로 뛰는 것을 선호하니까.

"하지만 이번에는 마탑의 케니스께 맡겼다는 이야기죠? 홀턴 님답지 않게 말이에요."

"그렇다는 건."

"홀턴 님의 힘으로는 이룰 수 없는 소원이라는 뜻이죠!"

"그런 게 있나?"

필립은 새삼 클라렌스의 힘을 떠올렸다. 물리적인 것뿐 아니라 사회적인 것까지도. 그녀 한 사람이 가진 영향력은 이 세상 누구보다도 강할 거다.

"애초에 클라렌스 홀턴은 '제 분수에 맞는 것'과 그렇지 못한 것을 철저하게 구분하여 욕망을 제어하는 인물이야."

그런 클라렌스가 케니스의 힘과 공작가의 전통을 빌려서라도 이루고 싶은 소원이란 대체 무엇일까.

"궁금하네요."

그러게. 턱을 괴고 함께 생각하던 케니스의 고개가 살짝 떨어졌다. 그는 곧 소스라치게 놀라며 얼른 고개를 들었다.

"졸았군. 그대의 패배다."

"우, 웃기지 마!"

"지금 인정하는 편이 나을걸. 저런 꼴이 되고 싶지 않으면."

필립은 카펫 위에 건어물처럼 누워 늘어진 기사들을 가리켰다.

케니스는 보란 듯이 술을 들이켰다. 그 매혹적인 향기에 잠시 몰려오던 잠이 전부 달아났다.

"그 모자를 받아서, 반드시 클라렌스의 소원이 뭔지 알아낼 테니까."

그는 안주로 나온 치즈를 우물우물 씹어 넣었다.

"좋아요! 홀턴 경의 소원을 위해서 건배하죠!"

신이 난 아일린이 또 건배를 제의했고, 세 사람의 잔이 허공에서 맑은소리를 내며 부딪혔다.

"있죠, 오라버니."

아일린은 필립의 심장 근처로 머리를 푹 기대며 그를 올려다보았다.

"재미있었어요?"

"……재미있었다."

그는 솔직하게 대답했다. 조금 부끄러운 마음에 괜스레 아일린의 긴 머리카락을 만지작거렸다.

"그래도 마탑의 케니스를 위험하게 하셨잖아요. 그러시면 안 돼요."

"안다."

"그런데 왜 그러셨어요?"

"그냥."

그는 뜨거운 한숨을 뱉었다.

"……질투일까."

"진짜 못난 남자네요."

아일린은 다시 웃고 말았다.

"조금 알아보고도 싶었고."

"어떤 것을요?"

"홀턴 경이 그의 어떤 점을 좋아하게 아니, 사랑…… 하게 되었는지."

필립은 맞은편 소파에서 늘어지게 잠이 든 케니스를 바라보았다. 다만 아일린은 여전히 제 오라비를 물끄러미 올려다볼 뿐이었다.

"저는 이래서 홀턴 경이 참 좋아요."

"음? 그건 갑자기 무슨 소리지."

"홀턴 경을 이야기하는 오라버니의 표정이 참 좋단 말이었어요."

"어떤 표정이기에?"

"아주……."

무언가 달콤한 표현을 찾던 아일린은 그냥 고개를 젓고
말았다.

"으응, 그냥 말씀 안 드릴래요."

다행히 필립은 대답을 요구하는 대신, 아일린의 부드러운
뺨을 톡톡 두드려 주었다.

"오라버니도 많이 취했나 봐요. 손이 뜨겁네요."

"음, 아직 취했다고 부를 정도는 아닌데."

"그리고 마탑의 케니스가 가진 장점을 오라버니께서 취하
려고 하실 필요는 없어요."

"……."

"오라버니께서는 특별히 달라지지 않으셔도 괜찮아요."

아일린은 술잔을 내려놓고 필립의 손을 꼭 잡아 주었다.
그의 손은 따뜻해서 이렇게 쥐고 있기만 해도 사르르 녹아
드는 기분이 든다.

"분명히 오라버니의 이런 사소한 부분을 사랑해 주는 사
람이 나타날 테니까요."

"음……. 글쎄."

"정말이에요. 사실 제가 사교계에서 쉽게 적응한 것도 오
라버니 덕분인걸요. 다들 윌킨스 경의 동생이라며, 얼마나
친절하게 대해 주셨는데요."

"내 덕일 리가 있나."

필립은 쓰게 웃었다. 아일린이 사교계에서 인기가 많은
아가씨인 것은, 그녀가 주변 사람들을 알뜰살뜰 챙기는 성
정이기 때문이다.

"네가 착한 아이인 거지. 그보다 돌팔매질이 꽤 능숙해졌던데."

필립은 오늘 낮에 있었던 일을 상기했다. 그녀가 던진 돌이 케니스와 기사의 사이로 정확하게 스친 것이다. 거길 노린 것이 틀림없었다.

"돌은 어디에서나 구할 수 있는 좋은 무기지."

"하지만 세상 어디에도 제 동생에게 돌팔매질을 연습시키는 기사는 없다고요."

"홀턴 경의 동생도 꽤 훌륭하게 돌팔매질을 할 수 있을 거야. 설마 돌팔매질로 패배하고 싶은 건 아니겠지, 아일린 윌킨스."

"아이참! 돌팔매질에는 이기는 것도 지는 것도 없다니까요."

아일린이 울상을 짓고 제 오라비를 올려다보기에, 필립은 조금 웃고 말았다.

참 귀여운 아이다. 가능하면 이대로만 그의 곁에서 안전하고 발랄하게 자라 주었으면 좋겠다 싶을 정도로.

"아참, 오라버니."

"음?"

"실은 함께 술을 마시면 하고 싶었던 말이 있었는데."

늘 당당하던 아일린이 조금 얼굴을 붉혔다. 뭔가 창피한 이야기를 하려는 모양이다. 설마 최근에는 훈련을 게을리한 건가. 그런 거라면 앞으로 다시 계획을 짜면 된다.

"제게 호감을 표하는 신사분이 있으셔서요. 음, 그 사실을 알게 된 건 꽤 오래전 일이긴 하지만요……."

필립의 얼굴이 잠깐 굳었다. 그러니까, 솜사탕 같은 그의 여동생에게 손을 뻗치는 되먹지 못한 자식이 있다는 소리인 것 같은데.

"물론, 저도 함부로 관계를 진전시킬 생각은 없어요. 그래서 마음이 더 깊어지기 전에 오라버니와 이런 이야기를 나누고 싶었어요."

아일린이 조심스러운 눈길로 필립을 올려다보았다.

필립은 예전부터 아일린에게 '시내놈들은 다 되먹지 못한 자식들뿐이다.'라고 말하곤 했으니까.

하지만 생각 외로 필립의 얼굴은 평화로웠다. 그는 잠시 무언가를 생각하는 얼굴을 하더니, 곧 아일린의 머리를 다정하게 쓰다듬었다.

"아일린."

"네, 오라버니."

"백작가에는 훌륭한 전통이 있다. 네 연인이 되기 위해서는 그 전통을 이수해야 하지."

"설마 제 소원을 들어주는 전통인가요?!"

"그래, 아끼는 술 세 병을 골라 와라."

"저도 친구들을 골라야겠네요. 누구에게 맡기면 좋을까요. 음, 프리어 남작 영애랑 클롭톤 영애……"

"고를 필요 없다. 백작가의 전통은 공작가의 것처럼 무르지 않으니까."

필립은 씨익 웃었다.

"그 세 병은 모두 내가 맡는다. 날 무찌르고 세 병을 가지러 오라고 해라. 언제든."

다음 날. 케니스는 포근한 침대 위에서 눈을 떴다. 깜짝 놀라서 몸을 일으켜 보니, 커튼이 처진 방에 홀로 누워 있었다.

"아…… 으……."

그는 잠시 제 머리를 짚고는 한숨부터 쉬었다. 결국, 잠들어 버린 모양이다. 그는 비척비척 침대에서 빠져나와 커튼부터 열었다. 태양이 하늘의 한가운데에 있었다.

어지간히 오래 잤던 모양이다. 하긴 밤을 새운 데다가 술까지 잔뜩 먹었으니 무리도 아니다.

"마탑의 케니스!"

작은 창문 너머에서 발랄한 목소리가 들렸다. 아일린이었다. 그녀는 클라렌스의 모자를 들고 발랄하게 손을 흔들며 달려왔다.

보아하니 필립 윌킨스도 저 괴물 아가씨와의 대결에서 패배한 모양이다. 대체 정체가 뭐지. 드래곤인가?

"편히 주무셨나요?"

케니스는 일단 고개를 끄덕였다. 정말 편히 잤다.

"마탑의 케니스."

아일린은 주변을 휘휘 둘러보며 경계부터 했다.

"저와 거래해 주시겠어요?"

"거래?"

"네, 모자를 건 거래죠."

케니스는 그녀와 모자를 번갈아 가면서 바라보았다. 감히 마탑의 케니스를 모자 하나로 부려먹으려고……. 아, 클라렌스의 모자구나. 부려 먹혀도 될 것 같다.

"말해 봐."

"나중에 말이에요. 제가 '누군가'를 도와 달라고 하면 도와주실 수 있나요?"

"그게 누군네?"

"실은 아직 없어요. 하지만 어제 알아보니, 미리 대비를 해 두어야 할 것 같아서요. 저도 홀턴 님처럼 끝내주는 연애를 해 보고 싶어졌거든요."

"무슨 소린지는 모르겠지만, 상대가 쓰레기 같은 자식이면 아무리 모자가 걸려 있어도 도와주기 싫을 것 같은데."

"쓰레기 같은 자식을 도와주시면 저도 곤란해요! 마탑의 케니스께서 보시고 '저 사람은 도와주어도 되겠다' 싶은 사람만 도와주셔도 되니까요. 네?"

"나, 눈 높아."

"그거야 알죠. 홀턴 님을 보면."

적절한 대답에 케니스는 조금 기분이 좋아졌다.

"이 거래, 클라렌스한테 말해도 괜찮아?"

"꼭 말씀해 주세요! 혹시 그때가 오면, 내 친구인 홀턴 님의 전략도 빌려야 할 테니까요."

"뭐, 그렇다면."

케니스의 손에서 작은 빛이 피어났다. 그는 두 눈을 감고

빛에 맹세했다.

"나, 마탑의 케니스가 도와줄게. 그 대상이 쓰레기 같은 자식이 아니라면 말이야."

맹세를 머금은 빛은 그대로 아일린의 손바닥 위로 올라가 그녀의 몸에 흡수되었다. 아일린은 누가 볼 새라 얼른 그에게 클라렌스의 모자를 건네주었다.

"있죠, 마탑의 케니스."

"왜?"

"홀턴 님의 소원을 꼭 이루어 주세요."

"당연하잖아."

그가 모자를 소중하게 끌어안으며 대답했고, 그 모습을 바라보던 아일린은 제 오라버니를 떠올렸다.

정확히는 조금 취한 그가 마지막으로 중얼거렸던 말을.

「……케니스께서 홀턴 경의 소원을 꼭 이루어 줬으면 좋겠군.」

"안녕하세요, 마탑의 케니스? 기다리고 있었어요."

케니스가 궁으로 가자, 오스윈이 굉장한 환대를 해 주었다. 빛이 잘 드는 넓은 응접실을 내어 준 것은 물론이고, 케니스가 좋아하는 초콜릿을 한가득 쌓아 놓았다.

그렇지 않아도 월킨스 백작가에서 스트레스를 잔뜩 받았던 터라, 그 친절이 무척 기뻤다.

케니스는 몸이 잡아먹힐 듯 포근한 소파에 누워서 느긋하게 초콜릿을 집어 먹었다. 이제야 살 것 같았다. 그리고 만족스러웠다.

역시 한 나라의 황태자쯤 되면 손님을 대접하는 법을 잘 알게 되는 건가 싶을 정도로 말이다.

"엄청 빨리 찾아오셨네요. 진심으로 놀랐어요."

맞은편에 예쁘게 앉은 오스윈이 잔뜩 감탄하기에, 케니스는 살짝 우쭐해졌다.

"물건 두 개를 찾았고, 지금이 이틀째니까. 평범한 속도지."

"그런가요? 하지만 분명히 월킨스 경이 사흘 정도는 모자를 지킬 수 있을 줄 알았거든요."

케니스는 대답 대신 코웃음을 쳤다. 이번처럼 기사단 일부가 아니라, 그 전체가 온다고 하더라도 케니스는 지지 않는다. 사흘이나 걸리는 일도 없을 거다.

"아, 일단 세 번째 물건에 대해 말씀드리기 전에 전할 이야기가 있는데요."

오스윈은 곁에 둔 편지를 펼쳐 들었다.

"아비스의 서점에서 편지가 왔어요. 서점의 휴버트, 그러니까 어르신께서도 슬슬 수도를 향해 출발하셨다고 해요."

물론 클라렌스의 결혼식을 보기 위해서다. 서점 어르신은 물론 그 친구인 마르코 험프리 그리고 단골손님까지 '클라렌스 결혼 원정대'의 일원으로 참가했다.

"그래?"

"마을 사람 몇 명과 함께 온다고 하는데, 숙식을 어떻게 해결하면 좋을까요?"

케니스는 잠시 고민하는 얼굴을 하다가 주머니에서 돈뭉치를 꺼내어 테이블 위로 와르르 올려 두었다.

"숙박 시설을 일정 동안 통째로 빌리지 뭐. 적당히 공작가에서 가까운 곳이 좋겠어."

"통째로요? 하지만, 그 정도로 인원이 많지는……."

"그렇게 해. 돈이 모자라면 내 이름을 걸어 놓고."

오스윈은 고개를 끄덕였다. 다만 여전히 수긍한 얼굴이 아니기에 케니스가 설명을 덧붙였다.

"클라렌스가 그러는데, 사람이 섞여 있으면 호위하기 어렵다더라. 그러니까 그렇게 해."

"아! 그렇네요."

오스윈이 방긋 웃었다. 그렇지 않아도 클라렌스는 서점 어르신의 안위를 무척 걱정하는 사람이다.

그러니 마탑에서는 서점 어르신의 수도행에 안전을 기하기 위하여, 공격 마법에 능한 젊은 마법사를 파견 보냈다.

수도에 도착한 후로는 공작가의 기사 몇 명이 숙소 주변을 함께 지켜 줄 것이다.

"역시 케니스는 섬세해요. 저는 호위는 생각하지도 못했어요. 그런…… 일을 겪었는데도."

오스윈은 과거에 칼 바로우가 두 노인을 납치하여 그녀를 협박했던 일을 떠올렸다.

혹여 아직도 그녀에게 불온한 마음을 품은 자가 있다면, 또 같은 방법을 택할지도 모른다.

"그럼 그렇게 처리해 둘게요. 기대되네요."

오스윈은 편지를 끌어안은 채 킥킥 웃었다.

"있죠, 케니스."

아무래도 뭔가 기대돼서 어쩔 줄 모르는 모양이다.

"말해, 뭔가 자랑하고 싶어 하는 모양이니까."

"흐으…… 그렇게 티가 나요?"

"완전. 그래서 뭔데?"

"서점 어르신이랑 그 친구분이 수도에 머무시는 동안, 황궁 도서관을 보여 드리기로 했어요."

그리 말하는 오스윈의 얼굴이 살짝 붉어졌다. 좋아서 어찌할 줄을 모르겠다는 얼굴이었다.

"……그게 그렇게 좋은 거야?"

"당연하죠!"

오스윈은 고개를 바짝 들고 항의하듯 대답했다.

"편지로 사귄 친구가 집에 놀러 오는 거란 말이에요……. 태어나서…… 처음으로요."

물론 그 상대가 훨씬 더 어른이라는 점은 전혀 개의치 않았다.

오스윈은 휴버트 마셜과 편지를 주고받는 일을 여전히 좋아했으니까. 예로부터 서로를 좋아하면 친구가 되는 거라고 했다.

"분명히 즐거울 것 같아서 기대돼요."

"그 할아범이라면 즐거워하겠지."

케니스는 주기적으로 낡은 책을 하나하나 쓰다듬어 주는

노인의 뒷모습을 떠올리며 대답했다.

"있죠. 그 날은 아침부터 저녁까지 도서관에만 있자고 약속했거든요. 저, 그래서……."

오스윈은 제 무릎에 올려놓은 두꺼운 서류를 만지작거렸다. 척 보아도 적은 양은 아니었다.

"요즘은 아주 바빠요. 가능한 당길 수 있는 일정은 모두 당겼거든요."

"바빠 보이긴 하네."

케니스는 고개를 끄덕이며 손을 내밀었다.

"그럼 물건을 얼른 넘기고, 가서 일이나 하든가."

"헤헤."

오스윈은 케니스의 손과 얼굴을 번갈아 가면서 보고는 재미있다는 듯 웃었다.

"꼭 행복하셔야 해요?"

"……."

"네?"

"아, 알았으니까 빨리 물건이나 내놔."

"케니스와 클라렌스가 싸우면, 전 무조건 클라렌스의 편이니까요."

"안 싸워! 그리고 클라렌스의 편이 되는 건 나야!"

"음, 그것도 그렇네요. 케니스는 클라렌스의 첫 번째 편이겠죠……. 흐으, 부럽네요."

오스윈은 팔짱을 끼우며 울상을 지었다.

"역시."

그는 마지막으로 딱 한 번만 솔직해지기로 했다.

"질투 나요, 케니스."

진심으로 말이다. 클라렌스가 바라는 대로 모든 것이 흘러가는 것은 좋았지만. 그래도…… 어딘가 못난 마음이 피어나는 건 어쩔 수 없었다.

"알아요. 속이 좁은 남자로 보이겠죠."

오스원은 여전히 얼굴을 찌푸린 채 케니스를 바라보았다.

"그래도 노력할 거예요."

"노력?"

"네, 클라렌스의 행복을 바라는 마음을 매일 조금씩 순수한 진심으로 밀어 넣는 거예요. 그러다 보면 언젠가는……."

그는 이제야 겨우 미소를 지을 수 있었다.

"이 마음 모두가 순수한 진심에 속하게 될지도 모르죠."

제 어린 친구를 바라보던 케니스는 조금 안쓰러운 마음이 들었다. 대체 사람이 얼마나 성실하면, 마음을 놓는 것 마저 저렇게 매일매일 꾸준히 할 계획을 세워서 하는 걸까.

조금 미안한 마음이 든 케니스는 초콜릿을 하나 들어서, 오스원의 입에 넣어 주었다.

오스원은 조금 놀라기는 해도 케니스가 주는 초콜릿을 기쁘게 받아먹었다.

"일이 많을 때는 단걸 먹어야 해. 알겠냐?"

끄덕끄덕. 오스원은 입이 초콜릿으로 꽉 찬 탓에 고개를 끄덕여 대답했다.

"무리하지 말고."

케니스는 그의 꿀 같은 머리칼을 쓰다듬었다.

"에휴……."

진짜 귀엽다니까. 가끔 쓸데없이 발칙한 짓을 하는 것만 제외하면.

"아."

오스윈은 사르르 웃으며 손뼉을 쳤다.

"그러고 보니, 저 회의에 들어가야 해요. 물건을 빨리 드려야겠네요."

오스윈은 근처에 놓아두었던 작은 은빛 종을 흔들었다.

"물건은 엘리에게 맡겨 두었거든요."

"엘리? 그게 누군데?"

"엘리자베스요. 저와 일하는 엘리자베스요!"

"아, 그 할멈?"

"엘리에게 그런 식으로 말씀하시면 저, 진심으로 화낼 거예요! 엘리는 제게 어머니나 다름없는 분이란 말이에요!"

오스윈이 이렇게 이야기할 때 즈음에는 응접실의 문이 열리고, 정갈한 옷을 차려입은 노부인이 들어와 가만히 고개를 조아렸다.

"엘리, 케니스가 물건을 찾으러 왔대요."

"예, 기다리고 있었습니다. 마탑의 케니스."

"가지고 오셨나요?"

"예, 전하. 그 귀한 것을 제게 내어 주신 이후로 단 한 번도 이 늙은 몸에서 떼어 두지 않았습니다."

그녀는 주머니에서 작은 상자 하나를 꺼내 들었다. 그것을 바라보는 케니스의 심장이 미처 날뛰기 시작했다.

저것이 바로, 클라렌스가 맡긴 마지막 물건이다. 크기가 작은 것으로 보아 케니스의 예상대로 검이나 신분 패는 아닌 것 같은데.

"그럼 케니스, 엘리에게 마지막 물건을 받으시면 돼요."

"어, 그래. 고맙다."

케니스는 자리에 누운 채로 한쪽 손을 길게 뻗으며 엘리를 바라보았다.

"이리 줘."

"……."

그러나 상자를 든 엘리는 그 자리에서 꿈쩍도 하지 않았다.

케니스는 혹시 그녀가 제 말을 듣지 못했을 가능성을 떠올렸다. 마탑의 노인들도 귀가 먹어서 같은 소릴 몇 번이나 해야 이해하곤 했으니까.

"달라고."

그러니 그는 재차 손을 내미는 친절함을 선보였다. 하지만 그의 호의에도 불구하고, 엘리의 시선에는 경멸이 섞여 들기 시작했다.

"불합격입니다. 내일 다시 오시기 바랍니다, 마탑의 케니스."

휙. 단호한 판결을 마친 엘리는 몸을 돌려 응접실을 나섰다.

"헐?"

케니스는 자리에서 벌떡 일어나 오스윈을 돌아보았다.

설탕으로 만든 것 같은 달콤한 왕자님께서는 곤란한 얼굴로 케니스를 바라보고 있었다.

"아, 어쩌죠? 엘리가 화났나 봐요. 예의에 엄격한 사람이
거든요. 이거 아주 곤란하네요."

임마, 그 좋아 죽으려고 하는 입꼬리나 내리고 말해라.

오스원 그 똑똑한 것이 머리는 아주 잘 썼다.

'내일' 다시 오라니. 그건 케니스에게 하루에 한 번씩만 기
회를 주겠다는 뜻이리라. 제한 시간까지 앞으로 사흘. 그렇
다면 케니스에게는 총 세 번의 기회가 있었다.

"그 망할 할망구."

다음 날 아침 케니스는 씩씩거리는 걸음으로 황궁에 향했다.

앞으로 남은 세 번의 기회를 다 쓸 것도 없었다. 바로 오
늘 클라렌스의 마지막 물건을 찾아올 생각이었다.

예의를 바란다고? 그렇다면 예의를 잔뜩 갖추어 말하면
될 것 아닌가. 마탑의 노인들이 가르친 쓸모없는 예절이 빛
나는 날이 올 줄이야.

케니스는 황궁 여기저기를 멋대로 돌아다녔다. 다행히 그
누구도 그의 앞길을 막지 않았다.

그는 마탑의 케니스였다. 황제마저도 그 이름 앞에 축복
과 영광을 기원한다고 하는 고귀한 존재였다. 게다가 사사
롭게는 황태자의 친구이기도 했다.

오늘도 위대하신 마탑의 케니스께서는 복도에서 마주치
는 시종마다 "엘리 봤어?"라고 묻고 다니며 당당하게 황궁

을 행진했다.

"엘리자베스 님이라면 조금 전에 황태자 전하의 방에 가셨습니다."

다행히 한 시종이 대답을 들려주었고, 케니스는 오스윈의 방으로 달려갔다. 본때를 보여 주고 말 테다. 그는 각오를 다진 얼굴로 문을 열었다.

오스윈이 깜짝 놀라며 그를 바라보았고, 엘리는 작은 빗으로 오스윈의 머리를 마무리해 주고 있었다.

"케니스?"

케니스는 두 사람 앞으로 척척 걸어가서 아주 자연스럽게 허리를 숙였다.

오스윈은 몹시 놀란 얼굴이 되었고, 엘리자베스는 무뚝뚝한 얼굴로 그를 내려다볼 뿐이었다. 고개만 살짝 들어 올린 케니스는 자신만만한 미소를 지었다.

"안녕하십니까, 엘리자베스 님."

"······안녕하세요, 마탑의 케니스."

대답이 돌아왔다! 케니스는 몸을 곧게 펴고, 밤새도록 거울을 보며 연습한 친절한 미소를 지었다.

이 정도면 충분하지 않은가. 바른 인사와 미소. 그것이야말로 예의의 기본이며 시작이다. 케니스는 어려운 과제를 해낸 자신이 자랑스러워졌다.

"엘리, 나 잘했지? 응? 합격이지?"

그가 히죽히죽 웃으며 한쪽 손을 내밀었다. 이제 클라렌스가 맡긴 물건을 내어 달라는 뜻이었다.

"마탑의 케니스."

"응?"

"불합격입니다. 내일 다시 오세요."

"아, 왜!"

"지적할 것이 한둘이 아닙니다."

그렇게 대답한 엘리는 획하고 몸을 돌려서 오스윈의 방에서 물러났다. 케니스는 억울한 얼굴로 오스윈을 바라보았다.

"나 되게 잘하지 않았어?"

"그, 글쎄요."

"대체 뭐가 문제라는 거지?"

"그게…… 어제도 말씀드렸지만, 엘리는 평범한 시녀가 아니에요."

"알아, 네 어머니 같은 분이라며?"

"맞아요! 케니스. 친구의 어머니를 만날 때는 어떻게 하죠?"

케니스는 팔짱을 끼우고는 잠시 고민했다. 친구의 어머니를 만날 때라.

"어…… 친구의 어머니를 만나 본 적이 없어서 모르겠네."

친구의 어머니는커녕 그의 어머니를 본 지도 오래되었다. 애초에 어디서 무얼 하는지 궁금하지도 않았지만.

"아…….."

오스윈이 안타깝다는 표정을 지었다. 그러나 얼마 지나지 않아서 오스윈 역시 친구의 어머니를 만나 본 적이 없음을 깨달았다.

"저도 처지가 비슷하니 도움이 되지 않네요…… 아!"

무언가를 떠올린 오스윈이 작게 손뼉을 쳤다.

"도움을 줄 수 있는 사람을 알고 있어요. 분명히 우리보다 이쪽 방면의 경험이 많은 사람일 거예요!"

"그게 누군데?"

"마침 오늘 아침에 도착한다고 했으니, 집무실로 같이 가요."

"그러니까 그게 누구냐고?"

"만나 보면 안다니까요!"

"아아, '가족의 케니스' 오랜만입니다."

오스윈의 집무실에는 한 중년 남성이 있었는데, 케니스는 그의 목소리를 듣자마자 바로 누구인지 알아차렸다. 아비스의 성주인 프리어 남작이었다.

"뭐야, 괴물 토끼의 아빠잖아?"

괴물 토끼란, 케니스가 셰리아를 칭할 때 쓰는 말이었다. 그러니 자연스레 프리어 남작은 괴물 토끼의 아빠가 되었다.

"오늘 도착한 거야?"

"예, 홀턴 님께서 수도에 계시지 않다고 하여 실망했는데, 다행히 가족의 케니스를 바로 뵙게 되는군요."

그와 케니스는 클라렌스를 통한 관계로 이미 몇 번이나 만난 적이 있었다.

그는 적당히 머리도 좋고 말도 잘 통하는 사람이었다. 게다가 케니스를 '가족의 케니스'라고 부르며 몹시 챙겨 주었다.

처음에는 "당장 그 괴상한 호칭은 집어치워!"라고 소리 질렀지만, 이제는 그냥 즐기게 되었다. 가족이라는 단어가 이렇게 은근슬쩍 뻗어 나가는 게 썩 나쁘지는 않았기 때문이다.

"설마 괴물 토끼도 같이 온 건 아니겠지."

"제 귀여운 딸은 성 사람들을 돌보며 함께 이동하고 있습니다. 아아, 얼마나 훌륭한 성주감인지!"

"그 말에 섞인 두 가지 오류를 지적하자면."

케니스는 남작의 맞은편에 앉으며 히죽 웃었다.

"괴물 토끼는 사람들의 돌봄을 받으며 수도로 오고 있을 거고, 걔가 그쪽에 합류한 건 잘생긴 클리브가 거기에 있기 때문이야."

"그, 그럴 리가 없습니다. 제 귀여운 딸은 언제까지나 저를 최우선으로 생각할 것이……."

그 모습을 바라보던 케니스는 혀를 끌끌 차며 고개를 저었다. 대체 딸이라는 존재가 무엇이기에 저 똑똑한 사람의 판단력을 저토록 흐리게 하는 걸까?

"딸 가진 아버지들은 왜 다들 저 모양이지?"

"흥, 딸 가진 아비야말로 세상에서 가장 행복한 삶을 사는 인간입니다! 전 제 앞날에 용의 발톱으로 만든 가시가 있다고 하더라도 제 인생을 순조롭다고 할 테죠!"

케니스는 악몽이라도 본 것 같은 얼굴로 고개를 저었다. 용의 발톱으로 만든 가시밭길은 지옥이다.

금으로 빚어낸 딸이 있다고 해도 그런 지옥을 행복으로 부를 수는 없을 터다.

"가족의 케니스께서도 나중에 딸이 생기면 이해하게 되실 겁니다."

"나는 그런 멍청한 일을 이해하고 싶지 않아."

"그때는 아마 제가 했던 말이 모두 진실이라는 것도 아실 테고요."

"내가 그럴 리가 없어."

"부정하실수록 괴로워질 뿐입니다. 상상해 보세요. 여기에 홀턴 경의 이목구비를 가진 자그마한 여자아이가 있습니다."

자, 자그마한 클라렌스……!

"그 아이가 자그마한 팔과 다리를 열심히 움직여서 가족의 케니스께 달려오는 겁니다!"

케니스의 손이 부들부들 떨렸다. 상상만 했는데도 당장 가서 안아 주고 싶어졌다.

"그런데 갑자기 어느 시커멓고 늑대 같은 사내놈이 나타나서, 그 귀한 아이의 허리를 획! 낚아채는 겁니다."

"죽여 버릴 거야!"

케니스가 벌떡 일어나며 고함을 질렀고, 남작이 기뻐하며 "바로 그겁니다!"라고 소리쳤다.

"어, 어떤 자식이 감히 나의 헤리엣에게 그런……!"

벌써 아이의 이름까지 지어 버린 케니스가 몹시 화를 냈고, 남작은 그의 화를 더욱 부추겼다. 그리고 한참 뒤에야 모든 것을 초월한 얼굴로 이렇게 중얼거렸다.

"그게 바로 제가 클리브 홀턴에게 느꼈던 모든 감정입니다……."

케니스는 남작을 애잔한 눈길로 바라보았다. 그냥 딸 바보 아저씨인 줄 알았는데, 이제는 대단한 인내심의 소유자로 보였다.

그런 보물 같은 아이의 연애를 웃는 얼굴로 지켜봐 주다니.

"그나저나 홀턴 님은 왜 결혼식을 앞두고 멀리 떠나신 겁니까? 뭔가 급한 일이라도 있습니까?"

남작이 묻는 말에 케니스는 비로소 상상 속의 딸, 헤리엇 홀턴에게서 벗어날 수 있었다.

"공작령에 잠시 갔어. 클리브가 도착할 때는 아마 수도에 있을 거야."

"그건 다행이군요. 클리브가 아주 보고 싶어 하고 있거든요."

"그야 그렇겠지. 클라렌스도 똑같으니까. 그보다 토끼 아빠."

"예, 가족의 케니스."

"물어보고 싶은 것이 있는데."

케니스는 지금까지 있었던 일들을 간략하게 설명했다. 엘리에게 불합격 판정을 받은 일까지 포함하여. 프리어 남작은 몹시 안타까워하는 얼굴로 그의 이야기를 들어 주었다.

"그건 가족의 케니스께서 틀린 것이 맞습니다."

"대체 어떤 점이? 허리를 숙여서 인사했다니까?"

"일단 다른 사람의 집에 방문할 때는 편지를 적어서, 미리 약속을 잡는 것이 상식입니다."

"하지만 엘리가 '내일 다시 오세요.'라고 했는데?"

"음, 그렇다면 편지는 생략해도 좋겠군요. 그리고 방에 들어갈 때는 꼭 노크를 해 주세요."

케니스가 고개를 끄덕였고, 남작은 잠시 오스윈을 돌아보았다.

"전하, 혹시 엘리자베스께서 좋아하시는 것이 있습니까? 음식이면 좋겠습니다만."

"아, 그러고 보니……."

오스윈은 무언가를 고심하는 얼굴을 하더니, 중요한 것을 생각해 냈다.

"얼마 전에 '로즈 벨벳'의 한정판 사탕을 먹어 보고 싶다고 했어요! 바빠서 줄을 설 수가 없다면서요."

"바로 그겁니다! 친구의 어머니께 잘 보이는데, 단것을 선물하는 것 이상으로 좋은 것은 없을 겁니다!"

"정리하면. 정중하게 노크하고, 예의 바르게 인사를 한 후에 한정판 사탕을 건네면 된다는 거지?"

"완벽합니다. 이렇게 하면 틀림없이 원하시는 세 번째 물건을 받으실 수 있으실 겁니다."

"불합격입니다. 내일 다시 오세요."

"……뭐?"

케니스가 놀라서 되물었지만, 엘리의 엄격한 표정은 조금도 흔들리지 않았다.

그녀는 케니스가 가져다준 로즈벨벳의 한정판 사탕 병을

소중히 든 채, 휙 몸을 돌렸다.

"자, 잠깐만. 엘리, 엘리!"

케니스는 그녀의 뒤를 졸졸 따라가며 사정했다.

"나, 그 사탕을 사려고 새벽 다섯 시부터 줄 섰단 말이야."

"그래서 진심으로 감사드린다고 말씀드렸습니다. 제가 좋아하는 사탕입니다."

"아아, 알았다! 사면서 들었던 주의사항을 전하지 않아서 그런 거지? 그렇지? 잘 들어. 가게 주인이 그러는데, 서늘한 곳에 보관하고, 먹고 나면 반드시 이를 닦으래."

"그렇군요. 참고하겠습니다."

엘리자베스는 고개를 끄덕였지만, 주머니에 넣어 둔 클라렌스의 물건을 꺼내 주는 일은 없었다.

"엘리!"

"저는 몹시 바쁩니다. 그럼, 내일 뵙겠습니다."

엘리가 빠른 걸음으로 린넨실로 들어가는 동안 케니스는 허망한 얼굴로 서 있었다.

이제 기회는 한 번밖에 남지 않았다.

새벽에 일어난 엘리는 기지개를 켜고, 간단하게 몸단장을 했다.

가을이 되어 같은 시간의 새벽도 조금은 어두워졌다. 그녀는 감사의 기도를 바치며 촛불에 불을 밝혔다.

촛대를 들고 방문을 열었다. 그녀가 가장 먼저 하는 것은 오스윈의 아침 식사를 준비하는 일이다.

물론 모든 요리를 그녀가 도맡는 것은 아니다. 하지만 메뉴를 정하거나, 최종적으로 맛을 보는 것은 모두 엘리의 일이었다.

"안녕, 엘리."

엘리자베스는 방문 앞에 쪼그려 앉아 있는 젊은 남성을 발견하고는 깜짝 놀랐다. 순간 누구인지 알아보지 못할 정도로 말이다.

하지만 미약한 촛불에도 아름답게 반짝이는 은발 머리카락이나, 차가워 보이는 파란 시선과 마주친 순간. 상대가 마탑의 케니스라는 것을 알았다. 언제부터 여기에 있었던 걸까.

엘리는 제법 차가운 새벽에도 얇은 로브만 입은 젊은이의 건강이 조금 염려되었다.

"춥지도 않으십니까."

"엘리는 추워?"

깜짝 놀라며 자리에서 벌떡 일어난 케니스가 얼른 엘리의 이마에 손을 얹었다. 말도 안 되는 무례였으나, 엘리는 그를 탓하지 않았다.

마법이 그녀의 몸으로 흘러들어 와 묘한 온기를 나누어 주고 있었으니.

"이제 안 춥지?"

마탑의 케니스가 그리 말하며 히죽 웃었다.

"그렇군요. 감사드립니다."

"어, 뭐."

케니스는 그 감사가 어색한 듯 머리를 벅벅 긁었고, 엘리는 그를 지나쳐 어두운 복도를 걷기 시작했다.

그녀의 뒤로 졸졸 따라오는 발걸음 소리가 들렸다. 아무래도 마탑의 케니스는 온종일 엘리의 뒤를 따라다니기로 한 모양이다. 귀찮기는 하지만, 딱히 쫓을 구실은 없어서 그냥 내버려 두었다.

주방에 도착하니 요리가 한창이었다. 엘리는 커다란 냄비에 부글부글 끓고 있는 뜨거운 쇠고기 스튜를 휘휘 저어 보았다.

사용인들이 아침에 먹을 것으로, 가을의 식재료가 듬뿍 들어가서 아주 맛있어 보였다. 냄새도 훌륭했다.

케니스도 그녀와 함께 코를 킁킁거리며 냄새를 맡았다. 곧 그의 배에서 꾸르륵거리는 소리가 들렸다. 엘리는 인상을 쓴 채 뒤를 돌아보았고, 케니스는 얼굴이 벌게진 채 아무 말도 하지 못했다.

"식사를 잘 챙기셔야 합니다."

"나도 알아, 하루에 세 번이지?"

엘리는 다른 대답 대신 가장 커다란 접시를 가져와 스튜를 잔뜩 담아 주었다.

"드세요."

케니스는 아주 뜨거운 스튜를 후후 불어 가며 참 맛있게도 먹었다. 엘리는 '음식을 불어 드시면 안 됩니다.'라고 말해 주려다가 그만두었다.

어쨌든 젊은 청년이 맛있게 먹는 모습은 참 보기 좋았다. 그릇 바닥까지 핥아먹을 기세로 말이다.

"엄청 맛있다!"

"당연하지 않습니까. 계절 식재료를 이용한 요리는 보통 맛있습니다."

케니스는 "계절 식재료……."라고 작게 중얼거렸다. 그는 여전히 요리를 좋아했으니, 앞으로는 이 점에 유의할 생각이었다.

케니스는 주방에서 갓 구워져 나온 빵도 몇 개 얻었다. 눈치 빠른 하녀 아이가 그의 빵에 버터와 잼을 아주 두껍게 발라 주어서 케니스는 몹시 행복해졌다.

그는 빵을 뜯어 먹으며 엘리를 졸졸 따라갔고, 그녀는 린넨실로 향했다.

그곳은 하녀들이 말끔하게 빨아 둔 천으로 가득했고, 엘리는 하나를 꺼내어 다림질을 시작했다.

케니스는 구석에 쪼그리고 앉아서 그녀가 다리미질하는 모습을 지켜보았다. 얇은 천에 작은 구김 하나 없도록 하는 섬세한 작업이었다.

제법 싸늘한 날씨에도 그녀의 이마에 땀이 송골송골 맺히기에, 케니스는 조금 전에 그녀에게 선물했던 열기를 얼른 회수했다. 그녀는 마법이 거두어진 것도 모른 채 참 열심히도 일했다.

"다 되었군요."

엘리는 그리 말하고는 린넨실을 나섰다.

"지금 다린 건 왜 그냥 두고 가는 거야?"

"열기가 식기 전에 접으면 주름이 남으니까요."

"그럼 제복을 다린 후에도 다 식은 다음에 넣어?"

케니스는 언젠가는 클라렌스의 제복을 다릴지도 모른다는 망상을 하며 그리 물었다.

"예, 그대로 열기가 식을 때까지 기다리시는 편이 좋습니다."

또 유용한 걸 배웠다. 케니스는 천천히 고개를 끄덕였다.

바쁜 엘리는 티룸으로 이동했다. 그녀는 이제 케니스가 묻지도 않은 것을 가르쳐 주었다.

"차를 마실 때는 계절이나 습도 혹은 기분에 따라서 찻잔과 찻잎을 고르는 것이 좋습니다."

실제로 그녀는 여러 찻잔을 신중하게 바라보며 오스윈의 아침을 열어 줄 잔을 골랐다.

"아, 건강상태도 함께 고려하면 좋겠지요."

그녀는 그리 말하며, 꽃이 그려진 하얀 찻잔을 골랐다.

"좋아하겠지?"

"예, 홀턴 님은 그런 수고에 고마워할 줄 아는 분입니다."

엘리의 말에 케니스는 "그건 그래."라며 히죽히죽 웃었다.

얼마나 행복한 망상에 풍당 빠졌는지는 그 미소만 보아도 알 것 같았다.

엘리는 이제 찻잎을 골라야 한다는 것도 잊고, 그 순수한 기쁨을 물끄러미 바라보게 되었다.

가을 햇살이 정원에 널린 이불을 사각거리도록 어루만졌다. 엘리는 케니스에게 햇살을 머금은 이불을 만질 수 있도록 해 주었다.

"느낌이 이상한데."

케니스가 말은 그렇게 해도 큭큭 웃는 꼴을 보니 기분이 좋은 모양이다.

"덮고 자는 사람의 건강에도 좋은 영향을 준다고 합니다."

그리고 엘리가 '건강'에 대해 이야기할 때는 케니스도 제법 심각한 얼굴이 되었다. 턱을 만지작거리며 이불, 햇살, 건강이라고 중얼거리는 것을 보면, 이 사실을 기억해 두려는 것이 틀림없었다.

엘리와 케니스는 기분 좋은 감촉을 입은 이불을 하나씩 들었다. 오스윈의 방으로 돌아온 두 사람은 사이좋게 침구를 정리했다.

"그쪽을 조금 당겨 주시겠습니까."

"어, 여기?"

"예."

두 사람이 양쪽에서 잡아당기자, 이불은 빵빵한 배를 자랑하며 침대를 포근한 모습으로 만들었다.

저런 침대를 보면 누구라도 업무의 피로도 잊고 훌쩍 뛰어들고 싶을 거다. 그리고 좋은 감촉이 얼굴에 닿을 때면 하루의 노곤함도 전부 녹아 버릴 거다.

케니스는 새삼 이불이 엉망으로 널브러져 있던 제 침대가 부끄럽게 여겨졌다.

"이렇게 해 두면 8시간 이상 숙면하는 데 도움이 되겠지?"

그는 클라렌스와 공작님과의 약속을 떠올리며 그리 물었다.

"글쎄요."

하지만 엘리는 다소 걱정하는 얼굴이었다.

"전하께서 8시간 이상 숙면하시는 일이 좀처럼 없어서 모르겠군요."

"어……. 뭐 그 녀석, 바쁘니까."

"예, 무척 바쁘십니다."

그리 말하는 엘리의 얼굴에 옅은 그늘이 지고 말았다.

"걱정돼?"

"예, 사용인이 주인을 걱정하는 것은 당연한 도리입니다."

음, 하지만 오스윈은 당신을 그렇게 생각하는 것 같지 않던데. 하긴, 엘리의 입에서 '아들 같다'는 말은 하기는 어려울 테니까.

"이제 뭘 할 거야?"

케니스가 묻기에 엘리는 잠시 시계를 확인했다.

"회의에 갈 시간이군요."

"회의?"

"예, 수석 시녀들이 모여 간단히 특이 사항을 공유하는 것뿐이지만."

황궁의 특이 사항에는 관심이 없었기에, 케니스는 조금

실망한 얼굴이 되었다. 엘리의 리빙 포인트라면 아주 재미있었지만 말이다.

"그렇다면, 마탑의 케니스께서는 제 방에서 잠시 휴식하시는 편이 좋겠습니다."

"엘리의 방에서?!"

"비록 할멈이나, 여성의 방입니다. 신사의 미덕을 발휘하여 휴식해 주시기 바랍니다."

"신사의 미덕이 뭔지는 모르지만, 마탑의 미덕은 지켜 줄수 있어."

마법사는 다른 마법사의 물품을 함부로 뒤져서 관찰하지 않는다. 연구 주제는 비밀스러운 것이니까.

"믿음직스러운 말씀이군요. 그럼 어제 사다 주신 로즈벨벳의 사탕, 두 개를 꺼내 드셔도 됩니다."

"저, 정말?!"

그렇지 않아도 그 맛이 궁금했기 때문에, 케니스는 무척기뻐하며 물었다. 물론 엘리는 헛말을 하지 않으므로 기꺼이 고개를 끄덕였다.

"그리고 필요하다 생각되시면 침대에서 잠시 주무십시오. 조금 피곤해 보이십니다."

"알았어. 알았으니까, 엘리. 빨리 돌아와야 해?"

"……."

"빨리 못 와?"

"……오, 오래 걸리지는 않을 겁니다."

케니스가 히죽 웃고는 빙글 몸을 돌렸다. 발랄한 걸음을 따라서 로브가 팔랑팔랑 흔들렸다. 꼭 강아지 꼬리 같아 보이는 건 착각이겠지. 착각일 거다.

똑똑. 회의가 끝난 엘리는 제 방문을 노크했다. 그러나 돌아오는 대답은 없었다.

마탑의 케니스는 주무시는 건가. 하긴 새벽부터 엘리를 기다리고, 온종일 시녀 일을 함께했다.

머리가 좋고 손이 꼼꼼한 청년은 처음 하는 일도 곧잘 따라 했다. 마력이 없었다면, 꽤 대단한 시종이 되었을지도 모르겠다.

게다가 모든 일을 아주 진지하게 배웠다. '클라렌스가 좋아해 줄까' 하는 얼굴을 하고서 말이다.

소문에 공작가의 홀턴 님이 거친 마탑의 방탕아를 완벽하게 길들였다더니, 그 말이 사실이었던 모양이다.

엘리는 소리가 나지 않도록 문고리를 돌렸다. 방에서는 어떤 소리도 들려오지 않았다. 옅은 숨소리마저 없었다. 그녀는 문을 활짝 열었다.

방은 텅 비어 있었다.

먹어도 좋다고 허락한 사탕에는 손도 대지 않았고, 뭔가를 뒤진 흔적도 없었다.

대신 달라진 것이 하나 있었는데, 엘리의 이불이 없어졌다는 사실이다.

'설마.'

엘리는 조금 빠르게 걸으며 정원으로 향했다. 아름다운 뜰의 뒤편에는 언제라도 빨래를 널 수 있도록 튼튼한 줄이 걸려 있었다.

그 위로 다양한 빨래가 걸려 바람에 너울거리고 있었다.

엘리는 가장 안쪽에서 제 이불을 찾아냈다. 그 앞에서 무언가에 집중하는 마탑의 케니스도 보였다.

그녀가 굳이 '마탑의 케니스'라고 생각했던 것은, 그가 어떤 마법을 쓰는 것처럼 보였기 때문이다.

자연의 바람과는 다른 인위적인 공기의 흐름이 엘리의 이불을 감싸며 흔들리고 있었으니까. 게다가 하얀 빛까지 머금은 채.

뭘 하는 걸까. 엘리는 잠시 그 자리에 서서 그가 무엇을 하는지 지켜보기로 했다.

때때로 그는 마법을 멈추고 이불을 만지작거리기도 했다. 신나게 웃다가도 뭔가 만족스럽지 못한 표정을 지으며 한숨을 쉬었다. 뜻대로 되지 않는 모양이다.

엘리는 이제야 그에게 다가갔다.

"무얼 하십니까?"

"음……."

그는 생각을 멈추고 싶지 않았던 건지, 잠시 간격을 두고 대답했다.

"실험."

"무슨 실험입니까?"

"짧은 시간 안에 햇빛에 널어 둔 효과를 낼 수 있을까, 하는 실험이야. 예전부터 마법의 빛과 태양의 빛의 차이는 궁금하기도 했고."

"어떻습니까?"

"뭐, 잠시 헤매고 있는 것뿐이지."

케니스가 씨익 웃었고, 엘리는 조금 의아하다는 얼굴을 했다.

"마탑의 케니스 오늘이 마지막 날입니다."

"알아, 기한은 닷새니까."

그리 말하는 그의 손끝에서 다시 빛과 바람이 일었다.

"어째서 제게 물건을 달라고 청하지 않으십니까?"

"엘리가 내는 문제가 뭔지 모르겠으니까."

"예?"

펄럭, 하고 엘리의 이불이 기분 좋게 흔들거렸다.

"그러니까, 엘리는 언제나 내게 '불합격'이라고 했잖아. 오스윈은 그게 '예법'의 문제라고 했지만, 아닌 것 같단 말이지."

"어째서 아니라고 하십니까?"

"내 예법은 완벽하니까."

케니스는 살짝 턱을 들어 올리며 잘난 척하듯 대답했다.

"책에 있는 내용을 전부 그대로 이행하는 것은 내 특기야. 평생을 그렇게 살았으니까. 그런데도 불합격을 받았으니, 예법이 문제는 아니라는 거지."

"그렇다면 어째서 제게 문제를 묻지도 않으십니까?"

"물어봐서 말해 줄 정도라면 이미 말을 해 줬을 거 아냐."

"그건…… 그렇군요."

엘리는 고개를 끄덕였고, 케니스는 적당히 사각거리는 이불을 거두어서 끌어안았다. 만족스럽지는 못했지만, 이제 이불을 제자리에 되돌려 놓을 시간이었다.

케니스는 조금 전에 엘리에게 배운 방법을 이용하여, 엘리의 침대도 풍뚱하게 만들어 주었다. 오늘 밤 일을 마친 엘리가 이불 위로 풍덩 뛰어들고 싶은 기분이 들 수 있도록 말이다.

꼼꼼하게 이불을 정리한 케니스는 잠시 창문을 열어 환기를 시키는 것도 잊지 않았다.

슬쩍 하늘을 올려다보니 어느새 태양은 가장 높은 곳에서 살짝 기울어져 있었다.

그 뒷모습을 바라보던 엘리는 주름진 손끝으로 보드라운 이불의 표면을 살살 쓸어 보았다.

따뜻하다.

햇살과는 조금 다른 기운이 돈다. 마법이 주는 온기일까. 새로웠으나 낯설지 않았다. 이상한 일이다. 평생 마법을 가까이해 본 적은 없었는데.

아, 깨달았다. 오늘 새벽, 싸늘한 기운을 느낀 엘리에게 케니스가 나누어 주었던 열기가 마침 이런 느낌이었다. 아침에는 놀란 나머지 따뜻하다는 것 외에는 아무것도 알지 못했는데.

이렇게…… 이렇게 상냥한 마법이었구나.

엘리는 케니스가 어째서 역사상 가장 위대한 마법사라 불리는지 조금은 알 것 같은 기분이 들었다.

그의 마법에는 감정이 깃들어 있었고, 감정을 가졌다는 것은 곧 살아 있다는 것을 말했다.

그의 마법은 그 자체만으로 하나의 생명인 것이다.

그는 그 위대함을 엘리의 낡은 이불에도 아낌없이 나누어 주었다.

아마 엘리뿐이 아닐 것이다. 그의 주변에 있는 그 누구에게도 이런 친절을 베풀 것이리라. 아무런 대가도 바라지 않고.

엘리는 바람에 흔들리는 그의 로브를 바라보며 어느 한순간을 떠올렸다. 케니스가 알고 싶어 했던 그 '문제'가 담긴 순간 말이다.

「엘리, 있잖아요! 마탑의 케니스가 그러는데, 사랑이라는 건 그 사람이 바라는 일을 해 주는 거라고 했어요.」

「그 제대로 된 말씀의 출처가 마탑의 케니스란 말입니까?」

「그럼요. 케니스는 얼마나 어른스럽고 좋은 남자인데요.」

「아뇨.」

「예?」

「……아닙니다. 전하께서 그렇게 생각하신다면 그런 자이 겠죠.」

「엘리도 케니스와 조금 더 가까이 지내면 분명히 좋아하게 될 거예요.」

영특한 황태자 전하께서 이번에도 옳으셨다. 그리 생각한 엘리는 케니스에게 다가갔다.

"축하드립니다, 마탑의 케니스."

"엉?"

케니스가 당황하여 돌아보았고, 그녀는 항상 간직하고 있었던 작은 상자를 그에게 내밀었다.

"합격입니다."

케니스는 그녀가 내미는 상자를 물끄러미 바라보다가, 다시 엘리를 쳐다보았다.

"정말?"

"예."

"어, 무, 문제가 뭐였는데?"

"그건 제 입이 찢어져도 말씀드릴 수 없습니다."

왠지 문제를 말하면 저 촐랑거리는 마법사의 잘난 척을 보아야 할 것 같으니 말이다.

"설마……."

케니스의 시선이 이불을 향했다. 빈틈없이 아름답게 정돈된 이불 말이다.

"저거였어?"

"그렇게 생각하셔도 좋습니다."

다행히 케니스는 그 이상 캐묻지 않았다. 그리고 그녀가 내민 상자를 받아 들었다. 손바닥에 쏙 들어올 정도로 작디작은 검은 상자.

"꼭 반지 상자 같군요."

엘리가 그리 말했다. 어쩌면 그럴지도 모르겠다. 반지는 결혼식에 필요한 것이고, 이 상자는 반지를 넣기에 적당한 크기였다.

"글쎄."

케니스는 아무런 장식도 없는 새까만 상자를 물끄러미 바라보았다.

이것이 그가 모르는 '클라렌스의 소중한 것'이다.

심장이 뛰기 시작한다. 그가 미처 깨닫지 못한 클라렌스의 일부를 쥐고 있다는 느낌 때문일지도 몰랐다.

태양의 각도가 살짝 기울어져 창가에 강한 빛이 들었다. 그것을 신호로 하여 케니스는 조심스레 상자를 열었다.

"……."

새카만 보석이 태양을 머금었다.

그러나 그것이 아름답게 빛나는 일은 없었다. 보석에 점철된 새카만 핏물 자국 때문이다.

검은 보석, 독수리 장식 그리고 차마 지워 내지 못한 핏자국.

케니스는 아무 말도 하지 못한 채, 그것을 물끄러미 내려다보았다.

이것은 공작가 기사단의 증표.

그리고 이 증표는 클라렌스의 것이 아니라…… 아마.

한순간 그의 주변으로 차가운 겨울이 찾아왔다. 서쪽의 그림자였다.

「넌 공작님을 구할 거야.」

케니스는 이제야 클라렌스의 소원을 깨달았다. 그리고 동시에 절망했다.

이 세상의 어떤 권력자나 축복은 물론, 아무리 대단한 마법사가 있다고 하더라도.

그녀의 소원은 이루어질 수 없을 것이다.

영원히.

공작령에 도착한 클라렌스는 꽤 정중한 대접을 받았다.

물론 모두가 그녀를 환영하는 것은 아니었다. 일부 사람들은 어렴풋한 적의를 보였는데, 생각해 보면 당연했다. 주인을 지키지 못한 기사가 어찌 곱게 보일까.

클라렌스는 제 곧은 등에 그 뾰족한 시선이 닿는 것이 좋았다. 레이놀드가 훌륭한 공작으로서 활약하는 것과는 별개로, 아직 전대의 공작님을 그리워하는 사람이 이렇게나 존재한다는 것이. 그 훌륭함을, 완고함을 기억하는 사람들이 있다는 것이.

"혼자서도 괜찮으시겠습니까?"

레이놀드의 사촌이 된다는 젊은 청년이 공작령의 지도에 검은색 동그라미를 쳐 주며 그리 물었다. 클라렌스는 잠시 그 새카만 원을 들여다보다가 고개를 끄덕였다.

"예, 지도를 보는 것은 익숙하니까요."

"그야……. 물론 그러시겠지만요."

"위치를 알려 주셔서 감사합니다."

"전대 공작님이 계신 곳인 걸요. 홀턴 님께는 당연히 알려 드려야지요."

청년은 그리 말하며 악의 없이 웃었다. 선량한 미소가 레이놀드와 아주 닮은 이였다.

"혹시 필요하다면 가져가실 꽃을 준비해 볼까요?"

클라렌스는 고개를 저었다.

"거울 호수를 지나는 길에, 보라색 꽃을 꺾어서 가져갈 생각입니다."

"아, 등갈퀴 말씀이시군요."

"등…… 갈퀴요?"

"예, 거울 호수 곁에 피는 보라색 꽃이죠. 점점이 끝도 없이 피어나는 모습이 장관이라, 외국에서도 여행을 올 정도입니다!"

그는 두 눈을 반짝일 정도로 자랑스럽게 외쳤지만, 곧 곤란한 얼굴을 했다.

"그, 그런데 그게 여름꽃이라, 아마 지금은 아무것도 없을 겁니다."

"아……."

클라렌스는 작게 입을 벌린 채 무어라 대답하지 못했다. 꽃에도 자기 시간이 있다는 것을 잊고 있었다.

"시, 실망하지 마세요! 그래도 거울 호수는 계절과 상관없이 아름다우니까요."

"괜찮습니다. 실망…… 하지 않았습니다. 염려해 주셔서 감사합니다."

클라렌스는 차분하게 대답한 후에 지도를 접어 품에 넣었다.

"그럼, 이만 출발하겠습니다. 달이 뜨기 전에는 돌아오겠습니다."

그녀는 허리를 깊이 숙여 인사하고는 발걸음을 서둘렀다. 사람의 발길을 따라 닳아 버린 돌계단을 몇 번이나 빙글빙글 돌아 내려가니, 마침내 바깥이 나왔다.

성벽의 좁은 계단에서 빠져나왔다는 일탈감에 그녀는 일단 깊게 호흡했다. 숲 향기로 가득한 아침 공기가 참 달았다.

하루를 준비하는 사람들이 성 주변을 분주하게 뛰어다녔다. 벌써 오전 일과를 마친 병사들이 기진맥진하여 휴식하는 모습도 보였다.

'사람들도 이렇게 자기 일정이 있는데…….'

자연에 순응하는 꽃 역시 피고 지는 것에 일정이 있는 것은 당연했다.

'지금이 가을이니까, 앞으로 일 년이 조금 안 되는 시간을 기다리면…….'

공작님께서 전쟁터에서 그렇게나 자랑했던 풍경을 볼 수 있을 거다.

'나도 참, 매정하기도 하지.'

공작님께서 돌아가시고 꽤 오랜 시간이 흘렀다. 그 사이에는 여름도 몇 번이나 있었다. 어쨌든 지금은 다음 여름을 기다리는 것밖에는 방법이 없었다.

클라렌스는 시내를 지날 때 잠시 서점에 들렀다. 적당히 읽을 이야기책을 하나 고르고, 주인에게 양해를 구하여 식물도감을 열람했다.

등갈퀴 꽃을 찾자, 간단한 설명이 적혀 있었다. 여름에 핀다든가, 한 넝쿨에 여러 작은 꽃이 연달아 피어난다든가 하는 것 그리고 꽃말이 있었다.

'용사의 모자.'

그것을 읽은 클라렌스는 그만 풋 하고 웃고 말았다. 자연스레 그녀가 맡겨 두고 온 모자가 떠올랐기 때문이다.

책값을 치른 후에는 마실 물과 하얀 빵 그리고 치즈를 샀다. 빵집 주인이 산에 간다면 초콜릿을 가져가라고도 말해 주어서, 달콤한 초콜릿도 몇 개 가방에 꾹꾹 밀어 넣었다.

곧 빵집 앞에 있던 수레 앞에서 한 중년 여성이 작은 종을 울렸다.

"출발합니다! 출발합니다! 겨울산에 가실 분은 서두르세요!"

그녀가 주변을 둘러보며 소리를 지르기에, 근처에 있던 몇 명의 관광객들이 그 수레 위로 훌쩍 뛰어올랐다. 클라렌스도 가방을 닫고 수레에 오르는 줄에 합류했다.

"한 분이세요?"

수레 위에서는 작은 사내아이가 손님들의 안내를 도왔다.

"그래."

"성함을 알려 주세요."

"홀턴."

"오늘 돌아오시죠?"

"응."

"돌아오실 때는 해가 저쪽 산자락에 닿을 때, 그리고 산자락 너머로 완전히 넘어갔을 때. 이렇게 두 번 여기로 돌아오는 수레가 있어요. 늦으시면 안 돼요?"

아이는 클라렌스의 눈매나 얼굴형을 유심히 바라보며 기

억을 해 두려고 노력하는 듯했다.

아마 약속된 시간까지 클라렌스가 수레를 타러 오지 않으면, 치안대에 실종 신고라도 해 주려는 모양이다.

참 세심한 수레 사업이네.

클라렌스는 명시된 금액보다 조금 더 큰돈을 아이에게 쥐여 주었다. 소년은 배시시 웃으며 좋아했고, 금방 탑승한 다른 단체 손님을 맞이하러 갔다.

수레는 금방 관광객으로 가득 찼다. 커다란 수레가 느릿느릿 출발했다. 수레에는 꽃이나 화려한 리본으로 장식되어 있어서, 관광객 기분을 내기에는 마침 좋았다.

클라렌스의 곁에 앉은 노부부가 "임금님이 된 것 같네."라며 껄껄 웃기도 했다.

맞은편에 앉은 청년은 새벽에 구워 왔다는 손톱만 한 나무 열매를 하나씩 나누어 주었다. 온기가 남아 있는 열매는 아주 고소했다.

이제 노부부가 사과를 꺼냈다. 미리 잘라 온 사과는 조금 누렇게 변했지만, 아주 아삭거리고 달았다.

그에 대한 답례로 다른 아가씨가 파이 상자를 열었고, 그 옆에 앉은 아주머니께서도 작은 열매를 꺼내 들었다. 클라렌스도 빵집 주인이 권해 주었던 초콜릿을 나누어 먹었다.

서로 모르는 관광객들이 수레에서 대단한 연회를 벌이며 친해지는 동안, 수레를 끄는 네 마리의 말은 관광객들을 안전하게 산자락까지 데려다주었다.

간식을 먹으며 의기투합한 사람 중 몇 명은 함께 산길을 올랐다.

클라렌스에게도 커다란 청년 하나가 새빨개진 얼굴을 하고는 다가왔다.

"저, 저…… 혼자 오셨습니까?"

차분하고 낮은 목소리는 충분히 조심스러웠다.

"예."

"초면에 이런 말씀을 드리는 것이 실례라는 것은 알지만……."

남자는 잠시 머뭇거리더니, 곧 결심을 굳힌 얼굴로 클라렌스를 바라보았다.

"저와 함께 가지 않으시겠습니까?"

"……예?"

이제 남자는 귀 끝까지 붉어진 모습이 되었다. 커다란 덩치 때문에 조금 귀여워 보이기도 했다.

"저…… 이상한 사람은 아닙니다."

그는 부탁하지도 않은 신분 패를 꺼내 들었다. 보아하니 마탑의 젊은 수련생인 모양이다.

"마탑에 속한 분이시군요."

클라렌스가 단번에 알아보자, 그는 놀란 얼굴을 했다.

"로브를 입지 않으면 보통 모르시던데, 알아보시는군요."

그야 케니스의 신분 패에도 같은 모양이 남아 있으니 당연히 알았다.

물론 그의 경우에는 그 얼굴이 신분 패의 역할을 하고 있으니, 거의 쓸 일은 없었지만 말이다.

"예, 마탑과는 조금 인연이 있어서요."

"마법사셨습니까? 어쩐지 어디서 자주 뵌 것 같다는 생각이 들어서……. 혹시 우리 어디에서……?"

"아뇨, 서점에서 일하는 사람일 뿐입니다."

"아, 지식의 수호자셨군요."

그는 이제야 알겠다는 듯 씩 웃었다.

"저는 마탑에서 필요한 실험 재료를 채집합니다. 어디든 다니기 때문에, 산에는 익숙한 편이고……."

그는 제 자랑을 하는 것이 부끄러운지 말끝을 흐리며 괜스레 제 볼을 긁었다.

"같이 가 주신다면, 꽤 쓸모 있는 안내자가 될 수 있을 겁니다."

"제의는 감사합니다."

클라렌스는 품에서 지도를 꺼내 들었다.

"하지만 제게는 이미 훌륭한 안내자가 있습니다."

"그러시군요."

마법사는 몹시 아쉬워하는 얼굴을 하기는 해도, 재차 일행이 되자는 권유는 하지 않았다.

"그럼 좋은 여행을 하시길 빕니다."

"예, 찾으시는 재료를 금방 얻으시길 바랍니다."

"언젠가 서점에서 다시 뵙게 되면 좋겠군요."

그리 말한 마법사는 "아니, 아닙니다. 죄송합니다."라고 중얼거린 뒤에 얼른 사라졌다.

이쯤 되니, 아무리 둔한 클라렌스라도 그가 어떤 생각으로 동행을 권했는지 알 것 같았다. 그녀에게 작은 호감을 느끼게 된 것일 터다.

'케니스가 알면 난리가 나겠는걸.'

클라렌스는 가능하면 케니스와 함께 있을 때, 저 마법사와 마주치지 않기를 기도했다. 아니 마주치더라도 그녀를 알아보지 못하기를 빌었다. 저 성실한 마법사의 신체적, 정신적, 마법적 안녕을 위해서 말이다.

클라렌스는 거울산의 낮은 봉우리에 올랐다. 시야가 트인 곳에 서자, 멀리 호수가 보였다. 아니 호수가 아니라 하늘이 보였다.

거울 호수는 그 이름 그대로 표면과 마주한 세상을 거울처럼 선명하게 그려 내고 있어서, 꼭 땅 위에 하늘이 맺혀 흐르는 것처럼 보였다.

클라렌스는 고개를 들었다. 이제 아슬아슬한 모양으로 세워진 절벽이 보였다. 거대한 암석의 사이로 가느다란 물줄기가 아찔하게 떨어져 내렸다.

클라렌스는 봉우리의 정상에서 쉬어 가기로 했던 계획을 수정했다. 빨리 호수 근처에 가고 싶어서 참을 수가 없었다.

내리막길에서 서두르는 것은 위험하지만, 그녀는 시간제한을 둔 작전이라도 수행하는 것처럼 달리게 되었다. 때때로 균형이 무너지거나 미끄러졌지만, 나무나 덩굴 따위를 붙잡으며 안전하게 내려왔다.

어느새 태양은 가장 높은 곳을 지나고 있었다. 목이 말랐으나, 가방을 열어 물을 마실 틈도 없었다.

마침내 도착한 평지 구간. 그녀는 숨이 차오르도록 달려 나갔다. 좁은 비강으로 호흡도 함께 내달렸다. 곧 심장이 빠르게 뛰었고, 지금까지 꼭 다물어 있던 그녀의 입술이 터지듯 벌어졌다.

벌어진 입술로 다급한 호흡이 시작되었다. 어쩌면 지친 걸지도 몰랐다. 하지만 마른 풀을 밟는 소리는 조금도 느려지지 않았다. 아니 도리어 더욱 다급해졌다.

이제 태양이 호수와 얼굴을 마주했다. 잔잔한 표면에서 하얀빛이 반사되어, 클라렌스는 두 눈을 찌푸렸다. 온 세상에 하얗게 된 것만 같았다. 불분명한 시야 속에서 그녀는 새카만 어떤 것을 찾아냈다.

클라렌스는 일순 그것이 검으로 보였다. 물론 그럴 리는 없기에 몇 번 눈을 깜빡였다.

때마침 두꺼운 구름이 태양 위로 흘러 커다란 그림자를 드리웠다. 강한 빛이 앗아 갔던 이 세상의 색채가 순식간에 제자리로 다시 돌아왔다. 다소 어둠을 먹기는 했지만 말이다.

클라렌스는 다시 고개를 들었다. 멀게만 보였던 새카만 것과 그녀는 어느새 열 걸음 정도의 거리만 두고 있었다.

탁. 이제야 영원히 서지 않을 것 같았던 두 다리가 멈추었다. 아니, 어쩌면 차마 그 이상 다가갈 수 없었던 것일지도 모른다.

그것은 검이 아니었다. 새카만 돌을 십자 모양으로 조각하여 세워 둔 것뿐이었다.

십자 모양을 택한 것은 아마 검과 가장 비슷한 형태를 이기 때문일 것이다. 돌에는 그 아래 묻힌 그리운 인물의 이름이 적혀 있었다.

굳어 버린 것처럼 서 있던 클라렌스는 두어 걸음 앞으로 나아갔다.

사락 사락.

마침내 검은 비석과 가까워졌고, 그녀는 그 앞에 무릎을 꿇었다.

제프리 스펜서. 까만 돌에 새겨진 것은 그의 이름이 전부였다. 이따금 비석에 제 업적이나 가족의 이름을 새기는 자도 있다고 들었으나, 그는 그리하지 않았다.

그러나 클라렌스는 여기에 새겨진 그의 영광이 조금이라도 부족해 보이지 않았다.

그는 그 이름만으로 충분한 사람이다. 오히려 다른 사족이 달라붙었다면, 그 이름에 걸린 영광이 퇴색되었을 것이다.

클라렌스는 용기를 내어 비석의 표면을 쓸어 보았다. 차갑다. 봉우리 사이를 수없이 지나는 매서운 바람이 걸려 있기 때문일지도 모르겠다.

"……춥지도 않으십니까."

저도 모르게 그런 말이 흘러나왔다.

"따듯한 곳도 많았을 겁니다."

클라렌스는 공작령을 여행하며 보았던 수많은 풍경을 떠올렸다. 아름다운 평야, 양지바른 자리.

"평화로운 곳도 많았을 겁니다."

이렇게 쉼 없이 흔들리는 차가운 바람의 길목이 아니라도 말이다.

"……그런데도 여기를 택하셨던 거군요."

클라렌스는 비석을 짚은 채 먼 곳을 향해 고개를 들었다. 그분이 자랑했던 호수와 절벽이 한눈에 들어왔다. 높은 봉우리에서 볼 때도 꽤 감동했지만, 이렇게 낮은 시야로 바라보니 또 다른 느낌이 들었다.

봉우리와 하늘을 전부 담은 거울 호수는 더욱 넓어 보였고, 절벽은 닿을 수 없이 높아 보였다.

그녀는 시간과 자연이 빚어낸 커다란 풍경을 바라보다가 한 가지 사실을 떠올렸다.

죽은 사람의 몸은 바스러진다. 인내심이 깊은 흙은 느리지만 확실하게, 공작님을 이 고요한 영원의 일부로 만들어 줄 것이다.

"이 풍경이…… 되고 싶으셨던 거군요."

클라렌스는 거친 비석을 꾹 짚었다. 이 표식을 찾아 여기까지 왔지만, 그건 아무런 의미도 없었다. 어떤 대답이나 해답도 구할 수 없었다.

사실 이번 공작령행에서 바란 것은 공작님이 사랑했던 풍경이 아니었다. 그분의 몸이 녹아든 자연도 아니었다. 그 영광을 기리며 세워 둔 비석은 더더욱 아니었다.

그냥. 뭐든 좋으니까.

"단 한마디만……."

이 풍경처럼 아름답지 않아도 좋았다. 빌어먹을 거지새끼라는 욕설이라도 이보다 더 찬란할 것이다.

아니 말이 되지 않아도 좋았다.

그 마지막의 마지막 숨이 아직 그에게 남아 있어서, 그 숨결이나마 만져 볼 수 있다면.

그마저 어렵다면 그냥 그 모습이라도, 어떤 모습이라도 보고 싶었다. 욕심 어린 생각은 다양한 과거를 멋대로 헤집었다. 순서도 없이.

「쓸데없이 진지한 눈이 짜증 나도록 똑같아. 분명 그 답답한 성정도 비슷하겠지.」

「이긴 것은 너다. 그러니 얼굴을 보여라.」

「그걸 나한테 말해도…… 아니, 꼭 말해 주게. 궁금하니까 말이야.」

「……춥지도 않으냐…… 이 녀석아.」

「클라렌스 홀턴.」

「클라렌스 홀턴!」

다시는 누구에게서도 듣지 못할 그 소리가 귓가에 사무쳤다. 그 억양과 호흡이 여전히 선명했다. 아마 영원히 선명하리라. 다시는 듣지 못한다고 해도.

클라렌스는 결국 새카만 비석 위로 무너지고 말았다. 까맣고 거친 비석 위로 고요한 눈물이 흘러내렸다. 굳은살이 가득한 손으로 그 비석을 끌어안았다.

죽은 이의 자리에 어째서 비석을 세우는지 이제야 깨달았다. 그 마지막 자리에서, 이마저 끌어안지 못하면 산 사람이 버티지 못하기 때문이리라.

잠시 바람이 멎었다. 잠잠해진 호수 위로 오직 태양만이 움직였다. 소리가 사라진 시간은 조금 길어졌다.

클라렌스는 멋대로 몸을 기댄 비석과 떨어졌다.

제 눈물이 음각으로 새겨진 공작님의 이름에 맺혀 있기에 얼른 소매 끝으로 그 눈물을 지웠다.

그리고 다시 보니 비석 전체가 그녀의 눈물을 먹고 얼룩 덜룩했다. 뒤늦게 소매로 문지르고 닦아도 그 자국은 사라지지 않았다.

이것을 지우는 것도 시간과 바람 그리고 햇살에 맡겨야 하는 걸까.

다행히도 다시 바람이 불었다. 비석에 붙은 미련한 눈물을 마르게 해 줄 거다. 무거운 구름도 바람에 밀려나 품었던 태양을 내어놓았다.

클라렌스는 시커멓게 된 소매를 비석에서 떼어 내며 제 한심함에 한숨 쉬었다. 눈물을 지우는 간단한 일도 제대로 해낼 수 없다니.

그녀는 차가워진 손끝으로 제 얼굴에 드리운 긴 머리카락을 쓸었다. 그리고 얼핏 움직인 시선 끝에서 한 인영을 발견했다.

그녀는 그대로 상대를 바라보았다.

그는 가깝지도 멀지도 않은 거리에 선 채, 그녀를 기다리고 있었다. 아마 꽤 오랫동안 그 자리에 서 있었을 거다. 차마 다가오지도 못한 채.

그의 손에는 그녀의 소중한 겨울 모자가 들려 있었다. 작은 시집의 모서리도 있는 것으로 보아 그녀가 맡긴 마지막 물건까지 모두 찾은 것일 터다. 공작가의 전통에 따라서 말이다.

"……미안."

클라렌스는 그에게 들리지 않을 목소리로 사과했고, 그제야 케니스가 한 걸음씩 가까워지기 시작했다.

"클라렌스 홀턴."

그가 그녀의 이름을 불렀다. 그 억양과 호흡은 공작님의 것과는 달랐으나, 이것 역시 세상에 하나뿐이다.

클라렌스는 아프게 웃었다. 하나뿐이라는 것은 이렇게 무서운 것이로구나, 하는 생각에 말이다.

"케니스 어윈."

하지만 그녀 역시 그에게 하나뿐일 호흡과 억양을 전하며 일어섰다. 가까워진 두 사람이 마주 섰다.

"이 땅의 오랜 약속에 따라서, 네가 정한 세 가지를 모두 찾아왔어."

"……응."

케니스는 앨런 마티아의 시집을 건네주었다.

"신전에 맡겼지? 우리의 이름과 함께 말이야."

"응, 케니스라면 봉인어를 바로 알아줄 거로 생각했어. 어렵지 않았지?"

"어, 어?"

"설마 어려웠어?"

"그, 그럴 리가 있냐! 당연히 바로 외쳤지."

케니스는 제 뻔뻔한 거짓말이 들키지 않도록 서둘러 다른 이야기를 꺼냈다.

"그보다 그 꼬마가 정식으로 사제가 되었더라."

"테미안이?"

"그으래. 네게 첫 축복을 내려 줄 거야."

"새 사제님의 첫 축복을 받는 건 굉장히 영광된 일인데."

"네게 축복을 내리는 것두 아주 영광된 일이고 말이야."

케니스는 히죽 웃으며, 따듯한 모자를 클라렌스의 머리 위로 씌워 주었다. 클라렌스는 바람을 막아 주는 소중한 모자를 살살 만져 보았다. 부드러워서 마음이 녹아내릴 것 같았다.

"근데, 너 황궁 기사단이 단체로 미쳐 돌아가는 거 알고 있었냐?"

"흰둥이들이 제정신을 유지하는 일은 거의 없어. 정신머리가 아주 나약하거든. 하지만 우리 공작가의 기사단은 다르지."

클라렌스는 묘하게 잘난 척하는 얼굴이 되었다. 어쩌면 공작님의 곁이라 더욱 그랬는지도 몰랐다.

"와, 나 진짜. 그놈들이 모자를 둘러싸고 열을 짜는데, 진짜 단체로 미친 게 아닌가 싶었다. 뭐라더라, 단장의 레이디?"

"레이디 모자?"

"그래, 그거! 모자 하나에 다들 목숨을 걸고 있더라. 망할 모자주의자들."

"그야 이건 아주 좋은 모자니까."

"대체 네 동생은 어디서 이런 모자를 사 온 거지?"

"클리브는 좋은 물건을 고르는 능력이 있거든."

"만능 미남 하인 같으니!"

케니스는 툴툴거리며 조금 삐뚤어진 클라렌스의 모자를 예쁘게 고쳐 씌워 주었다. 귀로 바람이 들지 않도록 꼼꼼하게 말이다.

"아, 그리고 네 술친구도 만났어."

"아일린 윌킨스 양?"

"그래, 그 굉장한 녀석."

"윌킨스 경의 훈련을 수십 년이나 감당해 낸 사람이 평범할 리는 없지."

"내게 맹세를 시킬 정도였다니까."

"맹세?"

"그래, 나중에 그 녀석이 지정한 누군가를 우리가 도와야 해. 이 모자를 순순히 받은 대가로 말이지."

클라렌스는 잠시 무언가를 생각하는 얼굴을 하더니, 제 턱을 문질렀다.

"아무리 아일린 양의 부탁이라고 해도 쓰레기 같은 자식은 돕고 싶지 않을 것 같은데."

"어, 나도 그렇게 말했더니, 우리가 봐서 쓰레기 같은 자식이면 돕지 않아도 된다더라."

"나는 눈이 꽤 높은데."

"내 눈은 낮은 줄 알아?"

"결혼할 사람은 조금 더 깐깐하게 골라야지, 케니스."

"깐깐하게 골랐어! 대체 언제까지 이런 말로 날 놀릴 거야?!"

그야 이런 반응이 나오지 않게 될 때까지 계속 놀리게 될 것 같다.

클라렌스가 이제야 쿡쿡 웃기에, 케니스는 그 웃음이 멎을 때까지 조금 기다렸다. 아니, 웃음이 전부 사그라진 뒤에도 그는 마지막 물건을 전해 줄 수가 없었다.

시커먼 피가 달라붙은 공작가 기사단의 배지. 이것에 대해서는 익히 들어 알고 있었다.

그들이 서쪽에 함께 갔던 그때. 공작님이 계시던 그 마을에서, 클라렌스가 주웠던 것이라고 했다. 어느 기사의 것인지 모르지만, 그녀는 그것을 늘 소중하게 간직했다.

이제 그것은 그녀가 속했던 기사단 모두를 상징하게 되었다. 공작님은 물론 시몬 클립톤이나 썸머에 이르기까지.

"……케니스."

그가 상자를 쥔 채 어쩌지도 못하자, 결국 클라렌스가 먼저 손을 내밀었다. 케니스는 그 위로 소중한 상자를 조심스레 놓아두었다.

그녀는 상자를 열어 내용물을 확인했다. 믿을 만한 사람에게 맡겨서 불안하지는 않았지만, 그래도 살피고 싶었다.

확인을 마친 그녀는 다시 케니스를 바라보았다.

그는 살짝 얼굴을 찌푸리고 있었는데, 그건 어떤 표정을 지어야 할지 모를 때마다 나오는 습관이었다.

"미안해. 이걸 찾게 해서."

실은 마지막까지 고민했었다. 케니스가 찾을 물건에 이것을 포함해도 좋을지. 그의 마음에 남은 깊은 상처를 건드리게 될 테니까.

그녀의 사과에 케니스는 애써 웃었다. 그리고 몸을 돌려 공작님의 비석 앞에 앉았다.

"뭐."

그는 비석에 새겨진 공작의 이름과 그 곁을 지나는 클라렌스의 눈물 자국을 물끄러미 바라보았다.

"괜찮아."

그다음에는 제 곁에 선 클라렌스를 올려다보았다.

"공작가의 이름이 붙어 있는 전통에 진심을 담지 않는다면······."

"······."

"내가 아는 클라렌스 홀턴이 아니지. 안 그래?"

"진심이었어, 세 가지 전부."

"아주 잘했어."

그는 히죽 웃으며 자리에서 일어섰다. 이제 전통이 정한 모든 절차를 따랐다. 케니스가 약속한 시각 안에 그녀의 물건을 찾아서 가져다주었으니.

하지만 아무런 기적도, 그 어떤 놀라움도 일어나지 않았다.

생각해 보면 당연한 걸까. 여기는 현실이다. 이야기책의 세계가 아니다. 이미 흘러간 삶은 어떤 식으로도 돌아오지 않는다.

그러니 남은 사람들이 할 수 있는 일이란. 심장을 기댈 비

석을 세우거나, 그들의 말을 되새김질하며 잊지 않는 것뿐
이다.

"케니스."

"음?"

"……여름에도 여기에 다시 올까?"

그때면 공작령이 자랑하는 보랏빛 꽃이 수도 없이 피어날
것이다. 공작님이 그녀에게 보여 주고 싶었던 그 아름다운
여름꽃 말이다.

"언제든지 올 수 있어. 네가 바란다면."

넉넉한 대답에 클라렌스는 고개를 끄덕였다.

어느새 태양이 조금 기울었다. 시내로 돌아가는 마지막
수레를 타기 위해서 두 사람은 걸음을 서둘렀다.

손을 잡고 걸어가는 길은 홀로 달려왔던 것보다 훨씬 빠
르게 느껴졌다. 다행히 두 사람은 마지막 수레의 출발 직전
에 도착할 수 있었다.

스펜서 성에 돌아온 케니스는 한 가지 가설을 세우게 되
었는데, 공작가의 전통은 어쩌면 신랑의 소원을 들어주는
것이 아닐까 하는 것이었다.

거울산의 먼지를 깔끔하게 씻어 내고 나온 케니스의 앞에
그의 셔츠를 걸쳐 입은 클라렌스가 서 있었기 때문이다.

그러니까, 셔츠만!

"왜, 왜, 왜 네가 내 옷을 입고 있어!"

케니스는 욕실 벽에 등이 닿을 때까지 맹렬히 뒷걸음질을 치며 소리를 질렀다.

"아, 벗을까?"

클라렌스가 가슴께의 단추를 만지작거리며 답했고, 그는 다시 필사적으로 달려가 그 손을 붙잡았다.

"벗지 마!"

정말이지 이 위험한 아가씨를 정말 어떻게 하면 좋을지 모르겠다. 발을 홀딱 벗는 것도 견디기 힘들었는데, 대체 이 제는……!

"허락 없이 빌려서 미안해."

클라렌스는 긴 다리로 성큼성큼 걸어서 소파 위에 털썩 앉았다. 셔츠 자락이 아슬아슬한 선에서 팔랑거리기에 케니스는 아예 고개를 돌려 버렸다.

"그게, 내가 산에 간 사이에 공작 성의 하녀들이 내 옷을 전부 빨아 버렸나 봐."

그렇다고 해서 깔끔하게 씻고 나왔는데 더러운 옷을 다시 입을 수도 없었다.

"공작 성의 옷을 빌려준다고 했지만……."

클라렌스는 예전에 귀족 영애에게 옷을 빌렸던 기억을 떠올렸다. 아마 공작 성은 그때보다도 더 화려한 옷을 빌려줄 것이다.

"불편한 옷은 입고 싶지 않았거든. 허락도 없이 미안해. 하지만 허락을 구하고 입으려면……."

옷을 벗고 있어야 하니까. 조금 이상해 보일 것 같았다.

"일단 허락 없이 입은 건 잘했어."

"고마워."

클라렌스는 조금 헐거운 하얀 소매를 제 얼굴로 가져갔다. 보드라운 표면에서는 아주 좋은 향기가 났다.

"정말 편해."

"……나야말로 입어 줘서 고맙지만."

"응?"

"아, 아니. 내 옷이 편안하다고 여겨 줘서 고맙다고."

다소 마음의 안정을 찾은 케니스는 히죽 웃으며 마른 수건을 찾아들었다. 셔츠와 다리에만 정신이 팔려서 몰랐는데, 다시 보니 클라렌스의 머리카락이 아직도 축축했다.

그는 소파 뒤에 서서 엷은 금빛 머리카락을 조심스럽게 쥐었다. 가끔은 마법으로 순식간에 말려 주었지만, 그건 정말로 시간이 부족할 때뿐이다.

별일이 없다면 그는 이렇게 시간을 들여서 긴 머리카락을 말리는 것이 좋았다.

"조금 자르는 편이 좋을까?"

그에게 머리를 맡긴 클라렌스가 두 눈을 감은 채 물었다.

"그것도 좋지."

"아니면 이대로 둘까?"

"그것도 좋고."

무엇이든 좋다는 말에는 조금 웃음이 났다. 그녀가 웃는 동안 케니스는 머리카락 사이사이로 마른 수건을 문지르며 가볍게 마사지했다.

"되게 시원하다."

"기분 좋지?"

"응."

"책에서 배웠거든."

이렇게 좋아하는 얼굴이 보고 싶어서 말이다.

"나도 그 책을 읽을까?"

"읽지 마."

"왜? 나도 해 주고 싶어서 그러는데."

"……하지 마. 제발."

케니스는 물기를 머금은 머리카락 끝을 톡톡 두드렸다.

"내가 맡긴 물건을 찾는 일은 힘들지 않았어?"

"전반적으로 괜찮았어."

"그러고 보니 전하께 맡겨 놓은 것은 어떻게 찾았는지 이야기를 듣지 못했네."

"그건 좀 고생했지."

그는 수건을 멀리 던졌다. 수건은 허공을 팔랑이며 헤엄쳐서 의자에 턱 걸쳐졌다. 이제 케니스의 손에는 빗이 들렸다.

"오스윈 그 나쁜 놈이 그 상자를 엘리한테 맡겨 놨다니까!"

"엘리자베스 님?"

"그래! 그 깐깐한 엘리 말이야."

그는 굵은 빗으로 정수리부터 머리카락 끝까지 조심스레 쓸었다. 엉켜있던 머리카락이 부드럽게 사르륵 풀렸다.

"깐깐하긴. 상냥하신 분이잖아."

클러렌스는 그녀가 지었던 자애로운 얼굴을 떠올렸다.

"상냥하지만 깐깐하지, 아주 깐깐해. 그리고 똑똑하고."

"케니스의 입에서 똑똑하다는 말이 나오는 걸 보니, 엘리자베스 님께 뭔가 배운 모양이네."

"단단히 배웠지."

케니스는 그녀에게 배운 것을 자랑했다. 모두 행복한 생활에 도움이 되는 것뿐이었다.

"결국, 엘리가 낸 문제가 뭔지는 몰랐지만 말이야."

"음. 나는 왠지 알 것 같은데."

아마 엘리자베스는 케니스의 좋은 점을 발견했던 것이리라.

"이불을 뚱뚱하게 펴는 거? 나도 그렇게 생각했는데 역시 아닌 것 같단 말이지."

그가 엘리의 마음을 넘겨짚는 동안 클라렌스의 머리도 예쁜 모양으로 빗겨졌다. 그는 가지런한 머릿결을 바라보며 잠시 뿌듯한 얼굴을 했다.

"이제 내가 빗겨 줄 차례지?"

클라렌스는 소파에 무릎을 대고 돌아섰다. 이제 머리빗은 그녀의 손으로 넘어갔다.

그녀는 팔을 높이 들어, 부드러운 머리카락을 살살 빗어 넘겼다.

"언제 봐도 신기하단 말이야."

그의 은빛 머리카락 말이다. 클라렌스는 그 외에 이런 색을 가진 사람을 본 적도 없었다.

"네 머리카락도 아주 신기해."

"평범한 금발인걸."

"나는 색을 말하는 게 아니야."

그리 속삭인 그는 조금 쥔 달빛 머리카락에 키스했다. 언제나 단 냄새를 풍기는 신기한 머리카락이다.

"그렇게 움직이면 머리를 빗겨 줄 수가 없잖아."

"괜찮아."

달콤한 향기를 따라서 그의 입술이 부드러운 뺨과 가느다란 목덜미를 스쳤다. 클라렌스가 간지러운 기분에 몸을 비틀자, 그 순간에 얇은 셔츠 너머로 그녀를 쥐는 손길을 느꼈다.

"내 머리까지…… 다시 헝클어질 것 같은데."

"다시 빗겨 줄게요. 응?"

평소보다 정중한 말투다. 물론 다소 안달이 섞이긴 했지만. 아마 빠른 허락을 바라는 본능이 만든 말일까.

묘하게 귀엽네.

클라렌스가 고개를 끄덕이자, 허리를 감싸고 있던 커다란 손이 그녀를 훌쩍 들어 올렸다.

"케니스, 내가 걸어서 갈……."

"가긴 어딜 가."

그는 어느새 벌어진 셔츠 사이로 입술을 묻으며 그르렁거렸다.

"갈 시간 없어."

새벽, 클라렌스는 하얀 베개를 끌어안으며 빙글 돌아누웠다.

"있지, 케니스."

조금 전까지 붉은색으로 상기되어 있었던 뺨도, 가쁜 호흡을 뱉으며 어쩔 줄 몰라 하던 입술도 평소대로 돌아온 채였다.

"공작령에 거대한 나무숲이 있는 것 알고 있어?"

"뭐, 그야……."

그는 클라렌스를 향해 팔로 머리를 괴고 반쯤 누운 채, 그녀의 머리카락을 쓸어내렸다.

"책에서 읽긴 했지. 나무 사이에 서면 하늘이 보이지 않는다지?"

"맞아, 물론 조금은 보이지만 말이야. 거기에서 조금 더 올라가니까 양을 키우더라."

"아주 맛있겠는데."

"……귀여웠다는 말을 하고 싶었던 거였어."

"알아, 냄새는 지독하지만."

케니스는 웃으며 클라렌스의 볼을 꼬집었다.

"커다란 개가 양을 관리하더라."

"음, 개는 똑똑한 생물이지."

그래서 케니스가 가끔 개와 비슷한 모습을 보이는 걸까. 똑똑한 동지라서.

"양을 본 다음에는 뭘 봤어?"

"폭포를 지나갔어. 물이 잔뜩 튀어서 옷이 다 젖어 버렸고, 엄청난 소리에 귀도 먹먹했지."

"그렇게 큰 폭포였어?"

"어마어마했어."

"보아하니 내가 고생하는 동안 내 기사님께서는 신나는 관광을 하신 모양이네."

"응, 아주 재미있었어."

뿌듯하게 웃는 얼굴이 기특해서 케니스는 그 이마에 가볍게 입을 맞추었다.

"나도 보고 싶었는데 말이야."

"커다란 나무나 폭포 같은 것들 말이야?"

"그래, 그리고 맛있는 양과 그걸 바라보는 클라렌스 홀턴도."

그녀는 마음에 드는 풍경 앞에 가만히 서서, 두 눈을 천천히 깜빡였을 것이다. 그리고 제 마음에서 솟아나는 말까지 소중하게 기억에 새겨 두었을 것이다. 성실한 사람이니까.

"안내해 줄까?"

클라렌스의 제안에 케니스는 얼른 고개를 끄덕였다. 이런 매력적인 여행을 마다할 이유는 없었다.

"그럼 돌아가는 길에……."

"아니, 이번에는 마법진을 사용해서 돌아가야 해. 클리브가 수도에 도착할 때가 되었거든."

"아."

"제 누이가 수도에 없다는 걸 알게 되면, 클리브는 분명히 실망할걸."

실망할 사람은 클리브뿐이 아니다. 서점 어르신과 사촌 여동생 세실리는 물론 마을 아이들까지 모두 실망할 거다.

케니스는 클라렌스를 사랑하는 사람들이 그런 마음을 품게 되는 것을 바라지 않았다. 그러니 제가 기대하는 여행은 잠시 뒤로 미루어 두기로 했다.

"그럼, 결혼식이 끝나면 바로 출발할까?"

클라렌스의 제안에 케니스가 걱정스레 되물었다.

"괜찮겠어?"

"응, 겨울이 되면 거대한 나무숲의 가을 잎이 떨어져서, 내가 봤던 풍경이 사라질 것 같으니까."

그녀가 감탄했던 풍경을 그대로 보여 주고 싶었다. 환영이나 마법이 아닌, 실제의 모습으로.

"아으……."

케니스는 털썩 누워서 앓는 소리를 냈다.

"빨리 결혼하고 싶다, 진짜."

매일매일 이렇게 붙어 있을 수 있는 데다가, 여행까지 데려가 준다니. 행복해서 녹아 버릴 것이 분명했다. 하지만 그건 케니스가 진정 바라는 것이 아니었다.

"내가 아니라 네가 이렇게 행복해야 하는데."

"나는 행복한데?"

"그야 그렇지만."

마음에 걸리는 것이 있었다.

"네게는…… 소원이 있으니까."

케니스는 차마 '이룰 수 없는'이라는 수식어는 입 밖으로 낼 수 없었다.

"네 마음에 구멍이 만들어질까 봐 걱정이야."

차가운 바람은 언제나 그런 곳에 매달려서 좀처럼 사라지지 않았다.

"내 마음이 감기라도 들까 봐?"

클라렌스가 농담같이 던진 말에 케니스는 고개를 끄덕였다.

"그래, 네 마음이 감기에 걸려서 아프면 어쩌나 싶어서……."

그리 이야기하는 케니스의 마음이야말로, 이미 감기에 걸린 것처럼 아파 보였다. 클라렌스의 소원을 알게 된 이후로 줄곧 걱정했던 걸지도 모른다.

오늘따라 유난히도 뜨겁게 안았던 것은, 아마 어떻게든 그녀에게 제가 가까이 있다는 것을 알려 주고 싶었기 때문일까.

참…… 상냥하다니까. 정말로.

"케니스."

"음?"

"안아 줄까?"

클라렌스가 팔을 뻗으며 그리 묻기에, 그는 고개를 저었다.

"아니."

그는 이불 사이로 이제는 익숙해진 몸을 안아 당겼다.

"내가 안아 줄게."

서로가 맞닿은 곳부터 기분 좋은 온기가 시작되었다. 이렇게 심장이 가까이에 있으니, 차가운 바람은 그들의 마음에 스며들 수는 없을 거다.

그곳에 아무리 커다란 구멍이 생긴다고 하더라도 말이다.

공작 성의 숙련된 하녀 안젤라는 올해 여든에 가까워지는 나이에도, 여전히 이 넓은 성의 사용인들을 호령하고 있었다.

그녀가 직접 시중을 드는 것은 오직 두 부류의 사람뿐인데, 공작과 귀한 손님뿐이었다. 그러니 최근 그녀는 클라렌스의 시중을 들었다.

아침이 되자 그녀는 깔끔하게 세탁된 클라렌스의 옷을 손질했다.

이따금 마주치는 후배 하녀들이 그녀의 손을 대신하려고 했지만, 안젤라는 고개를 저었다.

귀한 손님의 옷이다. 조금이라도 준비에 부족함이 있다면 공작성의 명예에 누가 될 것이다.

안젤라는 클라렌스가 이 성을 조금이라도 더 좋아해 주기를 바랐다. 그리고 가능하면 자주 찾아오고 싶은 기분을 느껴 주었으면 했다.

옷 손질을 마친 안젤라는 현 공작, 레이놀드가 전해 준 정보를 떠올렸다. 그 정보를 토대로 하여, 안젤라는 두 사람이 행복해질 수 있는 아침 차를 준비했다.

그녀가 트레이를 끌며 붉은 카펫이 걸린 복도를 지나자, 다른 사용인들이 가볍게 고개를 끄덕여 존경을 표해 왔다.

손님 방 앞에서 멈춘 안젤라는 호흡을 가다듬고 가볍게 노크했다. 그리고 기다렸다. 그러나 대답은 들려오지 않았다.

'어제 거울산에 다녀오셨다고 했던가.'

클라렌스의 일정을 떠올린 그녀는 작게 고개를 끄덕였다. 몹시 피곤할 테니, 늦게까지 잠이 드는 것도 무리가 아니다.

그렇다면 손님께서 편히 휴식하실 수 있도록, 옷만 조용히 두고 가야겠다.

안젤라는 조심스레 문고리를 돌렸다. 고개는 깊이 숙인 채였다. 혹여라도 잠이 든 손님의 모습을 보지 않기 위해서였다.

그러나 벌어진 좁은 문틈 사이에서 어울리지 않는 향기가 흘러나와 그녀는 저도 모르게 고개를 들고 말았다.

넓은 손님방에는 수십 아니 수만 송이의 보랏빛 등갈퀴가 흩뿌려져 있었다. 바닥이 제대로 보이지 않을 정도로 한가득 말이다.

항상 침착한 안젤라도 이 광경에 놀랄 수밖에 없었다.

한여름, 가장 더운 날에만 피어나는 꽃이 어떻게 이곳에 이렇게나, 싱싱하게……

그리 놀라는 것도 잠시. 안젤라는 얼른 클라렌스의 옷을 제자리에 두고, 손님방을 빠져나왔다.

그리고 완전하게 닫힌 문 앞에서 깊이 허리를 숙였다.

"주인께 영광을……"

클라렌스 홀턴은 공작가의 사람이며, 어제 이 땅의 전통에 따라 세 가지 물건을 돌려받았다고 했다. 안젤라는 그 전통이 무엇을 위한 것인지 잘 알고 있었다.

"화려한 것을 좋아하시는 그 성정은 여전하시군요, 공작님."

그녀의 웃음 섞인 속삭임에 대답하듯, 문 너머의 꽃이 작게 흔들렸다. 물론 그 소리는 너무나도 미약하여, 안젤라에 귓가에 닿지는 못했다.

서쪽의 계절은 다소 극단적이었다. 겨울에는 살점이 떨어질 정도로 추웠다가도, 여름이 되면 몸이 녹아 사라질 것 같이 더웠다.

덕분에 병사들 사이에서는 종종 겨울이 좋으냐 혹은 여름이 좋으냐는 이야기를 하기도 했다.

물론 병사들의 선택은 대부분 비슷했다. 여름에는 다들 겨울이 좋다고 대답했고, 겨울에는 모두 여름이 좋다 말했다.

그리하여 지금은 그들이 그리도 손꼽아 기다려 온 여름이었다.

"와 진짜, 겨울에 발이 얼어서 감각이 없던 게 그리워질 줄은 몰랐네."

한 공작가의 기사가 멀리서 주워 온 커다란 잎으로 팔랑팔랑 부채질하며 불평했다.

"경. 그렇게 이야기하면, 겨울에 다시 동상에 걸릴지도 모릅니다."

클라렌스는 그의 조심성 없는 입을 타박했다. 예로부터 말에는 힘이 있다고 했으니까.

"하지만 정말 덥단 말이지. 덥다는 말이 만들어질 때만 해도 이렇게까지 덥지는 않았을 거야. 아주 인간을 푹푹 찌는데 이게 어떻게 그냥 더운 거람. 근데 내가 무슨 소릴 하는 거지?"

"헛소리."

가까이 다가온 시몬 클립톤이 나직한 목소리로 결론을 내려 주며, 그에게 수통을 건네주었다. 미적지근한 물이라도 마시면 나아질 것이라는 말과 함께.

"홀턴 경, 여기에 있었군."

"다녀오셨습니까."

"그래, 그나저나 마탑의 케니스는 좀 어떻지? 괜찮은가?"

케니스라는 말에 클라렌스는 곤란한 듯 웃었다.

그 미련하고 귀여운 마법사는 사람들의 더위를 해소해 준다며 이리저리 마법을 쓰며 돌아다니다가, 결국 본인이 열병에 쓰러지고 말았다.

"아직 쓰러져 있다고 들었습니다."

"내가 많이 걱정하더라고 전해 주게."

"그걸 제가 전해야 합니까?"

클라렌스가 의아해하며 묻자, 시몬은 당연하지 않냐는 얼굴로 대답했다.

"그럼, 그와 약혼한 자네가 아니라면 누가 전할 수 있지?"

아 참, 그렇지. 클라렌스는 고개를 끄덕였다.

"말이 나온 김에 상태라도 한 번 보고 오면 좋겠군. 자네가 바쁘지 않다면 말이야."

"알겠습니다. 공작님께 보고 후 잠시 다녀오겠습니다."

"자네들은 서로 잘 챙겨 주어야 할 거야. 두 사람 모두 주변을 먼저 살피는 경향이 있어서 걱정스러우니까."

시몬의 이야기에 클라렌스는 히죽 웃었다.

"어쩐지 덕담을 건네는 노인 같습니다, 클립톤 경."

"그야 나도 그대들을 축하하고 싶으니까 말이야. 어쨌든 빨리 가 보도록 해. 그가 마탑의 어린 마법사를 괴롭히고 있을지도 모르니까."

케니스는 절대로 어린 마법사를 괴롭히지 않는다. 하지만 클라렌스는 그 점을 지적하지 않았다. 아마 시몬 클립톤도 알고 있을 테니까.

자리에서 일어난 그녀는 시원한 나무 그늘에서 벗어나 더운 흙길을 타박타박 걸었다. 입에서 저절로 "덥다……."라는 말이 나올 때 즈음, 멀리서 작은 소년 하나가 발랄하게 달려왔다.

"홀턴 경!"

"썸머."

소년은 이마로 흐른 땀을 손등으로 닦아 내며 건강하게 웃었다.

"덥지도 않습니까?"

"괜찮아요. 썸머의 이름으로 더위에 진다면 아마 다들 절 비웃을 걸요?"

그건 그렇긴 하다. 게다가 실제로 썸머는 추위에 약하기도 하고.

"어디 가세요?"

"공작님께 허락을 구하러 가는 참입니다. 마탑의 케니스를 만나러 가는 중이거든요."

"아!"

썸머는 밝게 웃으며 손뼉을 쳤다.

"이야기 들었어요. 제가 마탑의 케니스를 이긴 거죠?"

그게 그렇게 되나? 케니스는 더위와의 전쟁에서 패배했고, 더위는 여름의 산물이니까.

"그렇군요. 썸머가 이겼습니다."

소년은 그게 그리 우스운지 깔깔 웃었다.

"그럼 이걸 여름의 패배자에게 전해 주세요."

그는 맑은 물이 든 수통을 건네주었다.

"지금 막 냇가에서 떠와서 시원할 거예요."

"하지만 썸머도 물이 필요할 겁니다."

그녀의 말에 썸머는 살살 고개를 저었다.

"저도 마탑의 케니스께 무엇이라도 드리고 싶어서 그래요."

"……그렇군요. 그렇다면 전해 드리겠습니다."

클라렌스는 소년이 건넨 수통을 제 허리춤에 묶어 두었다. 이제야 썸머가 만족스럽게 웃었고, 클라렌스는 공작님의 막사를 향해 몸을 돌렸다.

"축하해요."

문득 들려오는 느닷없는 소리에 뒤를 돌아보니, 썸머는 어느새 다른 병사들 사이로 사라진 뒤였다.

클라렌스는 그가 사라진 방향으로 고개를 꾸벅 숙였다.

"감사합니다, 썸머."

클라렌스는 땡볕을 부지런히 걸어 공작의 막사에 도착했다. 들어가겠다고 고하자 안에서 우당탕탕하는 소리가 들렸다.

"공작님!"

걱정스러운 마음에 뛰어 들어가니, 술병을 든 채 어쩔 줄 모르는 그녀의 주인이 보였다.

"……들켰군. 쳇."

그는 책상 위로 술병을 올려 두며 불만스럽게 중얼거렸다. 그 술은 공작이 아주 아끼는 것으로 정말로 술을 간절하게 원할 때 딱 한 모금씩만 마시는 것이었다.

몇 번인가 버르장머리 없는 기사들이 제발 술을 나누어 달라고 막사 앞에서 읍소했지만, 공작은 단 한 방울도 내주지 않았다.

"이런 더위에 술을 드시는 건 위험합니다. 술은 체온을 올리는 효과가 있습니다."

"어쩌 그 잔소리하는 모양새가 네 스승과 그리 똑같은 거냐?!"

"스승님께서 키워 내셨으니까요."

"흥, 널 기사로 키워 낸 것은 나다."

공작은 살짝 턱을 치켜들며 자랑스럽게 말했다.

"예, 저는 영원한 공작님의 기사입니다."

"그래, 그런데 왜 마탑의 망나니 따위가 내 기사의 옆에 서려고 하는 거지?"

"……그건."

"게다가 그 망나니가 하는 짓을 봐라. 내 소중한 기사를 데려가는 곳이 고작 낡아빠진 마탑의 한 칸짜리 옥탑방이라니!"

"두 칸입니다."

클라렌스는 방 구조를 떠올리며 그를 변호해 주었다. 하지만 그다지 효과가 있는 것 같지는 않았다.

"한 칸이나 두 칸이나 매한가지야!"

"그 말씀을 수도의 건물주들이 들었다면 모두 놀랄 겁니다. 한 칸과 두 칸은 그 보증금부터 다릅니다."

공작은 답답하다는 듯 제 심장 근처를 주먹으로 쿵쿵 두드렸다.

"다른 건물주의 마음 따위 알게 뭔가? 내 기사는 건물이 아니라 거리를 통째로 준다 해도 받지 않을 텐데!"

"이미 제게는 많은 것을 주셨습니다."

"그래, 네 이름 아래로 현금도 금도 주렁주렁 달아 놨지. 아마 재미나게 살 수 있을 거다."

공작은 여전히 아쉽다는 투였다.

"응? 얼마나 좋으냐. 여행도 다니고, 맛있는 것도 먹고 또 멋진 옷도 마음껏 사 입고……. 응?"

그의 회유에도 클라렌스가 별 반응을 하지 않자, 그는 조금 엄격하게 선언했다.

"어쨌든 마탑의 케니스는 안 된다. 아니 어떤 놈팡이가 와도 안 돼! 내 기사는 아무한테도 못 보내!"

"제가…… 그렇게 필요하십니까?"

"암, 필요하지. 그러니 정 결혼을 하고 싶거든, 나보다 훌륭하고 대단한 인물을 데려오도록 하여라."

"그런 인물은 어디에도 없습니다. 공작님."

그녀의 대답에 그는 비로소 흡족한 미소를 지었다.

"이럴 줄 알았으면 진즉에 마탑 할아범들의 혀를 전부 빼놓을 것을 그랬어. 혹시 그 노인네들이 네게 헛소리를 하거들랑 나를 대신하여 그 발칙한 혀를 모두 잘라라. 이건 명령이다."

공작님의 명령에 어찌 토를 달 수 있을까. 클라렌스는 심장 근처로 손을 올린 뒤에 가볍게 상체를 숙였다.

"예, 그리하겠습니다."

"마탑의 케니스도 예외는 없다. 헛짓한다면 잘라라. 그게 뭐든 전부 잘라 버려."

"자르겠습니다."

"그리고 거 반지가 그게 뭐냐. 마탑의 케니스에게 좀 큰 거로 하나 더 사라고 해라. 눈이 침침해서 쬐끄만 보석은 내 눈에 보이지도 않아."

"가장 큰 것으로 하나 더 구하라고 하겠습니다."

"그래, 그렇다고 하여 보석의 등급이 떨어진다면 공작의 성탑에 거꾸로 매달아 버릴 거다."

"틀림없이 전하겠습니다."

"그 좁아터진 방에 쑤셔 넣은 침대랑 옷장도 좀 새것으로 바꾸라고 하고."

"예."

"큰 거로."

"예, 큰 침대와 큰 옷장을 사라고 하겠습니다."

"무엇보다 네 마음에 들어야 해. 알고 있지?"

"깐깐하게 고르겠습니다."

"그래야 내 기사지. 그리고 네가 먹는 메뉴에 고기가 너무 적다고도 해라."

"고기 비중을 높이라고 하겠습니다."

"그래. 암, 그래야지."

고개를 끄덕인 공작은 책상 위에 올려 두었던 술병을 들어서, 잔을 가득 채웠다.

"자."

그가 술잔을 내밀기에, 클라렌스는 다소 머뭇거렸다. 쏟아질 듯 아슬아슬하게 찰랑이는 저 잔을 받아도 좋을지 알 수 없어서 말이다.

"……마셔도 됩니까?"

공작님이 가장 아끼는 술인데 말이다.

"내 기사를 진심으로 축복하는 지금이 아니라면, 대체 술은 언제 마시라는 거냐."

클라렌스는 떨리는 손으로 그가 건네는 잔을 받았다. 공작은 다른 잔에도 비슷하게 술을 채웠다.

"잘했다."

그는 잔을 들어 올리며 그리 말했다. 클라렌스가 의아하단 얼굴로 바라보니, 그는 기꺼이 웃으면서 설명해 주었다.

"무엇이든 말이다."

무엇이든 잘한다니. 어쩐지 훌륭한 부모가 어린아이에게 건네줄 것 같은 말이다.

그리고 공작은 그 '무엇이든'에 속하는 것을 들려주었다. 대단한 것은 없었다. 잊지 않고 숨을 쉬는 것이 장하다든가, 음식을 꼭꼭 씹어 먹는 것을 보면 역시 성실하다던가 하는 것들이었다.

사람이라면 누구라도 흔하게 하는 행동에도 그는 칭찬을
아끼지 않았다.

"잘했다. 정말로."

그리고 술잔을 부딪쳐 왔다. 함께 술을 마시자는 이야기
인가 싶어서, 클라렌스는 단숨에 술잔을 비웠다. 알싸한 감
각이 입안에 생생하게 감돌았다.

그 순간에 불쑥 떠오르는 것이 있었다.

거울 호수, 절벽 그리고…… 새카만 비석. 그 위에 새겨져
있었던 그리운 이름.

"공작……."

그녀가 덜덜 떨리는 목소리로 겨우 입을 열었지만, 공작
은 엄격한 얼굴로 고개를 저었다.

그 발언을 허락하지 않겠다는 의미였다. 그러니 그녀는
터질 듯 새어 나오려는 말을 억지로 삼켜야 했다.

"클라렌스 홀턴."

달래는 듯한 목소리가 들려왔다. 그리웠던 억양과 호흡이
가득 담긴 채.

그녀의 기억과 똑같은 소리로.

"예."

"클라렌스 홀턴."

"……예."

"나의 기사."

"예, 공작님."

"그래."

"⋯⋯공작님."

부름에 대답이 돌아온다는 것은 얼마나 놀라운 일일까. 얼마나 감사한 일일까.

"그래, 난 여기에 있다."

그 상냥한 대답에 심장이 턱 막히는 것 같은 기분이 들었다. 가쁜 호흡에 달콤한 향기가 섞이기 시작한 것도 이때부터였다. 무슨 향기일까. 조금 전에 마신 술이 남긴 걸까?

그녀는 그리 생각하며 느릿하게 두 눈을 깜빡였다.

가을 햇살이 보였다.

부드러운 햇살 아래에서는 여전히 좋은 향기가 흘렀다. 그러니 클라렌스는 자신이 여전히 꿈속에 있다고 생각했다.

마른 손등으로 눈물범벅이 된 얼굴을 쓸었고, 비로소 시야가 또렷해졌다.

클라렌스는 반쯤 기어가는 것 같은 모습으로 황급히 침대에서 내려왔다.

손을 뻗자, 싱싱한 꿈이라고 생각했던 향기가 그녀의 손에 붙잡혔다. 셀 수도 없이 많이.

그녀는 바닥에 앉은 채 제 주변을 찬찬히 돌아보았다.

전부 꽃이었다.

꽃길이었다.

"보석이 엄청나게 커요."

마차에 마주 앉은 안나가 은쟁반에 담긴 반지를 바라보며 새삼 감탄했다.

"응, 어르신들도 잘 보실 수 있는 크기를 구하느라 케니스가 고생했어."

합법과 불법을 아슬아슬하게 넘나들면서 말이다.

"마탑의 케니스께서 고생하신 보람이 있네요. 자, 이제 장갑을 끼워 드릴게요."

안나는 클라렌스의 손에 길고 보드라운 하얀 장갑을 끼웠다.

하얀 장갑, 하얀 드레스 그리고 하얀 구두. 완벽한 신부의 복장이지만 안나는 여전히 불만이 많았다.

"아무리 결혼식이라지만, 기사님께는 역시 검은색이 최고인데."

그녀는 미련을 버리지 못하고 가져온 새카만 드레스를 꼭 끌어안았다. 레이스를 아낌없이 사용하여 무척이나 화려하게 완성된 것이었다. 아마 웨딩드레스로서도 부족함이 없으리라. 그 색이 검은색만 아니라면.

"이 검은 드레스를 입은 기사님은 정말 아름다울 거예요. 누구나 결혼식에서는 원하는 드레스를 입을 권리가 있다고요!"

물론 클라렌스도 저 검은 드레스가 아주 마음에 들었다.

"그렇긴 하지만 전통도 중요하니까."

전통이라는 단어를 이야기하는 클라렌스의 얼굴에 배시시 미소가 걸렸다.

"최근에 기사님은 전통이라는 단어를 좋아하게 되신 모양이에요."

"왜?"

"자주 말씀하시기도 하고, 또 그리 말씀하실 때마다 이렇게 웃으시니까요."

"내가 그랬어?"

"네, 그러셨어요."

안나가 웃으면서 대답할 때, 마차가 신전 앞에서 멈추었다. 제법 일찍 도착했는데도 신전 주변은 아주 많은 사람으로 붐비고 있었다.

"클라렌스!"

그리고 신전 내부에서 경박하게 달려 나오는 남자가 있었는데, 그는 오늘의 신랑이 될 사람이었다. 그는 허락도 구하지 않고 클라렌스가 탄 마차 문을 벌컥 열어젖혔다.

"들어 봐, 클라렌스! 엘리가 지금 나한테 안경을 씌우려고……."

버럭 소리를 지르던 그는 클라렌스와 시선이 마주치는 순간에 얼른 입을 꾹 다물었다. 묘하게 시선을 돌리는 것을 보면 어째 부끄러워하는 것 같았다.

클라렌스는 그의 뺨을 쥐어 다시 저를 보게 했다.

"엘리가 어떻게 했다고?"

"저, 저기……."

그는 어색하게 시선을 돌리며 말을 더듬었다.

"……사람이 많아서."

저 중에는 분명히 클라렌스에게 발칙한 마음을 품은 사람도 있을 거다. 그런데 이렇게 아름다운 신부를 보면 없던 마음도 생겨날 것이 분명했다.

"걱정이네……."

"사람이 많아서 걱정이라고?"

그래 바보야. 널 좋아하는 놈팡이가 너무 많아서 걱정이라고. 이 눈치라고는 하나도 없는 기사님 같으니.

케니스는 차마 뱉을 수 없는 말을 꿀꺽 삼켰다. 어쨌든 중요한 말은 그게 아니다.

"……예쁘다는 뜻이었어, 네가."

"고마워."

클라렌스는 조금 흐트러진 그의 타이를 고쳐 주었다.

"너도 멋지게 입었네."

"하, 이게 멋지다고? 꼭 아카데미 교수같이 입혀 놓은 게?"

"응, 괜찮지 않아?"

"괜찮긴커녕 아주 별로야! 대체 왜 다들 나를 악마 교수로 만들지 못해 안달이 난 거지? 게다가 안경까지 씌우려 들다니! 누가 이 옷을 고른 건지는 몰라도 아주 고약한……."

"내가 골랐는데."

"고귀한 취향을 가진 게 틀림없다고 생각했어. 처음부터 지금까지 줄곧 넌 항상 최고야, 클라렌스."

그는 자랑스럽게 제 턱을 높이 들어 올린 후, 클라렌스에게 손을 내밀었다. 그녀는 기쁘게 그 친절을 받아들였다.

"이런 건 어디에서 배웠어?"

흠잡을 곳 없는 완벽한 에스코트에 클라렌스가 기특해하며 물었다.

"엘리."

"케니스는 전통이나 형식 같은 건 별로 좋아하지 않았었는데."

"그야 그렇긴 한데."

그는 제 옆에 나란히 선 클라렌스를 보며 웃었다.

"전통이 내게 그 위대함을 증명했으니까."

"설득당했구나?"

"완벽하게 말이지."

그리 말하는 그의 다른 손에는 등갈퀴를 잔뜩 그러모아 만든 부케가 들려 있었다.

"싱싱하네."

"마탑의 케니스께서 보존 마법을 아낌없이 사용했으니까."

훌륭한 전통이 영원히 그녀의 곁에서 기억될 수 있도록 말이다.

두 사람은 신전을 향해 나란히 걷기 시작했다. 마주치는 사람마다 두 사람에게 이른 축하의 인사를 보냈다. 인사를 하는 것만으로도 시간은 순식간에 지나가 버렸고, 신전에서 시작을 알리는 종소리가 울렸다.

축하를 나누던 모든 이가 대신전에 들어갔다. 신전의 미래가 집전하는 예식인 만큼 신전의 사제들도 모두 몰려들었다.

"누님."

클라렌스는 별도로 마련된 작은 방에 클리브와 함께 있었다.

그는 화려한 드레스를 입은 클라렌스를 물끄러미 내려다보다가, 결국에는 두 팔로 높이 들어 완벽하게 끌어안았다.

"……책을 읽었는데."

클리브는 머뭇거리며 이야기를 꺼냈다.

"결혼식장에서 다른 남자가 신부를 들고 도망치는 이야기였어."

"굉장한 이야기를 읽었네."

"누님."

클리브는 그녀를 안은 팔에 힘을 주었다.

"도망가도 괜찮아."

"클리브."

"언제라도 괜찮아. 누님이 원한다면 내가 데리고 갈 거야. 바라는 곳으로."

그 말은 언제라도 그녀의 편이 되어 주겠다는 뜻일 것이다. 다소 비유가 과장되기는 했지만 말이다.

"나도 널 위해서라면 어디든지 가. 하지만……."

클라렌스도 제 동생을 강하게 끌어안았다.

"내가 바라는 곳은 여기니까. 아마 넌 언제나 날 데려다줄 수 있을 거야."

"정말…… 로?"

조심스러운 어조로 묻는 것이 귀여워서, 그녀는 밤하늘 같은 예쁜 머리카락을 쓰다듬어 주었다.

"정말로. 나의 첫 번째 홀턴은 너뿐이니까."

"나의 첫 번째 홀턴도 누님뿐이야."

절대로 변하지 않을 순서에 두 사람은 함께 웃었다. 노크 소리가 들린 것은 그때였다. 대답하자, 어린 수습 사제가 이제 나가야 할 시간임을 알려 주었다.

클라렌스는 클리브를 바라보았다. 이제 내려 달라는 의미를 담아서. 하지만 그는 고개를 획 돌리고는 그대로 척척 걸어가기 시작했다.

"크, 클리브?!"

당황하여 부르는데도 그는 굳건하게 클라렌스를 안은 채 당당히 걸어 나갔다.

"보여 줄 거야."

"……뭘?"

"내게 누님이 어떤 존재인지."

그 말이 끝날 때는 수많은 하객에게 이 놀라운 등장을 선보이게 되었다. 다소 전통과는 다른 모습이지만, 클리브가 좋아하는 것 같으니 클라렌스는 곧게 허리를 폈다.

시야가 높아지니 좋은 점도 있었다. 그녀를 바라보는 다양한 사람들과 시선을 마주할 수 있다는 것.

마을의 아이들은 장난스레 킥킥 웃었다. 서점 어르신은 "내가 바라는 그림이 바로 저거야!"라면서 손뼉을 쳐 주셨다.

마탑의 할아버지들은 오늘도 "마탑의 여왕님이 행차하신다."는 소리를 하며 깊이 허리를 숙였다. 그리고 그들 너머로 놀란 눈을 하고는 그녀를 바라보는 사람이 있었다.

얼마 전에 거울산에서 함께 수레를 탔던 마탑의 청년이었다. 아마 그녀를 알아본 모양이다. 클라렌스는 검지를 입술 끝에 가져다 대며 가볍게 웃었다.

마침내 신전의 가장 앞에 도착했다. 클리브는 아쉬움이 잔뜩 묻은 얼굴로 클라렌스를 내려 주었고, 얼굴이 스치는 순간에는 이마에 키스도 해 주었다.

"정말로 사랑해, 누님."

예쁜 말을 아끼지 않는 것은 두 홀턴의 장점이다. 클라렌스도 동생의 이마에 키스하며 같은 말을 돌려주었다.

"나도 사랑하고 있어, 클리브."

영원을 약속하는 고백에 하객들이 손뼉을 쳐 주었고, 데일은 얼른 홀턴 남매 사이에 서서 엄숙하게 선언했다.

"이 사랑스러운 남매의 맹세를 신의 이름으로 축복합니다."

모두가 행복한 이 순간에 유일하게 우울한 것은 케니스뿐이었다. 그는 클리브와 클라렌스를 번갈아가며 바라보다가 데일에게 조용히 질문을 던졌다.

"오늘 내 결혼식이 있다고 해서 왔는데. 여기가 아니었냐?"

"네? 다시 시작된 짝사랑 기념 미사 아니었어요?!"

"젠장, 그런 모양이네."

다행히 이후로는 전통적인 결혼식 절차가 이루어졌고, 케니스는 다시 제가 가진 행복이 무사하다는 것을 확인할 수 있었다.

예식이 끝난 뒤에는 신전의 홀에서 파티가 있었다.

여기에서 안나는 끝끝내 클라렌스에게 검은색 드레스를 입히는 데 성공했고, 엘리도 케니스에게 안경을 씌우는 데 성공했다.

"케니스 홀턴."

클라렌스는 케니스를 향해 빙글 몸을 돌렸다.

"음?"

"그냥, 내가 가장 먼저 불러 보고 싶었어."

"잘 어울리지?"

"응, 아카데미 교수님 같은 이름이 되었네."

"물론 훌륭한 교수겠지?"

"A 아니면 D 학점만 주는 고집쟁이 교수 말이야."

클라렌스는 쿡쿡 웃다가 그의 이름을 다시 불러 보았다. 글자 하나하나마다 발음을 신경 쓰면서 느릿하게.

"케니스…… 홀턴."

"그래, 나야. 클라렌스 홀턴."

바로 돌아오는 대답이 참 좋았다. 안경이 불편한지 연신 코를 찡긋거리는 얼굴도.

"자, 그럼 전통에 따라서."

한 늙은 사제가 잔을 들어 올리며 외쳤다.

"홀턴 가에 속하시는 분들은 모두 잔을 들어 주시기 바랍니다."

결혼식 파티에서는 같은 이름을 타고 난 사람들이 동시에 술을 마시며 축하해 주는 전통이 있었다.

클라렌스가 잔을 들었고, 이제 공식적으로 홀턴이 된 케니스도 잔을 들었다. 물론 클리브도 빠지지 않았다. 세실리도 살짝 잔을 들었다.

늙은 사제는 주변을 둘러보며 다시 소리쳤다.

"홀턴 가! 오늘 결혼식의 주인인 홀턴 가의 분들은 어서 잔을 들어 주시길 바랍니다!"

아마 너무나도 적은 인원이 잔을 들어서, 사람들이 듣지 못한 거로 생각한 모양이다.

"젠장, 내가 바로 홀턴 가의 집주인이오!"

보다 못한 서점 어르신이 얼른 잔을 들어 올리며 소리쳤다. 물론 그는 두 남매에게 집을 빌려준 '홀턴 가의 집주인'이 맞았다.

"음, 미래의 홀턴도 괜찮죠?"

클리브의 뒤에 서 있던 셰리아가 폴짝 뛰어나오며 잔을 들었다.

그녀를 말리려던 성주님은 "내 딸이 홀턴이면 나도 홀턴이오!"라며 도리어 잔을 함께 들었다.

그러자 이번에는 데일도 잔을 들었다.

"내 여동생 셰리아가 홀턴이라면, 저도 홀턴이겠네요."

오스윈도 지지 않고 잔을 들었다.

"종교와 행정은 나라라는 한 몸을 이룹니다. 신전의 미래께서 홀턴이라면, 저도 홀턴입니다."

레이놀드도 잔을 들었다.

"홀턴은 스펜서 공작가에 속하며, 두 이름은 언제나 함께할 것이니, 저 역시 홀턴입니다."

그는 곁에 선 안나에게 눈짓했다. 어서 잔을 들지 않고 무엇을 하느냐는 뜻이었다.

"기사님의 하녀는 저뿐이니까요. 저 역시 홀턴 가의 사람이죠!"

필립과 아일린도 사이좋게 잔을 들었다.

"내 주인께서 홀턴임을 선언하셨으며, 아름다운 레이디 모자께서 홀턴에 속하는 한, 저 역시 홀턴입니다."

"오라버니가 홀턴이라면, 저도 홀턴이죠?"

나중에는 마을 아이들이 "우리도 홀턴이 될래요!"라며 주스 컵을 맹렬하게 들어 올렸다. 결국, 그 아이들의 부모까지 전부 홀턴이 되고 말았다.

마지막에는 파티에 참석한 모든 사람이 잔을 들어 올리게 되었다.

하나의 이름으로 묶인 사람들은 밝게 웃으며 "홀턴!"이라고 크게 외쳤다.

신전의 높은 천장에 즐거움이 닿아서 비처럼 떨어졌고, 사람들은 잔을 비웠다.

홀턴 가의 파티가 시작되었다.

—Fin

〈'사실, 그녀는 그들을 기억하고 있었습니다' 마침.〉

외전 03

<사실, 클라렌스의 숙부가 도박장에서 만났던 수도 샌님은>

외전 03
〈사실, 클라렌스의 숙부가 도박장에서 만났던 수도 샌님은〉

케니스는 거울을 보면서 고민했다.

"나는 너무 잘생겼어."

이 날카로운 눈매며, 아름다운 선을 그리는 얼굴을 보면 누구라도 그 말에 동의할 것이다.

하지만, 쓸모없다. 지금부터 그가 하려는 일에 이 잘생긴 얼굴은 하등 쓸모가 없단 말이다.

"이 얼굴로 도박장에서 돈을 술술 잃고 있으면, 누구라도 의심스러워 할 텐데."

차라리 잔뜩 따서 그 망할 숙부의 옷을 벗겨 돌려보낼까. 아, 그런 거라면 진짜 자신 있는데! 가죽까지 벗겨 보낼 수 있는데!

어쨌든 그는 마법사의 로브를 잠시 벗어 두었다. 그리고 거울을 보며 기품 있는 미소를 연습했다.

이렇게라도 하지 않으면, 성질 나쁜 눈꼬리가 또 삐쭉 올라가서 무서운 사람으로 보일 테니까.

클리브가 말해 준 불법 도박장은 마을 구석진 곳에 있었다. 바깥에서부터 '수상한 곳입니다'라는 분위기가 풀풀 풍겼다.

"어찌 오셨수?"

입구를 지키는 자식인가. 케니스는 별다른 말 없이 가짜 현금 뭉치를 내보였다. 도박장에 입장권이 있다면 역시 현금 아니겠어.

아니나 다를까 곧 길이 열렸다.

"잘 놀다 가쇼."

그가 손뼉을 세 번 치자, 계단 위로 단단히 닫혀 있던 문이 활짝 열렸다.

희뿌연 담배 연기가 가득한 실내에서 케니스는 잠시 얼굴을 찌푸렸다. 늙은 마법사들의 방에서 종종 이런 냄새가 나기도 했는데, 여기엔 땀 냄새가 뒤섞여서 더 지독했다.

좀처럼 익숙해지지 않는 후각 때문에 그는 샌님다운 표정을 지어야 한다는 것도 잊고 잔뜩 인상을 찌푸리고 말았다.

"피우시겠어요?"

어린 소년이 쪼르르 달려와 그에게 담배를 권했다. 케니스의 표정이 더욱 지독하게 일그러졌다.

미친 새끼들, 어린애한테 뭘 시키는 거야. 케니스는 주머니에서 진짜 돈을 하나 꺼내어 소년에게 건네주었지만, 담배를 받지는 않았다.

"무슨 게임을 하러 오셨어요?"

소년은 케니스가 돈을 준 만큼 무언가를 해 주어야 한다고 생각한 모양이다. 묻지도 않은 말을 술술 늘어놓았다.

"아저씨들은 카드 게임을 하는데, 테이블마다 걸 수 있는 금액이 다르다고 해요."

저쪽이 제일 비싼 곳이고, 여긴 그냥 동전만 하는 곳이래요.

테이블을 보니 현찰이 데굴데굴 굴러다닌다. 불법 운영이니 칩 같은 것은 사용하지 않는 듯했다.

"고맙다."

케니스는 소년에게 동전 하나를 더 건네주었다. 머리를 쓰다듬으며 혹시 이 아이에게 마법사의 심장이 있지 않은지 훑었지만, 안타깝게도 그런 건 없었다.

케니스는 가장 많은 돈을 거는 테이블에서 허리를 잔뜩 수그린 남성을 발견했다.

클리브가 설명했던 그들의 숙부가 틀림없었다.

케니스는 잠시 얼굴 근육을 이리저리 움직인 후, 가능한 한 상냥한 미소를 지으며 그쪽 테이블로 다가갔다.

낯선 이가 다가왔기 때문인지, 그들은 게임을 멈추고 케니스를 멀뚱히 바라보았다. 케니스도 클라렌스의 숙부를 빤히 바라보았다.

뭐라고 해야 할까. 우스울 정도로 클라렌스와 닮지 않아서 정말 숙부가 맞는지 의심이 될 정도였다.

작게 말라비틀어진 몸, 살짝 굽은 등과 무엇보다 이 장소에 오랫동안 찌든 듯한 눈동자.

클라렌스가 마음만 먹는다면 아마 이 남자의 숨통을 끊는 데는 1분도, 아니 1초도 걸리지 않을 것이다. 무기도 갑주도 필요 없이.

클라렌스는 몇 배나 더 큰 사내들을 상대해 왔다. 그 앞에서 기가 죽는 모습도 본 적이 없었다. 악착스럽게 버텼고 싸웠다.

그런데 어째서. 이 힘없는 인간 앞에서는 아무것도 하지 못하는 걸까. 대체 이 사람의 무엇이 그녀를 약하게 하는 걸까. 단순한 혈육이라는 이유는 아닌 것 같았다.

"젊은이, 할거요?"

한 사내가 케니스에게 그리 물었다. 케니스는 제 표정이 무너지지 않도록 주의하며 고개를 끄덕였다.

자리에 앉아 고개를 들었다. 비겁한 남자의 얼굴이 정면에 보이자 조금 바보스러운 느낌으로 웃어 주었다.

카드 게임을 지배하는 것은 마법사에게 가장 쉬운 일이다. 빠르고 간단하게 끝내도록. 그에게 좋은 패를 쥐게 해 줄 것이다.

전부 끝나면 클라렌스가 기다리는 집으로 돌아가야지. 아, 지금 한 생각은 무척 좋았다. 클라렌스가 기다리는 집이라니.

꿈같은 일이다. 그는 작게 미소 짓고는 고개를 들어 숙부에게 말을 걸었다.

"그럼, 시작할까?"

외전 04

〈사실, 서쪽에서는〉

외전 04
〈사실, 서쪽에서는〉

클라렌스가 눈을 떴을 때는 어두웠다.

그녀가 가장 먼저 한 일은 호흡이었다. 느릿하게 들어오는 숨을 따라 가슴이 천천히 올라가고 내려가는 것이 느껴진다.

'살아…… 있어.'

생명의 분명한 증거를 확인하고도 그 사실을 믿을 수 없었다.

대체 어떻게?

이런 말은 우습지만, 그녀는 죽었다. 정확히는 거의 죽음에 이르렀었다.

클라렌스는 천천히 눈을 깜빡였다. 천막이 보였다. 어딘가의 막사인 모양이다. 고개를 돌리니 피로 범벅이 된 담요 따위가 바닥을 굴러다니고 있었다.

그리고 케니스가 있었다. 그녀가 누운 야전 침대에 겨우 한쪽 얼굴을 기대어 잠든 채.

클라렌스는 어둠에 익숙해진 눈으로 그의 은발과 차분하게 감긴 눈을 가만히 바라보았다.

이로써 한 가지 가정이 가능해졌다. 아니, 거의 확신이었다. 케니스가 그녀를 살려 준 거다.

미안해서 어쩌지.

그는 대단한 도움을 주기 위해서 파견된 귀한 마법사인데, 고작 이런 평민 기사 따위를 위해서 귀한 힘을 쓰게 만들었으니.

클라렌스는 손을 움직여 보았다. 몸은 거의 평소와 다름없는 것 같았다.

그리고 아주 천천히, 그의 얼굴로 흘러내린 머리카락을 쓸어서 넘겨 주었다. 하얀 얼굴이 잠시 움찔거린다.

귀엽네, 조금.

그러다 문득 날카로운 파란 눈동자가 번뜩 뜨였다. 둘은 눈이 마주쳤다.

탁. 케니스는 제 머리카락을 쓸어내린 클라렌스의 손을 재빨리 붙잡았다.

"……뭐 하냐?"

"네 머리카락이 불편해 보여서."

"마음대로 움직이지 마."

그는 클라렌스의 손을 다시 두꺼운 이불 속에 넣어 주었다.

"아직 다 안 끝났으니까."

"뭐가?"

"치료가."

"멀쩡한 것 같은데."

"멀쩡해 보이게 만들기는 했지. 그런데 너 하나도 안 멀쩡해."

마법사가 그렇다면 그런 것이니, 클라렌스는 얌전히 고개를 끄덕였다.

"치료해 줘서 고마워."

"오냐."

"미안하기도 하고."

"쓸데없는 소리가 덧붙는 걸 보니 확실히 멀쩡한 상태는 아니네."

그는 제 긴 머리카락을 묶어 올리며 삐딱하게 대답했다.

"어쨌든 앞으로도 인생을 멀쩡하게 살아가고 싶으면, 넌 이 자리에 적어도 사흘은 가만히 있어야 해."

"사흘?"

클라렌스가 살짝 얼굴을 찌푸렸다. 케니스는 그녀의 생각을 능히 짐작했다. 그녀에게 주어진 임무를 떠올리는 것이 틀림없다.

"너희 공작가 기사단은 누구보다도 의리가 대단한 집단이라고 자랑하지 않았어?"

"그야, 그렇지만."

"그렇다면 믿고 맡겨. 너 한 사람 없다고 패망할 것 같으면 당장 기사는 때려치우라고 하고."

"그것도 그렇지만……."

클라렌스가 케니스를 바라보며 걱정스러운 듯 물었다.

"사흘이나 네가 이렇게 힘든 건 아니지?"

"……."

"식사는 했어? 너도 아파 보이는데."

진심이 느껴지는 말이 기쁘다. 밥은 먹었느냐는 당연한 말을 그에게 건네는 사람은 좀처럼 없으니까.

하지만 기쁜 만큼 화가 난다. 케니스는 오늘 오후에만 해도 클라렌스를 완전히 잃을지도 모른다고 생각했다. 그러니까, 이런 인간다운 걱정을 해 주는 유일무이한 상대를 영원히 잃을 뻔했다는 뜻이다.

"넌 지금…… 내 식사가 중요하냐?"

"중요하지. 네가 아파 보이니."

"내가 아픈 게 뭐가 그렇게 중요해! 넌 지금 완전히 시체에서 인간으로 돌아온 수준이라고! 너 자신에 관해서 물어보는 게 우선 아니야? 치료가 정말 제대로 된 건지. 어딘가 부작용은 없는지, 그것도 아니면……."

"그야, 네가 했으니."

"나라고 만능인 줄 알아?!"

"최선을 다해 주었을 거로 생각해서."

"……."

"어떤 몸이 되더라도 감사히 받아들일게."

"진짜 넌! 어휴, 아니다. 됐어."

케니스는 이마를 짚으며 할 말을 삼켰다.

사실, 그녀에게 화를 낼 만한 일은 아니었다. 그저 클라렌스가 조금 더 본인 몸을 생각해 주었으면 했던 것뿐이다.

"그렇게…… 몸을 사리지 않으니까 다치는 거야. 바보야."

그는 한결 누그러진 목소리였다.

클라렌스는 그저 빙긋 웃었다. 그의 모든 말이 순수한 걱정에서 나온다는 것을 알기 때문이다.

"나 잠깐만 일어서도 괜찮아?"

"왜?"

"물…… 마시고 싶은데."

케니스는 직접 수통을 건네주었다. 고맙다며 작게 인사한 클라렌스는 조심스럽게 몸을 일으켰다.

부스럭.

그녀의 움직임에 따라 두꺼운 담요가 스르륵 흘러내렸다. 곧 아무것도 입지 않은 클라렌스의 어깨로 찬바람이 들어서, 그녀는 잠시 어깨를 떨었다.

"아……."

그녀는 비로소 제가 옷을 입지 않고 있다는 사실을 깨달았다. 정신이 없어서 몰랐었는데.

"어쩐지 춥더라."

그녀는 덤덤하게 그리 말하고는 케니스를 멀뚱히 바라보았다.

그렇게 새빨간 인간은 태어나서 처음 보았다. 그러니까, 얼굴이며 목과 손에 이르기까지 전부 붉다 못해 이제는 검게 변할 지경이다.

그는 떨리는 턱을 몇 번이나 이리저리 움직이다가 가까스로 비명 같은 말을 내질렀다.

"미, 미, 미, 미, 미안!"

그러더니 두 눈을 질끈 감는다.

……그냥 평범하게 뒤를 돌아도 괜찮았을 텐데.

"왜 그렇게 당황해?"

클라렌스가 묻자, 케니스의 눈이 잠시 떠졌다.

그러나 여전히 선명히 보이는 클라렌스의 어깨와 그리고 또……. 어쨌든 그는 다시 눈을 감았다.

"치료하다 보면 사람의 몸 같은 건 항상 보잖아?"

"그, 그야……."

"생각보다 중상인 사람이 별로 없었나……."

두 눈을 꼭 감고 암흑 속에 선 케니스는 잠시 울고 싶어졌다.

물론 치료하다 보면 사람의 몸 같은 건 얼마든지 보긴 한다. 남자든 여자든 그의 앞에서는 다 새빨간 상처 덩어리로만 보일 뿐이다.

'하지만 넌.'

클라렌스 홀턴이니까.

오늘 아침까지 '귀부인들 울리게 생긴 미소년'이라고 생각했던 녀석이, 사실은 여자였다는 사실에 충격을 받기도 했고.

뭐랄까, 조금 많이 기쁘기도 했고.

……사실 남자였어도 상관없다고 생각하던 참이기도 했지만. 어쨌든.

"아 혹시."

물을 마신 그녀가 부스럭거리는 소리를 내며 잠시 자리에

눕는 소리가 나기에, 케니스는 살며시 눈을 떴다.

"케니스는 내가 여자인 걸 몰랐던가?"

"……알고 있었어!"

케니스는 저도 모르게 거짓말이 튀어나왔다.

"다, 당연히 알지! 어떻게 모르냐? 얼굴만 보고도 알았지, 당연히! 딱 여자 얼굴인데, 완전! 진짜!"

"툭하면 사내자식이 어쩌고 하지 않았었나?"

"……그건 농담이었어."

"그랬구나."

"그래!"

케니스는 민망한 마음에 괜히 그녀가 덮은 이불을 입가까지 바짝 올려 주었다. 잘 좀 가려. 찬바람 들어갈라, 이 바보야.

그리고 저를 멀뚱히 올려다보는 클라렌스의 눈가에 손을 가져다 대었다. 어쨌든 클라렌스가 일어나서 활동하는 것은 좋지 않았다.

"얼른 자."

"따뜻해서 기분 좋아."

"그런 마법을 쓰고 있으니까."

그는 무뚝뚝하게 대답하면서도 입가에 슬며시 웃음을 지었다.

"케니스."

"왜?"

"사흘 동안 잘 부탁해."

"…….'

"완벽하게 나아졌으면 좋겠다."

"……완벽하게."

케니스는 약속하듯, 맹세하듯 대답했다.

"만들 거야, 내가."

조금은 핏기가 부족한 클라렌스의 입술이 살포시 미소를 지었다.

그러고 보니 이렇게 미소 지을 땐, 클라렌스의 초록색 눈동자도 무척 예쁜 색으로 빛이 났었지. 케니스는 제 손안에 든 보석 같은 눈동자를 떠올렸다.

"사흘 동안 케니스가 힘들어서 어쩌지?"

"그러니까, 다시는 다치지 마."

"내게는 어려운 주문이네."

느릿한 대답에는 잠기운이 섞여 있었다.

"하지만…… 노력할게."

"그래, 전쟁에서 살아서 돌아가야 할 거 아니야. 가서 오스윈에게 상이라도 하나 받아먹으려면."

클라렌스가 다시 웃었다. 이번엔 조금 장난기가 섞인 웃음이다.

"난 괜찮아."

"괜찮긴, 이런 몸을 하고는."

"난…… 그냥."

느려지는 대답. 하지만 케니스는 차분하게 기다렸다.

과연 클라렌스 홀턴은 전쟁 이후에 어떻게 살고 싶을지 무척 궁금했으니까. 하지만 끝내 그녀의 입술이 미래의 계획을 말해 주는 일은 없었다.

케니스는 천천히 손을 떨어뜨렸다. 두 눈은 가지런한 속눈썹을 내린 채 완전히 잠이 들어 있었다.

케니스는 그 얼굴을 가만히 들여다보며 그녀의 남은 말을 망상했다.

전쟁이 끝난 후. 클라렌스 홀턴은 어떻게 살아갈까?

잘은 모르지만, 분명 그녀다운 행복을 손에 넣을 것 같다는 기분이 들었다. 아주 올곧고 아름다운 것 말이다.

그리고 이런 메마른 땅에서, 어느 불행한 마법사가 이렇게 그녀의 잠든 얼굴을 멍청하게 바라보는 일이 있었다는 사실은.

아마 영원히 알지 못할 것이다. 케니스의 삶은 행복과 그 자리를 나눌 수 없으니까.

그러니까, 지금은. 그에게 허락된 치료 기간, 사흘을 소중히 생각해야지.

"어쨌든 또 다쳐서 오면 안 된다?"

그가 이런 추억을 쌓지 않아도 상관없으니까.

어차피 그는 앞으로도 계속.

"기억할 테니까."

이 순간을.

—Fin
⟨'사실, 그들은 오직 그녀만을 기억하고 있었습니다' 외전 마침⟩

작가 후기

여름이었습니다. 너무 더워서 에어컨 없이는 살 수 없다고 모두가 이야기하던 그 여름 말이에요.

저는 아무도 없는 방에 홀로 앉아서 〈사실, 그들은 오직 그녀만을 기억하고 있었습니다〉를 적었습니다. 이제 와 생각해 보면 제목이 긴 것도, 주요 등장인물이 많은 것도 전부 제가 혼자 있었기 때문이 아닐까 싶어요.

덕분에 그해 여름은 쓸쓸하지 않았습니다. 검은 글씨를 따라서 훌쩍 달려가는 여행은 아주 재미있었어요. 물론 때때로 슬퍼져서, 헤드폰을 푹 눌러쓰고 힘없이 앉아 있기도 했습니다. 그래도 행복했습니다. 저는 툭, 하고 감정이 건드려지는 순간을 아주 좋아하거든요.

가끔은 "아, 빨리 행복하게 만들어 주고 싶다."라고 중얼거리며 책상에 엎드리기도 했어요. 당시에는 꽤 진심이었는데, 지나고 나니 아주 몹쓸 생각이었다는 것을 깨닫게 되었어요.

클라렌스는 세상에서 정한 많은 행복이 곁에 있지 않아도, 제가 가진 행복을 아주 잘 찾아내는 사람이니까요. 혹여 그런 것이 존재하지 않는 곳에 있더라도, 그녀는 씩씩한 걸음을 멈추지 않으니 무엇이든 찾아냈을 겁니다. 남몰래 그녀를 웃게 할 어떤 것을요.

그리고 클라렌스의 미소가 많은 분의 곁에서 존재하기 위해서, 몹시 고생해 주신 분들도 계세요. 마탑의 케니스, 라고 말하고 싶지만……. 그건 아니고요.

일단 저 혼자만의 이야기를 세상으로 데려가 주신 디앤씨미디어에 감사를 드려요. 상냥한 신은경 님과 친절한 박상희 님 덕분에 저는 마음 놓고 이야기를 그리는 데 집중할 수 있었습니다.

언제나 응원을 해 주는 친구들. 제이 님, 루치오 님 그리고 윤희사 님 모두 감사합니다.

그리고 무엇보다 세상 어디선가에서 이 책을 읽어 주실 독자님께 감사드립니다.

어떤 기분으로 책장을 넘기셨을지 무척 궁금하지만, 책에는 감정을 전해 주는 기능이 없으니……. 그래도 제 마음이나마 전할 수 있다는 점은 다행입니다. 당신의 소중한 시간에 이 이야기를 들어 주셔서 굉장히 기뻤어요. 진심으로요.

그럼 언젠가 다른 날에, 새로운 페이지에서 다시 만날 수 있기를 기다리겠습니다.

감사합니다.

류희온 드림

사실, 그들은
오직 그녀만을 기억하고 있었습니다 3

1판 1쇄 발행 2019년 5월 24일
1판 2쇄 발행 2019년 11월 14일

지은이 류희온
펴낸이 신현호
편집부장 예숙영
편집 박상희
편집디자인 한방울
영업·관리 김민원 조은걸 조인희
물류 이순우 최준혁 박찬수

펴낸곳 ㈜디앤씨미디어
출판등록 2002년 5월 1일 제117-90-51792호
주소 서울시 구로구 디지털로 26길 111 JnK디지털타워 503호
대표전화 (02)333-2513 팩스 (02)333-2514
전자우편 dncbooks@dncmedia.co.kr
디앤씨북스 블로그 http://blog.naver.com/dncbooks

ISBN 979-11-264-4746-6 (04810)
ISBN 979-11-264-4743-5 (SET)